Romantic Thriller

Jean Stubbs

Liebe Laura

Roman

**Wilhelm Heyne Verlag
München**

HEYNE ROMANTIC THRILLER
Nr. 03/2184

Titel der englischen Originalausgabe
A VICTORIAN MYSTERY
Deutsche Übersetzung von Rolf und Hedda Soellner

ISBN 3-453-11377-2

Alle glücklichen Familien gleichen einander. Jede unglückliche Familie ist unglücklich auf ihre Art.

Leo Tolstoi, Anna Karenina

Meinen Mitverschworenen
Tess und George
dankend gewidmet.

Ferner gilt mein Dank dem Stadtbibliothekar von Merton, Mr. E. J. Adsett, sowie besonders Miß Lynn Evans und ihren Mitarbeitern an der Wimbledon Park Branch Library. Meine vage Bitte um »alles, was Sie über die Spätviktorianische Zeit finden können«, löste eine Lawine von Büchern aus, die sämtlich mit Fantasie und Umsicht ausgewählt waren und für die ich nicht genug danken kann.

Aufriß

Die Villa, Baujahr 1808, stand frei und ein wenig weiter zurückgesetzt als die Nachbarhäuser in Wimbledon Common. In der Dämmerung dieses Februarabends gegen Ende des neunzehnten Jahrhunderts war sie zuerst nur in Umrissen, dann deutlicher zu sehen, als der Laternenanzünder das Gas entflammte und weiterging.

Vom Höhenweg am anderen Ende des Common aus erschien Dr. Padgett das Anwesen wie eine belagerte Festung; oder, in der Entfernung, wie ein Puppenhaus; so zierlich wirkte alles Zubehör, so vollendet jede Einzelheit. Er zügelte sein Pony zum Schritt und überließ sich seinen Betrachtungen.

Er kannte die kahlen Regionen unterm Dach, wo die Dienstboten nächtigten, und das dürftige Mobiliar, ein Sammelsurium aus Gerümpel und armen Verwandten der Prachtstücke in den unteren Etagen. Er kannte jedes Schlafzimmer im zweiten Stock, wo er so manche kindliche Unpäßlichkeit kuriert und bei dramatischen Geburten Beistand geleistet hatte. Er war vertraut mit den dunklen, überladenen Räumen im ersten Stock, wo sich das häusliche und gastliche Leben der Croziers abspielte. Wie oft war er auf dem dicken karmesinroten Läufer die elegante Treppe hinauf- und hinabgetrabt, die sich entlang einer mit karmesinrotem Fries tapezierten Wand emporschwang.

Auch jetzt, sinnierte er, mochte Mrs. Crozier, frisch aus Kate Kippings Händen entlassen, sie herabsteigen. Blonder Kopf, unter der Last des Kummers gebeugt, weiße Arme funkelnd von eheherrlichen Angebinden, nachschleppendes schwarzes Kleid von Stufe zu Stufe raschelnd. Immer weiter hinunter, um in einsamer Feierlichkeit im düsteren Speisezimmer zu sitzen, lustlos die unerbittlich aufeinanderfolgenden Gerichte zu kosten.

Er sah Mrs. Hill, die Köchin, vor sich, wie sie im Erdgeschoß bedächtig vom Herd zum Tisch und wieder zurück schritt und ihre epikuräische Symphonie dirigierte; und die flinkeren Bewegungen der Mädchen, gestärkte Häubchen keck aufgesteckt, schwarze Bänder wippend. Und, drei Fuß unter dem Boden geborgen, die Keller mit ihrer Armee von

Vorräten: Regimenter eingemachter Früchte und Konserven, Butterballen, Käselaibe, Säcke voll Zucker und Mehl und die erlesenen Weine und Spirituosen des verblichenen Mr. Crozier.

»Ach, der Ärmste!« murmelte Padgett vor sich hin. »Nie wieder wird er einer Flasche 1884er Champagner den Hals brechen – bei 72 Shilling das Dutzend fürwahr eine unbillige Härte. Ja, ja, so geht's.«

Das Pony war fast zum Stehen gekommen, und der Doktor seufzte und setzte sich zurecht, denn der Gedanke an das Abendessen im Hause Crozier erinnerte ihn an sein eigenes.

Es würde mir weniger nahegehen, überlegte er, wenn man sagen könnte, daß hier Recht geschähe, aber dem ist nicht so. Eine hochachtbare Familie, angesehen in der Stadt und bei ihresgleichen. Diese niederträchtige Einmischung in die Privatangelegenheiten eines Gentlemans. Dieses unbefugte Eindrängen in *ihren* Kummer.

Er ließ die Zügel auf den Hals des Ponys klatschen, und sein Gig rollte einem weniger exklusiven Teil Wimbledons entgegen, brachte ihn zu einer geduldig wartenden Ehefrau, die er mit zerstreuter Artigkeit begrüßte.

»Ein Inspektor wartet hier, er möchte dich sprechen, mein Lieber«, begann sie, ein wenig schwankend zwischen Mißbilligung und Neugier. »Ich sagte ihm, daß du noch nicht zu Abend gegessen hast, aber er meinte, er habe Zeit. Ich wußte nicht, wohin ich ihn führen sollte. Ich weiß nicht, wohin man einen Polizeiinspektor führt. Er ist im Salon. Ich bot ihm ein Glas Madeira an. Das war hoffentlich richtig? Er hat es ohnehin abgelehnt. Wirst du jetzt mit ihm sprechen oder später?«

Dr. Padgett zögerte. Er war hungrig, aber die Sache drängte.

»Ich spreche besser gleich mit ihm«, erwiderte er schließlich. »Das Essen würde mir doch nicht schmecken, solange ein Polizist im Haus ist. Ein trauriger Fall. Im Salon, sagtest du, meine Liebe? Sehr schön. Und ich werde ein Glas Madeira nehmen zum Aufwärmen, ob er nun mithalten will oder nicht.«

Man stand über dem gemeinen Volk, war um seine Patienten besorgt, ernährte seine Familie, heiligte den Sonntag, ehrte Königin und Vaterland und hielt die Haustür vor der

Welt verschlossen. Und mit einemmal brach das Chaos des Skandals herein, und nichts schien je wieder zu sein, wie es war.

Und wie empfand *sie* es? Er hatte nicht viel Fantasie, aber es schien ihm, das Haus sei aufgerissen worden, schütze sie nicht länger vor vulgärer Neugier.

»Inspektor Lintott? Ich bin Dr. Padgett. Wie ich höre, wollen Sie mich sprechen?«

Eine Zumutung, dachte er. Dieses Eindrängen.

Das Eindrängen war so massiv, daß es einem Fuß glich, der sich energisch in einen Türspalt stellt. Der Inspektor gedachte zu bleiben, bis er hätte, weswegen er gekommen war, was immer das sein mochte. Seine Entschuldigung war reine Formsache, seine Gegenwart unerbittlich.

»Sie haben Mr. Fitzgerald, den Familienanwalt, vermutlich bereits aufgesucht?« sagte Padgett, schlug die Schöße des Gehrocks beiseite und nahm in seinem Sessel Platz.

»Ja, Sir. Heute am frühen Abend. Ein sehr präziser Herr. Und kein Wort zuviel. Er hat über den geschäftlichen Teil dieses Falls wie üblich Auskunft erteilt. Von Ihnen, Sir, erhoffe ich einigen Aufschluß über die persönliche Seite. Sie kennen den Haushalt des verstorbenen Mr. Crozier in Ihrer Eigenschaft als Hausarzt, will sagen, von Grund auf.«

»Und ich respektiere die private Sphäre meiner Patienten und würde mir nicht im Traum einfallen lassen, ein Vertrauen zu täuschen, das ich für geheiligt erachte.«

»In einem Mordfall *gibt* es keine private Sphäre«, sagte Lintott schonungslos, »sowenig wie in einem Fall von Selbstmord. Was immer hier zutreffen mag. Das eben will ich herausfinden.«

»Der hippokratische Eid...«, begann Padgett gewichtig. Weiter kam er nicht.

»Drei Gran reines Morphium«, sagte Lintott, »setzen meiner Meinung nach jeden Eid außer Kraft, nur nicht den, womit Sie auf die Bibel schwören, die Wahrheit zu sagen, die ganze Wahrheit und nichts als die Wahrheit. Mehr verlange ich nicht, Sir. Da ich indessen von Mrs. Padgett erfuhr, daß Sie einen langen Tag hinter sich haben und noch kein Abendessen – was ebenso auf mich zutrifft –, will ich es so schnell und leicht wie möglich machen. Ich erhoffe das gleiche von Ihnen.«

Geschlagen senkte der Doktor den Kopf und legte brav die Handflächen aneinander.

»Also, wie lange kennen Sie die Familie schon, Sir?«

»Seit etwa fünfzehn Jahren, wenn ich mich nicht irre. Mr. Theodor Crozier hatte gerade ein sehr schönes junges Mädchen aus guter Familie geehelicht, mit eigenem Vermögen, soviel ich hörte. Ihr Vater war Kaufmann in Bristol, mit Namen Surrage. Beide Eltern sind inzwischen verstorben. Sie steht ganz allein in der Welt, die arme Mrs. Crozier.«

Blasses Oval über der Trauerkleidung, blasser Kopf geneigt, feierlich beim einsamen Mahl unter den drei Glaskugeln des Kandelabers.

»Sie waren schon vor seiner Eheschließung der Hausarzt des verstorbenen Mr. Crozier, Sir?«

»Nein, nein. Ich wurde ihm empfohlen. Er hatte soeben seinen Hausstand in Wimbledon gegründet. Vordem wohnte er, glaube ich, in der Nähe seines Geschäfts in der City. Aber als Ehemann wollte er einen Arzt in Reichweite haben. Verständlich. Eine junge Frau. Die Erwartung einer Familie. Außerdem erfreute er selbst sich nie einer sehr guten Gesundheit.«

»Ein bißchen hypochondrisch, nach Ihrer Aussage bei der Leichenschau zu schließen, Sir? Habe ich recht?«

»Ein Mann von nervöser Disposition, Inspektor«, sagte Padgett reserviert.

»Und seine Gattin? Ist sie auch von nervöser Disposition, Sir?«

»Ihre Konstitution ist sehr anfällig. Leicht erregbar. Kopfschmerzen, Schlaflosigkeit und so weiter. Nichts Organisches. Ein hypersensibles, zartes Wesen. Wir müssen sie nach Kräften schonen.«

»Verstehe«, sagte Lintott und verstand eine ganze Menge. »Würden Sie sagen, es war eine glückliche Ehe, Sir?«

Padgett rutschte auf seinem Sessel und runzelte die Stirn. »Er war ein bißchen schwierig«, sagte er vorsichtig, »aber ich hätte ihn jederzeit als getreuen Gatten und Vater bezeichnet. Er sorgte großzügig für die Seinen. Die beiden Knaben gehen in Rugby zur Schule, das kleine Mädchen hat eine Gouvernante. Kosten wurden nie gescheut. Mrs. Crozier hat zum Beispiel einen, wenn man so sagen will, aufwendigen Geschmack in punkto Garderobe. Sie muß ihn ein hübsches Sümmchen gekostet haben! Aber er war sehr stolz auf ihre Erscheinung und verwöhnte sie. Ich tadle ihn darob nicht.«

Der breitrandige Strohhut, auf einer Seite mit einer rosa Rose hochgesteckt. Fünf Perlknöpfe, die den hohen Kragen ihrer Korsage putzen. Die erblühte Blume ihres Sonnenschirms. Kurz blitzt an einem kleinen Schuh die Schnalle auf.

»Hätten Sie Mrs. Crozier als glückliche Ehefrau bezeichnet, Sir?«

Die weiche Wange, pflichttreu dargeboten und sogleich entzogen. Die Furcht im Ausdruck ihrer sanften Stimme. Die Traurigkeit, die sie befiel, sobald sie schwieg. Das darf nicht zur Sprache kommen. Es könnte gegen sie sprechen, wer weiß. Sie muß beschützt werden vor den Augen der Welt, vor Neugier und vor noch mehr Leid.

»Mrs. Crozier ist nicht von heiterer Disposition«, sagte Padgett linkisch. »Will sagen, nicht im Kreis der Ihren. In Gesellschaft ist sie höchst angenehm. Zu Hause, wie nur recht und schicklich, bescheiden und still. Ihr verstorbener Gatte war ein stiller Herr. Sie schienen wundervoll zueinander zu passen.«

»Sie kennen das Ehepaar seit fünfzehn Jahren«, sagte Lintott. »War er schon immer so? Ein stiller Herr?«

»Schon immer. Zurückhaltend, ernst, manche Leute nannten ihn streng. Aber er war gerecht. Er forderte von den Seinen nicht mehr, als er sich selbst abverlangte.«

»Vielleicht war aber das schon zuviel?« warf Lintott leichthin ein.

Padgett blickte ihn scharf an, aber das Gesicht des Inspektors war unbewegt.

»Und war Mrs. Crozier eine stille und in sich gekehrte Frau, schon zu Anfang ihrer Ehe, Sir?«

»Eine Frau ändert sich natürlich, wenn sie die Verantwortung für einen Haushalt trägt. Die reizende Leichtlebigkeit eines achtzehnjährigen Mädchens paßt nicht zur Würde einer Dame in ihrem – du lieber Himmel!« Lintott wartete. »Mrs. Crozier muß im vierunddreißigsten Jahr sein«, sagte Padgett verdutzt. »Wie die Zeit verfliegt!«

»Die Dame des Hauses veränderte sich also, und der Herr nicht, Sir?«

»So könnte man es wohl ausdrücken, Inspektor.«

»Ich wäre dankbar, wenn Sie mir eine Liste der Bediensteten geben könnten, die für das Haus tätig sind, Sir. Nur Namen und Obliegenheiten, in Kürze. Dienstboten«, fügte Lintott unverblümt hinzu, »wissen oft mehr von ihrer Herrschaft, als die Herrschaft weiß.«

Die fernen und schönen weißen Mauern des Hauses zerfielen zu Staub. Hinter ihnen schimmerte Laura Crozier. Nie war sie so verwundbar erschienen.

»Da wäre Mrs. Hill, die als Köchin und Haushälterin tätig ist und von Anfang an bei der Familie war. Dann Miß Alice Nagle, die Kinderfrau, die ins Haus kam, als das erste Kind, Edmund, geboren wurde. Ein Kutscher, Henry Hann, er neigt zur Flasche, fürchte ich. Kate Kipping, Mrs. Croziers Zofe und zugleich Hausjungfer. Harriet Stutchbury, das Hausmädchen. Und ich glaube, sie haben ein neues Küchenmädchen, aber ich kann mich nicht auf den Namen besinnen. Er ist unwichtig.«

»Vielen Dank, Sir. Ich werde Sie nur noch ein paar Minuten aufhalten. Eine Person habe ich bisher nicht erwähnt. Den Bruder des Verstorbenen, Mr. Titus Crozier. Ein großer Damenfreund, nach allem, was man hört.«

»Ich verwahre mich aufs entschiedenste gegen allen boshaften Klatsch über Mrs. Crozier und ihren Schwager«, rief Padgett in der einzigen Aufwallung, die er bisher gezeigt hatte.

»Gewiß«, sagte Lintott. »Nur, die Sache ist erwähnt worden, und wir müssen ihr nachgehen. Dürfte ich Ihre persönliche Meinung über ihn erfahren?«

Padgett erwiderte steif: »Sehr charmant. Das genaue Gegenteil seines verstorbenen Bruders, sozusagen. Sehr beliebt. Er wohnte bei ihnen oder betrachtete zumindest ihr Haus jahrelang als sein eigentliches Heim. Als sie jung verheiratet waren. Die drei waren einander sehr zugetan«, rief er, abermals mit großer Entschiedenheit. »Nie kannte ich zwei Brüder, die sich so nahestanden. Der verstorbene Mr. Crozier hatte seit dem Tod des eigenen Vaters an Mr. Titus Vaterstelle vertreten. Und da Mr. Titus und Mrs. Crozier etwa gleichaltrig sind – ich glaube, er ist nur wenig älter als Mrs. Crozier –, verstanden sie sich großartig. Es hat nie auch nur den Schatten eines Skandals gegeben. Mehr noch«, fügte Padgett triumphierend hinzu, »ich würde sagen, Mr. Titus war das Band, das Mr. und Mrs. Crozier zusammenhielt!«

»Na so was«, bemerkte Lintott mit ungeheurer Genugtuung. »Komische Ehe, die eine dritte Person nötig hat, um bestehen zu können!«

»Ich bin abgespannt, Inspektor, und hungrig«, sagte Padgett beunruhigt, »und es mag daher sein, daß ich meine Worte mißverständlich wähle. Ich beabsichtige keinerlei Andeutungen dieser Art.«

»Well, Sir, ich überlasse Sie den Freuden Ihres Abendessens und gehe nach Hause zu dem meinen. Nur eins möchte ich, mit Verlaub, noch erwähnen. Sie bestätigten als Mr. Croziers Todesursache eine Gehirnblutung; die Autopsie indessen ergab, daß er an einer Überdosis Morphium starb. Ich nehme an, die Symptome sind in beiden Fällen recht ähnlich?«

»Das sind sie, Inspektor. Und ich kannte natürlich die medizinische und persönliche Vorgeschichte sehr genau. Nicht einen Augenblick lang hätte ich Morphiumvergiftung geargwöhnt.«

»Ganz recht«, sagte Lintott und stand auf. »Der Schein kann höchst irreführend sein. Das ist der Unterschied zwischen Ihrem Beruf und dem meinen. Mir bedeutet der Schein nichts, darf er nichts bedeuten, Sir. Ich schenke ihm keine Beachtung.«

»Desungeachtet hoffe ich, daß Sie Mrs. Crozier eine möglichst schonende Behandlung angedeihen lassen. In meiner Eigenschaft als ihr ärztlicher Berater möchte ich Sie warnen. Meine Patientin ist sehr zart und hypersensibel. Ich muß jede Verantwortung für die Folgen ablehnen, falls Ihr Vorhaben zu direkt sein sollte.«

»Ich werde Ihrer Patientin sanft wie ein Lamm gegenübertreten«, sagte Lintott milde. »Kein Grund zur Besorgnis, Sir.«

Und doch machte Dr. Padgett sich Sorgen. Er blieb im beleuchteten Salon sitzen, bis seine Frau ihn zum zweitenmal darauf aufmerksam machte, daß seine Suppe auf dem Tisch stehe.

Nur ein einziges Mal versuchte er in seiner Bedrängnis, Mrs. Padgett beizuziehen.

»Ich würde sagen, daß der verstorbene Mr. Crozier seiner Gattin zugetan war, meinst du nicht auch, meine Liebe?«

Sie überlegte, unsicher, wie aufrichtig man sein könne, ohne die gute Erziehung zu verleugnen.

»Ich fand sein Benehmen immer höchst korrekt«, erwiderte sie.

»Und seine Haltung gegenüber Mrs. Crozier großzügig fast bis zur Verschwendung, meine Liebe, nicht wahr?«

Mrs. Padgett, die niemals dergleichen materielle Zuwendungen erhielt, sagte wehmütig: »Mr. Crozier schenkte ihr zu Weihnachten eine exquisite Brosche. Sie besitzt viele wertvolle Schmuckstücke. Aber natürlich hat sie das meiste für die Trauerzeit als unpassend beiseite gelegt. Nur Jett und Perlen und Amethyste und ihren Brillantring.«

»Wer hätte gedacht, daß es ihr letztes gemeinsames Weihnachten sein würde? Die Zeit des guten Willens gegenüber allen Menschen, der frohen Stunden im Schoß der Familie. Und dann – ein paar Wochen später . . . Ja, ja, mitten im Leben sind wir vom Tod umfangen. Wer von uns weiß, wann er gerufen wird?«

»Nicht *gerufen*«, sagte Mrs. Padgett um eine Spur zu scharf, denn sie hatte nie viel für Laura Crozier übrig gehabt. »Doch gewiß nicht *gerufen?*«

I Fassaden

1

Ich kenne nichts, was der kleinlichen, zermür-
benden Tyrannei einer guten englischen Fami-
lie gleichkäme...

Florence Nightingale

Das Wetter war in den letzten Tagen milder geworden, und der Weiher war nicht mehr zugefroren, zur Enttäuschung der beiden Knaben, die über die Weihnachtsfeiertage nach Hause gekommen waren. Jeden Morgen starrte das Gras im Common von Frost, und der Boden sang unter ihren Stiefeln, aber bis zum Nachmittag trübte feuchter Nebel die Sicht. So standen die beiden Brüder müßig an den Fenstern des Wohnzimmers und warteten folgsam und zahm, eine Kinderewigkeit lang. Schließlich waren sie, wie ihre Mutter sagte, heute schon draußen gewesen, bis zur Windmühle marschiert und hatten die Enten auf dem Teich gefüttert. Nun raschelte sie herbei, dezent parfümiert und sehr elegant in ihrem besten grünen Moirékleid, zog die Vorhänge und schloß den Winterabend aus.

»Außerdem«, fügte sie hinzu, legte jedem Knaben flüchtig die Hand auf den Kopf und lächelte, »ist heute Weihnachten, und das sollte sicherlich Vergnügen genug sein.« Edmund und Lindsey Crozier spähten zum Vater hinüber, der dasaß und die gestrige *Times* las, ob das kleine Zeichen mütterlicher Zuneigung bemerkt worden sei. Denn mit ihren vierzehn und zwölf Jahren waren sie fast schon Männer, und Theodor fand, daß die Mutter sie verzärtele.

»Es geht nicht um ihr Vergnügen«, sagte Theodor in das schuldbeladene Schweigen, »denn dies ist ein religiöses Fest und sollte als solches begangen werden. Wenn diese beiden Knaben reichlich – was sage ich: verschwenderisch – mit Gaben bedacht wurden, so ist das eine glückliche Fügung, nicht ihr gutes Recht. Die Armen«, fuhr er fort und faltete die Zeitung säuberlich zu einer lesbaren Halbspalte, »sind immer unter uns. Ich würde meine Pflicht vernachlässigen, wenn ich euch nicht an all jene erinnerte, die weniger begünstigt sind als ihr. Versteht ihr mich?«

»Ja, Papa«, riefen die Knaben im Chor und warfen einen letzten sehnsüchtigen Blick auf den Park im Abendlicht.

»Warum beschäftigt ihr euch dann nicht mit euren Geschenken, anstatt eure Mama zu belästigen?«

»Spielt mit euren neuen Spielsachen«, flüsterte Laura und schubste sie ein wenig näher an den Christbaum. »Und bedankt euch bei eurem Papa. Sagt ihm, daß ihr seine Güte zu würdigen wißt.«

Ein Rauschen blauen Wollbrokats, und sie hatte die Versuchungen der Außenwelt gebannt.

»Das sind keineswegs nur Spielsachen«, sagte Theodor, der alles hörte und sah, scheinbar ohne den Blick von seiner Lektüre zu heben. »Sonst wäre alles bloßer Tand. Lindsey!« Der jähe Überfall galt dem jüngeren Knaben, der seine Bleisoldaten in Schlachtordnung aufstellte. »Weißt du, wie unsere Firma Crozicrs Spielwaren offeriert?«

Der Knabe rappelte sich wieder hoch und verschränkte die Hände im Rücken seines Norfolk-Jacketts. Er konzentrierte sich auf die Wachsblumen, die unter einem Glassturz auf dem Kaminsims eingeschlossen waren.

»›Puppen, die dem kindlichen Sinn unverfälschte Vorstellungen vermitteln‹«, begann er, »›Gesellschafts- und Unterhaltungsspiele...‹«

»›...verbinden‹«, flüsterte Edmund und wurde durch einen Blick des Vaters zum Schweigen gebracht.

»Bitte weiter, Lindsey«, sagte Theodor und legte einen Zeigefinger auf die Zeile, bei der er stehengeblieben war.

»›...verbinden‹«

»›Belustigung‹«, wagte Laura zu soufflieren und lächelte so strahlend, als wäre ihr alle Belustigung der Welt zuteil geworden.

»Meine liebe Laura!«

»Verzeih mir, Theodor. Der Satz ist gar so gedrechselt.«

»›...Belustigung‹«, endete Lindsey, unterstützt durch Mundbewegungen seines älteren Bruders, »›undBelehrung.‹«

»Richtig! – Blanche!«

Das Kind drehte sich rasch um. Den Eßtisch des Puppenhauses, den es dabei umstürzte, stellte es rasch wieder auf.

»Ja, Papa?«

»Weißt du, was diese Annonce besagen will?«

»Nein, Papa.« Sie hatte wie üblich nicht zugehört, sie war in ihre eigene Welt versunken gewesen und hatte leise zu jedem der winzigen perfekten Zimmer gesprochen, während sie die Einrichtung aufstellte.

»In der Tat unerhört«, sagte Theodor verdrießlich. »Ich widme meine freie Zeit dem Kreis der Meinen und ernte stets nur größte Unaufmerksamkeit dafür!«

»Ach, mein Lieber«, rief Laura, opferte sich aus alter Gewohnheit, »dürfte ich dich wohl bitten, nach dem Sicherheitskettchen an meiner Brosche zu sehen? Etwas so Erlesenes möchte ich nicht gern verlieren.«

Sie näherte sich ihm, bot ihm einen weißen Nacken und weiße Schultern dar. Er prüfte beide Besitztümer.

»Sie ist gut befestigt«, sagte er von dem grün emaillierten und mit Perlen bestecktem Herzen, »und sieht gut an dir aus.«

Erlöst lächelte sie ihm zu, posierte anmutig, damit er sie noch eine Weile bewundern könne, und sagte: »Wie lange sollen wir mit dem Tee auf Titus warten?«

Die Bedachtsamkeit seiner Hand, die aus der Westentasche die goldene Uhr zog, stieß sie ab. Doch ihr Lächeln blieb heiter und süß. Die drei Kinder saßen schweigend da: Ihre Erwartung galt dem kommenden Gast.

»Wir werden keine Minute über fünf warten.« Er wandte sich wieder seiner Zeitung zu und sagte mißbilligend: »Diese Influenza erreicht epidemische Ausmaße.«

»Ich glaube nicht, daß wir uns darüber Sorgen machen müssen«, erwiderte Laura automatisch, während sie auf den Türklopfer lauschte. »Schließlich ist sie in Europa.«

»Meine liebe Laura, Europa ist gleich jenseits des Kanals.«

»Einen Steinwurf entfernt...«, pflichtete sie hastig bei.

»Zwanzig Meilen von Dover nach Calais, um genau zu sein – das heißt, wenn du genau sein möchtest.«

»Ja, du hast völlig recht.« Sie glättete den langen Rock und hob beide Hände zu ihrer blassen Haarkrone. »Mein Mangel an Genauigkeit ist ungeheuerlich.«

Die Kinder vertrieben jetzt nur noch die Zeit, warteten, genau wie die Mutter, auf die schönste Überraschung des Tages. Der Aufschlag des messingnen Löwenkopfs gegen die Messingplatte, die gepflegte Stimme der Zofe, darauf ein Lachen, tief und herzlich, jagte die ganze Schar aus dem

Wohnzimmer. Titus war da, gerötet und strahlend von der Kälte, boxte die Knaben – die munter zurückboxten –, schwang Blanche in seinen Armen hoch, nickte seinem älteren Bruder zu, lächelte Laura an.

»Mein lieber Titus!« rief Theodor und ließ von seiner Grippeepidemie ab. »Wie erfreulich, dich zu sehen. Na, na, laßt ihn in Ruhe!« sagte er beinahe nachsichtig zu seinen Söhnen. »Setz dich, lieber Junge, setz dich!«

Während Blanche rief, daß Onkel Titus kein Junge sei, und die Buben in seinen Taschen Süßigkeiten suchten und fanden. Titus ließ sich widerstandslos ausplündern. Er war ein gutaussehender Mann Mitte Dreißig und in Erscheinung und Temperament das genaue Gegenteil Theodors. Bezaubernd, wie er sehr wohl wußte, mit dem dichten kastanienbraunen Haar und den lockigen Favoris; mit einer einschmeichelnden Stimme begabt, die ihm alle Wege ebnete; und seine unbeirrbare Liebenswürdigkeit verbarg den flatterhaften Charakter und das listige Herz. Er ließ sie alle soviel Aufhebens von ihm machen, bis sie es müde waren, dann verkündete er, sein Weihnachtsgeschenk sei noch draußen – um auch den letzten Tropfen aufgeregter Anbetung herauszupressen.

»Eine Laterna magica, Marke Negretti & Zamba, mit Schiebebildern«, flüsterte er Bruder und Schwägerin zu.

»Vielleicht nach dem Tee?« Dann wandte er sich ihr zu, die in kühler grüner Pracht dastand, und rief aus: »Meine liebste Laura, wie hinreißend du aussiehst! Eine neue Brosche? Laß mich raten. Ein Geschenk von Theodor. Sein Geschmack ist unfehlbar.«

Der ältere Mann nahm mit gravitätischer Genugtuung das Kompliment zu seiner Wahl von Weib und Kleinod entgegen.

»Wenn ich je einer Frau wie Laura begegnete«, sagte Titus lachend und brachte das Gespräch wie immer auf seine Person zurück, »dann würde ich meinem Bruder Konkurrenz machen – als der glücklichste Ehemann in ganz England.«

Gelassen, die Augen auf ihn geheftet, das Lächeln ungetrübt, klingelte Laura nach dem Tee.

Danach kam Henry Hann, der Kutscher, herein, angeregt von mehr als nur dem Geist der Christnacht, und befestigte ein Laken an der Bilderleiste, das als Filmleinwand diente.

Titus nahm Blanche auf die Knie, und die Knaben durften die Ellbogen auf seine Schultern stützen, während Henry die Bilder einschob. Feierlich starrten sie auf kolorierte Ansichten venezianischer Kanäle und Schweizer Berge und priesen mit höflichen Ausrufen deren Schönheit. Respektvoll lauschten sie Theodors Ausführungen über die Großartigkeit Schottlands, die Wildheit von Wales. Dann gehorchten sie einem Wink der mütterlichen Augen und bedankten sich überschwenglich. Aber Titus stand schon auf, setzte Blanche in seinen Sessel und nahm Henrys Platz an der Laterna magica ein: ein größeres Kind als jedes der anderen.

»Das Beste kommt erst!« sagte Titus und blickte Laura an.

»Was für Wunderdinge können wohl noch ausstehen?« fragte sie heiter. »Du spannst uns auf die Folter, Titus!«

»Aufgepaßt!« gebot er, schob eine besonders dicke Platte in den Halter und drehte die kleine Kurbel.

Und man sah einen dicken Mann, der in einem Sessel saß und schlief. Titus schnarchte und erregte stürmisches Gelächter, und während er schnarchte, marschierte eine Maus geradewegs in das Gähnen des Dicken.

»Nochmals, Onkel Titus. Bitte nochmals!« rief Blanche und klatschte in die Hände.

Wieder schnarchte er und drehte die Kurbel. Wieder verschwand die Maus in der rosigen Öffnung. Sie waren außer sich vor Entzücken. Laura lachte kaum weniger als ihre Kinder. Theodor begab sich seiner Würde so weit, daß er sagte: »Was für eine unsinnige Idee, Titus!«, blickte indessen gespannt auf das Bild. Und als sie genug hatten von dem dicken Mann und der Maus, kam ein dünner Mann auf einem Hochrad, der immer schneller strampelte; und ein Schutzmann, der einen Bösewicht mit seinem Knüppel auf den Kopf schlug, und ein Dutzend weiterer Possen.

»Aber wieso bleibt der Herr immer am gleichen Fleck, obwohl er sich so abmüht?« sagte Blanche und schob unzufrieden die Unterlippe vor.

»Ganz klar«, erwiderte Titus. »Weil er nicht aus dem Bild hinausradeln kann, Miß Naseweis!«

Da lief sie zu ihm hin, kicherte, umfaßte seine Beine und nannte ihn den besten Onkel der Welt.

»Was hast *du* deinem Papa zu Weihnachten geschenkt?«

fragte Titus, als die Neugier sich endlich erschöpft hatte und Blanches Arme fest um seinen Hals lagen.

»Zwei Federwischer, die ich selbst gemacht habe.«

»*Zwei* Federwischer? Da wird dein Papa aber eine Menge schreiben müssen, wie?«

Sie senkte bescheiden den Kopf und blickte zu Theodor hinüber.

»Aber Nanny mußte sie zuerst waschen, weil so viele Fehler aufgetrennt werden mußten und sie ganz schmutzig geworden waren.«

»Oh, aber die Fehler sind doch das Beste daran, weil sie die Überraschung sind. Ich bestelle bei dir einen Federwischer voller Fehler, damit ich über sie lachen kann.«

»Papa wünscht nicht, daß man Fehler macht«, sagte Blanche, »er würde sie nicht lustig finden.«

»Wer hat dir das neue Kleid geschenkt, Miß Naseweis?« fragte Titus und lenkte damit taktvoll von ihrer Eröffnung ab.

»Mama. Mama hat es selbst gemacht, sie hat auch die Schärpe dazu gemacht.«

»Ich werde sie bitten, *mir* ein weißes Musselinkleid mit einer blauen Schärpe zu machen.«

Die Knaben brüllten unisono, aber Blanche sagte schüchtern, blau würde zu seinen Augen passen, und löste damit noch größere Heiterkeit aus.

»Und Mama hat auch diese wunderschöne Weste für Papa gestickt, nicht wahr? Meinst du, sie würde auch eine für mich sticken, wenn ich sie sehr lieb darum bäte?«

»Nein«, sagte Blanche und drehte an ihrem Korallenkettchen. »Weil du nicht mit Mama verheiratet bist.«

Und war bestürzt über die allgemeine Belustigung.

»Du hast eine geschickte Mama«, rief Titus, als das Gelächter verebbte.

Seine Augen huldigten Laura. Sie saß in ihrer grünen Laube aus Moiré, das Geschenk des Gatten an der Brust, leichte Röte auf den Wangen.

»Ja, Laura macht solche Dinge sehr gut«, sagte Theodor, »und mit einigem Geschmack.«

Der ausgedehnte Weihnachtslunch, die Opulenz des Weihnachtstees hatten die Mägen übersättigt, und das Dinner war eine leichte Mahlzeit. Blanche, eine schlechte Esserin, schnitt alles in winzige Happen und ließ das meiste liegen. Die Knaben schwangen tapfer Messer und Gabel. Laura aß wenig. Titus und Theodor dagegen zollten Mrs. Hills kulinarischen Schöpfungen mühelos ihren Tribut. Als rechte Gourmets tranken sie zu jedem Gericht ihren Wein und wiesen nach dem Essen die Karaffe Portwein und die Walnüsse nicht zurück. Den Rest der Aufmerksamkeit nahm die Frage der Pantomime in Anspruch. Sollte es *Jack and the Beanstalk* sein, mit Dan Leno im Drury-Lane-Theater oder *Cinderella* im Her Majesty's? Blanche hätte *Cinderella* lieber gesehen, war aber zu schüchtern, um ihrem Wunsch Nachdruck zu verleihen. Laura lächelte und beteiligte sich nicht an der Diskussion, und Titus und die Knaben trugen mit Dan Leno den Sieg davon.

»Wirst du mit uns gehen?« fragte Titus seinen Bruder, der düster den Kopf schüttelte. »Darf ich dann Laura und die Kinder eskortieren?«

»Das wäre sehr freundlich von dir.«

»Es wird mir ein Vergnügen sein«, sagte Titus offen. »Ich bin selbst noch ein Knabe, wenn es um Dan Leno geht.«

Die Unterhaltung versickerte. Blanches Blondkopf sank immer wieder vor Erschöpfung herab. Die Knaben wurden still. Laura klingelte nach Nanny Nagle, die steif knickste und unerbittlich an der Tür stehenblieb. Eines nach dem anderen machten die Kinder stumm die Runde bei Eltern und Onkel, tauschten Gutenachtwünsche. Dann nahm jedes einen Kerzenleuchter vom Tisch in der Diele und stieg, von Nannys Augen und Zunge gesteuert, die Treppe hinauf. Der Eßtisch wurde abgeräumt und gesäubert, die Karaffe zwischen die beiden Herren gesetzt. »Ich überlasse euch Männer eurem Portwein«, sagte Laura sanft.

Titus hielt die Tür weit auf, und sie schritt leicht gesenkten Kopfs an ihm vorbei. In dem zarten Duft, den sie zurückgelassen hatte, zündeten die beiden ihre Zigarren an und gingen zu ernsteren Themen über. In ihrem Gespräch schälte sich immer mehr der Kern ihres geschäftlichen Lebens heraus und nahm blühende Gestalt an. Die Firma Crozier, das große Spielwarenhaus, jetzt in der dritten Generation und in Umfang und Zielsetzung ständig wachsend, würde ihnen auch in Zukunft ein Leben in gewissem Luxus erlauben.

»Trotzdem wird keiner meiner Söhne ins Geschäft einsteigen«, sagte Theodor. »Edmund ist für die medizinische Laufbahn bestimmt und Lindsey für die Armee. Du mußt dich nach einem gewitzten Geschäftsführer umsehen, wenn ich einmal nicht mehr bin.«

»Aber Bruder, mit achtundvierzig hast du noch viele Jahre vor dir.«

»Ich bin nicht robust«, sagte Theodor nüchtern und dachte wieder an das Wüten der Influenza.

Titus lachte.

»Sieht man dir nicht an«, sagte er sorglos zu der großen stattlichen Gestalt. »Du machst dir zu viele Gedanken.«

»Das sagt Dr. Padgett auch, und er meint, es tue meinem Blutdruck gar nicht gut. Dann mache ich mir Gedanken wegen meines Blutdrucks.«

»Tröste dich mit den Crozierschen Gewinnen. Wir hatten dieses Jahr den bisher besten Weihnachtsumsatz – was mich auf eine persönliche Frage bringt.«

»Die übliche Frage, vermute ich?«

Theodor sprach ohne Groll, aber sein Gesicht war felsenhart: ein dunkles Gesicht, das nie jung gewesen zu sein schien.

»Hast du keinen einzigen Sprung in deiner Rüstung?« fragte Titus nachdenklich. »Ich bin kein so guter Verwalter wie du. Geld rinnt mir durch die Finger. Ich weiß nicht, wo es hinkommt.«

»Meine Verpflichtungen sind indes weit größer«, erwiderte Theodor. »Die Knaben sind in Rugby. Blanche muß ein Teil bekommen, wenn sie heiratet. Ich komme für Lauras Garderobe auf, kein kleiner Posten. Sie kann gleichfalls nicht mit Geld umgehen. Ich habe ein Hauswesen zu erhalten«, und er blickte stolz um sich auf all das solide Mahagoni. »Du bist Junggeselle, Titus, und kannst solche Verbindlichkeiten nicht ins Feld führen.«

»Ich bin Junggeselle und habe andere Verbindlichkeiten«, sagte Titus leichthin. »Sei ehrlich, Bruder, hast du dein ganzes Geld gespart, bis du dreiunddreißig warst und dich verheiratetest, ohne daß die Damen dann und wann deine Börse schröpften?«

Ein Schatten auf Theodors Zügen machte ihn stutzig. »Du

bist jetzt ein bekehrter Junggeselle, Bruder«, sagte Titus lächelnd, »und solltest helfen, mich gleichfalls zu bekehren.«

»Laura hat dir zuliebe musikalische Abende in großer Zahl veranstaltet«, erwiderte Theodor nachsichtig. »Keine Dame scheint deinen Erwartungen Genüge zu tun. Wir haben das oft besprochen, Laura und ich.«

»Und was ist Lauras geschätzte Meinung?«

»Daß du die Freiheit den häuslichen Freuden vorziehst.«

»Nun ja, wir können nicht alle Patriarchen sein. Du trägst hinlänglich Verantwortung für uns beide.«

»Ich habe früh angefangen. Ich habe viele Jahre an dir Vaterstelle vertreten, nachdem unser Vater gestorben war.«

»Wofür ich dir von Herzen dankbar bin. Du hast mich ein paarmal aus üblen Kalamitäten befreit.«

Seine Hand lag eine Weile in echter Zuneigung auf Theodors Schulter.

»Nun, nun«, sagte Theodor, ängstlich bedacht, keine Rührung zu zeigen, »du warst jung und unbesonnen, und ich selbst mußte mir auch einmal die Hörner ablaufen. Schließlich, ein Mann muß ein Mann sein.«

Sie lächelten beide und fühlten sich sicher in einer Welt, in der die Männer das Maß aller Dinge waren.

»Aber kein Geld mehr?« Titus kam hartnäckig auf den springenden Punkt zurück.

»Kein Geld mehr. Du mußt dir weniger kostspieligen Zeitvertreib suchen und deine Mittel entsprechend einteilen.«

»Eine Tänzerin kann ein verteufelt kostspieliger Zeitvertreib sein.«

Sein Bruder antwortete nicht, brütete über der Asche seiner Zigarre.

»Wollen wir dann zur Dame des Hauses hinübergehen?« fragte Titus, so guter Dinge wie immer, wenn auch ein Hauch von Enttäuschung noch über seinen Zügen lag.

»Macht es dir etwas aus, Laura eine halbe Stunde oder so Gesellschaft zu leisten? Ich habe noch Papiere durchzusehen.«

Titus erhob sich bereitwillig.

»Ich habe Order, dir Gesellschaft zu leisten, solange Theo

noch arbeitet«, sagte Titus. »Eine Order, die mir höchst willkommen ist.«

Laura bedeutete ihm, Platz zu nehmen, und hob die Kaffeekanne mit merklichem Beben. Titus schlug die Rockschöße beiseite, machte es sich bequem und sah zu, wie Laura die beiden Tassen füllte.

»Wie kann ich der Schönsten meine Gesellschaft angenehm machen?« erkundigte er sich beflissen.

»Du hast so viele Talente«, sagte Laura spröd, »und die Damen angenehm unterhalten ist eins davon. Ich überlasse dir die Wahl.«

»Soll ich dir die Geschichte deines bezechten Kutschers erzählen, damit du lachen mußt? Ich höre dich gern lachen.«

»Der arme Henry«, sagte Laura. »Ich fürchte, er zieht starke Getränke allem anderen im Leben vor.«

»Es gibt berauschendere Freuden.«

Sie schwieg und drehte an ihren Ringen, während er an seinem Kaffee nippte.

»Hab' ich dir erzählt, was er anstellte, als er noch bei Lady Wareham bedienstet war? Bestimmt, und ich möchte dich nicht mit einer Wiederholung langweilen.«

»Ich möchte die Geschichte gern nochmals hören.«

»Alsdann: Dem wackeren Henry Hann war Lady Warehams außergewöhnlich häßliche Tochter Augusta anvertraut worden, die kein Mann jemals ohne eine hübsche Mitgift geheiratet hätte, das arme Ding! Mein Gott, was ist sie häßlich! Und Henry, erschüttert von der Ehre – und möglicherweise auch vom Aussehen der jungen Dame –, verschrieb sich eine Dosis reinen Alkohols und schwang sich in der Nase vollem Glanze auf den Kutschbock der eleganten Equipage.«

Sie beobachtete ihn verstohlen, und er tat, als merkte er es nicht, schwelgte jedoch in ihrem Entzücken.

»Anfangs ging alles gut. Die Pferdchen trappelten artig durch den Hyde Park. Die Dame barg ihre Reize unter einem Parasol. Dann aber, als der Alkohol ihm zu Kopf stieg, schnalzte Henry seine Rosse in flotten Trab. ›Nicht so schnell, Hann!‹ rief die ehrenwerte Augusta. Er achtete nicht darauf. Flugs klappte sie den Sonnenschirm ein, rollte ihn und stupste Henry in den Rücken. ›Ich befahl Ihnen, langsamer zu fahren, Hann!‹ kreischte sie. Diese Stimme würde jeden Mann dem

Schnapsteufel in die Arme treiben, ganz zu schweigen von unserem Henry.«

»Du solltest nicht so von einer Dame sprechen, Titus.«

Er grinste sie an.

»Aber wir sind doch alte Freunde, nicht wahr, und können die Wahrheit sagen?«

Sie trank ihren Kaffee und antwortete nicht. »Immer schneller liefen die Pferde«, fuhr Titus fort und genoß sowohl Lauras Verwirrung wie seine eigene Erzählkunst. »Und je schneller sie liefen, um so heftiger peitschte Henry auf sie ein; ein Rausch von Alkohol und Raserei hatte ihn gepackt. Wie die Wilde Jagd brausten sie durch den Park, und wenn sie vorüberflitzten, begannen alle Leute in den anderen Wagen zu schreien und zu rufen ›Halt! Halt!‹ und ›Hilfe! Polizei!‹ – an dieser Stelle lächelst du jedesmal, Laura. Auf sprang die ehrenwerte Augusta, schwang den Sonnenschirm, drosch damit auf Henrys Rücken ein und schrie dazu: ›Mama! Papa! Polizei! Hilfe!‹ Und je mehr sie ihn schlug, um so heftiger bearbeitete er die Pferde, die um so feuriger galoppierten!«

Laura warf den Kopf zurück und lachte, und er lachte mit.

»Galopp, Galopp. Schneller und schneller. Henrys Zylinderhut war schon längst gefallen. Die ehrenwerte Augusta verlor ihre Haube und dann ihren Sonnenschirm, brach in Tränen aus und fiel auf den Sitz zurück, wo sie von einer Seite zur anderen geschleudert wurde. Und dann verflog der Rausch, und Henry Hann kam reuig zu sich. Er zügelte und bändigte die panisch erschreckten Tiere. Erst nach mehreren hundert Yards brachte er sie zum Stehen, das darfst du mir glauben. Sie waren über und über mit Schaum bedeckt, desgleichen die Dame. Und Henry wendete die Equipage und fuhr sie nach Hause, so fromm wie ein Lämmchen. Die ehrenwerte Augusta wurde auf Wogen von Riechsalz zu Mama hineingetragen, und Henry erhielt seine fristlose Entlassung. Habe ich dich gut unterhalten, Laura?«

»Ja«, rief sie und preßte das Taschentuch an den Mund.

»Darf ich dann zur Belohnung um eine zweite Tasse Kaffee bitten?«

Nunmehr mochte sie in gelöster Stimmung und ihm gewogen sein, schätzte er.

»Laura, ich muß dir eine Bitte vortragen.« Sie blickte jäh auf, und er machte eine abwehrende Handbewegung.

»Nein, das nicht, darüber müssen wir ein andermal sprechen. Ich bin teuflisch knapp bei Kasse und muß irgendwo Geld auftreiben. Willst du nicht bei Theodor ein Wort für mich einlegen?«

»Wie bringst du es nur immer so schnell durch?« fragte sie sehr leise.

»Das weiß ich selbst kaum. Aber ich habe Spielschulden bei Marchmont, und einige Lieferanten drängen auf Bezahlung.«

»Du hast mir versprochen, nicht mehr zu spielen.«

»Ich habe versprochen, es zu versuchen – und das tat ich auch!«

»Hast du Theodor nicht selbst darauf angesprochen?«

»Ohne Erfolg. Ich dachte, du würdest wissen, wie du ihn vielleicht herumkriegen könntest. Du würdest nicht zum erstenmal für mich bei ihm vorstellig werden, in der einen oder anderen Sache.«

Sie starrte auf ihre Ringe.

»Ich habe keinen Einfluß auf ihn.«

»Das kann ich mir nicht vorstellen. Auf *mich* hast du beträchtlichen Einfluß.«

Sie hob den Kopf und blickte ihm ins Gesicht.

»Nicht, was das Kartenspiel betrifft, Titus«, sagte sie.

Eine volle Minute lang sahen sie einander an: er bewundernd, sie rebellisch. Dann senkte sie den Blick.

»Ich werde sehn, was ich tun kann«, sagte sie resigniert.

Nach einer Pause sagte Titus: »Die Influenza beginnt hier genauso zu wüten wie in Europa und in den Vereinigten Staaten von Amerika. Ich hörte, Lord Salisbury müsse in Hatfield das Bett hüten. Ob ich sie wohl kriegen werde?«

Sie stand auf, schritt langsam zum Fenster, lüpfte einen Vorhang und betrachtete den nächtlichen Park. Er wußte ohne hinzusehen, wie sie den Kopf mit der aschblonden Krone hielt und wie gut die smaragdfarbene Seide den blassen Teint zur Geltung brachte. Und sie kämpfte gegen die Tränen an, so tief traf sie die Arroganz seiner Ungeniertheit und die Selbstverständlichkeit, mit der er über sie verfügte.

»Falls ich wiederum erkranken sollte«, sagte Titus und beobachtete aus halbgeschlossenen Augen das Kaminfeuer,

»würdest du wieder kommen und mich pflegen, wie eine liebevolle Schwägerin?«

Sie schwieg, und er drehte sich nach ihr um.

»Ja oder nein, Laura?«

»Ich bitte dich«, sagte sie in die leere Dunkelheit, »zu vergessen, was vergessen werden muß.«

Sein Ausdruck wechselte.

»Das ist schwer«, erwiderte er. »Findest du nicht auch?«

»Ich finde es sowohl schwer«, sagte Laura, »wie bitter.«

Ihre Traurigkeit hatte seinen Humor hinweggefegt.

»Ich nehme an«, fuhr sie in bekümmerter Resignation fort, »daß dein Geld bei den Karten und bei den Frauen geblieben ist? Es ist vielleicht unziemlich von mir, eine solche Möglichkeit zu erwähnen, aber wir brauchen einander wohl nichts vorzumachen.«

Wiederum befragte er die Flammen.

»Ja«, sagte er schließlich, »für Frauen und Karten. Aber ich scheine einer verfallen zu sein, die nicht zu kaufen ist, also, was tut's?«

»Wenn ich es bestimmt wüßte, würde ich mich von dir lösen.«

Ebenso tief verletzt wie sie, aber unbeugsam, erwiderte Titus: »Versuch es, Laura.«

Theodors Eintreten war für beide eine Erleichterung.

»Du wirst dich am Fenster verkühlen in diesem dünnen Kleid«, sagte der Herr des Hauses. »Komm zum Feuer, Laura. Titus, du solltest ihr nicht erlauben, im Luftzug zu stehen.«

»Ach, ich habe keinen Einfluß auf sie«, sagte Titus leichthin. »Nicht wahr, Laura?«

Sie ließ den Vorhang los und wandte sich den Männern zu; ihr Lächeln trug sie wie ein Banner.

»Nicht den geringsten«, erwiderte sie ebenso leichthin und lehnte sich in ihrem Sessel zurück, um sich bewundern zu lassen. Die Brosche funkelte über ihrem Herzen.

2

In solchem Fall ist Offenheit mehr als morali-
sche Pflicht. Sie wird zum Vergnügen.

Oscar Wilde, Bunbury

In der geräumigen heißen Küche hatte sich das Personal nach des Tages Mühen zu einem Abendbrot aus kaltem Fleisch und Pickles niedergelassen.

»Aus dieser Ecke wird heute abend nichts mehr kommen«, sagte Mrs. Hill mit einer Kopfbewegung zum Ruftableau über der Küchentür. »Wie wär's mit einem Scheibchen Rinderbraten, Mr. Hann? Ich kann ihn empfehlen.« Und sie nickte bekräftigend und konzentrierte den Blick der zusammengekniffenen Augen auf das Tranchiermesser.

Die Fünfzigerin, nach Leibesfülle und Wangenglühn einer Muse der Kochkunst und Eßlust gleich, saß in königlicher Haltung der Runde untertäniger Gesichter vor: Zu ihrer Rechten saß Nanny Alice Nagle, die nur um ein Jahr weniger lang bei den Croziers war als sie; sie war als Nurse des Erstgeborenen, Master Edmund, in Dienst genommen worden. Miß Nagle und Mrs. Hill waren willensstarke Frauen mit ausgeprägtem Gefühl für den eigenen Wert, und sie verstanden einander. Die Küche war das Reich der Köchin, die Kinderzimmer gehörten der Nanny. In ihrem eigenen Revier bot jede der anderen Trotz, aber dem übrigen Personal zeigten sie eine geschlossene Front. Sollte jemand einer von ihnen zu nahe treten, so konnte er eines gemeinsamen Angriffs gewärtig sein, empörtem Kriegsgeschrei und entrüsteter Zurückweisung.

Zur Linken der Köchin saß die Zofe Kate Kipping: feingliedrig, glatthaarig, damenhaft wirkend. Insgeheim fanden die anderen sie eingebildet, hatten jedoch genügend Respekt vor ihr, um diese Meinung für sich zu behalten. Nach ihr kam Harriet Stutchbury, das Hausmädchen, eine von Mrs. Hills Protegés: gutmütig, leichtgläubig und ungeschickt. Henry Hann, der Kutscher, saß am Ende der Tafel. Zwischen ihm und Nanny Nagle wand sich verlegen die jüngste Hilfskraft der Köchin, Annie Cox: eine unterentwickelte Dreizehnjährige, die für zehn Pfund pro Jahr und freie Station die groben

Arbeiten verrichtete. »Wieder ein Weihnachten überstanden, Gott sei's gedankt«, bemerkte Nanny Nagle und verfolgte mit den Blicken das Messer der Köchin, die gekonnt das Lendenstück tranchierte und drei rote Scheiben auf ihren Teller legte.

»Ach ja«, seufzte Mrs. Hill und schüttelte traurig den Kopf, ohne Sinn und Auge von dem Braten zu wenden, »und wir werden alle nicht jünger dabei. Harriet, mach dich nützlich und schneide das Brot. Aber nicht zu dick. Wir sind keine Kannibalen, will ich hoffen.«

Harriets rote Hände machten sich ans Werk, doch der Erfolg war mäßig.

»Sechs Jahre«, sagte Mrs. Hill mit bitterer Genugtuung, »hat das Mädel bei mir gelernt und kann den Laib nicht richtig halten. Sechs Jahre. Schneid eine neue Scheibe für Miß Nagle ab, Harriet, und gib die da der Annie. *Sie* stört's nicht.«

»Froh, wenn ich's krieg, Missus«, sagte Annie aufrichtig und im Bestreben, gefällig zu sein. »Frisch oder altbacken, wie meine Mam immer sagt.«

Mrs. Hill legte betont ihr Tranchierbesteck nieder, und gespanntes Schweigen trat ein. Annie ließ wie ein erschreckter Spatz die unebene Brotscheibe fallen, die sie schon zum Mund geführt hatte, und starrte mit aufgerissenen Augen den Berg des Zornes an.

»Hab' ich deshalb in meinem Beruf Jahr für Jahr gelernt und andere angelernt, siebenunddreißig kommenden Michaelstag«, sagte die Köchin mit schrecklicher Stimme, »daß man mich an meinem eignen Tisch *Missus* heißt?«

»Pfui, schäm dich!« keifte Nanny Nagle, »und leg das Brot wieder auf deinen Teller, Annie Cox, anstatt dich vollzuschlagen vor besseren Leuten.«

»Sie versteht's nicht besser«, sagte Harriet Stutchbury freundlich und in Erinnerung an eine harte Lehrzeit unter der gleichen Fuchtel. »Sie hat's mit keiner Absicht nicht getan.«

Das Kind krümmte sich, puterrot und dankbar, und schielte ängstlich auf das Brot.

»Ich wäre dir dankbar, wenn du gefälligst den Mund halten wolltest, wie sich's gehört, Harriet Stutchbury«, rief die Köchin. »Mrs. Hill ist mein Name, Annie, und Mrs. Hill wirst du gefälligst zu mir sagen« – obwohl es sich um einen reinen Höflichkeitstitel handelte, ihrer gehobenen Stellung entsprechend, denn sie war nie verheiratet gewesen. »Zwei Wochen bist du jetzt hier im Haus unseres Herrn Crozier, Annie Cox, und glotzt jedes Essen an, als hättest du noch nie im Leben ein Stück Fleisch gesehen. Was ihr zu Hause macht, geht mich nichts an«, fügte sie hochmütig hinzu, »aber in meiner Küche wirst du Manieren lernen. Zuletzt bedient ißt zuletzt, und niemand fängt vor dem Tischgebet zu essen an. Ihr betet doch zu Haus auch vor Tisch, oder?«

»Nein, Missus – Hill.«

Die Stille war fürchterlich. In bangem Entzücken und Erwarten saß die Runde.

»Trag deinen Teller hinaus in die Spülküche, Miß«, befahl die Köchin. »Nimm eine Kerze mit und iß draußen. Ich setz mich am Christtag nicht mit einem Heidenkind zu Tisch. Raus mit dir, marsch!«

Das Kind rutschte von seinem Stuhl, dankbar, daß es sein Essen mit in die Verbannung nehmen durfte.

»Du hast etwas vergessen, Miß«, rief die Köchin würdevoll und deutete auf Annies Messer und Gabel.

Annie schusselte zurück und holte das Besteck, dessen Handhabung ihr ungewohnt war. Aber in der Einsamkeit der kalten Spülküche, beim Licht des Kerzenstummels, fischte sie die Happen mit den Fingern vom Teller und freute sich, daß sie in Ruhe aufessen konnte.

Als einzige in der Küche aß Kate Kipping mäßig und elegant, wie ihre Herrin, und wischte sich nach jedem Bissen den Mund.

»Guckkastenbilder heute abend, Mr. Hann?« sagte Mrs. Hill.

»Ja, Ma'am, und Mr. Titus hat den Clown gespielt.«

»Ah, ein sehr lustiger Herr«, sagte Mrs. Hill frostig.

»Sehr frei. Ich hoffe, er benimmt sich Ihnen gegenüber, wenn Sie ihm die Tür öffnen, Kate.«

Das Mädchen hob ein übertrieben beherrschtes Gesicht.

»Ich glaube, ich weiß, was ich mir schuldig bin, Mrs. Hill.«

»Ach ja, aber weiß er es auch? Das war meine Rede!«

Und die Köchin saugte sich nachdenklich eine Fleischfaser aus den Zähnen.

Harriet, die ihrer Zuchtmeisterin die Treue hielt, sagte:

»Er hat sich einmal mir gegenüber eine Freiheit herausgenommen, Mrs. Hill. Damals, als Kate unpäßlich war.«

»Wie meinst du das, Mädchen, eine Freiheit herausgenommen?«

»Mich in die Backe gekniffen, Ma'am, und so ein bißchen gedrückt.«

»Er hat sich seinerzeit bedeutend mehr herausgenommen, das kann ich euch sagen«, sagte Mrs. Hill mit Nachdruck. Das Hausmädchen, das des Mentors Worte irrig auslegte, kicherte nervös.

»Ich dulde hier kein lockeres Benehmen, Harriet Stutchbury«, sagte die Köchin sehr scharf. »Hörst du?«

»Ja, Ma'am. Bitte um Verzeihung, Ma'am.«

»Also, mir gegenüber hat er sich nie etwas herausgenommen und wird es auch nie tun«, sagte Kate Kipping fest. Sie blickte das betretene Hausmädchen an. »Ein Gentleman weiß, wann er darf und wann er nicht darf, und Mr. Titus ist ein Gentleman.«

»Außer, wenn es um eine gewisse Dame geht«, ergänzte Nanny Nagle mit einem vielsagenden Heben der Brauen.

»Keine Namen, Miß Nagle«, erwiderte die Köchin. »Sagen Sie, was gesagt werden muß, aber keine Namen.«

»Oh, wir hier an diesem Tisch wissen alle Bescheid«, sagte die Nanny. »Henry Hann könnte da einiges erzählen, nicht wahr, Mr. Hann?«

Er hielt mit dem Essen inne, schluckte und räusperte sich.

»Was ich jetzt sage, könnt ich vor jedem Gericht beschwören«, begann er, und sie zogen die Stühle näher heran, nur Kate Kipping nicht, die wenigstens innerlich von einer Unterhaltung Abstand nahm, die sie nicht verhindern konnte. »Und wenn Sie mich fragen, ist Mr. Titus an allem schuld. Mrs. Crozier ist eine Dame, und ohne Mr. Theodor wäre ich jetzt im Arbeitshaus.«

»Nein, nein!« riefen sie, als seine Unterlippe zu beben begann. »Nie und nimmer, Mr. Hann.«

»O doch«, widersprach er und schüttelte den Kopf. »Infolge einer unseligen Neigung, was kein Geheimnis ist. Aber ich hab' Mr. Theodor versprochen, daß ich immer nüchtern sein will, wenn ich seine Dame fahre. Und das war ich auch, stocknüchtern, wie Mr. Titus vorigen Sommer krank war.« Er strich sich reichlich Butter aufs Brot. »Sie war fast zwei Stunden bei ihm gewesen, und wie sie rauskommt, hat sie glatt auf mich vergessen.«

»Mein Gott!« rief Nanny Nagle und warf die Arme gen Himmel. »Wie meinen Sie das, Mr. Hann?«

Obwohl sie die Geschichte, mit Variationen, schon viele Male gehört hatten.

»Mrs. Crozier kommt heraus, sie steckt ihren Hut fest und zieht einen Handschuh über, und dann geht sie einfach die Straße entlang. Da ruf ich: ›Hier bin ich, Ma'am.‹ Und sie bleibt stehn, als fällt ihr etwas ein, und kommt zurück und sagt: ›Ich habe Sie nicht gesehen, Henry.‹«

»Und was haben *Sie* drauf gesagt?« fragte die Köchin gierig.

Seine Antwort verriet einigen Takt.

»Ich sage: ›Entschuldigung, Ma'am. Ich muß zu weit hinten gehalten haben.‹«

Kate Kipping hob den Kopf und sah ihn an, dann blickte sie wieder auf ihre verschränkten Finger.

»War sie rot im Gesicht?« erkundigte sich Nanny Nagle, die selbst leicht rot wurde.

»Hat eine gute Farbe gehabt, aber es war vielleicht nur die Hitze. Ist ein warmer Tag gewesen«, sagte Henry langsam und bedauerte die unsterbliche Beliebtheit seiner Geschichte.

»Papperlapapp«, rief Nanny Nagle. »Ich würde sagen, sie schämte sich, wenn ich sie nicht besser kennen würde.«

»Was es auch war, wir können's nicht wissen, bloß vermuten, und auf jeden Fall«, sagte Henry mit rauher Ritterlichkeit, »war Mr. Titus dran schuld.«

»Ein Mann ist ein Mann«, sagte Nanny Nagle, »und eine Frau sollte das wissen und ehrbar bleiben.«

»Sie *ist* ehrbar«, rief Kate Kipping hitzig. »Ehrbarer als Sie, Miß Nagle, wenn Sie Schlechtes von ihr denken.«

»Oho, Kate Kipping«, sagte die Köchin. »Wir wissen alle, daß Sie's ihr gleichtun möchten. Am Sonntag durch den Park stolzieren in Ihrem abgelegten Staat und die Lady spielen. Ich wäre nicht erstaunt, Miß, wenn Sie mehr wüßten, als Sie sagen. Gleich und gleich gesellt sich gern.«

»Ich weiß gar nichts, Mrs. Hill, und es gibt auch nichts zu

wissen. Mr. Titus ist Mrs. Croziers Schwager, und er ist Junggeselle. Es ist nur richtig, daß sie sich um ihn kümmert, wenn's ihm nicht gutgeht.«

»Sie ist eine hinterhältige Katze«, sagte Nanny Nagle brütend. »Läßt Papiere unter der Schreibmappe verschwinden, wenn ich zu plötzlich reinkomme. Und sitzt stundenlang droben in ihrem Schlafzimmer und schreibt in ihr Tagebuch. Das sperrt sie auch immer ein. Und einmal, als Mr. Titus sie nachmittags besucht hat, hab' ich sie mit ganz roten Augen gefunden, und sie hat sich weggedreht, damit ich nicht sehen sollte, daß sie geweint hat.«

»Gefällt mir gar nicht, daß unsere Lady geweint haben soll«, sagte Henry zerknirscht, aber Nanny Nagle gefiel die Vorstellung so gut, daß sie sich nicht davon abbringen ließ.

»›Ein tugendsames Weib ist wertvoller denn Rubine‹, sagt die Bibel. Das Leben mag ein Jammertal sein, aber einer ist über uns, der alles sieht. Arme Leute können gute Christen sein, und reiche Leute nicht besser als Heidenvolk. Nehmt ihr die irdischen Güter fort, und ich sage euch, was übrigbleibt – aber ich würde meine Lippen nicht mit diesem Wort besudeln!«

Ihre Mägen waren schon von Obsttorte gedehnt, aber das Lästern hatte ihnen aufs neue Appetit gemacht, allen, mit Ausnahme Kate Kippings.

»Sie hat daran gedacht, selbst wenn sie's nicht getan haben sollte«, sagte die Nanny, wischte sich die Sahne vom Mund und nahm einen Kanten Cheddar nebst drei Essigzwiebeln. »Gesündigt in ihrem Herzen. *Ich* kenne sie.«

»Immerhin«, bremste die Köchin den bedenklichen Ausfall ihrer Verbündeten, »zeigt nichts darauf hin, daß irgendwas nicht stimmt. Es ist acht Jahre her, seit Miß Blanche zur Welt kam.«

»Es gibt Mittel und Wege«, sagte die Nanny. »Er kennt sie bestimmt, falls sie sie nicht kennen sollte.«

»Gefällt mir gar nicht, daß man Mrs. Crozier so was nachredet«, sagte Henry hilflos.

»So?« rief Kate Kipping. »Warum erzählen Sie dann Geschichten über sie? Ich will euch sagen, wer hier im Haus Heimlichkeiten hat, nämlich Mr. Theodor. Warum über *sie* reden, und nicht über *ihn?* Er ist oft genug nachts nicht zu

Hause, und nicht, weil die Arbeit ihn aufhält, das kann ich schwören. Mr. Titus war ein paarmal hier, weil er mit ihm sprechen wollte, und Mrs. Crozier war allein. Hören Sie auf zu lächeln, Miß Nagle, ich dulde es nicht!«

»Beweisen Sie, was Sie sagen, Miß!«

»Ich kann's beweisen, denn ich habe gerade den Kaffee serviert, als Mr. Titus sagte: ›Wo ist Theo?‹ Und Mrs. Crozier antwortete: ›Ich dachte, er sei mit dir zusammen geschäftlich in der Stadt.‹«

»Ach, die haben Sie hinters Licht geführt, Miß«, sagte die Nanny schlau. »Um solche Tricks sind die nie verlegen.«

»Das war alles, er ist nach zehn Minuten gegangen, und sie blieb gut bis elf Uhr allein sitzen. Sie sprach beim Auskleiden kaum ein Wort. Kurz nach drei Uhr morgens – ich hab' die Uhr schlagen hören –, hat der Herr die Haustür aufgesperrt.«

»Und wo waren Sie, daß Sie das alles im Dachgeschoß gehört haben?«

»Ich hab' die Speichertür offengelassen, weil Mrs. Crozier krank aussah und ich sie hören wollte, falls sie nach mir rufen würde. Ich hab's Ihnen gesagt, erinnern Sie sich, Harriet?«

Das Hausmädchen nickte, denn die beiden schliefen in der gleichen Kammer. »Ich bin also zum Geländer geschlichen und sah ihn drunten, wie er die Treppe raufging. Sie nennen unsere Lady hinterhältig, Miß Nagle, aber Sie hätten *ihn* sehen sollen. Schmunzelt vor sich hin. Dann geht er rein, ernst wie ein Prediger, und sie ist wach, und dieses eine Mal läßt sie sich gehen. Ich hab' sie miteinander zanken hören und dann unsere Lady weinen. Und ich sag's nochmals, wenn schon, dann solltet ihr lieber über den Herrn klatschen!«

»Klatschen?« schrie Mrs. Hill empört. »In dieser Küche kriegen Sie keinen Klatsch zu hören, Kate Kipping.«

»Wie nennen Sie das dann?«

Köchin und Zofe maßen einander. Die eine als soziale, die andere als moralische Autorität. Nach einer kurzen Weile gab Mrs. Hill nach und rettete ihre Würde mit einer geschickten Wendung.

»Herrjeh«, rief sie in lautstarker Gutmütigkeit, »da sitzen wir und plaudern und vergessen diese dumme Annie Cox in der Spülküche!« Sie wandte sich von Kate ab und rief: »Annie! Annie! Komm wieder rein, du dummes Ding.«

Zähneklappernd und rotnasig kam das Küchenmädchen zum Vorschein.

»Und was soll das Benehmen da bedeuten, Miß?« sagte die Köchin barsch. Dann, als das Kind nicht begriff, was es nun schon wieder falsch gemacht hatte, schubste Mrs. Hill es auf den blankgeputzten Herd zu. »Setz dich dort auf den Hocker und wärm dich auf. Und, Harriet, schneid ihr ein Stück Torte ab. Ich könnte mir denken, daß du Apfeltorte magst, wie, Annie?«

»Hab' noch nie eine gegessen, Missus – Hill, nie im Leben.«

»Dann iß sie auf. Gib ihr einen Löffel Sahne drauf, Harriet. Ich seh schon, bis ich aus *dir* was Rechtes machen kann, muß Ostern in den Winter fallen.«

Das Küchenmädchen machte sich ratlos, aber hochzufrieden über die Apfeltorte her.

»Los jetzt, ihr Mädchen, räumen wir den Tisch ab«, sagte die Köchin, »dann les ich euch die Karten.«

»An einem Weihnachtstag, Mrs. Hill?« fragte Harriet unsicher.

»Es ist kein Sonntag, und überhaupt schon fast vorbei.«

»Ich für meine Person bedanke mich schon jetzt«, sagte die Nanny. »Es wird eine Belehrung und eine Belustigung für uns alle sein. Beeilt euch, Mädchen, macht Platz für Mrs. Hill.«

Zwischen den Groschenromanen in der Küchenschublade, unter einem ägyptischen Traumbuch, fand die Köchin ein schmieriges Päckchen Karten. Harriet wusch das Geschirr. Annie trocknete ab, und Kate schüttelte das Tischtuch aus und legte es ordentlich zusammen. Dann mischte Mrs. Hill in ihrem guten Schwarzen die Karten und schlug sie auf. Zwischen dem Lesen aus Teesatz und dem Lesen der Karten lag ein Abgrund. Was war schon das kleine Glück, das zwischen Teeblättern nistete, gegenüber dem Armaggedon, das aus dem Kartenblatt drohte.

Als Sprachrohr des Schicksals weissagte Mrs. Hill Unheil, Ruin und Ehebruch in einer Fülle, die ausgereicht hätte, das britische Weltreich aus den Angeln zu heben.

Droben lagen die beiden Knaben im Dunkeln und wandten ihre Gedanken wieder jener Welt zu, die hart auf ihnen lastete: Lindsey hatte gerade sein erstes Halbjahr in Rugby hinter sich und empfand es als wahre Feuertaufe. Edmund, der schon im zweiten Jahr war, blickte zurück auf Scylla und Charybdis und machte sich bereit, die vorausliegenden Klippen zu umschiffen. Der dunkle stämmige Knabe, äußerlich das Ebenbild des Vaters, besaß auch dessen stoische Wortkargheit. Lindsey hingegen war ganz die Mutter, zart gebaut und sanftmütig. Sein Gemüt war verletzlich, und Edmund wußte es und fürchtete für ihn. Furcht und Wissen waren eine doppelte Bürde für einen Vierzehnjährigen, aber er versuchte dennoch, Lindseys Weg nach Kräften zu ebnen.

»Und halt dich möglichst fern von Heddlestone«, warnte er.

»Ich finde ihn sehr nett«, verteidigte ihn Lindsey. »Er hat gesagt, ich kann nächstes Jahr seinen Leibfuchs machen.«

»Bleib bei Matthews«, riet Edmund. »Wenn du deine Sache jetzt gut machst, wird er dich behalten wollen. Also putz ihm die Schuhe, und gieß ihm den Tee so auf, wie er's gern hat. Matthews ist in Ordnung.«

»Und ist Heddlestone nicht in Ordnung? Er ist sehr hübsch, und er hat mich einen patenten Burschen genannt und mich sein Jackett halten lassen, wie er mit Smith Major geboxt hat.«

»Ich bin der Ältere«, sagte Edmund und spielte seine Erstgeburt gegen Heddlestones Charme aus, »also tust du, was ich sage.«

Edmunds Lippen schlossen sich fest über dem Befehl. Lindsey wandte das ratlose Gesicht zum Bett seines Bruders, aber Edmund starrte zur Zimmerdecke: entschlossen und abweisend.

»Schlaf jetzt, Lindsey«, sagte er.

Der Jüngere schloß gehorsam die Augen, aber Edmund lag noch über eine Stunde lang wach, starrte ins Dunkel und dachte über die Worte seines Vaters nach.

»Ich muß mich wundern, daß mein eigener Sohn nicht ansteht, mir Vorhaltungen zu machen, weil ich seinen Bruder eine der besten Schulen Englands besuchen lasse. Rugby war meine Schule und die eures Onkel Titus, und schon euer Großvater war dort gewesen.« Kostete ihn eine Flut von Spielsachen *zur Belehrung des kindlichen Verstandes*. »Glaube mir, Rugby wird einen Mann aus Lindsey machen. Er ist zu *weich*, Edmund. Eure Mutter hat ihn verzogen, und jetzt büßt er für ihre Laschheit. Was wolltest du erreichen, als du mir von dieser Sache sprachst? Dachtest du, ich würde ihn von der Schule nehmen? Nein, Sir, und wenn er daran zerbricht! Nimm dich also seiner an, Sir, und sorge dafür, daß er die Ohren steif hält. Das ist alles, was ich dir zu sagen habe, Edmund.« Und als der Knabe zögernd zur Tür ging: »Glaube nicht, du könntest mich durch deine Mutter umstimmen. Frauen verstehen nichts von Männersachen, sie haben keine Ahnung. Das bleibt unter uns. Wenn du ihr gegenüber auch nur ein Wort verlauten läßt, bekommst du die Peitsche. Und es wird ihr nur schaden, wenn du sie damit beunruhigst. Was können Frauen anderes tun als weinen? Das möchtest du doch nicht?«

»Nein, Sir. Ehrenwort, Sir.«

Theodor hatte dem Jungen die Hand auf die Schulter gelegt. Aber es wäre nicht wohlgetan, zu zeigen, wie sehr er ihn liebte. Also versetzte er dem Norfolk-Jackett ein paar knappe Schläge und schickte den Knaben hinaus.

Blanche war, erlöst aus Nanny Nagles Tyrannei, in den Schlaf geglitten und wie Alice im Wunderland immer kleiner geworden. In ihren Träumen zog sie in das neue Puppenhaus ein, schlüpfte in Stuben und Stübchen und war die Herrin des Hauses, die nach Gutdünken darin schalten und wollten konnte.

3

*Das jüngste und illusterste Opfer der Influenza
ist die nunmehr in ihrem neunundsiebzigsten
Lebensjahr stehende Kaiserin-Witwe Augusta.*
The Times, 6. Januar 1890

Der Neujahrstag 1890 begann mit einem schläfrigen Adagio von Hausmädchen, Zofe und Küchenmädchen, die sich um sechs Uhr morgens treppab gähnten. Lang vor dem Frühstück hatten fleißige Hände in den Wohnräumen aufgefegt und Staub gewischt, Roste gesäubert und Feuer entzündet, Krüge mit heißem und kaltem Wasser in die Schlafzimmer geschleppt. Während Mrs. Hill, aufgerichtet durch eine Kanne starken Tees und kolossale Morgenwürde, am Küchenblock werkte: das beste Modell seiner Art und ein Crabtrees Patent Kitchener. Annie Cox hatte ihn um den Preis zweier wundgescheuerter Knöchel mit ›Zebo‹ spiegelschwarz poliert. Jetzt dampfte er unter der Last eines viktorianischen Frühstücks. Porridge quoll. Speck, Nieren, Würstchen brutzelten. Ein Fischcurry – Mr. Theodors Lieblingsgericht – war warmgestellt. Pflaumen für die Kinder wurden gekühlt. Harriet röstete Gesicht und Toast. Ein Berg Rühreier lag unter einer Silberglocke. Kaltes Fleisch und ofenheiße Koteletts wurden angerichtet.

Annie holte Porzellan aus dem Geschirrschrank und zählte Besteckreihen ab, wobei sie die Zunge angestrengt zwischen die Zähne klemmte. Der Salon wurde von der adretten Kate Kipping adrett angeordnet. Eine Achttageuhr, gekauft bei der Firma Benson & Co. in Ludgate Hill, tickte gemessen, in völliger Harmonie mit der Köchin. Und die ließ ihre kleine Armee Aufstellung nehmen, erteilte Befehle und Verweise kraft einer Erfahrung, die in ihrer Art an Genialität grenzte.

»Missus Hill hat Augen im Hinterkopf«, wisperte Anne Cox leidgeprüft in Harriets Ohr, aber nicht leise genug. »Und Ohren zum Hören, Miß. Nimm die Finger von den Würsten da. Hast du noch nie im Leben etwas zu Essen gesehn?«

»Soviel auf einem Haufen noch nie, Missus Hill. Wir sind vierzehn Kinder, und mein Dad ist Dockarbeiter.«

Mrs. Hill schniefte. Ihr Stammbaum war edlerer Art, denn ihr Vater hatte eine eigene Bäckerei gehabt.

»Sie hecken wie Karnickel«, sagte Nanny Nagle, die in frisch gestärkter Tugendhaftigkeit die Küche betrat. »Ekelhaft. Kinder haufenweise in die Welt setzen, und dabei kein Stück Brot und keine warme Decke. Die Wiege bei euch zu Haus muß ganz schön ausgeleiert sein, Annie Cox!«

»Wir haben keine Wiege nicht, Miß Nagle«, sagte Annie unüberlegt. »Mein Dad holt einen Bananenkorb von den Docks und schneidet ihn auseinander, und meine Mam legt ein Stück Decke rein. Aber auf der ganzen Welt gibt's keine bessere Mam«, parierte sie die allgemeinen Ausrufe des Entsetzens, »und kein netteres Baby wie unsern Johnny. Ganz bestimmt nicht!« schloß sie rebellisch.

»Ja, Annie, du kannst ihm von deinem ersten Lohn was kaufen«, sagte Harriet freundlich, denn sie kam selbst aus einer kinderreichen Familie und war aus dem gleichen Grund wie das Küchenmädchen in Dienst geschickt worden: nicht genug Platz und Essen im Haus, und sogar das bißchen, was das Kind verdienen konnte, bitter benötigt.

»Fünf Minuten vor acht«, schmetterte Mrs. Hill mit einer Stimme, die zum Sturm blies.

Die Familie kam herunter. Laura am Arm ihres Gatten, die Kinder hinterdrein, so zogen sie in den Salon, der mit tropischen Vögeln zwischen exotischem Blattwerk tapeziert war. Sobald seine Trabanten vollzählig waren, zog Theodor die goldene Jagduhr, wartete, bis der Zeiger die volle Stunde erreicht hatte, und klingelte.

»Fertig?« sagte Mrs. Hill und führte ihre Schar vor das Angesicht des Herrn.

Proper und flink nahm Kate die Bibel aus der verhängten Nische unten am Büfett und legte sie vor den Hausherrn. Er wählte seinen Text aus dem Buch der Sprüche.

»Der Mensch setzt sich's wohl vor im Herzen; aber vom HERRN kommt, was die Zunge reden soll.«

Sie lauschten ehrfürchtig, mit gesenkten Köpfen. Eine Herde schwarzer Kleider und weißer Schürzen und Häubchen und als Nachhut Henry Hann in nüchternem Grau. Dann knieten alle zum Gebet nieder und verharrten noch eine Weile schweigend, nachdem Theodor geendet hatte.

Mrs. Hill, der die Mädchen auf die Füße geholfen hatten, nickte ihrer Kohorte kurz zu. Sie verschwanden so unauffällig, wie sie gekommen waren, und an ihrer Stelle erschien Kate mit einem Tablett voll Porridge und Pflaumen. Laura aß wenig, wie immer: es galt, dem Gatten, der hinter seiner *Times* saß, jede Störung durch die Kinder fernzuhalten. Blanche kam mit ihren Pflaumen nicht zurecht, und die Knaben wetzten die Stiefel an den Stuhlbeinen, bis ein Stirnrunzeln sie zur Ordnung rief. Theodor räusperte sich.

»Das Begräbnis von Mr. Robert Browning wird heute in großer Ausführlichkeit geschildert«, bemerkte er. »Möchtest du vielleicht davon hören? Der Artikel ist ungewöhnlich gut geschrieben, Laura.«

»Ich würde es brennend gern hören, wenn du so freundlich sein wolltest. Auch die Kinder« – ein Wink erheischte Aufmerksamkeit – »würden gern zuhören.«

»›Gestern wurde die sterbliche Hülle des entschlafenen Mr. Browning aus dessen Heim in De Vere Gardens, Kensington, wo sie seit ihrer Ankunft aus Florenz aufgebahrt war, zur Westminster Abbey verbracht und dort in Anwesenheit einer zahlreichen und distinguierten Trauergemeinde in Poet's Corner zur letzten Ruhe gebettet...‹«

Blanche träumte, Edmund und Lindsey löffelten schweigend ihren Porridge, Laura bewegte sich gemessen mit dem Trauerzug, und Theodor las deutlich und bedächtig aus der Zeitung.

»›... Kränze in so großer Zahl, daß sie einen eigenen Wagen füllten... Farn, Lorbeer und Immergrün, weiße Rosen, Lilien, Hyazinthen, Veilchen, Myrten und rote Blüten...‹«

Wenn schweigend, Aug in Aug, sich unserer Seelen ragende Gestalten, dachte sie, so nahe stehn.

»›Lord Tennyson, Sir Frederic Leighton, Sir John Millais, Mr. Alma Taddema... Sarg in venezianischem Stil aus hellpoliertem Holz...‹«

Was tut uns diese Erde dann noch Banges?

»›Die Inschrift auf der Messingplatte lautet: Robert Browning, geboren am 7. Mai 1812, gestorben den 12. Dezember 1889...‹«

Und stiegst du lieber durch die Engel? Kaum –
sie schütteten uns Sterne des Gesanges
in unsres Schweigens lieben tiefen Raum.

»›Wenn wir noch hinzufügen‹«, fuhr Theodor mit sonorer Stimme fort, »›daß Mr. Brownings irdischer Leib nun neben Dryden, Chaucer und Cowley ruht, dann wird die Szene vor dem geistigen Auge eines jeden gebildeten Engländers Gestalt annehmen und vielen Tausenden von Menschen englischer Zunge in der ganzen Welt gegenwärtig sein.‹«

Nein, laß uns besser auf der Erde bleiben,
wo alles Trübe, was die andern treiben,
die Reinen einzeln zueinander hebt.

»Der Feier beizuwohnen waren unter anderen verhindert

Mr. Gladstone, Lord Salisbury, Sir Robert Peel und der Herzog von Bedford, wie ich sehe. Sie können doch wohl nicht *alle* die Influenza haben, wie, Laura? Laura?«

»Natürlich nicht, Theodor.«

»Weißt du es bestimmt? Ich kann mich nicht entsinnen, außer dem Krankheitsbericht Lord Salisburys noch weitere gelesen zu haben. Vielleicht sind sie mir entgangen. Natürlich, da er Premierminister ist, erwähnen sie selbstverständlich...«

Ach, laß doch deiner Influenza ihren Lauf und lies weiter – und laß mich in Ruhe.

»Ah! Ich habe den Trauergottesdienst ausgelassen. Mein Blick fiel sofort auf Lord Salisburys Namen weiter unten, daher... Er fing an mit dem neunzigsten Psalm, zu Purcells Musik gesungen. ›Herr, du bist unsre Zuflucht für und für.‹ Es muß sehr schön geklungen haben. ›Außerdem hatte Dr. Bridge für diesen Anlaß die wunderschönen Zeilen aus Mrs. Brownings Gedicht *Der Schlaf* vertont.‹«

Da ist gerade Platz zum Stehn und Lieben
für einen Tag, von Dunkelheit umschwebt
Und von der Todesstunde rund umschrieben.

»Das Ende eines großen Dichters«, sagte Theodor und blickte in die Runde.

Und eines großen Liebenden und einer großen Liebe, dachte Laura.

Theodor zog sein Taschentuch und nieste explosionsartig. Sie beobachtete ihn haßerfüllt. Mit einem Schlag war der Patriarch zu einem Häufchen Elend geschrumpft.

»Paris meldet die bisher größte Zahl von Todesfällen infolge Influenza«, rief er trostsuchend. »Gerichtssitzungen mußten vertagt werden, weil Anwälte erkrankt waren. Und pulmonare, bronchiale und laryngale Komplikationen treten auf. Es ist in ganz Europa das gleiche, Laura!«

»Du mußt dir keine Gedanken machen, mein Lieber, ganz bestimmt nicht.«

»Schau dir die Zeitung an«, rief er und wedelte damit vor ihr herum. »Schau dir die Berichte an! Wien, Berlin, Brüssel, Kopenhagen, Rom, Sofia, Kassel, München! Wie kannst du sagen, ich müsse mir keine Gedanken machen?«

»Ich glaube, Mrs. Hill hat zuviel Pfeffer auf die Nieren

gestreut, und deshalb mußtest du niesen, Theodor. Du hast keinerlei sonstige Symptome.«

Er schob seinen Teller grämlich von sich.

»Ich werde heute morgen nicht in die City reiten«, sagte er im Märtyrerton. »Henry muß mich im Wagen hinbringen. Er wird wieder zurück sein, bis du ihn selbst benötigst.«

»Ja, ja, das halte ich für das beste. Es wäre wirklich unvernünftig, sich auf einem Pferd den Unbilden der Witterung auszusetzen.«

Er starrte auf die Liste der Todesfälle und erwiderte: »Dieses Wetter brütet die Influenza aus. Zu mild für die Jahreszeit. Grüner Winter, voller Kirchhof, heißt das Sprichwort.«

Sie antwortete nicht, sie wußte, die Atempause war nicht mehr fern. Dann würde er fort sein und die Kinder beschäftigt, und Kate würde ihr eine frisch getoastete Brotscheibe bringen, die sie mit Behagen in Frieden essen könnte.

Am 2. Januar richtete Würzburg Notspitäler ein, München meldete 40 000 Erkrankungen, Theater und Schulen schlossen. Lord Salisbury indes verbrachte in Hatfield eine gute Nacht, und die fiebrigen Symptome klangen deutlich ab. Er nahm zum erstenmal seit einer Woche feste Nahrung zu sich und spazierte ein wenig in den Korridoren auf und ab. Königin Viktoria und der Prinz von Wales ließen sich jeden Morgen und Abend das ärztliche Bulletin telegrafisch übermitteln.

Am 3. Januar hieß es, daß in Wien täglich zwischen vierzig und fünfzig Menschen stürben. Budapest wurde schwer heimgesucht. Und zu Theodors wachsender Beunruhigung brachte die *Times* auf Seite 5 eine ungewöhnlich lange Liste von Toten des Jahres 1889: eineinhalb Spalten mit vielen Namen von Rang und Klang.

Am 4. Januar wurden in Holland die Eisenbahnen sowie der Post- und Telegrafendienst in Mitleidenschaft gezogen auf Grund der zahlreichen Erkrankungen beim Personal. In Paris waren 378 Polizisten der Seuche erlegen, in New York 357. Die Schweiz und Spanien schlossen sich dem Totentanz an. Dann brachte eine unzeitig frühlingshafte Witterung die europäische Geißel auch nach England.

In dem Bemühen, ihren Gatten von der Sorge um seine

Gesundheit abzulenken, las Laura ihm tapfer von dem Brand in der Bezirksschule von Forest-Gate vor, der die öffentliche Entrüstung und eine offizielle Untersuchung ausgelöst hatte. Aber die sechsundzwanzig Kinder, die hinter verschlossenen Türen erstickt waren, im obersten Stockwerk des Gebäudes, das weder über eine Alarmglocke noch über eine Wachperson verfügte, entlockten ihm nur einen sachlichen Kommentar.

»Bis heute besteht keine zwingende Vorschrift, wonach für Notausgänge im Brandfall gesorgt werden muß. Das bedauerliche Ereignis mag einiges Gute zeitigen. Hast du gesehen, daß die Kaiserin-Witwe in Berlin aufs Lager geworfen wurde? Ich fürchte, sie wird nicht wieder aufstehen. Sie ist sehr gebrechlich und hochbetagt.«

Er zog wie ein Magnet das Messer an. Die Klinge blitzte drohend, als am 8. Januar die Kaiserin starb und als »ein Hort weiblicher Tugenden« bezeichnet wurde. Der Streich fiel am folgenden Tag, als ein beängstigendes Überhandnehmen der Influenza aus den meisten Londoner Bezirken gemeldet wurde. Von 1900 Telegrafenboys waren 222 außer Dienst, und man bezeichnete die Krankheit jetzt als ›russische Influenza‹. Als Theodor sich von Henry in den bei Hart in New Bond Street gekauften Brougham helfen ließ, eilte er dem Verhängnis geradezu in die Arme.

Laura rechnete, daß sie etwa drei Stunden Zeit habe, bis er wieder nach Hause gebracht würde. Also ließ sie den Tisch im Wohnzimmer mit Zeitungen belegen, damit die drei Kinder ihre Malbücher ausfüllen könnten. Es gab eine kleine Verzögerung, da Blanche erst in einen Leinwandkittel gesteckt und von Nanny ermahnt wurde, sich nicht schmutzig zu machen. Aber schließlich beugten sich zwei blonde Köpfe und ein dunkler über ihre Aufgaben. Laura sah sich an ihrem Schreibtisch die Speisenfolge des Tages an und machte ihre Abrechnungen. Droben zog Harriet Betten ab und räumte Zimmer auf, verteilte die jeweilige Garnitur von Seifen, reinen Handtüchern, Kerzen und Schreibpapier und wünschte sich, sie wäre Kate Kipping. Voll Sehnsucht nach dem leichteren Los, Lauras Zofe zu spielen und in Rüschenhäubchen und Schürze die Haustür aufzumachen, stieg sie wieder hinunter zu Mrs. Hill und harter Arbeit.

Annie Cox war schon wieder in Ungnade, unter einem

Hagel von Schelte kam sie einer Unzahl niedriger Verrichtungen nach.

»Und wenn du den Gang so geschrubbt hast, daß ich zufrieden bin«, rief Mrs. Hill, »dann kannst du mit Kohlentragen anfangen. Und verschütt mir auch nicht den kleinsten Krümel, oder du kannst was erleben! Was wollen Sie, Kate?«

Aber diese Frage war reine Herrschgewohnheit, denn Kate wußte sehr genau, was sie wollte, und hatte keine Aufsicht nötig.

»Mrs. Croziers Kaffee, Mrs. Hill.«

»Harriet, mach uns eine große Kanne Tee, wenn Kate das Tablett reinbringt«, sagte die Köchin. »Wir müssen bei Kräften bleiben. Sie wird bis zum Lunch im Salon bleiben – außer sie geht in ihr Schlafzimmer. Hat sie das Feuer im Schlafzimmer anzünden lassen?«

»Ja, Mrs. Hill«, sagte Harriet. »Sie hat gesagt, weil Mr. Crozier sich nicht wohl fühlt und vielleicht früher heimkommt.«

Kate hob die Brauen, sagte aber nichts.

»Er ängstigt sich noch zu Tode«, sagte Mrs. Hill. »Eine Seele von Gentleman, aber er sollte sich nicht halb soviel ängstigen.«

»Mir macht er bang«, gestand Annie Cox und trocknete sich die Hände an dem alten Sack ab, der ihr als Schürze diente.

»Das sollte er auch, falls er dich je zu sehen kriegt. Aber er sollte dich nicht zu sehen kriegen, außer bei der Andacht. Dein Platz ist nicht im Haus. Laß mich mal den Gang sehen! Ganz ordentlich.« Besänftigt: »Ich seh jedenfalls, daß du schon früher geschrubbt hast.«

»O ja, Missus – Hill, seit ich acht war. Ich bin immer mit unserer Nellie raufgegangen nach Lacender Hill, wo wir die Treppen gemacht haben.«

»Ich war früher auch Treppenmädel«, gestand Harriet unter Mißachtung ihrer Würde. »Sie auch, Kate?«

Kate streckte kommentarlos die Hände aus. Fast so weiß und hübsch wie Lauras Hände: sie hatten niemals grobe Arbeit verrichtet.

»Goldmarie!« flüsterte Harriet Annie zu und sehnte sich schmerzhaft nach Besserem.

»Laß sofort Dr. Padgett holen!« rief Theodor, dem der

Mietkutscher ins Haus half. »Ich fürchte, diese verflixte Krankheit hat mich erwischt. Hier, guter Mann, hier ist was für Sie, halten Sie sich damit die Kälte vom Leib. Komm nicht zu nah, Laura, ich möchte nicht, daß du auch noch krank wirst!«

»Das Bett ist gelüftet, und das Feuer brennt«, erwiderte sie, froh, sich fernhalten zu können, und schritt voraus.

Seine Krankheit bedrückte sie, sie schien ebenso davon betroffen wie er, und ihre natürliche Lebhaftigkeit war dahin.

»Du bist sehr bleich«, sagte er anklagend, er wollte seinen Krankenstand mit niemandem teilen.

»Das bin ich doch gewöhnlich, Theodor. Ich fühle mich sehr wohl.«

»Falls ich die Influenza haben sollte, verlange ich sorgfältigste und ständige Pflege. Hast du mich verstanden? Mein Blutdruck. Meine schwachen Bronchien. Dieses Herzgeräusch, das Padgett auf die leichte Schulter nimmt – laß ihn holen! Die Kaiserin Augusta hatte die besten Ärzte Europas. Und sie starb, wie du weißt, Laura. Laura, hörst du mir zu?«

»Sie war sehr alt und sehr geschwächt, Theodor. Du bist in der Blüte deiner Jahre.«

»Ich bin nicht so kräftig, wie ich aussehe und wie Padgett zu glauben scheint«, rief er gereizt. »Sag Nanny, sie soll mir ein heißes Stärkungsmittel bringen. Sie ist eine *gute* Krankenpflegerin«, fügte er hinzu, um Laura zu beschämen, die bei solchen Gelegenheiten nie so aufopfernd war, wie er es gewünscht hätte.

Der Arzt befragte und untersuchte, und unter leisem Ächzen fand Theodor Aufnahme in die Arme Influenzas. »Und jetzt, Ma'am«, empfahl Padgett, als er mit Laura allein im Wohnzimmer war, »müssen wir auch für Sie Vorsorge treffen. Diese Krankheit ist außerordentlich leicht übertragbar und im höchsten Grad ansteckend und möglicherweise nicht von Ihnen allen fernzuhalten, aber wir müssen tun, was wir können. Ich rate Ihnen, in einem getrennten Raum zu schlafen und Ihre Dienstboten anzuweisen, die von Mr. Crozier benützten Gegenstände gesondert zu halten von denen des übrigen Haushalts. Und grämen Sie sich nicht über Gebühr. Die Natur weiß sich zu helfen, Ma'am, die Natur weiß sich zu helfen. Binnen einer Woche sollte er wieder wohlauf sein, wenn auch die Rekonvaleszenz noch eine Weile länger dauern wird – zumal er sich arg verhätschelt. Brühe und trockenen Toast, sobald er Nahrung zu sich nehmen kann. Im übrigen Wärme, Ruhe und heißen Herzwein. Und halten Sie ihm die Zeitungen fern. Das Brüten über der Sterblichkeitsrate setzt ihm mehr zu als die Krankheit selbst. Zerstreuen Sie ihn, soviel Sie können. Halten Sie ihn bei Laune.«

»Ich werde mich nach Kräften bemühen«, sagte sie.

Er blickte sie scharf an und zog die Lederhandschuhe über. »Wie ist Ihr Befinden in letzter Zeit?«

»Ich schlafe besser, seit Sie mir die Kapseln verschrieben haben. Allerdings wache ich nicht so mühelos auf, wie ich möchte.«

»Man kann nicht alles haben, Ma'am. Ein bißchen Schläfrigkeit am Morgen ist nicht zuviel bezahlt für eine ruhige Nacht. Und die Kopfschmerzen?«

»Das Pulver lindert sie.«

»Sie leiden an einer nervösen Disposition, Ma'am. Also bürden Sie sich während der Krankheit Ihres Gatten nicht zuviel auf. Mr. Crozier hat großes Vertrauen zu Miß Nagle. Lassen Sie sich von ihr bei der Pflege ablösen. Außerdem haben Sie zwei Mädchen, die im Turnus bei ihm wachen können, Sie müssen Ihren Schlaf haben.«

Zufrieden, daß er getan hatte, was er konnte, nahm der Arzt seine Tasche auf, und Kate Kipping öffnete ihm knicksend die Haustür.

»Lassen Sie sich's von einem alten Medikus gesagt sein, Ma'am«, sagte Padgett fröhlich, während er in seinen Gig kletterte, »Mr. Crozier wird in einer Woche wieder auf dem Damm sein. Nur keine Aufregung.« .

Er lüftete den Hut, schlug die Zügel auf den Hals des Ponys, und ab ging's in flottem Trab zum nächsten Patienten. Aus dem großen Schlafzimmer schellte wütend eine Handglocke.

»Nun?« fragte Theodor. »Was sagt er? Dieses Getuschel drunten. Ich muß das Schlimmste wissen.«

»Nun denn«, sagte Laura sanft und steckte die Decke ein bißchen straffer ein. »Er sagt, es gehe dir recht gut.«

»Recht gut, Mrs. Crozier. Bei einer Temperatur von fast vierzig?«

»Dr. Padgett sagte, es sei kein virulenter Anfall, und du

werdest dich bald wieder besser fühlen. Aber du mußt absolute Ruhe haben. Ich werde mir von Harriet das Bett im Gästezimmer richten lassen.«

»Aber deine Tür muß aufbleiben, falls ich dich brauchen sollte.«

»Gewiß doch«, beruhigte sie ihn.

»Und Titus muß täglich vorbeischauen«, quengelte er weiter. »Er muß jeden Abend kommen und mich auf dem laufenden halten.«

Sie zögerte und sagte dann: »Das ist gewiß nicht nötig. Es ist ein weiter Weg aus der City und zurück. Er kennt das Geschäft, Theodor.«

»Eine Reise, die ich tagtäglich zurückgelegt habe, ohne ein Wort der Klage – oder deinen Einspruch – all die Jahre hindurch. Widersprich mir nicht. Es verschlimmert meine Kopfschmerzen.«

»Wünschest du im Augenblick noch irgend etwas, Theodor?«

»Ich wünsche, daß du bei mir sitzen bleibst, bis ich einschlafe.«

Ihr Kopf bewegte sich fragend zu dem Buch auf dem Nachttisch.

»Nein, nein, nein, nein. Nicht vorlesen, bei mir sitzen, Laura. Bei mir sitzen.«

Sie saß, die Hände im Schoß gefaltet, und sah zu, wie er in einen unruhigen Schlummer sank.

4

*Und wenn ich alles für dich lasse; kannst du
alles werden?*

Elizabeth Barret Browning,
Sonette aus dem Portugiesischen

Ihr Vater hatte zwei Gesichter gehabt: das eine zeigte er der Welt, korrekt und herrisch, das andere, herzlichere, gehörte ihr. Schon als Kind wußte sie, daß ihre Mutter ihn enttäuschte, obwohl Mrs. Surrage stets elegant auftrat. Schon als Kind wußte sie, wie sie ihn für sich gewinnen konnte, und nahm an, alle Männer seien nach seinem Bild beschaffen. Frauen gegenüber fühlte sie sich weniger sicher, sie waren entweder Rivalinnen oder Zuchtmeisterinnen. Und da sie das einzige Kind war und ohne Gefährtin aufwuchs, fiel es ihr schwer, Freundschaften zu schließen. Das Leben war einfacher, wenn man sich auf eine große Liebe beschränkte und daneben ein Salonpublikum hatte, das man bezaubern und wieder vergessen konnte. Da sie versuchte, dem Vater in allen Dingen Freude zu machen, galt sie als braves Kind, obwohl die Folgsamkeit nur Mittel zum Zweck war.

Er liebte die Musik, und sie lernte für ihn mit einer gewissen Kunstfertigkeit spielen. Er liebte die Dichtung, und sie lernte Gedichte lesen und ihm vortragen. Er bewunderte die Schönheit, und sie ließ hundert kleine Koketterien spielen, um sein Lob zu gewinnen. Er hatte für Intelligenz bei einer Frau nichts übrig, also vernachlässigte sie sogar die bescheidensten Ansprüche an eine weibliche Bildung im Haus. Er war freigebig mit Geld, und sie gab es aus. Er war in seiner Liebe blind und verschwenderisch, und sie stimmte sich darauf ein. Er formte sie zu dem Ideal, das er nie besessen hatte, und sie legte alles ab, was die glänzende Schale trüben konnte.

Die andere Seite seines Lebens sagte ihr nichts: das Geldverdienen, das ständige Streben nach Erfolg, der ränkevolle unerbittliche Konkurrenzkampf in einem Zeitalter, das seine Handelsfühler immer weiter in ein wachsendes Imperium ausstreckte. Sie wußte nur, daß er mächtig war, und sie genoß die Früchte seiner Macht.

Er hinwiederum verschwendete seine ganze Fantasie und Zuneigung an sie, fügte sich ihren Kinderwünschen mit einer Nachsicht, die ihm die Kritik seiner Gattin eintrug. Jede Trennung von ihr, und war sie noch so kurz, wurde mit einem Geschenk entschädigt: eine Spieldose, ein Puppentheater, ein Korallenkettchen, eine Wachspuppe. Wenn sie krank war, fand sie bei jedem Erwachen einen drolligen Brief unter dem Kerzenleuchter. Er duldete nicht, daß sie bestraft wurde, obwohl er sie unverzüglich wissen ließ, wenn sie seinem Idealbild nicht genügte.

Steter Tropfen höhlt den Stein. Mrs. Surrage, die sich gut

verheiratet hatte und in der Ehe nur noch bürgerlichen Wohlstand suchte, überließ die beiden schließlich sich selbst. Je älter Laura wurde, um so ferner rückte ihr die Mutter, die sich der Tochter gelegentlich als Fürsprecherin bediente, oft neidisch, manchmal erbittert. Vater und Tochter hatten aus ihrer Liebe eine Kunst gemacht, eine Fantasiewelt geschaffen, in der alles gut ist, solange Liebender und Geliebte eins sind. Von der realen Welt wußte Laura nichts und erwartete alles.

Mit achtzehn wurde sie in die Gesellschaft eingeführt, und der Traum wurde jäh zur Wahrheit. Sie tanzte mit zahllosen Phantomen ihres Vaters, und er verscheuchte sie lachend.

»Ein fader Kerl, Liebste, trotz seines Vermögens.«

»In dich verliebt? Dieser unverschämte junge Dachs. Außerdem ist jeder in dich verliebt. Kein Wunder. Wirklich kein Wunder.«

So tanzte sie durch eine Ballsaison, schneller, immer schneller, und der Fächer ihrer Mutter klappte zu, wenn eine gute Partie in Sicht war, und die Finger des Vaters trommelten unruhig, wenn er eine Gelegenheit nach der anderen abtat. Und dann kam Theodor Augustus Sydney Crozier, Mitte Dreißig, Inhaber von Croziers Spielwarenfirma, und führte sie gravitätisch zum Walzer.

»Er interessiert sich für dich, Laura«, sagte ihre Mutter und klappte den Fächer zu, »und er ist im höchsten Maß passend. Gute Familie, im richtigen Alter, und in der Lage, dir einen feudalen Rahmen zu bieten. Überleg es dir, mein Kind. London, die Hauptstadt. Dein eigenes Haus. Einen großen Gesellschaftskreis.«

Doch Laura blieb unentschlossen, wollte Zeit gewinnen, von jeder Eroberung wieder Abstand nehmen.

»Wir können uns nicht noch eine aufwendige Saison leisten«, sagte Mrs. Surrage scharf. »Und auf keinen Fall können wir uns eine dritte leisten. Außerdem, wenn du dich nicht bald verlobst, denken die Leute, es hätte niemand um dich angehalten.«

»Was meinst du, Papa?« fragte Laura.

»Es ist einzig deine Entscheidung, Liebes«, erwiderte er, eifersüchtig, weil sie den Gedanken, ihn zu verlassen, überhaupt erwog, obwohl er wußte, daß es unvermeidlich war.

»Aber was soll ich denn tun?« rief sie, die in ihrem Leben

nie eine Entscheidung getroffen hatte, es sei denn, zwischen zwei verschiedenfarbigen Bändern.

Ihr Vater stand abrupt auf und verließ das Zimmer, wobei er die Tür ärgerlich hinter sich zuwarf. Mrs. Surrage, die zum erstenmal in ihrer Ehe das Kommando hatte, führte ihre Argumente ins Treffen.

»Mr. Crozier wird einen vortrefflichen Ehemann abgeben, Laura. Dein Papa wünscht natürlich, daß du ganz sicher bist, ehe du dem Herrn weitere Hoffnungen machst. Aber wenn du ihn zu lange warten läßt, könnte sein Interesse erlahmen. Außerdem, was in aller Welt könntest du gegen ihn einzuwenden haben?«

»Ich kenne ihn nicht besonders gut, Mama.«

»Er hat regelmäßig hier vorgesprochen. Er hat dich zu verschiedenen Gesellschaften begleitet und sich mit dir unterhalten. Er hat ausführlich und mit bewundernswerter Gediegenheit mit mir gesprochen. Ich kann von seinem Benehmen, seiner Herkunft und seinem Charakter nur das Beste sagen.«

»Er hat zu mir nichts gesagt, was auf eine – Zuneigung schließen ließe, Mama.«

»Überlaß solchen Unsinn grünen Jungen wie diesem kleinen Leutnant. Sei überzeugt, wenn Mr. Crozier dich nicht bewunderte, würde er kein Interesse zeigen. Außerdem kommt für eine Frau die Liebe nach der Heirat. Du kannst nicht erwarten, einen Mann zu kennen, ehe du mit ihm verheiratet bist, Laura. Lieber Himmel, wenn eine Dame jedem Herrn erlaubte, ihr den Hof zu machen, wie du es zu erwarten scheinst, würde ihr guter Ruf ruiniert sein.«

»Ich lasse mich nicht drängen, Mama«, sagte Laura halsstarrig.

Ihr alter Verbündeter wartete mit steinernem Gesicht und kalten Augen auf das Urteil. Sie lief zu ihm, trotzig, überzeugt von ihrer Macht über ihn.

»Ich lasse mich nicht drängen, Papa. Ich muß Zeit haben zu überlegen.«

Er war im Nu wieder lebendig, obenauf, fidel, allmächtig. »Aber natürlich, Liebes. Soviel Zeit, wie du willst. Hörst du, Jane? Ich will nicht, daß meine Tochter gegen ihre Neigung verheiratet wird.«

Mrs. Surrage sagte nichts. Sie und Theodor Crozier hatten

vieles gemeinsam. Sie wollten in den Augen der Welt etwas gelten, und sie wußten, daß Ehen nicht im Himmel, sondern auf Erden geschlossen werden.

Seine Werbung war beharrlich, korrekt. Gestützt von Mrs. Surrage, die seine düstere Erscheinung mit Gott weiß welchen weiblichen Hirngespinsten umwob, gewann Theodor an Boden. Die Mutter war klug genug, zu wissen, daß Lauras Fantasie angefacht werden mußte, und appellierte mit gerissener Schläue an das romantische Gemüt ihrer Tochter, indem sie Theodors Verschlossenheit als mühsame Zurückhaltung auslegte.

»Mr. Crozier ist ein Gentleman, der wenig spricht und um so tiefer fühlt, liebste Laura. Und welche Autorität von ihm ausgeht! Wie er dich anbetet, Liebes! Man sieht deutlich, wie stolz er auf deine Erscheinung ist.«

Also breitete das Mädchen ihre Reize und Gaben vor ihm aus, wie Juwelen, die man zur Schau stellt, und er war in der Tat stolz, wenn sie seinen Arm nahm. Sie fing an, seinen Geschmack zu erkunden, das Neuland zu erforschen, das ihr künftiges Leben werden sollte. Im gleichen Maß, wie ihr Interesse an Theodor Crozier wuchs, trat ihr Vater in den Hintergrund. Je mehr er zurücktrat, um so mehr füllte Croziers Gestalt ihren Horizont.

Sie schuf ein neues Bild, eine andere Legende, worin sie der Mittelpunkt war und ihr Gatte sie ständig umwarb, wie es früher ihr Vater getan hatte. Aber hier war alles grandioser, reicher, unendlich besser, denn Theodor würde auch noch ihr Geliebter sein. Ihre Kenntnisse der physischen Begegnung waren auf das Treffen der Lippen beschränkt, und sie empfand keine Neugier auf das, was folgen würde: alles würde sich klären, wenn die Zeit reif wäre.

Über ihren träumenden Kopf hinweg erreichte der Kampf der Männer um ihren Besitz den unvermeidlichen Abschluß: Lauras fünfhundert pro Jahr wurden in die Firma Croziers Spielwaren investiert, die Nutznießung in das Ermessen des künftigen Gatten gestellt. Natürlich sorgte Walter Surrage dafür, daß das Kapital nicht angegriffen werden konnte; und für Vorkehrungen im Fall von Theodors Tod; und Lauras Nadelgeld sowie die Versorgung ihrer etwaigen Kinder wurden zur Zufriedenheit geregelt. Aber am Ende aller Diskussionen und Rechtsabkommen blieb eine unausweichliche Tatsache: Sie hatte die Herrschaft ihres Vaters gegen die ihres Gatten vertauscht, einen goldenen Käfig für den anderen.

Am Vorabend der Hochzeit versuchte Mrs. Surrage etwas zu erklären, was sie selbst niemals begriffen hatte. Sie sprach, verwirrt und verlegen, von den Pflichten einer Ehefrau. Sie sagte, es sei nicht notwendig für eine Dame, mehr zu tun, als gehorsam und passiv zu sein und an Besseres zu denken. Zum Lohn stellte sie den Segen von Kindern in Aussicht und ließ sich begeistert über Lauras künftige Garderobe und Stellung aus. Nachdem sie so ihrer Pflicht Genüge getan hatte, küßte sie die Wange der Tochter, vielleicht zärtlicher denn je zuvor, und wünschte ihr Glück.

»Sag Papa gute Nacht«, fügte sie hinzu, freundlicher nun, da ihre siegreiche Rivalin für immer das Feld räumen würde. »Er hat dich auf Händen getragen, Kind.«

Und Laura flog hinunter in die Bibliothek, legte die Arme um den Besiegten. Sie hatten einander nichts zu sagen, sie saß nur eine halbe Stunde lang bei ihm, während er schweigend seinen Brandy und die Zigarre genöß. Er dachte nur an sie, und sie dachte an Theodor. Dann erhob er sich, in der Einsicht, daß die Zeit jetzt und immer sein Feind sein würde, und schlug vor, man solle zeitig schlafen gehen.

Als sie an der Tür stand, rief er: »Er muß gut zu dir sein, hörst du, Laura. *Ich* habe alles getan, was ich konnte.« Als hinge Theodors Verhalten einzig von ihr ab.

Sie kannte ihn gründlich genug, um die Mahnung als Sorge auszulegen, und erwiderte unbekümmert: »Wenn nicht, dann komme ich wieder zu dir zurück, Papa.«

Aber er war ein Mann von Wort, und dieses Wort war ein für allemal gegeben.

»Du gehörst jetzt zu deinem Mann«, sagte er streng. »Dein Heim ist in seinem Haus. Mach keine dummen Geschichten, Laura. Hörst du?«

Verletzt, entmutigt, flog sie zurück in die tröstenden Arme.

»Na, na, na«, sagte er und hüllte sie zum letztenmal in den schützenden Mantel. »Du wirst mit ihm glücklich sein. Ich weiß nicht, warum ich das gesagt habe. Wir sind übermüdet von den Vorbereitungen für dein schönes Hochzeitsfest. Und woher kam all das viele Geld, Miß?« Sie kannte die Antwort auf seine alte und immer wiederkehrende Frage. Er hatte sie ihr so oft zu Füßen gelegt, ein Tribut, der seinen Tribut forderte.

»Von dir, Papa! Liebster Papa!«

»Angeblich pflegen die Herren sich auf verschiedene Weise zu nähern«, hatte Mrs. Surrage gesagt. »Ihnen scheint sehr an Dingen gelegen zu sein, die uns lästig sind. Mag sein, daß Mr. Crozier dich mit Poesie oder poetischen Anspielungen inkommodiert. Du mußt es ihm nachsehen und darfst vor allem seine Annäherung nicht zurückweisen.«

Laura war trunken von all dem Unausgesprochenen.

»Gib und nimm ist ein trefflicher Leitsatz, mein Kind. Wenn die Leidenschaft deines Gatten dir unerklärlich sein sollte, denk an die Kinder. Sie sind unsere Krone, Laura, und die Rechtfertigung für unser Dasein.«

Laura war bereit, sich in alles zu schicken.

»Wenigstens ist es bald vorüber«, sagte Mrs. Surrage.

Hierin zumindest hatte sie recht gehabt. Theodor, der in seinen tadellosen Anzügen imposant aussah, war im Nachthemd eine niederschmetternde Witzfigur. Er belästigte sie nicht mit Poesie, leidenschaftlichen Umarmungen oder wortreichen Erklärungen. Er sagte lediglich, daß es zwischen Mann und Frau gewisse Pflichten zu erfüllen gelte, und er oblag ihnen mit einer Rücksichtslosigkeit, die Laura, die bisher stets verhätschelt und umschmeichelt worden war, zu Tode entsetzte.

Laura kehrte aus ihrem Honigmond zurück, schwermütig und schwanger. Theodor, der froh war, wieder Geschäften nachgehen zu können, auf die er sich verstand, ließ sie in ihrem neuen Haushalt mit Titus als Gesellschafter. Der Zwanzigjährige, der bereits Schwierigkeiten mit seinem Medizinstudium hatte, war ihr einziger Freund. Sie waren beide jung und töricht und schön und taten sich unter Theodors düsterer Schirmherrschaft zusammen. Zu Lauras Glück begnügte Mrs. Hill sich damit, ihrer arglosen Herrin nach dem Munde zu reden, vorausgesetzt, man überließ ihr die Zügel in Haus und Küche, und so kamen sie von Anfang an nach außen hin prächtig miteinander aus. Aber als Titus wieder an die Universität zurückging, litt Laura unter der Einsamkeit.

Auf Edmunds Geburt war sie so unvorbereitet, wie sie es auf die Ehe gewesen war. Aus einem Alptraum von Schmerzen und Peinlichkeiten streckte sie hilfeflehend die Hände aus und fühlte, wie sie Halt fand.

»O helft mir!« schrie sie immer wieder.

»Aber, aber, aber, meine liebe Dame«, sagte Dr. Padgett, »es geht gleich vorüber.«

Seine väterliche Art, seine Freundlichkeit und das Chloroform verliehen ihm in ihren Augen göttlichen Nimbus. Sie fand es von da an sehr tröstlich, von Zeit zu Zeit ein bißchen krank zu sein. Sie und er trieben einen kleinen Kult mit ihren Kopfschmerzen und Unpäßlichkeiten: ein Ersatz für Liebe.

Theodor enthielt sich, offenbar unschwer, ein paar Monate lang nach Edmunds Geburt seiner ehelichen Pflichten. Dann beging er, einem inneren Zwang folgend, nächtliche Gewaltakte, bis sie wieder in anderen Umständen war. Die zweite Entbindung war leichter, aber aus der Furcht vor dem Gebären und der Übelkeit beim Gedanken an weiteren Verkehr entwickelte Laura so viele Krankheitssymptome, daß Dr. Padgett zu Theodor von ihrer zarten Konstitution sprach und ihr eine lange Atempause verschaffte.

Blanche Victoria Crozier kam vier Jahre später zur Welt, nachdem Laura jede Hoffnung auf eheliches Glück aufgegeben hatte. Theodor suchte sie erst am nächsten Morgen auf, und er zollte dem Neugeborenen nur einen flüchtigen Blick. So geschwächt und krank sie war, bemerkte sie doch, daß sie ihn enttäuscht hatte, obgleich sie nicht wußte, wodurch. Die Erklärung erfolgte so kurz und schonungslos wie jeder seiner physischen Fühlungnahmen. »Ich habe zwei Söhne«, sagte er, als hätte sie keinen Teil an ihnen, »und das genügt. Ihre Erziehung wird Geld kosten, aber es ist nicht verloren. Ich betrachte hiermit meine Vaterpflichten als erfüllt.«

Laura, in ein Korsett geschnallt, das ihr ein Minimum an Bewegung erlaubte und sie während der folgenden sechs Wochen zwangsweiser Rekonvaleszenz einschnüren würde, wies mit matter Hand zur weißen Organdywiege.

»Sieh, wie hübsch sie ist, Theodor, sogar als Neugeborenes.«

»Du mußt jetzt ruhen«, verkündete er. »Ich werde dich nicht weiter stören.«

Er hielt Wort. Während der nächsten sechs Jahre teilten sie das Ehebett wie zwei Fremde, die ängstlich jede Berührung vermeiden. Das Lebensschema war geprägt: liebelos, trostlos, sinnlos. Er hatte schon zu Beginn ihrer Ehe jedes Zeichen von Zuneigung vermissen lassen. Sie war indes ihrer so sicher, so geübt in der Kunst des Bestrickens, daß es gröberer Zurückweisung bedurfte als bloßer Gleichgültigkeit. Er ließ ihr auch diese zuteil werden.

»Wirklich, Laura, solches Betragen ist nicht nur kindisch, es ist widerwärtig. Faß mich nicht an, wenn ich bitten darf!«

Also wurde selbst die Wärme der Berührung zurückgewiesen. Doch der Schein mußte gewahrt werden. Jeden Morgen und jeden Abend streifte er mit seinen kalten Lippen ihre Wange, legte eine kalte Hand unter ihren Ellbogen, um sie zu geleiten. Da sie die Leere hinter dieser Geste kannte, begann sie, sich auch davor zu fürchten. Manchmal bedachte er sie in einer Anwandlung von Perversität mit seinen Aufmerksamkeiten, um sich an ihrem Zurückschrecken zu ergötzen.

Die Monate folgten einander, die Jahre vergingen. Doktor Padgett empfahl Seeluft. Sie schritt verlassene Promenaden entlang, saß in leeren Hotels, machte Wasserkuren. Ihre Gedanken kreisten unaufhörlich um ihre Kindheit, als Liebe ihr Geburtsrecht gewesen zu sein schien, aber dieser Liebende hatte sich zurückgezogen in Alter und Schweigen. Es gab keine Umkehr. Als er starb, weinte sie bitterlich, und nur Titus erwies ihr Freundlichkeit. Nur Titus durfte ihr Freundlichkeit erweisen, denn Theodor war eifersüchtig. Er gestattete Komplimente aus sicherer Entfernung, Besucher, die nicht zu lange blieben, Freunde, die sich nicht verdächtig machten, Vertraute zu werden.

Da er seinem Bruder zugetan war, machte er diese einzige Ausnahme, und Titus' Einfluß wurde absolut. Zuerst lehnte er sich an Laura an, die für ihn Mutter spielte. Dann wurden sie beide Kinder und einander gleich. Schließlich begann er, da er sie verstand und ahnte, wie die Dinge lagen, ihr den Hof zu machen. Ihre Reaktion, die ganz unwillkürlich war, beunruhigte und beschwingte ihn. Sie machte den tapferen Versuch, ihre Beziehung als ein Hinneigen von Seele zu Seele zu sehen. Er bestärkte sie darin. Fünfzehn Jahre seelischen und körperlichen Darbens machten die Eroberung vollständig.

In jenen beiden Stunden in seiner Wohnung, während Henry Hann gedankenlos die Fliegen von den Pferdehälsen scheuchte, bemühte Laura sich zu widerstreben, und vermochte es nicht. Alles, was ihre Mutter sie gelehrt hatte, alles, was sie von Theodor gelernt hatte, erwies sich als falsch. Ihre Unfähigkeit, sich selbst oder ihm zu wehren, entsetzte sie. Die Erinnerung an ihr Benehmen war ein Alptraum, die Unausweichlichkeit erniedrigend. Erschüttert, gedemütigt, mied sie ihn während der nächsten Woche und entdeckte dann ein Verlangen in sich, mit dem sie nicht gerechnet hatte. Sie hatte geglaubt, wenn sie den Zwischenfall ignorierte, könnte sie ihre alte Beziehung wieder aufnehmen. Statt dessen sehnte sie sich danach, die neue zu entdecken, weitere Steine der Schande auf den ersten zu fügen, bis wohin? Und sie konnte es nicht.

Das Erlebnis schärfte alle ihre Sinne. Sie sah Theodor als Mann und beobachtete ihn. Jahrelang hatte sie Gott gedankt, sooft ihr Gatte das Haus verließ, und klammerte sich an ihr eigenes Leben, wenn er bis spät nachts in der City zu tun hatte. Jetzt fragte sie sich, warum er so lange ausblieb, und stellte Widersprüchlichkeiten fest. Sie hätte um Hilfe geschrien, ungeachtet der Folgen, ungeachtet der eisernen Regeln der Schicklichkeit, wenn er sich ihr genähert hätte. Aber den Gedanken einer Untreue seinerseits konnte sie nicht ertragen.

Sie war bitterlich betrogen worden und wollte, daß der Betrüger gleichfalls betrogen werde. Wenn sie schon bis zum Tode verbunden waren, so sollte er nicht seiner Wege gehen, denn dadurch würde sie noch betrübter und einsamer sein als zuvor. Sie wollte, daß auch ihm an ihrer Seite keine Erfüllung zuteil werde, denn er hatte die Sünde der Unterlassung begangen.

Titus' Brief brachte einen kläglichen Strahl des Trostes. Auch er hatte Feuer gefangen und wollte brennen. Weinend zerriß sie den Brief und warf die Schnitzel in ihren Papierkorb. Später kam ihr die Furcht vor Entdeckung, und sie ging zurück in ihr Zimmer, um sie zu verbrennen, aber sie waren verschwunden. Es gab keinen Grund, anzunehmen, daß Harriet den Unterschied zwischen diesen und irgendwelchen anderen Papierschnitzeln erkennen sollte, und Kate war ihr treu ergeben. Dennoch bedauerte sie von Zeit zu Zeit, daß sie nicht ein Streichholz darangehalten und sich ihre Seelenruhe gesichert hatte.

Als sie nun gehorsam neben dem schlafenden Gatten saß, sagte sie ganz leise zu sich selbst: »Ich hätte sterben sollen, ehe ich ihm begegnete, dann wäre das alles nicht nötig gewesen.«

5

Lorbeer ist grün einen Frühling,
und Liebe ist süß einen Tag.
Doch Liebe wird bitter durch Lüge,
und Lorbeer welkt über Nacht.
Algernon Charles Swinburne,
The Triumph of Time

Nachdem Theodor wieder kräftig genug war, um allen das Leben schwer zu machen, verlangte er jede Kleinigkeit über die Epidemie zu erfahren und gab mitfühlende Tss, Tss, Tss von sich. Bedrückt bettete Laura ihn für ein paar Stunden zur Ruhe und zog sich in ihr Boudoir zurück.

Es war die stille Tageszeit, das Personal erholte sich von den Mühen des Vormittags und hatte noch nicht mit den Vorbereitungen für den Abend begonnen. Die Köchin schnarchte am Herd. Harriet tauschte mit Annie Cox flüsternd Erinnerungen aus. Henry Hann, der nicht benötigt wurde, trank in seiner Stube über dem Stall. In der Wäschekammer flog Kate Kippings Nadel aus der Spitze an Lauras Morgenjacke. Nanny Nagle hatte ihren freien Nachmittag und traf sich mit Sergeant Malone, ihrem Ständigen seit vielen Jahren, und klatschte, während er schnurrbartzwirbelnd neben ihr herstelzte. Die Knaben waren wieder im Internat, und Blanche war mit einer Kindergesellschaft in Mr. Barnums Zirkus im Olympia. Sam Lockharts sechs außerordentliche und aufs wunderbarste dressierte Elefanten, soeben vom Kontinent eingetroffen, eigens und ausschließlich und unter enormen Kosten engagiert, entzückten dort ihr junges Publikum.

Der Gedichtband glitt von Lauras Schoß, als sie einnickte,

und sie schreckte hoch, hob das Buch auf und glättete die Seite.

Geh fort von mir, so werd' ich fürderhin
in deinem Schatten stehn. Und niemals mehr
die Schwelle alles dessen, was ich bin,
allein betreten.

Als die Türglocke anschlug, sprang Laura auf, setzte sich sogleich wieder und schob das Buch unter ein Kissen.

»Sind Sie zu Hause, Ma'am?« fragte Kate Kipping leise und steckte das gefältelte Häubchen durch die Tür des Boudoirs. »Ich dachte, ich frage lieber zuerst, falls Sie gerade ruhen.«

»Nein, Kate, vielen Dank. Ich bin nicht zu Hause, und Sie wissen nicht, wo ich zu finden wäre.«

»Sehr wohl, Ma'am.« Sie zögerte. »Und falls es Mister Titus sein sollte, Ma'am?«

»Er wird nicht vor heute abend kommen. Aber würden Sie bitte sagen, daß ich Kopfschmerzen habe. Er käme ohnehin zu Mr. Crozier.«

»Ja, Ma'am.«

Wieder klingelte es, diesmal nachdrücklicher, und Laura stützte sich auf einen Ellbogen und lauschte auf das Stimmengemurmel, das Zufallen der Tür.

»Entschuldigen Sie, Ma'am«, sagte Kate sichtlich verwirrt, »aber es war eine fremde Dame, sie hat diese da gebracht«, und sie hielt ein Päckchen hoch, summarisch in braunes Papier verpackt und mit rotem Wachs versiegelt. »Die Dame wollte ihren Namen nicht hinterlassen, Ma'am, und sie sagte, ich solle dies nur Mr. Crozier aushändigen. Aber da ich sah, daß Mr. Crozier noch ruhte, dachte ich, ich gebe es am besten Ihnen.«

Laura nahm das Päckchen und las sorgfältig die Adresse.

»Was hat die Dame gesagt, Kate?«

»Sie sagte, es sei privat und ob ich es dem Herrn persönlich übergeben könne. Ich erlaubte mir zu sagen, der Herr sei noch immer unpäßlich und ob ich es nicht Mr. Titus geben könne, wenn es geschäftlich sei? Aber sie sagte, es sei vertraulich für Mr. Theodor.«

Laura drehte das Päckchen nach allen Seiten. Der Name ihres Gatten war mit roter Tinte doppelt unterstrichen und in sehr großen steifen Druckbuchstaben geschrieben.

»Wie seltsam, daß sie ihren Namen nicht nannte. Wie sah die Dame aus?«

»Die Dame war nicht eigentlich eine Dame, Ma'am«, sagte Kate vorsichtig.

»Ich verstehe Sie nicht.«

»Nun, Ma'am«, sagte Kate und trat näher, »auf den ersten Blick wirkte sie recht bescheiden und gebildet, aber ihr Kleid war nicht ganz – und sie trug einen dichten Schleier, als sollte ich ihr Gesicht nicht sehen. Aber vielleicht hatte sie einen schlechten Teint, Ma'am.«

»Eine arbeitende Frau?«

»Keinesfalls, Ma'am. Dafür war ihr Kleid viel zu auffallend. Und ihre Stimme, Ma'am, ihre Redeweise. Sehr geziert, und dann ausgesprochen gewöhnlich, als sie anfing, schnell zu sprechen. Und sie roch sehr stark nach Patschuli, sehr stark.«

Sie verstanden einander wortlos. Kate hatte jede Auskunft gegeben, und Laura hatte sie interpretiert. Nun mußten beide dem, was sie wußten, einen schicklichen Anstrich geben.

»Wahrscheinlich war es eine von Mr. Croziers neuen Kontoristinnen, Kate. Wenn sie versucht hat, sich gebildet zu geben, so wollte sie vielleicht einen guten Eindruck machen. Wir dürfen sie nicht tadeln, weil es ihr nicht gelang. Und sie könnte zu schüchtern gewesen sein, um ihren Namen zu nennen.«

»Ja, Ma'am, das könnte die Erklärung sein. Ich hoffe, es war richtig, daß ich das Päckchen Ihnen brachte. Oder wünschen Sie, daß ich ...«

»Völlig richtig, Kate. Ich werde dafür sorgen, daß Mr. Crozier es bekommt, sobald er aufwacht. Sie können mir den Tee in einer halben Stunde hierher bringen. Miß Blanche wird erst um sechs Uhr kommen.«

Als sie wieder allein war, las sie die Druckbuchstaben immer wieder aufs neue, befühlte und schüttelte das Päckchen. Es blieb hermetisch versiegelt, und sie wollte und konnte es nicht öffnen, ohne sich zu verraten. Kate hatte es als »diese da« bezeichnet, und Laura versuchte nun, ob das Päckchen sich biegen ließ. Briefe vermutlich. Diese. Briefe. Etwa zwanzig Minuten lang saß sie und überlegte, dann stieg sie entschlossener als sonst die Treppe hinauf.

»Ich habe geschlafen«, klagte ihr Gatte. »Kann man mich in diesem Haus nicht in Frieden lassen?«

»Wir sind seit fünfzehn Jahren verheiratet, Mr. Crozier«, sagte Laura, in Würde und Stolz tief verletzt, »und ich glaube, Sie werden zugeben müssen, daß ich immer eine pflichtgetreue Ehefrau war.«

Er richtete sich betroffen auf, die Nachtmütze saß schief. »Nun, Ma'am, das ist Ansichtssache. Aber was soll's? Ist dies« – und er schwenkte einen Arm in Richtung auf die William-Morris-Tapete – »nicht Beweis genug für meine Güte? Ich sagte dir, daß es die Augen ermüden würde. Wir hätten besser getan, eine Friestapete zu nehmen«, und er glotzte die Granatäpfel an.

»Ich habe mich bemüht, dir angenehm zu sein«, beharrte Laura, »und sehr oft gegen meine Neigung – manchmal gegen meine innerste Überzeugung. Ich erwarte nicht, in dieser Weise insultiert zu werden!« Und sie schleuderte das Päckchen auf sein Bett.

Betroffen, verwirrt griff er nach dem Brieföffner und fing an, die Siegel zu erbrechen, den Blick starr auf Laura gerichtet.

»Da du ihm geringe Bedeutung beizumessen scheinst«, sagte Laura, eine Hand an der Kehle, »muß ich dir berichten, ehe du es öffnest, daß es durch eine Frau von zweifelhafter Achtbarkeit gebracht wurde, die es ausschließlich dir übergeben wissen wollte und es als vertraulich bezeichnete.«

Er legte den Brieföffner weg und blickte sie an.

»Sie war tief verschleiert, wie Kate mir sagte. Ihre Kleidung, ihre Redeweise, machten deutlich, daß sie keine von deinen Angestellten sein kann. Ihre Erscheinung war jedoch zu auffällig für eine gewöhnliche Arbeiterin. Außerdem tat sie sehr geheimnisvoll. Sie gab ihren Namen nicht an, und sie beschwor Kate, dieses Päckchen dir persönlich auszuhändigen.«

»Warum hat Kate dann nicht entsprechend gehandelt?«

›Weil sie mir ergeben ist‹, dachte Laura, ohne diese Meinung ihrem Gatten mitzuteilen.

»Weil sie wußte, daß du ruhtest, daher übergab sie es ganz natürlicherweise deiner Gattin. Und warum sollte es deiner Gattin nicht anvertraut werden?«

Er war jetzt so weiß wie sie selbst und trommelte nachdenklich auf das Päckchen.

»Es handelt sich um eine private Angelegenheit, und ich muß auf der Hut sein.«

»Du mußt *vor mir* auf der Hut sein!« rief sie, und die jahrelange Beherrschung fiel von ihr ab. »Wer ist diese Frau? Sie stank nach billigem Parfüm. Wie heißt sie? Was bedeutet sie dir? Warum bist du abends immer weg? Gehst du zu ihr? Ja? Ich weiß, daß du nicht immer geschäftlich weg bist. Einmal kam Titus her, weil er überzeugt war, dich zu Hause vorzufinden, während du mir gesagt hattest, du seist mit ihm zusammen.«

»Schweig!« herrschte er sie an. »Ich lasse mich nicht in dieser Weise verhören. Ich habe dir gesagt, es handelt sich um eine Privatsache. Ich habe Konkurrenten, wie du weißt. Ich habe sogar – Feinde. Ich beschäftige gewisse Leute – Leute, die du nicht empfangen würdest –, die über gewisse Aspekte meiner Geschäfte wachen. Damit du dich so kleiden kannst, wie du es tust – unter anderem«, und er wies auf die elegante Seidenbluse und den schwarzen Schneiderrock, auf die große Kamee an ihrem hohen Kragen. »Meine Pflichten Ihnen gegenüber, Mrs. Crozier, erfülle ich. Ich ersuche Sie, sich Ihrer Pflichten mir gegenüber zu entsinnen. Gehorsam war eines Ihrer Gelübde, wenn Sie sich erinnern.«

Sie weinte, war außer sich. Er beobachtete sie wütend und ratlos.

»Dann mach es in Gottes Namen auf«, bat sie und griff nach dem Taschentuch im Rockbund. »Mach es auf, in meiner Gegenwart, und beweise mir, daß ich unrecht habe.«

Seine Finger zögerten über dem Päckchen und entfernten sich. Sein Ausdruck wurde hart.

»Sie vergessen sich, Madam. Ich habe meine Ehre nicht zu beweisen. Sie ist absolut. Und jetzt gehen Sie bitte.«

Sie starrte ihn über das Taschentuch hinweg an.

»Es ist dir gleichgültig, was ich argwöhne?« fragte sie ratlos.

»Du bist nicht bei Sinnen, Laura. Ich schlage vor, du legst dich eine Stunde nieder, hinter geschlossenen Jalousien, bis du dich wieder gefaßt hast.«

»Du würdest mich womöglich bis an unser Lebensende im unklaren lassen, was diese Person dir bedeutete?«

»Ich befehle dir, dieses Zimmer zu verlassen.«

»Du schlägst mich zu gering an, um mir zu vertrauen?« sagte sie.

Es war eine Offenbarung. Finster und verstockt betrachtete er Gattin und Päckchen.

»Mrs. Crozier, es geschieht *selten* – in den meisten Fällen, wie ich hoffe, *niemals* –, daß ein Ehemann gezwungen ist, so zu seiner Gattin zu sprechen, wie ich es tun muß. In der ersten Zeit unserer Ehe gewahrte ich eine gewisse Leichtigkeit in Ihrem Charakter, die ich als mädchenhafte Torheit auslegte und die sich inzwischen – glücklicherweise, wie ich sagen darf – verflüchtigt hat.«

»Leichtigkeit?«

»Eine Neigung zu törichtem Benehmen. Sie waren rein und unschuldig. Das weiß ich. Aber es gibt gewisse Pflichten, die – ich drücke mich so taktvoll wie möglich aus – zwischen Mann und Frau erfüllt werden müssen. Es handelt sich um Pflichten, Madam, nicht um Vergnügen. Man heiratet nicht zum Vergnügen.«

Leichenblaß setzte sie sich in einen Sessel und beobachtete ihn mit kalter Beherrschtheit. Stumpf gegenüber ihren Gefühlen, sofern sie sich nicht störend auf ihn auswirkten, sprach er halb zu ihr und halb zu sich selbst und heftete den Blick auf das Päckchen.

»Man heiratet im Antlitz Gottes, um die Erde zu bevölkern. Ich bin Ihnen dankbar, Mrs. Crozier, für meine beiden Söhne, die, nachdem sie nun Ihrem verweichlichenden Einfluß entzogen sind, im Leben ihren Mann stellen werden. Das britische Empire ist das größte, das die Welt je gekannt hat. Edmund und Lindsey werden ihm dienen. Ich kann mir kein schöneres Ziel denken.«

»Du hast auch eine Tochter«, sagte Laura bitter.

»Deren Neigungen hoffentlich nicht so ausgefallen sein werden wie die deinen.«

»Aber du wünschest mich doch vorteilhaft und deinem Stand angemessen gekleidet?«

»Aber nicht so kostspielig, Madam. Ihre Putzmachereien übersteigen alle Grenzen!«

»Halt!« sagte sie gefährlich ruhig. »Wir wollen nicht von der Predigt über meine Pflichten abschweifen, Mr. Crozier, indem wir eine Putzmacherrechnung aufmachen, deretwegen Sie mich bereits zweimal rügten. Also, ich habe Ihnen zwei Söhne geschenkt und Sie mit einer Tochter belastet? Ich führe Ihr Haus, wie es sich gehört. Darf ich dafür nicht ein wenig Zuneigung und Vertrauen erwarten?«

»Sie hatten beides und ein Maß von Achtung, das ich nicht schmälern möchte – obwohl Ihr Benehmen es bedenklich in Gefahr bringt, Madam.«

Mit einer einzigen Handbewegung fegte sie das Päckchen vom Bett, und es lag nun wie ein stummer Vorwurf zwischen ihnen.

»Ich habe *nichts*«, schrie sie, »*nichts*. Und ich erhoffte mir so vieles.«

Mit starrem Blick erteilte er einen Befehl.

»Beherrschen Sie sich, Madam. Sie sind hysterisch. Sie wissen nicht, was Sie sagen.«

»Pflichten«, schrie sie. »Pflichten. Keine Zärtlichkeit, keine echte Freundlichkeit, kein Verständnis. Nimmst du an, daß Mr. Browning seiner Gattin von Pflichten sprach? Er sprach von Liebe, Mr. Crozier. *Ich* liebte Sie, als wir heirateten.«

»Ich dachte, diesen Unfug hätten wir hinter uns«, sagte er mißbilligend. »Eine Dame? Mrs. Crozier, eine *Dame* sollte nach würdigem und bescheidenem Benehmen streben. Ich gebe nichts für poetische Phrasen und lockere Aufführung. Ich wünsche das nicht. Ich verlange das nicht. Die Unterredung ist beendet, und ich werde mich bemühen zu vergessen, daß sie jemals stattfand.«

Ihre Arme fielen herunter.

»Sie sind vom Weinen ganz derangiert«, fügte er kalt hinzu. »Lassen Sie sich in dieser aufgelösten Verfassung nicht vor den Dienstboten blicken. Jetzt bitte gehen Sie.«

Unterwürfig, elend trocknete sie Augen und Wangen. Neigte ergeben den Kopf. Dann, als sie bereits die Hand auf der Klinke hatte, hielt sie inne. Im Kampf zwischen Furcht und Kummer gewann der Kummer die Oberhand. »Wie kannst du es nur ertragen, daß wir so nebeneinanderher leben? Wie hältst du es nur aus?«

Er wartete, daß sie hinausgehe, dann sprach er in den Wandspiegel. Darin war ihrer beider Bild: sie geschlagen, er mitleidlos.

»Ich verstehe nicht recht, was Sie sagen wollen, Mrs. Crozier. Ich darf annehmen, daß Sie nicht bei Sinnen sind.«

6

Wir wollen nicht mehr ringen, Liebste, kämp-
fen oder weinen.
Robert Browning, A Woman's Last Word

Laura war der Influenza wegen ins Gästezimmer übersiedelt, und Kate fand sie dort eine Stunde später vor dem kalten Kamin kauernd.

»Ich habe Ihren Tee ins Boudoir gebracht, Ma'am. Er wird kalt«, sagte sie und tat, als bemerkte sie Lauras dumpfes Brüten nicht. »Es fängt wieder an zu regnen, Ma'am, ist aber immer noch mild für die Jahreszeit.«

Sie machte sich am tadellosen Bett zu schaffen.

»Kommen Sie nach unten ins Warme, Ma'am. Hier holen Sie sich den Tod. Oder soll ich Harriet rufen, daß sie das Feuer anzündet, und ich bringe Ihnen eine Tasse Tee herauf und Sie legen sich ein Weilchen hin?«

»Ich möchte keinen Tee, Kate. Sie können mich frühzeitig zum Dinner ankleiden. Ich werde im Boudoir bleiben.«

Kate klingelte und befahl Harriet, die kupfernen Wasserkrüge zu bringen, dann hielt sie eigenhändig ein Streichholz in den Kamin.

»Wollen Sie das Moirékleid anziehen, Ma'am? Es würde Sie ein bißchen aufheitern«, fragte sie. »Die Krankheit des Herrn hat Sie recht mitgenommen. Oder lieber den blauen Samt? Blau steht Ihnen noch besser als Grün, meiner Meinung nach.«

»Das Blaue ist schon recht, danke, Kate. O Harriet, setzen Sie doch die Krüge nicht so hart auf! Sie wissen, wie mein Kopf schmerzt!«

»Runter mit dir, Harriet«, zischelte Kate. »Und so was möchte Kammerzofe sein, lärmt wie ein Dragoner. Kommen Sie, Ma'am, ich bürste Ihnen die Haare. Und Mrs. Hill möchte wissen, ob Mr. Titus übers Dinner bliebt? Und Miß Nagle läßt fragen, ob Miß Blanche hinunterkommen soll, nachdem sie heute abend so spät nach Hause kommt?«

»Ich kann heute keinen Lärm mehr ertragen«, sagte Laura plötzlich. »Miß Blanche soll zu Bett gehen, wenn sie ihren Tee gehabt hat. Ich komme noch hinauf und sage ihr gute Nacht. Sie kann mir morgen vom Zirkus erzählen. Und, Kate, da Mr. Titus eigens den weiten Weg macht, um Ihren Herrn zu besuchen, muß ich ihn wohl zum Dinner einladen. Trotz meiner Kopfschmerzen. Vielleicht haben sie bis dahin nachgelassen. Geben Sie mir bitte eins von meinen Pulvern und ein Glas Wasser.«

»Hier, lassen Sie mich das Glas für Sie halten, Ma'am. Sie zittern ja. Sie haben sich verkühlt, ganz gewiß, weil Sie so lang in der Kälte saßen.«

»Sie sollten Mrs. Hill bestellen«, sagte Laura in Erinnerung an die Unberechenbarkeit ihres Gastes, »daß Mr. Titus natürlich nicht bleiben wird, falls er bereits anders disponiert haben sollte. Bestellen Sie ihr, ich bedaure die Ungelegenheit.«

»Ja, Ma'am. Aber es ist eine Kleinigkeit, ein zweites Gedeck aufzulegen, und Mrs. Hill kocht immer genügend für einen Gast mit. Sie hätten ein wenig Gesellschaft nach all dem Ungemach.«

Sie genossen das abendliche Ritual, das im Bürsten und Aufstecken von Lauras blassem Haar gipfelte. Unter Kates geschickten Händen und beruhigendem Geplauder gewann Laura ein wenig Fassung und ihre ganze Schönheit zurück. Als sie ins Wohnzimmer rauschte, war sie nicht weniger traurig, aber ihre Erscheinung strahlte wieder. Titus verbeugte sich galant. »Du siehst so blühend aus!« sagte sie. Seine Gesundheit munterte sie auf, und sie streckte die Hand aus.

»Ich habe einen Auftrag für dich.«

Graziös schritt sie zu ihrem Platz und sprach lächelnd über ihre Schulter zurück. Sie hatten längst gelernt, Konversation zu machen, ohne einander mehr als die nötige Aufmerksamkeit zu widmen. Und obwohl sie jetzt allein waren, beachteten sie alle Regeln der Schicklichkeit, so daß kein Ohr und kein Auge etwas Außergewöhnliches hören oder sehen hätte können. Aber sie konnten die magnetische Kraft nicht bannen, die wie eine dritte Person im Raum war.

»Deine Aufträge sind meine Wonnen, Laura. Welche Art Auftrag? Soll ich den Mond vom Himmel holen, für meine reizende Nichte oder für dich selbst?«

»Sei nicht so albern«, sagte Laura nachsichtig. »Es ist etwas viel Wichtigeres. Und fast so schwierig und heikel.«

»Wirklich? Du machst mich neugierig. Ich bitte, über mich zu verfügen.«

»Nimmst du ein Glas Madeira? Darf ich dir eingießen?«

»Es wird noch tausendmal köstlicher munden.«

Sie reichte ihm das Glas und sagte nüchtern: »Ich glaube, Theodor hat eine Mätresse. Ich möchte, daß du ihm auf den Zahn fühlst und mir dann berichtest.«

Ebenso rasch und nüchtern wie sie erwiderte er: »Worauf stützt du diese Anschuldigung?«

»Ich glaube, ich trinke auch ein wenig Madeira«, sagte sie laut, da sie Harriets Klopfen hörte. Und sah zu, wie das Mädchen das Feuer schürte, und trank ein Schlückchen.

»Er hat eine Mätresse«, wiederholte sie, als die Tür sich wieder geschlossen hatte, und berichtete ihm von der nachmittäglichen Besucherin.

»Meine liebe Laura«, sagte Titus und setzte sich ihr gegenüber, schlug die Beine übereinander, »was würde dir mit einer Konfrontation gedient sein?«

»Ich muß Bescheid wissen. Es ist mein gutes Recht.«

»Um ein schuldiges Gewissen zu besänftigen, deshalb?«

Sie errötete. Dann hob sie mit sicherer Hand ihr Glas und führte es mit sicherer Hand zum Mund. Titus bewunderte sie mit schräg geneigtem Kopf.

»Meine liebe Laura, selbst wenn dem so wäre, was kannst du von deinem Gatten mehr erwarten, als daß er sich wie ein Gentleman entschuldigt? Gewiß bildest du dir doch nicht ein, daß dieses Wissen dir eine moralische Macht über ihn verschaffte?«

»Ich kenne meine Lage genau«, sagte sie heftig. »Ich habe keinen Vater und keinen Bruder, der meine Sache verfechten könnte, und kein anderes Heim, in das ich mich flüchten könnte. Aber ich muß die Wahrheit wissen. Ich dulde nicht, daß er mich so behandelt. Ich dulde es nicht.«

»Du bist selbstverständlich befangen«, sagte Titus obenhin, »und kannst die Situation unmöglich auch nur annähernd objektiv abschätzen. Laß mich den Advocatus diaboli spielen, Laura. Sollte Theodor sich anderweitig amüsieren – ich verlasse mich darauf, daß du meine Parteinahme für die Dame nicht falsch auslegst –, dann kannst auch du dein Amüsement suchen, wo du willst. Vorausgesetzt, daß du diskret vorgehst, und das dürfte kein Problem sein. Es bleibt alles in der Familie.«

»Ich habe dich um eine Gefälligkeit ersucht. Ich bitte dich, sie mir zu erweisen. Mehr habe ich nicht zu sagen. Nur eins noch: Falls du heute abend keine weiteren Verpflichtungen hast, würde ich mich über deine Gesellschaft beim Dinner sehr freuen.«

Er zuckte die Achseln, trank seinen Wein aus, küßte ihr die Hand und suchte seinen Bruder auf, während sie ins Feuer starrte, als stünde die Lösung in den Flammen, wenn sie sie nur zu entziffern vermöchte.

»Ich habe mit Laura eine höchst ungewöhnliche Unterredung gehabt«, platzte Theodor heraus, noch ehe Titus sich nach seiner Gesundheit erkundigen konnte. »Ich glaube wirklich, ich muß mit Padgett über sie sprechen. Vielleicht ist sie wieder nervlich erschöpft und braucht einen Monat Seeluft. Zu dieser Jahreszeit hätte sie allerdings nicht viel Nutzen davon. Ich verstehe sie nicht.«

»Trotzdem scheint es dir schon besserzugehen, Bruder.«

»Ich habe gelernt, mein Kreuz zu tragen«, sagte Theodor pathetisch. »Ich gelobte, Laura in kranken Tagen beizustehen. Was mich beunruhigt, ist die Hartnäckigkeit ihrer Beschwerden und deren Vielfalt. Einmal ihr Kopf, dann die Verdauung, dann Schlaflosigkeit, Nerven, Hysterie. Was fehlt ihr?«

»Sie scheint zu glauben, daß eine Dame von zweifelhafter Moral dir Liebesbriefe zurückgebracht hat«, sagte Titus, die Hände in den Taschen, und setzte sich ans Bettende.

»Hat den Kopf voll von romantischem Unsinn«, grollte Theodor. »Lauras Benehmen übersteigt zuzeiten alles Dagewesene. Wenn du sie heute nachmittag erlebt hättest, wärst du erstaunt gewesen. Sie war wie – besessen.«

»Du erstaunst mich wirklich. Und ist an dieser Geschichte wirklich kein wahres Wort? War die zweifelhafte Dame mit dem Päckchen eine Ausgeburt von Kates Fantasie?«

»Mein lieber Bruder, ein Mann ist nicht gezwungen, über

alles Rechenschaft abzulegen. Eine Frau mit einer Spur von Takt würde über eine solche Sache geflissentlich hinwegsehen. Laura meint immer, alles müsse nach ihrem Kopf gehen.«

»Meinen das nicht alle Damen? Jedenfalls, die Betreffende hat also deine Briefe zurückgebracht, wie?«

Theodor zögerte.

»Du überraschst mich«, sagte Titus grinsend. »Du, eine Säule der Rechtschaffenheit, ein unentwegter Kämpfer für Gott, Königin und Vaterland! Ich hielt dich für die Standhaftigkeit in Person. Aber du mußt dich mit Laura arrangieren, wenn ich dir einen Rat geben darf. Sie ist sehr sensibel und neigt zur Impulsivität. Und nicht ohne männliche Verwandtschaft – obwohl sie im Moment bedauert, daß ihr Vater tot ist und den treulosen Gatten nicht mit der Reitpeitsche traktieren kann. Es wäre ein verflixtes Malheur, wenn ein erboster Onkel der Sache nachginge. Lauras Vermögen ist nicht unbeträchtlich und in der Firma angelegt.«

»Sie würde nicht in dieser Weise sich und mich gefährden.«

»Sei nicht zu sicher. Laura ist mehr zuzutrauen, als du dir vielleicht vorstellst.«

Theodor sagte mißlaunig: »Was soll ich denn tun, sag? Niemand steht uns beiden so nahe wie du, Titus. Ja«, und er legte seinem Bruder die Hand auf die Schulter, »ich habe dir in den letzten Jahren immer vieles sagen können, was ich keinem anderen Menschen gesagt hätte. Es war eine einsame Straße, Titus, und oft eine dunkle.«

»Ah! Man kann nicht mit Damen sprechen – so reizend sie auch sind –, wie man mit einem Mann sprechen kann. Ein Jammer, daß gute Frauen so langweilig sind und schlechte so höllisch raffiniert. Man hat die Wahl zwischen Gähnen und Gruseln. Da kann's passieren, daß man hin und her gerissen wird. Mein lieber Bruder, du kannst dich mir anvertrauen, ich werde alles wieder ins Lot bringen. Hast du für diese Briefe gezahlt, oder hat die Dame sie aus purer Menschenfreundlichkeit zurückgegeben?«

Er verfolgte den Kampf in den Zügen seines Bruders mit Belustigung und einigem Mitgefühl.

»Du hältst dich selbst so verteufelt kurz, Theo«, bemerkte er freundlich. »Um Gottes willen, Mann, sieh zu, daß du hier rauskommst, und such dir eine Ballettänzerin. Ich kenne die

Hintergassen Londons so gut wie ein streunender Kater. Wenn du Augen brauchst, dich zu geleiten, nimm meine. Denn obwohl du an mir Vaterstelle vertreten hast, was ich nie vergesse, scheinst du in mancher Hinsicht jünger als ich zu sein.«

»Du kennst mich nicht so gut, wie du glaubst«, sagte Theodor nachdenklich. Er hatte seinen Entschluß gefaßt. »Ich gebe zu, ich war – unklug.«

»Verdammt blöd«, sagte Titus fröhlich. »Nie irgendwas zu Papier bringen, Bruder. Gib ihnen Schmuck und Soupers, zahl ihre Rechnungen oder ihre Miete und mach ihnen die Cour, aber nichts Schriftliches. Wieviel hat sie verlangt?«

»Eine beträchtliche Summe, aber keine astronomische. Sie hat etwa ein halbes Dutzend Briefe gebracht und die anderen zurückbehalten. Sie sind entschlossen, Skandal zu machen, wenn ich nicht zahle. Die Schwierigkeit ist nur, daß ich ausgerechnet jetzt bettlägrig bin.«

Titus' Gesichtsausdruck war unergründlich.

»Es ist also mehr als nur eine Person im Bilde?«

»Ein – Beschützer.«

»Mein Gott!« sagte Titus entsetzt. »Eine schöne Bescherung!«

»Der Besuch dieser Frau sollte beweisen, daß sie es ernst meinen. Wenn ein Weibsbild ihres Schlags es wagt, an die Haustür eines Ehrenmanns zu pochen ...«

»Du kannst mich als Mittelsmann benutzen.«

»Ich danke dir. Aber diese Sache muß und will ich allein ausfechten.«

»Verstehe!« Er schlug gegen den Bettpfosten und überlegte. »Ich würde dir um so dringender raten, mit Laura ins reine zu kommen. Wir können nicht gleichzeitig an allen Fronten kämpfen. Wenn sie ihrem Onkel schreiben sollte ...«

Theodor hob die Schultern und ließ sie resigniert wieder sinken.

»Dann sag Laura«, brachte er mühsam hervor, und sein Gesicht war so steinern, als wäre sie im Zimmer, »daß die Verfehlung einmalig war und von geringer Bedeutung. Daß ich in Versuchung kam und fiel. Solche Dinge passieren. Sag ihr, an mir wurde mehr gesündigt, als ich selbst sündigte.«

»Eva bot einen Apfel«, warf Titus genial ein. »So machen sie's alle, weißt du!«

»Drück es aus, wie du willst. Du sagst solche Dinge viel besser als ich.«

»Ich würde noch etwas sagen, wenn du erlaubst.«

»Und das wäre?«

»Sie um Verzeihung bitten«, sagte Titus.

In das Schweigen zwischen ihnen ertönte der Gong zum Dinner.

»Ich wünsche über diese Sache von Laura kein weiteres Wort zu hören«, befahl Theodor. »Alles muß sein, wie es bisher zwischen uns war.«

»Und wie war es?« fragte Titus und stand auf.

»Ein faires und ehrenhaftes Arrangement.«

»Man wird natürlich mit der Zeit einer jeden Frau müde«, sagte Titus verwundert. »Ich zumindest. Jedenfalls bisher. Aber Laura erschien mir immer – rein als die Frau meines Bruders gesehen – alles zu verkörpern, was ein Mann sich wünschen kann.«

»Man macht mir Komplimente über sie«, erwiderte Theodor, »und in Gesellschaft ist sie reizend. Aber der Schein trügt. Ich sage es nur zu dir und zu keinem Menschen sonst. Ich kenne Laura sehr gut, ihr Temperament macht alles zunichte, was ich hätte anziehend finden können.«

»Du überraschst mich. Ich habe ihren Charakter immer bewundert.«

»Er ist aufsässig und töricht. Es ist die Pflicht einer Ehefrau, sich dem Mann unterzuordnen.«

»Ich hätte geglaubt«, sagte Titus grübelnd, »daß ein Mann von einiger Überredungsgabe sich Laura recht gefügig machen könnte.«

»Sie ist unlenksam.«

»Verzeih«, sagte er, »aber wie war die Dame, die dir diese hochgefährlichen Liebesbriefe entrungen hat?«

»Ach das!« erwiderte Theodor nachdrücklich. »Das war etwas ganz anderes. Etwas ganz anderes. Wir wollen nicht mehr davon sprechen.«

»Der Mann irrt«, sagte Titus lässig, »und die Frau vergibt ihm immer wieder.«

»Ich vergebe ihm nicht, weder jetzt noch in Zukunft.«

»Er hat seinen Fehler brav eingestanden. Er demütigt sich vor dir. Was möchtest du noch mehr, Laura?«

Ihr Teller war unberührt. Sie sagte: »Vergeltung.«

»Du vereinigst in dir die besten Eigenschaften der guten und der schlechten Frauen. Ich liebe dich für beides.«

Betroffen schob sie den Teller von sich.

»Sag mir«, fuhr Titus leichthin fort, »hast du ihn je geliebt?«

»Zu Anfang, ja. Ich hielt alles von ihm.« Sie faltete die Hände vor sich auf dem Tisch. »Ich hielt ihn für klug und stark und schön. Ich lauschte auf seine Worte. Versuchte ihm zu gefallen. Und dann nichts mehr. Kälte und Elend.«

»Und doch bist du eifersüchtig auf diese schmutzige kleine *liaison*. Also mußt du noch etwas für ihn empfinden.«

»Eifersüchtig?« rief sie. »Ich bin nicht eifersüchtig. Ich bin *neidisch*.«

Er starrte sie entgeistert an.

»Du kannst zum Kaffee eine Zigarre rauchen, wenn du willst«, sagte Laura, stand auf und klingelte. »Ich habe nicht das geringste dagegen. Ich sollte wohl, das weiß ich, aber es macht mir wirklich nichts aus.«

Er bot ihr den Arm, und sie schritten in den Salon, während Harriet Schüsseln und Teller abräumte und ihnen nachspähte.

»Neidisch?« wiederholte Titus interessiert.

»Warum sollte er eine Freiheit haben, die mir verwehrt ist?« fragte sie heftig. »Warum sollte er sich eine Mätresse halten dürfen, ihr den Laufpaß geben und sagen, es tue ihm leid – und alles ist wieder gut? Wie kann er es wagen, mir befehlen zu lassen, daß zwischen uns alles von nun an wieder so sein müsse wie vordem?«

»Das ist der Lauf der Welt, Laura.«

»Es ist ungerecht«, sagte sie. »Es ist so ungerecht.«

»Ich habe dir eine Alternative angeboten. Eine, die du nicht unangenehm fandest?«

»Ich will keine flüchtige und ehrlose Bindung«, rief sie und wandte sich ihm zu. »Außerdem, wie kannst du nur? Du bist sein Bruder, und er liebt dich. Und du liebst ihn auch, auf deine Art. Wie kannst du ihn so hintergehen?«

Er betrachtete die Glut seiner Zigarre und erwiderte: »Wie kannst *du's*?« und stippte die Asche in eine silberne Schale.

Sie war wieder ruhig, ihr Zorn verebbte.

»Er schrieb ihr Liebesbriefe«, sagte sie leise. »Was muß sie ihm bedeutet haben? Mir hat er nie so geschrieben. Und Kate sagte, sie stank nach billigem Parfüm und war keine Dame. Ich frage mich, was er ihr geschrieben hat: Hat er ihr von Pflicht und Unterwürfigkeit gesprochen?«

»Ich nehme es eigentlich an«, sagte Titus spöttisch. »Es scheint, daß er sich dieses einzige Mal gründlich lächerlich gemacht hat. Die Liebesbriefe setzen mich in Erstaunen.«

»Hast du sie gelesen?« fragte sie rasch.

»Nein. Das ist gar nicht nötig. Das übliche Gesäusel.«

»Wie der, den du mir geschrieben hast?«

Sein Ausdruck wechselte.

Behutsam erwiderte er: »Ein schwacher Moment. Hast du ihn vernichtet?«

»Natürlich. Ich habe ihn zerrissen.«

»Hoffentlich in sehr kleine Stückchen?«

»Ich weiß nicht mehr. Vermutlich. Es spielte keine Rolle. Ich erinnere mich an jedes Wort. Freut es dich?«

Ruhig erwiderte er: »Sehr.«

»Dann bewahre die Erinnerung«, sagte sie betrübt, »so wie ich sie bewahre.«

»Habe ich nett gesäuselt?« fragte er schließlich.

»Fast so nett wie Mr. Browning.« Sie lächelte plötzlich und sagte: »Wenn wir nur wieder so sein könnten wie zu Anfang, Titus. Du warst ein Knabe, und wir standen wie Kinder unter Theodors Schutz und konnten einander alles anvertrauen.«

»Die süßen Tage der Jugend. Hast du mich damals geliebt, Laura?«

»Sehr; sogar, als du solche dummen Geschichten anstelltest. Besonders, wenn du etwas anstelltest, denn dann bist du zuerst zu mir gekommen. Aber nicht so wie jetzt.«

»Und wann haben wir die Kinderschuhe abgelegt?«

Gemeinsam waren sie wieder irgendwo in der Vergangenheit und suchten eine Wegmarke, die sie übersehen oder nicht erkannt hatten.

»Als Blanche zur Welt kam«, sagte Laura scheinbar aufs Geratewohl. »Theodor hatte den ganzen Tag in seinem Arbeitszimmer gewartet. Er kam nicht herauf, um mich oder sie zu sehen, obwohl sie schon als Neugeborenes hübsch war.

Später entdeckte ich den Grund. Sie war eine Tochter, für ihn nur eine weitere Geldausgabe. Er liebt nur seine Söhne. Er teilte mir mit, daß er meine Pflichten als erledigt betrachte, und dachte zweifellos, daß ich erleichtert darüber sei. Was ich auch war.«

»Ein eiskalter Hund«, sagte Titus bedächtig. »Diese Sache mit den Liebesbriefen gibt mir Rätsel auf. Er suchte sein Pläsier im Verborgenen. Ich frage mich, warum er überhaupt geheiratet hat, wenn ihm die Gosse so viel besser behagte.«

Laura lachte in aufrichtiger Belustigung.

»Er heiratete, weil man von einem guten Bürger erwartet, daß er heiratet. Theodor legt größten Wert auf die Meinung der Leute. Ich galt als guter Fang auf dem Heiratsmarkt. Achtzehn, fünfhundert pro Jahr eigenes Einkommen, aus einer wohlhabenden Kaufmannsfamilie in Bristol und so etwas wie eine Schönheit. Auch er stand hoch im Kurs.«

Die Erinnerung machte sie bitter.

»Ich fand ihn sehr gut aussehend. Ernst und gescheit. Vortrefflich in der Lage, mich zu versorgen und zu beschützen. Und diesen Teil des Abkommens hat er gehalten. Er schuf mir ein elegantes Heim in unmittelbarer Nähe Londons. Er bot mir materielle Sicherheit und eine gesellschaftliche Stellung, um die mich die meisten Frauen beneiden. Sonst gab er mir nichts.«

»Das Feuer geht aus«, sagte Titus. »Soll ich nach Kohlen klingeln?«

»Nein, laß es ausgehen. Es ist fast zehn Uhr. Du mußt bald gehen.« Sie fuhr fort: »Ja, es war, nachdem Blanche zur Welt kam. Ich kann mir denken, was er zu Dr. Padgett gesagt haben muß. ›Ich nehme zur Kenntnis, daß ich eine Tochter habe und daß Mutter und Kind wohlauf sind. Ich wünsche nicht, das Kind zu sehen. Sollte ich benötigt werden, ich bin in meinem Arbeitszimmer.‹ Mein Stolz war verletzt. Ich machte mir nichts aus ihm, aber es kränkte mich, daß er sich nichts mehr aus mir machte.«

Titus lächelte bei dieser kleinen Aufwallung von Eitelkeit, und sie lächelte in reiner Freundschaft zurück.

»O ja«, fuhr sie fort, obwohl er nichts gesagt hatte, »Eitelkeit und Stolz sind zwei Untugenden, die wir gemeinsam haben, du und ich. Dann wurde mir nach und nach klar, daß ich frei war. Frei von ihm, frei von dem Grauen des Kinderkriegens. Ich fing an, mich umzusehen, wieder Gedichte und Romane zu lesen und mich dafür zu interessieren, was in der Welt vorging. Du hast mir dabei geholfen! Ich war erst fünfundzwanzig, und ich konnte ein wenig aufatmen.«

Er zündete sich eine weitere Zigarre an, beobachtete sie und hörte zu. Älter, härter, unendlich attraktiver als der hübsche Junge, für den sie in den ersten Jahren ihrer Ehe die Mutter gespielt hatte.

»Damals habe ich die Kinderschuhe abgelegt«, sagte Laura. »Ich las Gedichte von Robert Browning, von Elizabeth Barrett. Ich fand sie schamlos und rein zugleich. Ich erfuhr, obwohl ich es nicht hätte erfahren dürfen, einiges von deinem zügellosen Leben. Einmal fragte ich Theodor. Er erklärte mir, es gebe zwei Arten von Liebe, eine geheiligte und eine profane. Dann gebot er, daß das Thema nicht mehr zur Sprache komme, so wie nun dieses andere Thema nicht mehr zur Sprache kommen darf. Ich wußte, daß die geheiligte Liebe etwas Totes und Verächtliches ist. Von der profanen wußte ich nichts. Ich wußte auch, daß es den Brownings gelungen war, beide zu verbinden.«

»Es war unklug«, sagte Titus sehr liebevoll, »auf der Suche nach mehr Wissen vom einen Bruder zum anderen zu gehen.«

»Glaubst du, ich hätte das nicht begriffen? Mehr noch. Ich wäre nie aus eigenem Antrieb zu dir gekommen. Du hast den ersten Schritt getan. Nicht wahr?«

»Einen langen und mühsamen. Ich habe nie soviel Zeit auf eine andere Frau verwendet. Meine Krankheit kam mir schließlich zu Hilfe. Du warst eine liebevolle Pflegerin.«

Sie grübelte vor dem erlöschenden Feuer, und weder Nekken noch Grausamkeit konnten sie erreichen.

»Nein, es geschah schon früher«, sagte sie. »Diese Dinge geschehen im Geist, von ungefähr, plötzlich, und schlagen Wurzeln. Es war in der Diele«, erinnerte sie sich. »Du warst sehr spät noch gekommen, stecktest wie üblich in irgendeiner Klemme, und Theodor ging hinunter, um dich einzulassen. Trotz seines Ärgers liebte er dich noch immer, und er sagte – um diese unpassende Schwäche zu kaschieren – ›Titus, du bist ein verflixter Taugenichts!‹«

»Und ich sagte: ›Dann wirf mich hinaus. Ich verdiene es nicht besser!‹«

»Ich stand oben an der Treppe, und du blicktest hoch, suchtest Beistand. Und ich mußte wider Willen lachen. Und Theodor lächelte dir und mir zu, er, der so selten lächelt. Wir waren ausnahmsweise alle drei glücklich. Auf deinem Cape lag Schnee.«

»Du trugst einen weißen Schlafrock, mit Spitzen besetzt.«

»Ja. Damals geschah es.«

Titus drückte seine Zigarre aus. Unterwürfig ging er zu ihr hinüber und hob ihre Hände an seine Lippen.

»Wir wollen nicht mehr ringen, Liebste«, sagte er in ihre Handflächen. »Alles sei wie ehe, Geliebte – nur noch schlafen.«

Sie antwortete nicht, wich in ihren Sessel zurück, zwei lange Jahre weit. Also berührte er leicht ihre kalte Wange, wünschte ihr gute Nacht und ging hinaus.

7

Das Heim ist das Gefängnis des Mädchens und
das Arbeitshaus der Frau.

George Bernard Shaw,
Mann und Supermann

Theodor kostete sein Kranksein bis zur Neige aus und klammerte sich mit dem ganzen Talent des professionellen Hypochonders an postgrippale Depressionen. Über der Wiederaufnahme seiner Tätigkeit lag der Schein des Märtyrertums, über der allabendlichen Heimkehr der Schatten seiner Launenhaftigkeit. Sogar Titus' glückliches Naturell wurde gefährlich strapaziert, obwohl ihm seine Gabe, die Schattenseiten des Lebens zu ignorieren, wacker beistand.

Der Februar kam, kalt, frostig, nebelig, ein Spiegelbild der gegenwärtigen Beziehung zwischen den Croziers. Gemeinsam und stillschweigend kamen sie überein, ein wenig Sonnenschein in ihr Leben zu lassen, in Form von Titus, der immer verfügbar war.

Kate Kipping war von der Influenza befallen worden, und Annie Cox rappelte sich von ihrer Kapokmatratze auf, um Harriet auszuhelfen. Nanny Nagle und Blanche waren gleichzeitig krank gewesen: die eine als schwierige Patientin, die andere brav und geduldig. Mrs. Hill jedoch hielt die Stellung, gefeit durch vorzügliche Nahrungszufuhr; und wie Henry von sich sagte, der Alkoholteufel hielt alle anderen Teufel fern. Harriet servierte rotwangig und blühend das Dinner, das zu einem harmonischen Familienabend beitragen sollte.

»Wo ist Kate?« erkundigte sich Theodor über Harriets gebeugten Kopf hinweg.

»Sie liegt noch zu Bett, Theodor.«

»Glatter Humbug. Hätschelt sich, weil du sie verwöhnst. Paß auf, was du tust, Mädchen!« Harriet hatte die braune Windsor-Suppe verschüttet. »Trag das zurück in die Küche. Ich trinke meine Suppe nicht von einem verschmierten Teller.«

»Aber, Bruder«, sagte Titus sonnig. »Wenn du sie einschüchterst, stellt sie sich nur noch dümmer an – und das arme Ding ist weiß Gott schon ungeschickt genug. Auch hat sie nicht so hübsche Hände wie Kate!«

»Ich bitte dich, Theodor«, flehte Laura, mit einem scharfen Unterton in ihrem Flehen, der Theodor aufblicken ließ, »verwirre Harriet nicht so sehr, daß wir am Ende überhaupt kein Dinner bekommen. Mrs. Hill hat sich große Mühe gegeben, und das Mädchen tut ihr Bestes.«

»Was nicht annähernd gut genug ist. Sie ist jetzt seit Jahren hier. Harriet, wie lang sind Sie schon bei uns?« Sie war soeben nach ihrer Zurechtweisung im Speisezimmer und einer weiteren in der Küche feuerrot zurückgekommen.

»Sechs Jahre, Sir.«

»Und in dieser ganzen Zeit haben Sie nicht gelernt, wie man ordentlich bei Tisch aufwartet? Wenn Sie nicht ohne Hilfe zurechtkommen, dann holen Sie sich noch jemanden von drunten.«

»Wen hättest du gern?« fragte Laura gefährlich liebenswürdig. »Mrs. Hill oder Annie Cox, das Küchenmädchen?«

»Bitte, Ma'am«, flüsterte die arme Harriet, »ich glaube nicht, daß die Annie richtig wär.«

»Ich auch nicht. Tragen Sie diesen Suppenteller gefälligst sehr vorsichtig.«

Theodor trank seine Suppe mit unterdrücktem Zorn und blickte dabei seine Gattin an.

»Du nimmst nichts zu dir, wie ich sehe, Laura. Fühlst du dich nicht wohl?«

»Ich fühle mich nur selten wohl, aber ich habe keine Influenza, wenn es das ist, was dir Sorgen macht, Theodor.«

»Letzte Woche habe ich eine kapitale Vorstellung in der Egyptian Hall gesehen«, sagte Titus. »Es war The Moore and Burgess Minstrels, und das Theater wird jetzt durchwegs elektrisch beleuchtet. Du hättest sehr lachen müssen, Laura. Sie gaben einen köstlichen Sketch, genannt *Die Phünf Phröhlichen Phreunde.* Das F als Ph geschrieben. Wirklich kapital!«

»Ich mache mir nichts aus solchen Sachen«, sagte Theodor. »Nehmen Sie den Teller da weg, Mädchen, flink. Ist Kate noch so krank, daß sie nicht für einen Abend aufstehen kann, Laura?«

»Sie liegt jetzt seit kaum vier Tagen. Bei dir waren es zwei Wochen, wenn du dich erinnerst. Sie wird morgen aufstehen, Theodor.«

Die Suppenteller waren glitschig, und Harriet beging den Fehler, die Terrine obenauf zu stellen. Sie rutschte prompt mit elegantem Schwung auf den Teppich.

»Ich kann das nicht ertragen. Ich kann nicht. Das andere Mädchen soll aus der Küche kommen und ihr helfen. Und sie soll einen feuchten Lappen bringen, sonst bleibt ein Flecken im Teppich. Es ist ein sehr guter indischer Teppich. Ich will nicht, daß er verdorben wird.«

»Bringen Sie Annie mit, Harriet, aber sie soll während des Servierens vor der Tür draußen bleiben«, flüsterte Laura.

Mit gesenktem Kopf, um die Tränen zu verbergen, verschwand das Hausmädchen.

»Ich hatte das Glück, mir etwas anzuhören, was dir auch gut gefallen hätte«, schaltete Titus sich wieder ein. »Sir Charles Hallé und sein Manchester Orchester gaben am 7. Februar ein süperbes Konzert in St. James's Hall. Eine Abschiedsaufführung, ehe er zu seiner Tournee nach Australien aufbrach.«

Theodor antwortete nicht, er trommelte mit den Fingerspitzen auf den Tisch und wartete auf die Mädchen.

»Sie gaben das Concerto für zwei Violinen in d-Moll, Laura. Das du so gern hast, von Bach. Und dann die Peer-Gynt-Suite. Und die Eroica.«

»Wie apart!« rief sie aus und suchte Theodors Blick, der Händel suchte.

Annie Cox kroch herein, gelähmt durch die Gegenwart der Großen und Mächtigen, einen nassen Lappen in den roten Händen. Unter Theodors mißbilligenden Blicken wischte sie die Suppe vom Teppich, knickste und verschwand.

»Ist das unser Küchenmädchen, Laura?«

»Gewiß ist das unser Küchenmädchen. Wir beschäftigen sonst niemanden.«

Er scheuchte Harriet, die einen Hammelrücken abtrug, mit einer Handbewegung hinaus; sie stieß an der Tür mit Annie zusammen, und der ganze Aufbau geriet in Gefahr. Gemeinsam zitterten sie draußen auf dem Vorplatz und warteten auf weitere Befehle.

»Ihr Ton gefällt mir nicht, Mrs. Crozier«, sagte Theodor leise. »Er gefällt mir ganz und gar nicht. Ich bitte Sie, ihn zu ändern, Madam, oder es wird zwischen uns Unstimmigkeiten geben.«

Sie öffnete den Mund, um ihm zu erwidern, wurde jedoch durch eine rasche Bewegung von Titus' Hand zum Schweigen gemahnt und schloß ihn wieder.

»Wenn Sie nun in präsentabler Verfassung sind, Madam, wollen wir mit dem Essen fortfahren. Harriet!«

Wäre die Spannung weniger ungut oder die Stimmung besser gewesen, so hätten die vereinigten Bemühungen von Harriet und Annie einen größeren Lacherfolg geerntet als die Phünf Phröhlichen Phreunde. So aber hörte Laura vollständig auf zu essen, und Theodor begleitete seine weitere Mahlzeit mit Ausrufen des Abscheus. Als einziger in der Runde kämpfte Titus gegen einen Lachreiz an.

»Es ist wie ein Concerto für zwei verstimmte Violinen!« versuchte er zu scherzen, als sie zum Castle Pudding schritten.

Laura und Theodor starrten, ohne etwas zu hören, an ihm vorbei und in ihre beiden dunklen getrennten Welten. Er zuckte die Achseln und wischte einen Tropfen Sauce vom Tischtuch.

»Mr. Tree und die Haymarket Theatre Company treten im

Crystal Palace in *A Man's Shadow* auf, Laura. Es ist ein durchschlagender Erfolg. Ich muß mit euch beiden hingehen.«

»Das wäre wirklich reizend«, erwiderte sie, schneeweiß vor Zorn.

»Außerdem wird Imre Kirafys *Nero* immer noch gespielt und sehr gelobt. Wir wollen uns einen schönen Abend machen.«

»Ich dachte, wir wollten uns hier in meinem Haus einen schönen Abend machen!« schrie Theodor seine Gattin an. »Aber Mrs. Crozier ist offensichtlich unfähig, ihre Dienstboten gehörig anzuweisen.«

»Ich ertrage das nicht länger!« erwiderte sie und warf die Serviette auf den Tisch. »Du hast mir mein bißchen Appetit vollends verdorben. Ich bitte, mich zu entschuldigen.«

»Setzen, Madam!« brüllte Theodor. »Setzen. Ich befehle es.«

Einen Augenblick lang sah sie aus, als wolle sie ohnmächtig werden, dann setzte sie sich wieder. Im weiteren Verlauf der Mahlzeit, die sie nicht berührte, sah sie wortlos zu, wie Harriet Theodors Castle Pudding auf die Seite kippte und den Eierrahm verschüttete. Titus machte keinen Versuch mehr, der üblen Laune seines Bruders zu steuern. Die Mädchen entledigten sich ihrer Aufgabe nach bestem Vermögen und atmeten erleichtert auf, als sie die Karaffe mit Portwein und die Schale mit den Walnüssen auf den Tisch stellten.

»Kann ich jetzt gehen?« fragte Laura und ging zitternd in ihren Salon.

»Verzeihen Sie, Ma'am«, flüsterte Harriet, während sie ohne eine weitere Katastrophe die Kaffeetassen aufstellte. »Bitte, verzeihen Sie. Ich habe versucht, es wie Kate zu machen. Ich hab's wirklich versucht. Aber ich war ängstlich, und die Terrine rutschte hinunter.«

»Es hat nichts zu sagen. Wir sind durch die Krankheit im Haus alle ein bißchen durcheinander. Sie können jetzt gehen, Harriet. Wollen Sie Mrs. Hill unsere Anerkennung übermitteln.«

»Ja, Ma'am. Vielen Dank, Ma'am.«

Titus und Theodor verweilten keine zehn Minuten bei ihrem Portwein. Er hatte sich eine neue Demütigung ausgedacht und lechzte danach, sie ins Werk zu setzen.

»Mrs. Crozier«, sagte er beim Kaffee, »Sie sind noch immer im Gästezimmer.«

»Ich fand es besser, bis die Infektionsgefahr ganz vorbei ist.«

»Du sagst, du seist nicht krank, und Padgett erklärt, man könne die Influenza nicht zweimal bekommen. Du mußt in unser Schlafzimmer zurückkommen, wie es recht und billig ist.«

»Schön«, erwiderte sie langsam, »ich werde Kate morgen bitten, daß sie meine Sachen hinüberbringt, wenn du es so wünschst.«

»Ich wünsche, daß du deine Sachen sofort hinüberbringen läßt. Heute abend.«

Es war offener Krieg, und sie blickte verzweifelt um sich, suchte eine Antwort oder einen Verbündeten.

»Lieber Bruder, du mußt deine Gluten zügeln«, sagte Titus munter und unklug. »Dein Personal ist schon hinlänglich im Gedränge, auch ohne daß zwei Schlafzimmer umgeräumt werden. Außerdem werden sie jetzt selbst beim Essen sitzen – es sei denn, Harriet hätte den Hammelbraten auf der Treppe fallen lassen!«

Theodor klingelte.

»Harriet, holen Sie Mrs. Croziers Toilettenartikel und Kleider aus dem Gästezimmer, und bringen Sie alles ins große Schlafzimmer.«

Sie war beim Essen gewesen und wischte sich hastig den Mund am Ärmel ab.

»Ja, Sir. Noch etwas, Sir?«

»Annie soll die Kohlen nachlegen. Mir ist kalt!«

»Ich glaube nicht, daß ich Annies feurige Bemühungen überleben werde«, sagte Titus scherzend.

»Hinaus!« schrie Theodor, und Harriet lief. »Verschonen Sie mich mit Ihrem Humor, Sir«, herrschte er Titus an. »Es ist schlimm genug, daß meine Gattin mich nicht mit ihrer miserablen Haushaltsführung und ihrer Pflichtvergessenheit verschont.«

»Bitte verzeih mir«, sagte Titus, ebenso bleich wie Laura, »aber dein eigenes Benehmen läßt sehr zu wünschen übrig. Ich finde es unerhört, daß ich zusehen muß, wie du Laura vor mir demütigst. Du bist nie ein warmherziger Mensch gewesen, Bruder, und oftmals warst du streng, aber noch nie so unhöflich.«

»Entzweit euch bitte nicht meinetwegen!« Ihre Verzweiflung war offenbar. »Wenn du dich mit Titus entzweist, wo sollte ich einen Freund finden?« fragte sie ihren Gatten. »Er ist der einzige Freund, den du mir gelassen hast. Sobald jemand mir zugetan scheint, findest du einen Grund, ihn zu meiden. Das hast du immer getan. Ich bin von Bekannten umgeben, die ich nicht kennenzulernen wage. Welches Leben ist einen solchen Preis wert?«

Erleichtert darüber, daß er nicht weiter auf Titus herumhakken mußte, wandte Theodor sich gegen die Angehörige, die ihm nicht am Herzen lag und die er nach Lust und Laune erniedrigen konnte.

»Es steht dir nicht an, deine Freunde selbst zu wählen«, rief er. »Deine Ansichten von Schicklichkeit sind im höchsten Grad fragwürdig. Wer weiß, ob du mir nicht Krethi und Plethi ins Haus ziehen würdest, wenn ich es zuließe? Ich lasse mich nicht zum Gespött machen.«

»Ich wollte, ich wäre tot«, schluchzte sie. »Ich wollte, ich könnte sterben.«

»Mein Herzschlag rast«, murmelte er vor sich hin. »Ich darf mich von ihr nicht krank machen lassen. Laura! Ich muß mich legen. Geh hinauf und sieh zu, daß die Mädchen aus unserem Zimmer sind. Ich habe wegen dieses Nebels den ganzen Vormittag husten müssen. Ich habe womöglich Bronchitis. Ich fühle mich gar nicht gut. Vielleicht hat Padgett unrecht, und man kann die Influenza sehr wohl zweimal bekommen. Laura, beherrsche dich und kümmere dich um mich, wenn ich bitten darf. In kranken und gesunden Tagen, hast du gelobt, bis der Tod uns scheidet...«

»Und was war eigentlich los?« fragte Mrs. Hill, ganz fettig vom Hammelbraten.

»Ooh, so was ist noch nicht dagewesen«, sagte Harriet und setzte sich zu ihrem Essen, das auf dem Herd warm gehalten worden war. »Sie haben sich in der Wolle gehabt, daß es eine Art war, und der Herr liegt jetzt im Bett und jagt Mrs. Crozier ständig treppauf und treppab, und Mr. Titus raucht seine Zigarre und starrt ins Feuer. Ich hab' so was noch nie mit angehört, du, Annie?«

Das Küchenmädchen, ganz Augen und Knochen, nickte zuerst und schüttelte dann den Kopf.

»Ich schicke lieber noch frischen Kaffee rauf, wenn sie zur Ruhe gekommen sind«, sagte Mrs. Hill seelenruhig. »Wie geht's Kate, Harriet?«

»Sie wollte aufstehen, wie sie gehört hat, daß ich Mrs. Croziers Sachen umräume. Zwischen Kate, die wegen jedem Fältchen Geschichten macht, und dem Herrn, der rumschreit, und Mrs. Crozier, die weint, hab' ich nicht mehr gewußt, wo mir der Kopf steht. Kate sagt, morgen bringt sie Mrs. Crozier wieder selbst den Tee.«

»Dann werden *sie* wieder im trockenen sein!« bemerkte Nanny Nagle und deutete mit dem Kopf in Richtung Salon. »Glücklich allein.«

»Sie würden nicht so reden, Miß Nagle, wenn Sie die Aufregung miterlebt hätten. Sie kommen keine Viertelstunde zum Sitzen. Mr. Titus war schon zweimal droben, und Mrs. Crozier muß dauernd rauf und dem Herrn etwas richten.«

»Ich schicke frischen Kaffee rauf«, sagte die Köchin. »Iß fertig, Harriet, und trag ihn dann hinauf. Es wird lang dauern, bis sie sich wieder von *dir* bedienen lassen, Mädchen. Das kann ich voraussagen, ohne eine einzige Karte auf dem Tisch!«

8

Ist er ein guter Arzt? Nun ja, ich weiß nicht, ob er gut heilt; aber er macht eine gute Figur am Krankenbett!

Punch, 1884

»Wie wirkt er jetzt, nach seinem Ausbruch?« fragte Titus.

»Brummig, aber ruhiger«, sagte Laura mit schneeweißem Gesicht. »Ich habe ihm versprochen, daß ich ihn selbst pflegen werde. In solchen Fällen ist ihm nur der Anblick meines Elends ein wirkliches Labsal.« Sie durchschritt das Zimmer und stand brütend am Fenster. »Ich werde dich also entsprechend oft verlassen müssen«, fügte sie kalt hinzu und fing an, auf dem Teppich hin und her zu gehen. »Wie oft, glaubst du, muß er seine Macht über mich spüren können? Jede halbe

Stunde? Vielleicht alle zwanzig Minuten, bis er einschläft, nachdem er sich so furchtbar aufregen mußte. Ja, alle zwanzig Minuten dürfte ein hinlänglicher Beweis meiner Dienstbarkeit sein. Ich muß alle zwanzig Minuten hinaufgehen wie ein treusorgendes Eheweib.«

Er machte sich nicht nur Sorgen wegen ihres Jammers.

»Ich bleibe heute abend lieber nicht mehr lang, Laura. Es hat keinen Sinn, noch mehr Zwietracht zwischen uns dreien zu säen.«

»Wie du meinst, Titus. Ich möchte dir danken«, und sie legte ihm die Hand auf den Ärmel. »Du bist für mich eingetreten.«

Er deckte seine Hand über die ihre, mechanisch, aber die steile Falte stand noch immer zwischen seinen Brauen. Sie erriet, daß er seine Ritterlichkeit bedauerte, und aus ihrer Dankbarkeit wurde Ironie.

»Ich fürchte, mein Eintreten wird für ihn von geringer Bedeutung sein«, sagte Titus ruhelos.

»Es war ohne jede Bedeutung – außer für mich. Vielleicht solltest du nochmals nach ihm sehen, ehe du gehst, und die Sache beilegen?«

Seine Züge hellten sich auf. Erleichtert und fröhlich, seines Erfolges sicher, griff er nach der Karaffe mit Portwein. »Das dürfte eine große Hilfe sein. Und er wird um so eher einschlafen.« An der Tür wandte er sich um und sah die Frostigkeit ihres Blicks. »Ich werde nicht zurücknehmen, was ich gesagt habe, Laura.«

Sie erwiderte: »Ich verstehe vollkommen, Titus.«

Schon nach ein paar Minuten war er wieder da: jungenhaft, bußfertig.

»Ich habe die Gläser vergessen!« rief er und fügte, wie Dicken's Miß Mowcher, hinzu: »Bin ich nicht ein zerstreutes Huhn?« Dann grinste er und nahm zwei von Theodors besten Waterford-Gläsern mit.

Sie sah ihn nicht an und antwortete nicht, sie verfolgte die Zeiger der Uhr.

»Mrs. Hill sagt, Ma'am, bitte um Entschuldigung, daß ich einfach so reinkomme«, sagte Harriet, die gehofft hatte, ihre Herrin in leidenschaftlicher Umarmung vorzufinden, »ob Sie vielleicht frischen Kaffee möchten?«

»Ja, bitte, Harriet. Ich werde hier sitzen bleiben, bis Mr. Crozier eingeschlafen ist. Und falls Miß Nagle sich zur Nachtwache anbieten sollte, sagen Sie ihr bitte, Mr. Crozier wünschte ausdrücklich, daß *ich* bei ihm bliebe. O Harriet, jetzt kommt Mr. Titus herunter. Bitte bringen Sie ihn zur Tür.«

Er warf den Radmantel über, ordnete das elegante Cape. Offensichtlich wieder in Gnaden aufgenommen, um welchen Preis von Schmeichelei und Verrat?

»Ich habe die Karaffe auf seinem Nachttisch gelassen. Der Portwein scheint ihn schläfrig gemacht zu haben, um so besser. Es ist bestimmt nichts Ernsthaftes...«

»Sie können gehen, Harriet!« gebot Laura, als sie Harriets deutliches Interesse sah.

»Ich würde sagen, er brütet nur eine weitere schwere Erkältung aus, obwohl er schwört, es sei Influenza und Bronchitis und sein Herz und seine Leber und der liebe Himmel weiß, was sonst noch alles. Aber meiner Meinung nach hat er weiter nichts.«

»Ich kann dir sagen, was er hat«, sagte Laura bitter. »Ein kaltes Herz und ein übles Temperament, und gegen beides gibt es kein Mittel.«

Als er sah, daß sie allein waren, beugte er sich nieder, um ihre Wange zu küssen, aber sie wandte sich ab. »Wir werden nicht beobachtet«, sagte er schmeichelnd und huldigte ihr mit einem Lächeln.

»Ein Kuß kann immer verräterisch sein.«

Er blickte sie rasch an, errötete und ging wortlos hinaus. Als sie allein war, goß Laura sich eine Tasse Kaffee ein und blieb sitzen, bis ihre selbst festgesetzte Zeit der Erniedrigung gekommen war. Dann stieg sie wieder die Treppe hinauf.

»Der Portwein hat mich durstig gemacht!« klagte Theodor.

Aber er schien ein wenig zugänglicher. Es war ein Murren, kein Protest. Sie goß Wasser ein und hielt ihm das Glas.

»Wie spät ist es?«

»Zehn Uhr. Titus ist nach Hause gegangen. Wie fühlst du dich jetzt?« fragte sie fürsorglich.

»Ich glaube, ich könnte jetzt einschlafen, aber ich habe ein Gefühl der Schwere in den Gliedern, eine große Mattigkeit. Es muß eine schwere Erkältung im Anzug sein – wenn es nicht etwas Ernsteres ist.«

»Ich würde doch meinen, es ist nur die Schwäche, die von der Influenza zurückgeblieben ist, und der Wein, den du heute abend getrunken hast, Theodor.«

»Vielleicht hast du recht. Wenn es mir morgen nicht bessergeht, mußt du Padgett holen lassen!«

»Natürlich, Theodor!« Sie zögerte. Sie sehnte sich nach dem bißchen Alleinsein in ihrem leeren Salon, wußte jedoch, daß es geopfert werden müßte, falls er es verlangte. »Möchtest du, daß ich bei dir sitzen bleibe?«

»Nein, nein, nein. Ich möchte ungestört sein. Aber du mußt heraufkommen, wie du versprochen hast. Du darfst nicht zu Bett gehen, ehe ich eingeschlafen bin.«

Erleichtert sagte sie: »Ich werde heraufkommen und nach dir sehen. Du brauchst nicht zu fürchten, daß ich diese Pflicht vernachlässige.«

Er brummte etwas und drehte sich auf die Seite.

»Wenn Sie das Feuer nachgelegt haben, Harriet«, sagte Laura, als das Hausmädchen an der Treppenbiegung erschien, »können Sie zu Bett gehen. Alle können zu Bett gehen. Ich werde heute abend nichts mehr benötigen. Ich werde mich erst zurückziehen, wenn Mr. Crozier Ruhe gefunden hat.«

»Sehr wohl, Ma'am. Wie geht es dem Herrn, Ma'am?«

»Mr. Crozier scheint sich jetzt wieder wohler zu fühlen, Harriet.«

Die Uhr tickte ihre Nachtwachen herunter, und sie hielt sie pünktlich ein, trat freiwillig an, selbst wenn Theodor schlief. Kurz vor Mitternacht drehte sie die Lampen niedrig und ging zum letztenmal an diesem Abend die Treppe hinauf. Mit einiger Mühe zog sie sich allein aus, aber das Korsett leistete unüberwindlichen Widerstand. Nach einigen fruchtlosen Versuchen, es aufzuschnüren, schlüpfte sie in ihren Schlafrock, tastete hinauf zum Dachgeschoß und klopfte leise. Harriets Stimme antwortete aus dem Dunkeln.

»Es tut mir leid, aber ich kann mich nicht ohne Hilfe auskleiden«, flüsterte Laura. »Über Mr. Croziers Unpäßlichkeit vergaß ich, daß ich jemanden dazu brauche.«

Harriet kroch aus dem harten Bett und trat zitternd zu Laura. Ihre Hände waren noch ungeschickter als sonst, aber sie wollte doch so gern Kammerzofe sein, und Kate schlief glücklicherweise.

»Halten Sie sich am Pfosten fest, Ma'am«, flüsterte sie. »Ich hätte dran denken sollen, aber ich hab's vergessen.«

Beide Frauen hielten den Atem an. Harriet zog aus Leibeskräften. Endlich klafften die Stangen auseinander, und beide Frauen atmeten aus.

»Vielen Dank, Harriet. Sie waren sehr freundlich. Jetzt komme ich schon zurecht.«

Das Mädchen kroch wieder ins Bett und träumte von Beförderung. Laura zog sich in ihrem Zimmer vollends aus und lauschte dabei immer mit einem Ohr auf die Zeichen von Theodors Schlummer. Er war sogar im ersten Schlaf ziemlich unruhig gewesen, und obwohl sich das gebessert zu haben schien, klang sein Atem laut und mühsam. Widerwillig schritt Laura über den Teppich und beugte sich über ihn.

»Was? Was?« brabbelte er.

»Geht es dir nicht gut, Theodor?«

Seine Augen öffneten sich, und er starrte stumpf auf die blassen Haare, das blasse Gesicht und faßte täppisch nach ihrer Hand. Sie wich zurück und raffte den Schlafrock über der Brust zusammen.

»Mein Kopf. Mein – Kopf«, sagte er lallend.

Gehorsam legte sie ihm eine kühle Hand auf die Stirn. »Du hast keine Temperatur. Schmerzt dein Kopf?«

»Benommen – ganz – benommen. Durst.«

Sie gab ihm Wasser.

»Du schläfst schon fast, das ist alles. Hast du irgendwelche Schmerzen, Theodor?«

»Arme – schwer – Beine – wie – Blei.«

»Nichts, was ein guter Schlaf nicht in Ordnung brächte«, sagte sie in sanfter Verzweiflung. »Du hättest dich nicht so aufregen sollen.«

»Blutdruck – Padgett – hat mich – gewarnt. Padgett – holen.«

»Nimm eine von meinen Schlaftabletten, Theodor. Wenn du dann nicht schlafen kannst, holen wir den Arzt.«

Sie öffnete ihr Lederdöschen und schüttelte eine der beiden noch übrigen Pillen heraus. Er leistete keinen Widerstand, als sie ihn aufstützte und ihm nochmals ein Glas Wasser gab. Aber er brabbelte und warf den Kopf von einer Seite zur anderen, als wollte er etwas abschütteln.

»Bleib – bei – mir«, flüsterte er und grub die Finger in ihren Arm.

Sie kauerte eine Stunde lang im Sessel neben seinem Bett, ehe sie die verkrampfte Hand von ihrem Arm löste. Er hatte ihr das bißchen Kraft geraubt, das sie in der Zeit des Alleinseins gesammelt hatte. Sie suchte, sie zurückzugewinnen, und ging hinüber zu ihrem Schreibtisch. Bis die Uhr zwei schlug, schrieb sie bedächtig, ernst, und ihr Tagebuch spendete ihr Trost. Dann verschloß sie es wieder, vergrub den Schlüssel in einer kleinen Schale mit *pot pourri* und blies die Kerze aus. Sie schauderte von ihrer Nachtwache. Sein Atem schien nun ziemlich regelmäßig, wenn auch geräuschvoll. Froh, daß er nicht so bald aufwachen und sie belästigen würde, tastete sie nach dem Wasserglas und verschluckte die letzte Kapsel. Sie konnte friedlich im Lehnsessel schlafen.

Kate ließ das kalte Tageslicht ins Zimmer, als Laura die Augen öffnete.

»Geht es Ihnen wieder gut, Kate?«

»Ja, Ma'am. Noch ein bißchen wackelig, aber es geht schon. Ihr Tee, Ma'am, und Ihre Morgenjacke.«

Das fragende Brauenheben der Zofe beantwortete Laura mit einem Kopfschütteln. Sie wollte Theodor weiterschnarchen lassen, während sie in Frieden ihren Tee trank. Also goß Kate eine Tasse ein und ließ sie ungestört ihren Gedanken nachhängen. Als das heiße Getränk sie vollends wach machte, stellte sie fest, daß das Schnarchen zu hastig war, um natürlich zu sein.

Alle Farbe war aus seinem Gesicht gewichen. Der dunkle Bartwuchs hob sich von der gespenstischen Blässe ab. Die kräftige Nase sprang vor. Die Augen schienen in die Höhlen gesunken zu sein. Der mühsame Atem bewegte die bläulichen Lippen. Ein Speichelfaden, der aus dem Mund gesickert war, war auf dem Kinn eingetrocknet. Laura drückte auf die Klingel und ließ den Finger darauf ruhen, bis Kate hereingestürzt kam.

»Schnell«, rief Laura. »Schicken Sie Henry zu Dr. Padgett. Ihr Herr ist sehr krank.«

Dann sank sie in den Stuhl neben dem Bett, hielt die

Hände vor den Mund und starrte auf die Todesmaske. Sie saß noch immer auf ihrem Platz, als der Arzt ankam.

»Kommen Sie, Kate«, sagte er und stützte Laura. »Helfen Sie Ihrer Herrin. Brandy, Mädchen, Brandy. Und warme Kleider. Guter Gott, Madam. Sie dürfen uns nicht krank werden.«

»Ich gehe nicht weg. Ich kann nicht. Nicht, ehe Sie mir alles gesagt haben«, flüsterte Laura. »Er ist schwer krank, nicht wahr?«

Kate hüllte sie in ein Mohair-Plaid und hielt ihren Arm. Gewissenhaft untersuchte Padgett den Bewußtlosen. Hob die eingesunkenen Lider und spähte darunter. Fühlte den mühsamen Herzschlag. Legte die bleiernen Glieder nieder. Deckte ihn sanft zu. Nanny Nagle wartete wortlos an der Tür.

»Eine schwere Gehirnblutung«, verkündete er. »Halten Sie Ihre Herrin fest, Kate! Ich fürchte, es besteht keine Hoffnung mehr. Miß Nagle, bleiben Sie bei ihm sitzen, solange ich mit Mrs. Crozier unten bin. Klingeln Sie, wenn Sie irgendeine Veränderung wahrnehmen. Und wo ist Henry Hann? Wir müssen sofort Mr. Croziers Bruder holen lassen. Mrs. Crozier wird jede Stütze nötig haben, die wir ihr bieten können.« Er nahm ihren anderen Arm. Sie schien ihn nicht zu hören, und er redete über sie hinweg, als wäre sie wirklich taub. »Eine nervöse Disposition, Miß Nagle, leidet bei solchen Gelegenheiten besonders schwer. Sie war immer hypersensibel.«

Der Schock hatte Laura gefühllos gemacht. Sie trank den Brandy, den man ihr reichte, und beantwortete seine Fragen mit furchtbarer Ruhe.

»Wann haben Sie diese Veränderungen an ihm bemerkt?« fragte Dr. Padgett. »Nach meinem Dafürhalten muß er schon seit Stunden in diesem Zustand sein.«

»Gestern abend«, bestätigte sie beklommen, »klagte er über Schwere in den Gliedern. Er wollte Sie holen lassen. Aber ich dachte...«

»Ja, ja. Er sorgte sich häufig über Gebühr. Sie dürfen sich keine Vorwürfe machen, wenn hier ausnahmsweise einmal Grund zur Besorgnis gewesen wäre.«

»Aber ich gab ihm eine von meinen Schlaftabletten«, sagte Laura. »Ich meinte es gut. Ich wollte, daß er einschliefe. Ich wollte auch selbst schlafen. Ich mache mir Vorwürfe.«

Sie hatte ihn so oft tot gewünscht, aber die Wirklichkeit traf sie wie ein Blitzschlag.

Der Arzt setzte sich zu ihr, tätschelte ihre Hand und sagte: »Unsinn, Ma'am! Unsinn! Die Tabletten sind ganz harmlos. Eine konnte ihm nicht schaden. Nichts hätte ihm schaden können.«

Er sagte nicht, daß er vielleicht etwas hätte tun können, wenn sie ihn sofort hätte holen lassen. Er kannte die Croziers zu gut, um den einen zu tadeln oder den anderen noch tiefer zu betrüben.

»Ihr Gatte hat zu oft geschrien ›Der Wolf ist da!‹, Ma'am«, sagte er freundlich. »Sie konnten es nicht wissen. Quälen Sie sich nicht. Kate, bleiben Sie bei Ihrer Herrin. Miß Nagle ist bei Mr. Crozier. Wer kann sich um das Kind kümmern? Bis Mr. Titus kommt, ist der Haushalt herrenlos.«

»Mrs. Hill wird sich um alles kümmern, Sir. Soll ich es ihr sagen?«

»Ja, bitte, Kate, ja bitte. Aber kommen Sie gleich wieder.«

Dann wandte er seine besondere Gabe an, dem Patienten Vertrauen einzuflößen. Genau gesagt war es seine einzige Gabe, denn er neigte dazu, die Heilkraft der Natur walten zu lassen, und blickte scheel auf neumodische Verfahren. Hätte nicht die Königin höchstselbst bei ihren Entbindungen Chloroform verlangt und damit ein Exempel statuiert, so wäre er auch dagegen eingetreten. Aber sein stämmiger Körper und die tiefe Stimme, sein schlichter Charakter und sein gutes Herz waren auch Medizin, und er knauserte nicht mit der Dosis. Wenn ihm jemand gesagt hätte, er sei ein wenig in Laura verliebt, er wäre entsetzt und ungläubig gewesen. Für einen achtbaren Ehemann und Praktiker waren solche Gefühle kraft menschlichen und göttlichen Gesetzes verboten. Da er die Gesetze achtete, schrieb er seine Besorgnis um Mrs. Crozier einem väterlichen Wohlwollen zu. Nur, es war angenehm, zu diesem bebenden Mund und dem Wasserfall des blonden Haars zu sprechen und diese zarten Hände zwischen den seinen zu halten.

Theodor kam nicht mehr zu Bewußtsein. Die Güter dieser Welt entglitten ihm, und er suchte Vergessen bei jenem Gott, in dessen Namen er über seinen Haushalt geherrscht hatte. Drunten umwand Henry Hann den Türklopfer mit einem schwarzen Seidenschal, und Harriet ließ die Jalousien herunter. Das Küchengeplapper klang gedämpft und bezog sich nur auf die notwendigen Arbeiten. Blanche saß schweigend da, aller Spiele beraubt, und erduldete den *ennui*, der sonst nur ihre Sonntage begleitete. Draußen, unter dem Winterhimmel, bewegten sich elegante Kinderwagen und frisch gestärkte Kindermädchen durch den Park. Kinder trieben Reifen, spielten Hüpfen, schrien und wurden dafür gescholten. Und rund um den Park glänzten die Häuserfronten: Symbole der gottgewollten Ordnung, die über einem Viertel der Erde herrschte und sich das britische Empire nannte.

Laura sah geistesabwesend die Leute an, die das Totenbett umstanden, und ließ einem Strom von Tränen und Selbstvorwürfen freien Lauf. Titus war ratlos, er zögerte, sich ihr zu nähern, und hätte sie so gern getröstet.

»Bitte, Sir«, sagte Dr. Padgett und zog ein Laken über das steinerne Gesicht, »der Gram eines Bruders, so tief er sei, kann sich nicht mit dem der Gattin um den Gatten messen. Führen Sie Mrs. Crozier hinunter, und spenden Sie ihr nach Kräften Trost. Wie gut«, sagte er zu Alice Nagle, »daß sie alle drei einander so nahestanden. Mr. Titus wird der armen Dame eine Stütze sein.«

Mißbilligung knisterte aus jeder Falte von Nannys Schürze. Sie schnüffelte laut.

»Sie und Mrs. Hill müssen sich eine Weile in den Haushalt teilen«, fuhr er fort. »Ich fürchte, Mrs. Croziers zarte Konstitution ist überfordert. Achten Sie auf sie, und lassen Sie mich sofort holen, wenn sie über das verständliche Maß hinaus deprimiert scheint.«

»Kate wird auf sie aufpassen«, sagte Nanny Nagle steif. »Kate ist die einzige, die Mrs. Crozier nahesteht – vom Personal, meine ich.«

Das Begräbnis war von ostentativer Pracht.

Titus hatte eingedenk der Position seines Bruders alles so angeordnet, wie Theodor selbst es getan hätte. Leichenbitter, schwarzgeränderte Taschentücher an die Augen gepreßt, schritten mit langen schwarzen Stäben dem Zug zur Seite. Ein Dutzend Kutschen folgte dem Leichenwagen. In gemessenem Schritt zogen sie durch Wimbledon Commons. Das gedämpfte Klirren der Geschirre, das Füßescharren, das gebremste

Räderrumpeln waren eine Sarabande zu Ehren des Toten. Im gläsernen Leichenwagen ruhte der Sarg aus Walnußholz unter einem Hügel todgeweihter Blumen, die im Winternachmittag zu schaudern schienen, als wüßten sie, daß die kommende Nacht sie morden würde. Im ersten Wagen, den der niedergeschlagene und nüchterne Henry Hann kutschierte, saßen Laura und Titus sehr gerade aufgerichtet den drei sehr gerade aufgerichteten Kindern gegenüber. Alles war in reichem, unerbittlichem Schwarz, von den nickenden Federn auf den Pferdeköpfen bis zum Schleier vor Lauras Gesicht. Sogar die Pferde waren wegen ihres seidig-dunklen Fells gewählt worden und auf Trauergang dressiert. Selbst das Ausschlagen eines langen Schwanzes, das Schütteln einer langen Mähne wurde unterdrückt, nicht geduldet. Kein Schimmer von Licht oder Glanz stahl sich in den Leichenzug.

Wenn sie vorüberfuhren, blieben die Männer stehen, schwiegen und entblößten respektvoll die Köpfe. Die Frauengesichter verwandelten sich in Masken des Mitgefühls. Kinder glotzten mit offenen Mündern und staunenden Augen auf die schreckliche Pracht dieses letzten Gangs. Im Kirchhof von St. Mary's bliesen die Totengräber in die erfrorenen Hände und stampften mit den Füßen auf den gefrorenen Boden.

»Asche zu Asche, Staub zu Staub...«

Die silberne Schaufel mit Erde in Lauras Hand.

»...Auferwecken zum ewigen Leben.«

Sie war ohnmächtig geworden, der Aufruhr der Gefühle und die Enge des Korsetts hatten sie überwältigt. Artiges Beileidsgemurmel, Riechfläschchen von allen Seiten brachten sie bald wieder zu sich. Sie war jetzt die absolute Witwe: bar allen Schutzes, gebeugt von Gram. Alles war sehr traurig, seltsam befriedigend und sehr, sehr *comme il faut*.

9

*Ein Engländer hält sich für moralisch, sobald er
sich unbehaglich fühlt.*
George Bernard Shaw, Mann und Supermann

Dr. Padgett blieb lange mit dem Brief in der Hand sitzen, dann
faltete er ihn und steckte ihn zu den beiden anderen in seine
Brusttasche. Er war in Wimbledon aufgegeben, trug keine
Unterschrift und war in kräftigen, ungeschickten Druckbuchstaben abgefaßt, von einer Person, die nicht gewohnt war,
sich schriftlich auszudrücken. Der Wortlaut war kurz, die
Bedeutung klar, die Unterstellung weitreichend.

Sollte er Mrs. Padgett zu Rate ziehen? Die beleibte gute
Frau, die seit einem Vierteljahrhundert sein Bett geteilt und
seinen Tisch bestellt hatte? Nein, in einer solchen Angelegenheit mochte das Urteil einer Frau trügen. Er sah sie vor sich,
wie sie die Hände gen Himmel heben, je nach Laune die eine
oder andere Partei ergreifen und dann bei Damentees klatschen würde. Er hatte den ersten Brief geringschätzig abgetan,
ihn aber aus einem Gefühl des Unbehagens aufbewahrt. Der
zweite gab ihm schon mehr zu denken. Normalerweise hätte
er Titus als das Oberhaupt der Familie zu Rate gezogen, aber
der war eine der genannten Parteien. Es mußte jemand
anderer sein: ein vorsichtiger, vertrauenswürdiger, objektiver
Mann. Vielleicht der Familienanwalt der Croziers?

»Meine Liebe«, sagte Dr. Padgett zur Herrin seines Hauses.
»Ich werde etwa eine halbe Stunde abwesend sein. Sollte ich
dringend gerufen werden, bin ich bei Mr. Fitzgerald.«

Der ein kleiner Mann war mit großen Ohren und einer
Spürnase: wie ein Foxterrier, der die Jagd nicht aufgibt. »Ich
dachte mir«, sagte Padgett verstört zu ihm, »Sie könnten
vielleicht einen zurechtweisenden Brief in *The Times* setzen
lassen – oder irgend etwas Derartiges?«

»Kommt nicht in Frage, Verehrtester. Kommt nicht in Frage.
Ausgeschlossen. Wir müssen diese Sache offen ausfechten.«

»Die arme Mrs. Crozier. Hat schon genug Kummer. Eine
nervöse Disposition. Weitere Belastungen sind unbedingt zu
vermeiden.«

»Sie sprechen in Ihrer Eigenschaft als Arzt, Sir, und durchaus zu Recht. Und ich spreche als Jurist, und ebenfalls zu Recht. Und ich kann Ihnen versichern, daß hier mit Vertuschen oder Beschwichtigen nichts zu erreichen ist. Die Zungen sind rege. Sie werden um so reger sein, wenn wir sie nicht kappen.«

»Was also raten Sie, Sir?«

»Wir müssen diese Schriftstücke unverzüglich Scotland Yard vorlegen, Sir. Es wird eine Exhumierung bedeuten. Sie sind natürlich über Mr. Croziers Todesursache völlig sicher?«

»Kein Zweifel möglich, Sir. Der verstorbene Mr. Crozier litt an überhöhtem Blutdruck und an seinem heftigen Temperament. Wie oft habe ich ihn gewarnt, daß ihm diese Unbeherrschtheit gefährlicher werden könnte als seine Konstitution? Ja, ja. Glauben Sie mir, Sir, eine postgrippale Schwäche, verbunden mit einem Zornausbruch, löste diese Blutung aus. Die Natur, Sir, kann sowohl gegen wie für uns arbeiten. Sie läßt sich nicht auf die Dauer Trotz bieten, sie schlug zurück! Das würde ich beschwören, auf die Bibel meines Vaters – Gott schenke ihm die ewige Ruhe!«

»Dann kann meiner Klientin und Ihrer Patientin nichts Böses geschehen. Scotland Yard, Sir, wird nicht nur den Namen der Dame wieder reinwaschen – und den ihres Schwagers –, sondern vielleicht auch den gemeinen Schurken ausfindig machen, der ihre Ehre besudelt. In Scotland Yard sollen sie ungewöhnlich scharf auf solche Schandbuben sein. Schneidige Jagdhunde, Sir, schneidige Jagdhunde. Erschnüffeln jede Fährte.«

»Der Schock wird sie aufs Lager werfen«, jammerte Padgett. »Ich hätte es ihr, wenn irgend möglich, ersparen wollen.«

»Ich auch, Sir«, sagte Fitzgerald, der sich bereits so fest verbissen hatte, daß er ungern die Zähne auftat. »Aber wir müssen – um in Ihrem Jargon zu sprechen – bittere Medizin verschreiben, um das Übel zu heilen.«

Dr. Padgett glättete den Flor seines Zylinders.

»Würden Sie mich zu einem Besuch bei Mr. Crozier und der Dame begleiten, Sir? Ich meine, wir können wirklich nicht einfach zur Polizei gehen, ohne Mr. und Mrs. Crozier von unserer Absicht in Kenntnis gesetzt zu haben.« Fitz-

gerald konsultierte mit einiger Genugtuung seine Taschen-
uhr und steckte sie hochzufrieden wieder in die Weste.

»Sagen wir, heute abend um neun Uhr? Dann sind wir
alle mit dem Essen fertig. Würden Sie anfragen, ob wir
vorsprechen dürfen, oder soll ich das übernehmen?«

»Ich werde auf dem Heimweg vorbeischauen«, sagte der
Arzt. »Ich habe das seit dem Tod ihres Gatten häufig getan.
Mrs. Crozier ist nicht so gefaßt, wie ich wünschen möchte.
Ich will nicht, daß sie sich unnötig aufregt.«

Als sie kamen, war Titus in strahlender Laune. Er hatte gut
gespeist und war überzeugt, daß Laura, die Witwe, zugänglicher sein werde als Laura, die Ehefrau. Gewiß, sie war
noch sehr still, aber die Traurigkeit war gewichen. Für das
Oberhaupt ihrer Familie, den Vormund ihrer Kinder und
ihren offiziellen Beschützer, war die Bahn frei, und er konnte warten. Aber er hielt seine Beschwingtheit in den Grenzen des Schicklichen, indem er sie als Höflichkeit tarnte.

»Verehrte Mrs. Crozier«, begann Padgett, während Fitzgerald aufmerksam und lächelnd dasaß. »Sie müssen jetzt tapfer sein. Die Angelegenheit ist schockierend, aber es muß
nicht dabei bleiben – nicht wahr, Sir?«

»Gewiß nicht«, sagte Fitzgerald und beobachtete alle Anwesenden mit schräg geneigtem Kopf. »Nur eine unerfreuliche Formalität, Madam.«

»Ich ahnte nicht, Mrs. Crozier – wie könnte ich auch? –
daß Sie Feinde haben«, murmelte Padgett. »Doch selbst ma-
kellose Tugend und lautere Frauenwürde können, wie man
sieht, im Menschenherzen schnöden Neid erregen...«

»Zur Sache, Mann, zur Sache«, rief der Anwalt gereizt, als
Laura an ihr Jettkollier griff und erbleichte.

»Ich habe drei anonyme Briefe erhalten«, sagte Padgett
mit einem ärgerlichen Blick auf seinen ›Begleiter, »die ich
mir erlaubte, Mr. Fitzgerald vorzulegen. Genau wie ich
weist er diese abscheulichen Verleumdungen empört zurück. Aber er ist der Ansicht, daß man nicht einfach dazu
schweigen darf.«

Laura sprach nicht, sie bedeutete ihm nur, fortzufahren,
und saß sehr still.

»Der erste dieser Briefe«, brummte Padgett, entfaltete ihn

und versuchte den Inhalt in salonfähige Wendungen zu übersetzen, »gibt zu verstehen, daß Ihr verstorbener Gatte von Mr. Titus Crozier vergiftet worden sei, damit letzterer in den Genuß der testamentarischen Verfügungen komme...«

»...die Ihnen volle Verfügungsgewalt über das Familienunternehmen sichert, wie Sie sich erinnern werden, Sir – unter gewissen Vorbehalten, selbstredend!« warf Fitzgerald ein und sah Titus scharf an.

Laura atmete schnell und berührte ihre Halskette, als könnten die Jettperlen Unheil abwenden.

»Der zweite, verehrte Mrs. Crozier«, fuhr Padgett verlegen fort, »und ich bitte um Vergebung, daß ich etwas Derartiges gezwungenermaßen aussprechen muß, deutet an, daß Sie und Mr. Titus einander – näherstünden, als es angeheirateten Verwandten zukomme.«

Fitzgerald beäugte die beiden schrägen Kopfs und lächelte nicht mehr.

»Soll ich nach Ihrer Zofe klingeln, Madam?« fragte Padgett besorgt.

»Bitte bemühen Sie sich nicht«, erwiderte sie mit klarer Stimme. »Es geht mir gut. Ich bin tief schockiert und erstaunt, aber es geht mir gut.«

»Der dritte«, erklärte Padgett, »kombiniert beide ruchlosen Anschuldigungen und bezichtigt Sie und Mr. Titus des – des – wirklich, ich weiß nicht, wie ich mich in Gegenwart einer Dame –«

»Ehebruchs und Mordes«, sagte Fitzgerald unverblümt und achtete auf die Wirkung seiner Worte.

Titus stand auf, stützte einen Arm auf den Kaminsims, stellte einen Lackschuh auf die Umrandung und blickte auf die Flammen nieder. Laura holte tief Atem, griff nach ihrem Fächer und bewegte ihn fieberhaft hin und her.

»Ich bedauere die Notwendigkeit dieses Eindringens in Ihr Privatleben aufs tiefste«, sagte Padgett in hellem Aufruhr. »Ich versichere Ihnen auf Ehre, daß ich in all den Jahren meiner Praxis niemals einer so monströsen Infamie begegnet bin. Einer solch üblen Nachrede!«

Laura klappte mit einem Ruck ihren Fächer zu.

»Mr. Crozier ist das Oberhaupt der Familie«, sagte sie ruhig, »und als solches muß er Ihnen antworten. Es dürfte mir nicht zustehen, zu bestimmen, was zu tun oder nicht zu tun ist. Noch wäre ich in der Lage, hier einen Rat zu erteilen.«

Sogar Fitzgerald imponierte ihr Verhalten, resolut und doch bescheiden.

»Sehr vernünftig«, sagte er, »sehr richtig und vernünftig, Mrs. Crozier. Nun, Sir?« wandte er sich an Titus, der sich nicht annähernd so gut in der Hand hatte. »Was sagen Sie zu dieser Verleumdung? Verleumdung, Sir, nicht üble Nachrede«, berichtigte er Padgett. »Verleumdung ist schriftlich, üble Nachrede ist mündlich. Wir müssen uns korrekt ausdrücken, meine ich.«

»Ich brauche wohl nicht zu sagen, daß keine dieser Behauptungen ein wahres Wort enthält, wie?« begann Titus.

»Nein, Sir, das brauchen Sie nicht!« rief der Arzt.

Fitzgerald machte eine Handbewegung, die den Ausruf bestätigen konnte oder auch nicht.

»Gibt es keine Möglichkeit, den Schreiber zu finden und zum Schweigen zu bringen?«

»Ich kenne keine, außer über die Polizei«, erwiderte Fitzgerald.

»Gibt es keine Privatleute, die man zu einem solchen Zweck engagieren könnte?«

»Wie, Sir? Geheime Nachforschungen betreiben und einer Erpressung Tür und Tor öffnen? Das gäbe ein schönes Schlamassel!«

»Laura«, sagte Titus, »ich fürchte, man wird immer über uns reden, ganz gleich, was wir tun«, und er riskierte einen Blick auf sie.

Ihrem Gesichtsausdruck war nichts zu entnehmen. Sie gab seinen Blick so ruhig zurück, als hätte es die drei Briefe nie gegeben: wie eine Schwägerin einen Schwager anblickt, den sie seit fünfzehn Jahren kennt. Herzlich, vertrauensvoll, offen.

»Man kann alles ertragen, wenn man die Wahrheit weiß«, erwiderte sie, klappte ihren Fächer auf und bewunderte die Elfenbeinarbeit.

»Dann bringen Sie sie zu Scotland Yard«, sagte Titus, »und der Teufel soll sie holen! Ich flehe um Verzeihung, Laura – ich vergaß mich.«

Sie neigte huldvoll den Kopf.

»Ich begrüße Ihren Entschluß, Sir«, sagte Fitzgerald nur. »Und ich bedaure seine Notwendigkeit.«

»Ich gleichfalls. Ich gleichfalls. Meine liebe Mrs. Crozier, soll ich wirklich nicht nach Kate klingeln? Der Schock – diese betrübliche Erregung Ihres Nervensystems?«

»Mehr als ich schon gelitten habe, kann ich nicht mehr leiden«, erwiderte sie kalt. »Selbst das Leid hat seine Grenzen, finde ich.«

»Apropos«, sagte Fitzgerald von der Tür her, »das dürfte eine Exhumierung bedeuten. Sind Sie sich darüber klar?«

Sie starrte ihn an, und alle noch verbliebene Farbe wich aus ihrem Gesicht.

»Ganz bestimmt«, sagte Fitzgerald und wippte auf den Fersen. »Es wurde der Verdacht eines Giftmordes ausgesprochen. Sie *müssen* exhumieren.«

Sie stand auf, streckte wie haltsuchend eine Hand aus und glitt auf den Teppich, noch ehe Padgett herbeistürzen konnte. In dem Durcheinander von Klingeln, herbeieilenden Mädchen, verbrannten Federn und *sel volatile* sahen drei zerknirschte Männer zu, wie Laura zu Tränenströmen erwachte.

»Ich gab ihm eine meiner Kapseln«, schluchzte sie, »sie werden mich festnehmen. Ich kann es mir nie verzeihen.«

Dr. Padgett, der sie mit Inbrunst fächelte, verbarg ein Lächeln und schüttelte den Kopf. Titus und Fitzgerald starrten einander an.

»Meine Herren«, sagte Padgett, so erleichtert durch ihr Geständnis, daß er am liebsten laut gelacht hätte, »die Kapsel enthielt ein sechstel Gran Chinin und das gleiche Quantum Morphium. Ich habe der Dame bereits gesagt, daß dies die Krankheit, an der Mr. Crozier starb, weder in der einen noch in der anderen Weise hätte beeinflussen können. Aber es ist wirklich äußerst schwierig – wenn die Damen sich etwas einmal in den Kopf gesetzt haben...«

Gerührte Heiterkeit reinigte die Atmosphäre des Abends. »Ich bitte, mich zu entschuldigen«, flüsterte Laura vom Sofa her, wo Kates Arm schützend um sie lag. »Ich bin in letzter Zeit nicht ganz bei mir.«

Die Herren lächelten einander zu. Sie war alles, was man sich nur wünschen konnte: schön, zerbrechlich, liebenswert und so entzückend töricht.

Das Begräbnis war pompös gewesen. Die Exhumierung war schäbig. Abgesehen von gelegentlichen Mahnungen und Anweisungen verlief sie lautlos. Ein kalter Wind rötete die Nasen und blähte die Mäntel und Umhänge, als der Sarg wieder ins Tageslicht schwankte. Die beiden Totengräber wischten sich die Gesichter mit den Zipfeln ihrer Halstücher, die erdigen Hände an den Nangkinghosen, tippten an ihre Kappen und steckten jeder sein Trinkgeld ein. Unter dem verkratzten Holz lag in gräßlicher Verwesung der Beweis für Schuld oder Unschuld. »Den Doktor beneid' ich nicht«, sagte der eine Totengräber zum anderen, als sie die Grube wieder zuschaufelten. »Eingraben tu' ich sie allemal, aber danach wieder aufschneiden wär' mir zuwider!«

Der andere Mann spuckte aus, als hätte er den süßlichen Gestank im Mund und nicht in der Nase.

Im gerichtsmedizinischen Institut entledigte sich der Gerichtsarzt umsichtig und akkurat seiner Aufgabe und schrieb seinen Bericht.

Die Leiche enthielt eine tödliche Dosis Morphin. Drei Gran hatten Theodor Augustus Sydney Crozier seinem Schöpfer wiedergegeben.

»Haben Sie eine Ahnung, Madam, wo oder wann Ihr verstorbener Gatte sich ein solches Quantum Morphin verschafft haben könnte?« fragte Padgett.

Sie starrte eine volle Minute lang aus dem Salonfenster. »Ich hätte früher sprechen sollen«, sagte sie endlich, »aber ich wollte einen Skandal vermeiden und habe mich nun womöglich in einen weitaus größeren verwickelt. Ich hatte ein volles Fläschchen der Tabletten, die Sie mir verschrieben, denn die anderen waren zu Ende. Als ich in der Nacht nach Theodors Tod das Fläschchen herausnahm, war es leer. Hätten diese Tabletten genügt, eine solche Dosis zu liefern?«

»Ja, Ma'am«, sagte Padgett ernst, »sie hätten genügt. Es ist bedauerlich«, fügte er hinzu, »daß Sie es nicht für richtig fanden, mir diese Sache anzuvertrauen. Jetzt nach der Autopsie wird es einen schlechten Eindruck machen. Warum haben Sie mir nichts gesagt?«

Sie erwiderte schlicht und aufrichtig: »Weil ich Angst hatte.«

10

*Bisher bewegte sich unsere Moral zwischen
Unterordnung und Ritterlichkeit; aber nun ist
die Zeit reif für eine Moral der Gerechtigkeit.*
John Stuart Mill, Die Unterwerfung der Frau

»Keine Sorge, Ma'am«, sagte Dr. Padgett, ehe sie den Gerichtssaal betraten, »es handelt sich um eine reine Formalität.
Man wird Sie gewiß so wenig wie möglich belästigen. Alle
kennen den wahren Sachverhalt, und die Sympathien gehören Ihnen und Ihrem tragischen Verlust. Ich hege nicht den
geringsten Zweifel, daß Ihr verstorbener Gatte, unter dem
Druck persönlicher Ungelegenheiten und der durch die
Krankheit ausgelösten Depressionen, sich selbst das Leben
genommen hat.«

Bei diesem Gedanken wurde er sehr ernst, und dann fiel
ihm etwas noch weit Ernsteres ein.

»Glauben Sie nicht, Mr. Crozier«, sagte er besorgt zu Titus,
»daß *ich* die Dame begleiten sollte? Im Hinblick auf die
Gerüchte, meine ich.«

»Nein, Sir«, erwiderte Titus fest. »Ich weise diese schmutzigen Gerüchte von der Hand. Sie ist die Witwe meines verstorbenen Bruders und hat als solche Anspruch auf meinen
Schutz. Ich werde mich nicht vor dem Klatsch beugen.«

»Wohl gesprochen«, murmelte Padgett. »So spricht ein
Ehrenmann.«

Er öffnete die Tür, und ein Meer von Köpfen und neugieri-
gen Augen wandte sich ihnen zu. Laura zog den schwarzen
Schleier vors Gesicht und nahm Titus' Arm. »Geht es dir nicht
gut, Laura?« fragte er leise, als er ihre Hand zittern fühlte.

»Ich wünschte nur, ich müßte mich nicht zur Schau stellen.
Wenn wir es nur hätten vermeiden können.«

Der Coroner brachte das Getuschel durch einen Hammer-
schlag zum Schweigen und eröffnete die Verhandlung. Mit
einer Akribie, die ob ihrer Langweiligkeit Theodors Beifall
gefunden hätte, wurden die Tatsachen dargelegt. Aufs neue
durchlief der verewigte Patriarch an Dr. Padgetts Hand

alle Stadien der Influenza. In seinem Bestreben, Laura zu helfen, zählte der Arzt sämtliche Beschwerden auf, an denen Theodor je gelitten hatte. Sein hoher Blutdruck und die gallsüchtige Leber wurden vor dem Publikum ausgebreitet. Das Herzgeräusch zu Gehör gebracht. Die Neigung zu pulmonären Störungen quälte den ganzen Saal. Als die letzte depressive Phase alle Anwesenden erschöpft hatte, stieg Dr. Padgett vom Zeugenstand herab, zufrieden, weil er seine Pflicht an den Lebenden, wenn schon nicht an dem Toten, erfüllt hatte.

»Ich muß leider eine Frage an Sie richten, Mrs. Crozier«, sagte der Coroner bei Durchsicht seiner Notizen, »aber ich werde Sie nicht länger bemühen als unbedingt nötig. Da Sie dem Verstorbenen am nächsten standen, werden Sie gewiß einiges Licht auf diese traurigen Vorgänge werfen können.«

Laura wartete. Auf der schwarzen Krone ihres Huts spreizte ein aufgespießter schwarzer Vogel seine Schwanzspitzen bis zu dem breiten Rand.

»Mrs. Crozier, ist Ihnen irgendein Grund – abgesehen von postgrippaler Depression – bekannt, der Ihren verstorbenen Gatten hätte veranlassen können, freiwillig aus dem Leben zu scheiden?«

»Keiner, Sir.«

»Sie und Ihr Gatte lebten glücklich zusammen, nehme ich an!«

»Ja, Sir.«

»Die Existenz dreier anonymer Briefe ist Ihnen natürlich bekannt? Ja. Es widerstrebt mir, eine Dame um Auskunft über dergleichen verleumderische Schreiben zu bitten, aber entspricht einer dieser Briefe in irgendeinem Punkt der Wahrheit?«

»Nein, Sir«, erwiderte Laura fest.

»Ihr Gatte hinterließ keinerlei Abschiedsbrief?«

»Ich habe keinen gefunden.«

»Dieser Fall enthält für meinen Geschmack eine Menge Unklarheiten«, fuhr der Coroner nach einer Pause fort. »Wären keine schmutzigen Briefe gekommen, oder wäre in der Leiche kein Gift gefunden worden, oder hätte sich ein Abschiedsbrief oder dergleichen gefunden – dann wäre es einfacher. So aber können die Dinge nicht auf sich beruhen,

Ma'am, darin werden Sie mir gewiß beipflichten. Sind Sie völlig sicher, daß Sie von keinem anderen Grund wissen, Mrs. Crozier?«

Laura überlegte, preßte die Lippen zusammen und sagte dann wieder: »Nein, Sir.«

»Das genügt, Ma'am. Vielen Dank. Mr. Titus Crozier.«

Titus ließ zwar seine lebhafte Farbe und überschäumende Laune vermissen, hielt sich jedoch im übrigen gut. Und selbst seiner Trauerkleidung sah man den erstklassigen Schneider an.

»Ich schlage vor, daß wir offen miteinander sind, Sir«, sagte der Coroner brüsk, »und so Mrs. Crozier ein weiteres Verhör ersparen. Sind Sie verschuldet?«

»Ich bin mit ein paar kleinen Rechnungen im Rückstand«, sagte Titus recht unbesorgt. »Lieferanten können so ungeduldig sein. Und dann habe ich noch Spielschulden bei einem Freund.«

»Verstehe, Sir. Welchen Geldbetrag würden Sie als *klein* bezeichnen?«

»Ich erinnere mich nicht an den genauen Betrag.«

»Ich bitte Sie, Sir. Diesem Gerichtshof geht es nicht um Pennies. Wenn nötig, können wir die Summe feststellen. Auf wieviel würden Sie schätzen – um dem Staat Zeit und Geld zu sparen?«

Titus sagte widerstrebend: »Etwa 800 Pfund.«

»Das würde ich nicht als kleinen Betrag bezeichnen. Woher hätten Sie das Geld bekommen, Sir?«

»Ich bat meinen verstorbenen Bruder, eine Gehaltserhöhung für mich in Erwägung zu ziehen. Ich habe eine gehobene Stellung inne, und er betrachtete mich immer als wertvollen Mitarbeiter.«

»Wertvoll in welchem Sinn, Sir?«

»Mein verstorbener Bruder war Geschäftsmann. Ich habe das, was man ein Gespür fürs Einkaufen nennen könnte.«

»Und fürs Ausgeben«, sagte der Coroner und erregte ein Raunen, das bei einem weniger ernsten Fall als Gelächter hätte gelten können. »Hat Ihr verstorbener Bruder diese Gehaltserhöhung abgelehnt?«

»Ja, leider.«

»Woher hätten Sie diesen Betrag bekommen können?«

»Ich hätte ihn vermutlich geborgt, bei einem Geldverleiher. Ich diskutiere nicht gern über meine Privatangelegenheiten vor aller Öffentlichkeit«, fügte Titus verärgert hinzu. »Ich werde Ihnen daher den Betrag meines Jahresgehalts auf einen Zettel schreiben. Sie werden sehen, daß ich – wenn ich auch ein paar Monate lang knapp bei Kasse gewesen wäre – die Schuld voll hätte abzahlen können.«

Der Coroner schrieb bedächtig und las dann, was er geschrieben hatte.

»Ich habe in diesem Punkt keine weiteren Fragen mehr an Sie, Mr. Crozier. Ihre Angaben werden vertraulich behandelt. Sind die Finanzen der Firma in Ordnung?«

»In bester Ordnung«, sagte Titus, erleichtert, daß er ausnahmsweise positive Auskunft geben konnte.

»Vielen Dank. Und nun, Sir, wie konnte es zu dem Gerücht kommen, die Beziehung zwischen Ihnen und Mrs. Crozier sei enger als zulässig?«

Titus steckte eine Hand in den Brustausschnitt seines Cutaway-Rocks und überlegte.

»Ich war natürlich so häufig im Haus«, sagte er, als fiele ihm das zum erstenmal auf. »Mein verstorbener Bruder hat seit meiner Kindheit an mir in *loco parentis* gehandelt. Als er sich verehelichte, waren er und meine Schwägerin so gütig, mich als Mitglied ihres Haushalts zu betrachten. Ich war Mrs. Crozier von jeher freundschaftlich verbunden und bin es auch heute noch. Ich kann mir nicht vorstellen, wie es zu solchen Gerüchten kommt.«

»Besuchten Sie Mrs. Crozier vielleicht, wenn ihr Gatte nicht zu Hause war?«

»Gelegentlich. Warum sollte ich nicht? Ich habe zwei prächtige Neffen und eine reizende Nichte. Ich gelte als liebevoller Onkel. Meine Besuche waren ganz offen. Sie können die Dienstboten meiner Schwägerin befragen, wenn Sie an meinem Wort zweifeln.«

Der Coroner schüttelte den Kopf.

»Hat Mrs. Crozier jemals *Sie* aufgesucht, ohne von ihrem verstorbenen Gatten begleitet zu sein?«

»Nur, wenn ich krank war. Ich bin Junggeselle, Sir«, sagte Titus lächelnd, »und Junggesellen sind arme Geschöpfe, wenn die Krankheit sie in den Klauen hat. Meine Schwägerin hatte die Güte, sich – auf ausdrücklichen Wunsch ihres verstorbenen Gatten, wie ich hinzufügen darf – darum zu kümmern, daß es mir an nichts gebrach, was zu meiner Genesung beitragen konnte.«

»Haben Sie jemals Mrs. Crozier ohne deren verstorbenen Gatten – sagen wir – in ein Theater oder zu einem Essen begleitet?«

»Sehr wahrscheinlich. Ja, ich glaube wohl. Wenn, dann geschah auch dies mit Erlaubnis meines verstorbenen Bruders. Ich habe Mrs. Crozier und ihre Kinder häufig in die Pantomime und dergleichen begleitet – aber das interessiert Sie vermutlich weniger?«

Seine launigen Antworten lösten die Spannung und einen Teil der Erregung im Gerichtssaal.

»Mr. Crozier, würden Sie sagen, daß die Ehe Ihres Bruder glücklich war?«

»Ja, Sir. Mein verstorbener Bruder war außerordentlich stolz auf seine Gattin. Er ließ es ihr an nichts fehlen. Dafür genoß er, wie ich sagen darf, die Freuden eines gepflegten Heims und einer ergebenen Lebensgefährtin.«

»Es gab keine größeren Zerwürfnisse – besonders in der letzten Zeit?«

Nun war es an Titus, eine Weile zu schweigen, aber schließlich sagte er, seines Wissens nicht. Die Feder des Coroners kratzte noch eine Weile übers Papier, ehe er sie unwirsch niederlegte.

»Diese Sache ist von höchster Wichtigkeit, Mr. Crozier. Ein Gentleman ist zu Tode gekommen, wenn nicht von eigener Hand, dann durch die Hand eines Mörders. Ich finde die von Dr. Padgett angeführte Begründung sehr dünn. Wirklich sehr dünn. Ich vermag kaum zu glauben, daß ein glücklich verheirateter Mann mit beträchtlichem Vermögen und einem florierenden Geschäft die Schlaftabletten seiner Gattin schluckt, nur weil er an einer Influenza erkrankt war. Ich selbst habe auch die Influenza gehabt, und mit mir viele hundert Menschen – aber deshalb sitzen hier in meinem Gerichtssaal jetzt nicht lauter Leichen!«

Er fixierte Lauras niederschwebenden Vogel und Titus' zurückgekehrte Farbe mit einiger Strenge.

»Wenn Sie mir keine stichhaltigeren Gründe beibringen

können«, sagte er barsch, »so werde ich diesen Fall an eine höhere Instanz weiterleiten müssen.«

Titus blickte flehend auf Laura, die den Blick zurückgab und dann langsam nickte.

»Wir wollen diese Sache nicht ans Licht der Öffentlichkeit ziehen«, begann Titus leise. Die Zuschauer wurden wach. »Es handelt sich um eine rein persönliche und private Angelegenheit, die einen Schatten auf den sonst so fleckenlosen Ruf meines Bruders werfen und seiner Witwe noch mehr Kummer verursachen wird.«

Der Coroner legte die Fingerspitzen aneinander.

»Das bedauere ich sehr, Mr. Crozier, aber wir führen eine öffentliche Untersuchung. Ich möchte Ihnen raten, alle Gerüchte nach bestem Vermögen zu entkräften, um Ihrer beider willen, und mit allen Ihnen zur Verfügung stehenden Mitteln.«

Titus holte tief Atem und legte die Hände in den schwarzen Chevreauhandschuhen übereinander.

»Vor kurzem, Sir, übergab eine Dame, die ihren Namen nicht nennen wollte, der Hausjungfer einige Briefe mit der Anweisung, sie meinem verstorbenen Bruder persönlich auszuhändigen. Da das Mädchen wußte, daß ihr Herr ruhte, und überzeugt war, daß zwischen den Gatten volles Vertrauen herrschte, gab sie die Briefe meiner Schwägerin. Die Dame, die sie gebracht hatte, war nicht von der Art, mit welcher unsere Familie gesellschaftlichen Umgang pflegen würde, und Mrs. Crozier schöpfte Verdacht. Sie fühlte sich hintergangen und bezichtigte ihren Gatten des unmoralischen Lebenswandels. Er verweigerte jeden Kommentar, und in ihrer Not bat sie mich, ihr zu helfen.

Mrs. Crozier hat keine männlichen Verwandten mehr, außer einem bejahrten Onkel. Sie hatte niemanden, an den sie sich wenden konnte, und war in höchster Erregung. Mein verstorbener Bruder gestand mir, daß er in der Tat eine Unbesonnenheit begangen habe. Er versicherte mir, die Verbindung sei gelöst, und der Fehler solle nicht ein zweites Mal geschehen.«

Entsetzt tätschelte Dr. Padgett Lauras Wildlederhandschuh. Sie achtete so wenig darauf, als wäre die Hand darin von Marmor.

»Mein verstorbener Bruder bat seine Gattin zerknirscht um Verzeihung, und sie vergab ihm als edelmütiges und liebendes Weib. Sie söhnten sich völlig miteinander aus.«

Die Stille im Gerichtssaal wurde durch die geschäftige Feder des Coroners unterbrochen.

»Mr. Crozier, Sie wollen aber doch gewiß nicht andeuten«, sagte er und kehrte hartnäckig auf den umstrittenen Punkt zurück, »–denn das Ehepaar hat sich ja versöhnt –, daß der verstorbene Gentleman sich danach aus Reue das Leben nahm? Es wäre völlig unlogisch! Stimmen Sie mir bei?«

Titus sagte entschlossen: »Meine Schwägerin hat keine Kenntnis von einer Weiterung, die sich aus dieser Angelegenheit ergeben hat. Ihr Gatte wurde erpreßt. Er hat nicht alle seine Briefe zurückbekommen.«

Laura hob jäh den Kopf und starrte ihn an.

»Mein verstorbener Bruder machte sich ernste Sorgen, er fürchtete einen Skandal.«

»*Darf* ich um Ruhe bitten!« rief der Coroner und unterstrich seine Worte mit dem Hammer. »Aha, Sir, das wirft ein völlig neues Licht auf die Sache. Sind Sie in der Lage, diese Briefe vorzuweisen?«

Lauras Stimme sagte – viel zu hoch: »Ich glaube, sie wurden verbrannt.«

»Wieso wissen Sie das, Ma'am?«

»Ich sah am Tag nach ihrem Eintreffen eine größere Menge Asche auf dem Kaminrost.«

»Kann eines von Ihren Mädchen das vielleicht bestätigen, Mrs. Crozier?«

»Das weiß ich nicht. Mag sein. Es mag auch sein, daß ihnen nichts auffiel. Warum auch? Wir verbrannten oft überflüssiges Papier im Kamin.«

»Bitte, regen Sie sich nicht auf, Ma'am«, flüsterte Padgett ihr zu, aber sie erhob sich bebend.

»Das ist unmenschlich!« rief sie in die Versammlung. »Es ist der Gipfel der Grausamkeit. Soll ich denn alles verlieren? Ehre und Ansehen und Seelenfrieden, und jetzt ein Andenken, das mir hätte für immer heilig sein sollen?«

Pfuirufe an die Adresse des Coroners wurden laut.

Sie griff nach ihrem Mantel, aber er hatte sich am Stuhlbein verfangen. Sie zerrte erfolglos daran, bis Padgett ihn losbekam.

»Kommen Sie mir nicht nah!« sagte sie gebieterisch, als Titus und der Arzt ihr zu Hilfe kommen wollten. »Sie haben Ihre Pflicht getan, Sir!« Dann wandte sie sich an den Coroner. »Sie haben eine Wahrheit entdeckt, die ich begraben wünschte. Ich *wußte*, daß mein verstorbener Gatte freiwillig aus dem Leben schied. Ich glaubte, er habe es aus Reue getan. Ich fand das leere Fläschchen und schwieg. Wenn dies ein Verbrechen ist, dann werfen Sie mich ins Gefängnis. Ich suchte seinen Ruf zu schützen. Ich vertraute darauf, daß Gott ihm seine Verfehlung nachsehe.«

Ihre Aussprache war zu präzis, ihre Stimme zu brüchig. Die Zuschauer sprangen auf die Füße und verrenkten sich die Hälse, um sie zu sehen.

»Weg! Weg!« befahl sie herrisch, und die kleinen schwarzen Handschuhe wehrten jeden ab, der ihr helfen wollte. »Wenn mein Gatte hier wäre, würde er nicht zulassen, daß man mir das antut. Gehen Sie so mit einer schutzlosen Witwe um?«

»Pfui über Sie, Sir!« rief ein älterer Herr aus dem Hintergrund des Saals und schüttelte den gerollten Regenschirm gegen den Coroner.

Der Hammer hieb vergeblich auf den Tisch.

»Was soll aus mir werden?« schluchzte Laura händeringend. »Wohin soll ich gehen?«

Sie schöpfte Kraft und Mut aus dem empörten Mitgefühl, das sie umgab.

»Laßt mich durch!« rief sie. »Nun ist alles verloren, was mir noch verblieben war. Ich wage nicht einmal mehr, die Stütze eines Bruderarms zu akzeptieren. Aber meine Söhne sollen wissen, was man mir angetan hat, wenn sie älter sind.«

»Bleiben Sie bitte neben mir, Sergeant Wilson«, sagte der Coroner nervös. »Und machen Sie ein möglichst martialisches Gesicht. Ziehen Sie notfalls Ihren Knüppel. Aber nur zur Abschreckung, wohlgemerkt!«

Über den Tumult hinweg schrie Titus: »Ich weise diese gemeinen Gerüchte zurück. Ich nehme die Dame unter meinen Schutz. Mein Bruder hätte es so gewünscht.« Wütend auf die ganze Menge schrie er: »Und hol euch der Teufel!«

Befriedigt traten sie zur Seite, als er und Dr. Padgett den Saal verließen, und murmelten mitleidig über die weinende Frau, der ihre Sympathie galt. Der Hammer des Coroners mahnte sie daran, daß noch nicht alles erledigt sei.

»Die Beweisführung ist noch nicht ausreichend, um einen Schluß zuzulassen. Ich vertage diese Untersuchung, bis weitere Details zur Verfügung stehen.«

Dann zog er sich zurück, dicht gefolgt von Sergeant Wilson.

11

Jeder von der Polizei
hat stets eine Uhr dabei.
Wer nicht weiß, wie spät es ist,
frage nur 'nen Polizist!
E. W. Rogers, Fragen Sie 'n Polizist

Inspektor John Joseph Lintott von Scotland Yard war ein Mann, mit dem die Croziers keinen gesellschaftlichen Umgang gepflogen hätten. Auf den ersten Blick schien er ein lahmer Hund zu sein; das ergrauende Haar in der Mitte gescheitelt und gnadenlos glattgewalzt, die Bartkoteletten über den flachen Wangen gekreppt. Unauffällig in Kleidung und Benehmen, unfraglich ein rechtschaffener Mensch, aber kein Gentleman. Mutmaßlich entstammte er einer anständigen Familie, die jede gebotene Chance nutzte – und viele waren es nicht gewesen. Auf Grund seines außerordentlichen Spürsinns genoß er in seinem kleinen Kreis beim Yard einiges Ansehen. Er besaß keine einflußreichen Beziehungen und würde daher nicht zu den besten Posten aufsteigen. Er kam der Neugier der Zeitungsreporter niemals entgegen und erfreute sich daher kaum ehrenvoller Erwähnungen. Kurz, er war einer jener vortrefflichen und namenlosen Beamten, die das Rückgrat des Staates bilden: ein Mann, der sich von seiner Arbeit nicht mehr erwartete als die Befriedigung, sie ordentlich getan zu haben, und den Genuß eines bescheidenen Salärs. Er war langsam aus den unteren Rängen aufgestiegen und kannte Londons dunkle Seite. Er schöpfte aus Quellen, die seinen Vorgesetzten zu trüb waren, außer wenn sie Lob für ihre

Ausmerzung einheimsen konnten. In seinen dreißig Dienst-
jahren bei der Polizei glaubte er, daß er alles gesehen habe
und nichts ihn mehr überraschen könne. Er behandelte seine Untergebenen mit einer Mischung aus Gutmütigkeit und
scherzhafter Tyrannei. Seine erschreckende Geduld, sein
Widerstreben, zu einer naheliegenden Lösung zu kommen,
seine scharfe Beobachtungsgabe wurden durch einen unbeugsamen Willen gestützt. Man mochte Lintott den Garaus
machen, von einer Spur abzubringen war er nicht.

Doch jeder Mensch hat seine schwache Stelle, und Lintotts Achillesferse – sozusagen – war seine Familie.

Sie war auch seine verborgene Kraftquelle. Er hielt sie in
sicherem Abstand in Richmond und freute sich über ihre
Anonymität. Denn sie waren höchst gewöhnliche Sterbliche, seine Lieben, außer in seinen Augen. Ohne sie wäre er
weiter nichts gewesen als eine Nase auf einer Fährte, eine
hohle Puppe. Mit ihnen im Hintergrund trabte er getrost
durch Straßen, die seine Konstabler nur zu zweit be-
schritten.

Die wimmelnden Gehege von Whitechapel, der Schmutz
von Devil's Acre und Drury Lane und die übervölkerten
Slums der Hafengegend waren ihm ebenso vertraut wie sein
Cottage in Richmond. Er konnte mit seiner Blendlaterne in
die Keller des größten Verbrecherslums Großbritaniens
leuchten: St. Giles Rockery, genannt das ›Gelobte Land‹, das
sich von der New Oxford Street bis zur St. Giles Street
erstreckte. Die kannten ihn: die Falschmünzer, Taschendie-
be, Langfinger, Kartenzinker, Zuhälter, Dirnen, Bettler und
Einbrecher, die Abrichter und Ladendiebe. Und er kannte
sie und konnte ihren Jargon so geläufig sprechen wie sie
selbst.

»Und was haben wir denn da, Dollie«, konnte er ausrufen
und einen warmen Haufen halbgerupften Geflügels in die
Höhe halten. »Bei der Hühnerhatz gewesen?« Oder: »Wieder mal fündig geworden, Charlie?«, als er auf einen Stapel
bleierner Dachplatten stieß. »*Mich* verkohlst du nicht,
Freundchen!« Aber zu den verwahrlosten Kindern, die sich in
dunkle Winkel verkrochen, konnte er freundlich sein. »Da
habt ihr jedes einen Indianer!« sagte er und verteilte Kup-
fermünzen. »Und jetzt ab mit euch! Und wehe, wenn ich

einen von euch beim Klauen erwisch oder beim Fensterein-
schmeißen, dann kommt er ins Kittchen! Trollt euch! Und
merkt euch, was ich sage.«

Sie merkten es sich, aber sie konnten ihr vorgezeichnetes
Leben so wenig ändern, wie sie ihren Hunger stillen konnten.
London war zwei Städte und zwei Welten: die eine schim-
mernd, die andere in ewigem Dunkel. Die Polizei bemühte
sich, zwischen beiden einen Anschein von Ordnung und
Gerechtigkeit aufrechtzuerhalten.

Lintotts respektvolle Stimme, die Art, wie er seine Melone
vor die Brust hielt, besänftigten Laura.

»Ich komme ungelegen, Mrs. Crozier«, meinte er, da er sah,
daß sie gerade im Boudoir Tee trank.

Sein Alter, sein graues Haar, die Zuverlässigkeit, die er
ausstrahlte, obwohl er kein Gentleman war, brachten das
Kind in ihr zum Vorschein. Sie erinnerte ihn an seine kleine
Tochter, wenn sie wegen eines kleinen Verstoßes in Ungnade
war und schweigend um seine Fürsprache flehte. Aber die
Eleganz ihrer Haltung, die Beherrschtheit der Stimme verrie-
ten die Dame der Gesellschaft.

»Nicht doch, Inspektor Lintott. Ich lasse noch Tee bringen,
vielleicht möchten Sie auch eine Tasse?«

Er zögerte, nur eine Sekunde lang, während er sie in die
Kategorie der charmesprühenden Geschöpfe einreihte und
allein schon deshalb suspekt fand. Dann sprach er kühl:
»Keinesfalls, Ma'am. Ich möchte Sie nicht stören. Aber ich
wäre Ihnen verbunden, wenn ich ein Wort mit Ihren Dienstboten sprechen könnte.«

Sie spürte die Abfuhr und zog sich verletzt in eine hochmü-
tige Haltung zurück:

»Mein Personal weiß nicht mehr, als was vor Gericht zur
Sprache kam.«

Schmerzlich erinnerte sie sich daran, wie ihre Namen und
Privatangelegenheiten in *The Times* und weniger prominen-
ten Blättern breitgetreten worden waren.

Nachdem er sie nun auf ihren Platz verwiesen hatte, begann
Lintott, mit gebührender Bescheidenheit seinen Hut in den
Händen zu drehen.

»Eine bloße Formalität, Mrs. Crozier. Eine halbe Stunde
würde genügen, wenn Sie gestatten.«

Hinter seiner devoten Ausdrucksweise schwang Entschlossenheit.

»Allmählich fürchte ich mich vor der Wendung ›eine bloße Formalität‹«, sagte Laura und forcierte Unbekümmertheit. »Wann immer sie gebraucht wird, folgt irgend etwas Schreckliches.«

Er blieb stehen, höflich, aber bestimmt.

»Sie können *mich* alles fragen, was Sie wollen, Inspektor. Die Untersuchung hat mich zwar sehr mitgenommen, aber ich bin wieder bei Kräften und will Ihnen in Ruhe antworten.«

»Verehrte gnädige Frau«, sagte Lintott, der ohne ihre Hilfe zu seinen Schlußfolgerungen gelangen wollte, »Ihnen wurde bereits viel zugemutet.« Er hatte wirklich Mitleid mit den dunklen Schatten um ihre Augen. »Ich werde Sie nicht weiter belästigen als unbedingt nötig, Ma'am.«

»Sie wünschen überhaupt nicht mit mir zu sprechen?« fragte Laura und drehte ihren Amethystring, der wie eine Blume in seinem ovalen Goldkelch steckte.

War sie erleichtert oder enttäuscht? Er konnte es nicht sagen.

»Vielleicht später, Ma'am. Es sind gewisse Aussagen nachzuprüfen und zu erhärten. Aber zunächst Ihre Dienstboten, wenn ich bitten dürfte.«

Er wies mit dem Kopf zur Klingel neben dem Kamin, und sie läutete, höchlichst beunruhigt.

Kate geleitete ihn zur Küche, wo das gesamte Personal von frisch gebutterten Hefebrötchen glänzte. Der Inspektor, der ihnen allen zulächelte und aus Mrs. Hills eigenen Händen eine Tasse starken Tee entgegennahm, war ein völlig anderer Mann: scharfäugig, selbstsicher und gefährlich jovial.

»Der Trank, der uns erhebt, doch nicht berauscht, Ma'am«, bemerkte er. »Ein warmer Empfang an einem kalten Winternachmittag. Sehr rauh draußen, Mrs. Hill. Sehr unfreundlich, das Wetter, zur Zeit.«

»Ah!« seufzte die Köchin und füllte ihre eigene Tasse aufs neue, »das kann man wohl sagen. Wir empfinden es um so mehr, wissen Sie, wo der Herr von uns gegangen ist.«

Und sie blickte zur Decke auf und hob den Schürzenzipfel an zwei trockene schwarze Augen.

»Eine traurige Geschichte, Mrs. Hill. Man sieht, wie Sie diesen Haushalt in Schwung haben«, und er bewunderte die Batterie eiserner und kupferner Töpfe an der Wand. »Und irgend jemand hat besonders geschickte Finger«, und er klopfte leise mit einem Stiefel auf einen der Flickenteppiche.

»Das ist Miß Nagle, Miß Blanches Nurse. Sie sitzt manchen Abend bei mir und häkelt sie.«

»Ich möchte gelegentlich auch ein Wort mit ihr sprechen. Ja, ich nehme *gern* ein Hefestück, herzlichen Dank.«

»Fünf ist die beste Zeit«, sagte die Köchin mit einem Blick auf die Achttageuhr, deren Zeiger auf zwanzig Minuten vor der vollen Stunde wiesen. »Dann geht Miß Blanche zu ihrer Mama ins Boudoir, bis sechs. Nehmen Sie einen Klecks Pflaumenmus dazu, Inspektor. Harriet, schneid dem Inspektor ein Stück Mohnkuchen ab.«

»Danke schön, liebes Kind. Ich sehe, Sie verstehen was von Kunst, Mrs. Hill«, und er wies auf den Kaufhauskalender. »Ein famoses Porträt ist das.«

»Sieht aus, als wär's unser Master Lindsey«, sagte die Köchin, um das Gespräch endlich auf die Familie zu bringen. »Das arme vaterlose Wurm. Ach ja!«

»Ihr Mann hat das große Los gezogen, Mrs. Hill, mit einer Frau, die so was Köstliches backen kann.«

»Mann?« rief die Köchin und warf entzückt den Kopf in den Nacken. »Du lieber Gott, Sir, ich hab' doch keinen Mann. Sie sagen Mrs. Hill zu mir von wegen des Respekts. Und Respekt verlange ich auch.«

»Dann haben Sie irgendwen tief enttäuscht«, sagte der Inspektor glatt und wischte sich die Marmelade von den Fingern. »Sie haben einen armen Teufel mit gebrochenem Herzen in den Krieg ziehen lassen!« Und er wies mit dem Kinn auf die uniformroten Streifen im Flickenteppich.

Harriet Stutchbury kicherte, Kate lächelte, und Mrs. Hill warf sich die Schürze über den Kopf und lachte laut. Lintott blickte freundlich drein.

»Das ist Miß Nagles Zukünftiger, Sir. Sie gehen schon seit zehn Jahren miteinander.«

»Dann hat sie wohl nicht viel mit ihm vor, würd' ich sagen!«

»O ja, sie schon!« riefen sie im Chor und waren entzückt von ihm.

Er war so nett, wie er da mit ihnen in der Küche beim Tee saß. Sie hatten eher erwartet, daß er sie tyrannisierte. Mrs. Hill goß ihm noch eine Tasse Tee ein und gab reichlich Zucker hinein.

»Probieren Sie ein Rosinenbrötchen«, drängte sie. »Bitte!«

»Ich begreife einfach nicht«, sagte Lintott zerstreut, »warum ein Gentleman in Mr. Croziers Verhältnissen sich umgebracht haben sollte. Mein Gott, ich habe nicht die Hälfte und nicht ein Viertel von dem, was er hatte – und ich bin so glücklich wie 'ne Lerche in einer Pastete. Besonders, wenn es eine von *Ihren* Pasteten wäre, Mrs. Hill! Ist das dort drüben auf der Anrichte eine Hammelpastete?«

Freudestrahlend schnitt sie ihm ein tüchtiges Stück ab.

»Ich habe nichts im Magen, seit Mrs. Lintott mir zum Frühstück eine Portion Nieren gebraten hat. Sie ist eine gute Köchin, Mrs. Hill – aber eine Pastete wie die kriegt sie nicht fertig. Verraten Sie ihr bloß nicht, daß ich das gesagt habe! Ja, Ihr Herr hatte einiges auf dem Gewissen, das stimmt schon, aber *ich* hätte mich deshalb an seiner Stelle nicht umgebracht.«

»Hat er auch nicht getan, nie im Leben«, sagte Mrs. Hill entschieden, »nicht unser Herr.«

Der Inspektor fegte Pastetenkrümel von seinen Knien und hob die Brauen.

»Nicht unser Herr«, wiederholte Mrs. Hill mit ehrlicher Überzeugung. »Er war ein christlicher Gentleman.«

»Der hat keine Angst gekannt«, mischte Harriet sich ein. »Der hätte einen Konstabler geholt und das Flittchen hops nehmen lassen, aber nicht sich 's Leben genommen.«

»Ein aufrichtiger und mildtätiger Gentleman«, sagte Henry Hann, der bisher in nervösem Schweigen dagesessen hatte. »Der hat bloß Gott gefürchtet und sonst nix.«

»Hm, hm, hm«, machte Lintott nachdenklich. »Und was meinen Sie, mein liebes Kind?« fragte er Kate Kipping.

Sie erwiderte bedächtig: »Es kommt mir nicht zu, Sir, hier zu Gericht zu sitzen. Wenn der Coroner entscheidet, daß unser Herr sich das Leben genommen hat, dann soll's mir recht sein.«

»Ah, Sie sind ein kluges Mädchen, das sieht man. Und wer ist denn dieses kleine Ding da?« fragte er, als das

Küchenmädchen von einer ihrer zahlreichen Verbannungen aus der Spülküche hereinglotzte.

»Das ist bloß Annie Cox. Sie weiß gar nix und denkt noch weniger.«

»Ich hab' eine Tochter ungefähr in deinem Alter, Annie. Wie geht's, Annie?«

»Sehr gut, vielen Dank, Sir«, und sie knickste.

»Freut mich, Annie!« Er machte Mrs. Hill mit erhobenem Finger ein Zeichen.

»Annie!« sagte die Köchin, die richtig verstanden hatte, »du bist fertig mit deinem Tee. Jetzt gehst du hinauf und zündest die Feuer an. Verschwinde.«

»Sie glauben also nicht, daß Ihr Herr Selbstmord begangen hat?« sagte Lintott und blickte in die Runde.

Die Köchin, Harriet und Henry schüttelten die Köpfe.

»Wie ist es dann zugegangen?« fragte er in verändertem Ton. »Bedenken Sie, wenn es kein Selbstmord war, muß es Mord gewesen sein. Niemand schluckt versehentlich ein ganzes Fläschchen voll Schlaftabletten. Sagen Sie demnach, daß Mr. Crozier ermordet wurde?«

Seine Augen bedrohten sie. Sie schwiegen, plötzlich fürchteten sie sich.

»Irgendwer hat diese Briefe geschrieben«, sagte Lintott ruhig. »Ich frage mich, wer?«

Der Kessel kochte unbeachtet auf dem Herd vor sich hin. »Wir haben bloß gesagt«, begann Mrs. Hill kleinlaut, »es hat nicht zu unserem Herrn gepaßt, daß er sich umbringt. Mehr wissen wir nicht.«

Die Tür hinter dem Inspektor ging auf, und Miß Nagle marschierte herein: groß, knochig, steifgestärkt.

»Kommen Sie rein, kommen Sie rein, mein liebes Kind«, rief Lintott fröhlich. »Wir haben bloß auf Sie gewartet. Ich weiß *alles* über Sie, mein liebes Kind!« Und er lächelte in ihr erschrecktes Gesicht. »Einer von Ihrer Majestät Rotrücken schmachtet nach einem lieben Wort von Ihnen. Setzen Sie sich doch. Ich weiß, Mrs. Hill erlaubt, daß ich Ihnen einen Stuhl anbiete. Ich bin einer Ihrer Bewunderer. Also, wo gibt's hier einen netten, ruhigen Ort?« fragte Lintott hart und freundlich zugleich. »Ich möchte mich nämlich mit jedem von Ihnen einzeln unterhalten. Würde Ihre Herrin erlauben, daß ich mich in irgendein Stübchen zurückziehe, was meinen Sie, mein liebes Kind?« wandte er sich an Kate Kipping, die als einzige von ihnen ihn nicht aus den Augen ließ.

»Ich werde sie fragen, wenn Sie wünschen.«

»Ja, bitte, Kate. Sie heißen doch Kate, wie? Stimmt. Sagen Sie ihr, es wird ein bißchen länger dauern, als ich dachte. Sagen Sie ihr, ich bin einem anonymen Briefschreiber auf der Spur. Das wird sie beruhigen. Jedenfalls hoffen wir's. Eine gute Herrin wird wohl nicht ihre eigenen Dienstleute verdächtigen. Was, Mrs. Hill?«

Die Antwort der Köchin war nicht zu hören.

»Wir dürfen Ihre Herrin nicht aufregen, wie, Kate?« fragte Lintott die Zofe.

»Nein, Sir. Mrs. Crozier hat ihr gerütteltes Maß an Kummer.«

»Und Sie würden alles tun, um ihr Kummer zu ersparen, nicht wahr, Kate?«

»Wenn sich's machen läßt und ich's mit meinem Gewissen vereinbaren kann, Sir.«

»Oh, Sie sind richtig fix, Kate. Bei Ihnen muß ich aufpassen, das seh ich jetzt schon.«

»Sonst noch etwas, Sir?«

»Im Moment nicht, Kate. Also, verduften!« Er blickte schmunzelnd in die Runde. »Das bedeutet in der Gaunersprache *verschwinden*«, erklärte er. »Aber so was kennt hier niemand, oder? Keiner, der nicht was angestellt hat und im Gefängnis war. Dort lernt man's schnell und in einer harten Schule. Verstanden?«

Er öffnete weit die Hand. Mit plumpen Fingern und breiter Innenfläche lag sie wie eine Drohung auf dem blankgescheuerten Tisch.

»Das ist eine Polizistenhand. Die Hand des Gesetzes, sozusagen. So harmlos für anständige Leute wie ein Neugeborenes und genauso sanft. Wißt ihr, wie sie mit den Unanständigen umgeht?«

Er ballte die Hand zur Faust.

»Erzählt mir also gefälligst die Wahrheit, die ganze Wahrheit und nichts als die Wahrheit«, sagte Lintott jetzt wieder ganz liebenswürdig. »Ich krieg sie doch heraus, wißt ihr. Ich habe eine Schwäche für sie.«

Niemand sprach, alle starrten auf die kräftigen Finger, die sich wie ein Schraubstock um den Daumen schlossen.

12

»Ich sag's, wie ich's seh, Mr. Sweedlepipes«, sagte Mrs. Gamp. »Behüte, daß es anders wär! Aber wir können nicht reinschaun in die anderen; und wenn unser Herz Fenster hätt, müßten wir die Läden vorlegen, die meisten von uns, das kann ich Ihnen sagen!«

Charles Dickens, Martin Chuzzlewit

»Ich hab' eine Menge für Sie übrig, Miß Nagle«, sagte Lintott, der in Theodors Schreibtischsessel Platz genommen hatte. »Ich kenn ein paar gescheite Augen auf den ersten Blick. Und ich möchte sogar wetten, auch ein gewisser Soldat im Dienst Ihrer Majestät hat zu tief hineinguckt. Ist er Gefreiter, mein Kind?«

»Sergeant, Sir«, sagte die Nanny, die das Verhör in der Küche mißtrauisch gemacht hatte. »Sergeant Malone, Sir.«

»Feurige Burschen, die Iren. Heißblütig. Ein stattlicher Mann, wie?«

»Nicht besonders groß, Sir, aber gut gewachsen, Sir.«

»Ein starker Arm und ein warmes Herz, was? Warum lassen Sie ihn so lang warten, liebes Kind?«

»Weil ich erst noch sparen muß, Sir. Mein Lohn ist fünfunddreißig Pfund im Jahr und alles frei.«

»Oho! Dem Sergeant sitzt das Geld ein bißchen locker, wie? Hat er gern seine Freunde um sich?«

»Er trinkt gern ein Glas«, gab Alice Nagle zu, »aber das wird anders, wenn er verheiratet ist, Sir.«

»Dafür werden Sie sorgen, nicht wahr, Miß Nagle?« meinte Lintott listig.

Sie blickte auf, unsicher, ob das eine Kritik bedeuten sollte, aber sein Gesicht verriet nichts.

»Ein blitzend Augenpaar. Ein trauter Herd«, zitierte Lintott. »Was will er mehr? Und weil wir gerade von Augen reden, blau ist die Treue, wie?«

Alice Nagles Augen waren zwar klein und grau, aber sie nickte geschmeichelt und gab ihm recht.

»Dacht ich's doch. Nachdem wir so gemütlich beisammensitzen, Miß Nagle, würden Sie bitte dies hier für mich abschreiben?«

Sie las das Blatt, das er ihr reichte, und errötete.

»Nicht sehr hübsch, wie?« fragte er. »Das ist natürlich nicht der echte anonyme Brief, liebes Kind. Nur eine Abschrift von Nummer drei – worin so ziemlich alles steht, was sich nicht ziemt. Schreiben Sie's in Druckbuchstaben ab, ja?«

Sie schrieb, die Zunge zwischen die Zähne geklemmt, und gab ihm das Blatt. Er warf kaum einen Blick darauf und legte es beiseite.

»Also, was Sie mir jetzt sagen und was ich Sie frage, bleibt alles vertraulich. Sie haben nichts zu fürchten – und Sie müssen nichts sagen. Ich bringe es schon heraus, wenn hinter meinem Rücken geklatscht wird!«

Sie rang die Hände auf der weißen Schürze.

»Klatsch hat es schon genug gegeben, um ganz London in Brand zu stecken«, fuhr Lintott fort. »Das ist nicht meine Sache. Aber Mutmaßungen sind ein anderes Paar Stiefel. Kennen Sie den Unterschied zwischen Wahrheit und Mutmaßungen?«

»Ich glaube schon, Sir.«

»Hoffentlich. Wahrheit ist, was man weiß, und Mutmaßung ist, was man für die Wahrheit hält. Jetzt sind wir bei den Mutmaßungen, und achten Sie drauf, nichts auszulassen. Hat, Ihrer Meinung nach, Ihr verstorbener Herr Selbstmord begangen?«

»Nein, Sir, das hat er nicht getan.«

»Glauben Sie dann, daß er ermordet wurde?« Sie zögerte. »Los, *Sie* wissen's nicht und *ich* weiß es nicht. Glauben Sie, es wäre möglich gewesen?«

»Ja, Sir.«

»Und wer sollte es getan haben? Und wie?«

»Die Herrin oder Mr. Titus oder beide zusammen. Sie waren viel zu dick miteinander. Ich bin hier im Dienst, seit Master Edmund auf der Welt ist, und ich habe einiges gesehen. Ich würde mich wundern, wenn alle Kinder von meinem seligen Herrn wären...«

»Das ist Klatsch«, sagte Lintott kalt. »Bleiben Sie bei der Sache. Warum hätten sie Mr. Crozier umbringen sollen?«

»Also Sir, das liegt auf der Hand. *Er* war knapp bei Kasse, und *sie* wollte freie Hand haben bei allem, was ihr zupaß kommt.«

»Aha. Wie stellen Sie sich vor, daß sie ihm ein Fläschchen voll Tabletten beibrachten?«

Sie hatte auf diese Frage gehofft, um einen Treffer zu landen.

»Sie haben sich an diesem Abend schrecklich gestritten, und der Herr ist krank geworden und zu Bett gegangen.«

Sie hatten im Salon die Köpfe zusammengesteckt und getuschelt. Laura in eiskalter Berechnung; Titus leicht beeinflußbar und impulsiv. Die Portweinkaraffe, die plötzlich mit furchtbarer Verheißung glomm, wurde hinaufgetragen und als Tarnung und Mordinstrument zugleich benutzt. Die Tabletten zerdrückt und verabreicht. Glas um Glas...

»Können Sie sich vorstellen, Miß Nagle«, sagte Lintott leichthin, »was für eine sandige Brühe das gegeben hätte?«

»Es gibt Mittel und Wege«, rief sie und fegte den Einwand beiseite. »Sie hätten sagen können, es sei Medizin. Mr. Crozier schluckte alles und jedes, wenn es Medizin war.«

»Sagen Sie, wie kommen Sie ausgerechnet auf Portwein?«

»Weil Harriet gehört hat, daß sie darüber redeten, und sie sagt, Mrs. Crozier hat sie weggeschickt, als sollte sie nicht zuhören. Und die Karaffe mit dem Glas war an dem Morgen, als er starb, neben seinem Bett.«

Lintotts Augen waren Nadelspitzen.

»Haben Sie sie als Beweisstücke aufgehoben?«

Enttäuscht rief sie: »Damals hat keiner dran gedacht. Harriet hat kein Wort gesagt, bis alles vorbei war. Inzwischen haben sie die Karaffe wieder an ihren Platz gestellt und das Glas ausgespült, aber schon damals hab' ich mir gedacht, da stimmt was nicht, Sir. Schon damals.«

»Aha. Also, das wären die Mutmaßungen. Und jetzt zur Wahrheit. Haben Sie jemals Mrs. Crozier und Mr. Titus in einer verfänglichen Situation beisammen gesehen? In ihrem Zimmer? Nein. Einen Kuß tauschen vielleicht – ah! darin kennen Sie sich doch aus, mein Kind! Unter Ihrem

Sonnenschirm mit dem wackeren Sergeanten, was?« Und er drohte ihr in gespieltem Tadel mit dem Zeigefinger.

Sie lächelte verlegen und gestand, daß sie nichts Derartiges beobachtet habe.

»Aber das sieht man doch, wenn zwei was miteinander haben. Ich war oft im Salon, wenn sie auf Mr. Theodor gewartet haben, und es hat direkt in der Luft gelegen.«

»Das Dumme ist nur, mein Kind, daß ein Richter die Luft nicht als Beweis gelten läßt. Eine reizende Dame, Mrs. Crozier, viel bewundert, nehme ich an?«

»Sie ist immer verzärtelt und wehleidig gewesen!« Miß Nagles Gesichtsfarbe wurde lebhaft. Ein alter Groll und ein alter Neid hatten sie gepackt. »Wer hat sich um den Herrn gekümmert, ob sie nun gesund war oder selbst krank? Ich, Sir, von Anfang an. Sooft es ihm nicht gutging, hat er mich holen lassen. ›Nanny soll kommen!‹ hat er immer gesagt. ›Sie ist eine *gute* Pflegerin!‹«

»Dann hat er gekriegt, was er wollte, wie?« sagte Lintott unbeeindruckt. »Und er war oft genug krank, Gott weiß, um jede Gattin mürb zu machen.«

»Sie durfte seinetwegen nie belästigt werden, Sir. Und Dr. Padgett hat sie auch um den Finger gewickelt«, sagte Miß Nagle, die niemals einen Mann um den Finger gewickelt hatte. »Gibt ihr Tabletten und Pulver und schickt sie gleich für einen ganzen Monat nach Brighton und Cheltenham Spa und so. Sie tut mir nicht leid.«

»Wer hat dann für Mr. Crozier gesorgt, wenn sie weg war? Sie, Miß Nagle?«

Dem Haushalt vorstehen, die Kinder züchtigen, jedes Niesen ihres Paschas wichtig nehmen, den geringen Einfluß, den Laura noch hatte, vollends untergraben.

»Sie mögen Ihre Herrin nicht, wie, mein liebes Kind? Von Mr. Titus halten Sie nebenbei gesagt auch nicht viel. Aber vor allem Ihre Herrin können Sie nicht leiden.«

Sie schwieg, sie wußte, daß sie schon zuviel gesagt hatte. »Es steht mir nicht zu, zu mögen oder nicht zu mögen. Ich weiß, wo mein Platz ist, Sir. Ich tue meine Pflicht.« Er kam wieder auf den Kern der Sache zurück.

»Also, sagen wir einmal, Mrs. Crozier und Mr. Titus waren einander sehr zugetan – denn in solchen Dingen vertraue ich dem weiblichen Instinkt. Aber daran ist nichts Böses, oder?«

Sie verschlang ihre Finger und überlegte.

Schließlich sagte sie: »Vor ein paar Monaten hab' ich in ihrem Papierkorb einen Brief gefunden. Einen Liebesbrief. Von ihm.«

»Ich wußte gar nicht, daß es zu den Pflichten einer Nanny gehört, die Papierkörbe zu leeren?«

»Ich hab' zufällig gesehen, daß sie ihn in immer kleinere Schnitzel reißt, wie ich reinkomme, und ich kenne seine Schrift. Kein Wunder, nach vierzehn Jahren. Also hab' ich ihn mir angeschaut, bevor Kate reinkam.«

Seine Stimme war lässig, seine Augen hellwach.

»Wenn der Brief in kleine Schnitzel zerrissen war, wie haben Sie ihn dann lesen können?«

Ihre Hände waren nur noch ein Knoten.

»Ich – hab' ihn wieder zusammengesetzt.«

»Und dann weggeworfen, möcht ich wetten. Nun, das ist auch kein Beweis, mein Kind. Ich glaube Ihnen aufs Wort, aber ein Gerichtshof wird das nicht tun.« Sie antwortete nicht. »Oder haben Sie ihn aufgehoben, vielleicht nachdem Sie die Schnitzel auf ein Blatt Papier geklebt haben? An einem sicheren Ort verwahrt?«

Sie rechtfertigte sich durch einen Zornausbruch.

»Der Herr war gut zu mir, und ich habe Respekt vor ihm gehabt. Er hat meinen Wert gekannt – sie nie. Wenn er etwas zwischen ihr und Mr. Titus vermuten sollte und einen Beweis wollte, dann hätte ich ihn liefern können. Wenn er sie aus dem Haus jagen wollte, hätte ich den Brief gehabt.«

»Wohin hätte er sie jagen sollen?«

Miß Nagle machte eine unbestimmte, in die Ferne weisende Handbewegung.

»Sie hat einen Onkel in Bristol. Zu ihm hätte sie gehen können, oder?«

»Womit Sie die Kinder und die Pflege des Hausherrn übernommen hätten. Und Mr. Crozier wäre von der einen Gattin getrennt, aber nicht in der Lage gewesen, eine andere zu nehmen, und wäre auf Sie angewiesen gewesen. Sie herrschen gern über andere, mein Kind, stimmt's? Einen

Hang zur Hintertreppenpolitik. Weiß irgend jemand von diesem Brief? Die anderen Dienstboten?«

Sie schüttelte entschieden den Kopf.

»Nicht einmal dieser tapfere Sergeant – und er ist tapferer, als er selbst weiß! –, nicht einmal der bewundernswerte Malone?«

»Ich glaube, ich habe es ihm gegenüber einmal erwähnt, ganz nebenbei«, flüsterte sie. »Aber er hat versprochen, daß er's nicht weitersagt.«

Er lächelte über ihren gesenkten Kopf hinweg den Wandsims an und rieb sich das Kinn.

»Holen Sie ihn her, ja, mein Kind?« bat er freundlich. Titus war indiskret gewesen. Lintott konnte nur noch wenig überraschen, aber seine erhobenen Brauen waren ein Kompliment für die Virtuosität des Stils.

»Sehr herzlich, gewiß«, sagte er sodann, »aber nicht schlüssig. Sie hat ihn zerrissen. Ein Liebesbrief vom Bruder ihres Gatten. Kaum ihre Schuld? Und sie hat ihn vernichtet, hätte ihn gänzlich vernichtet, wäre nicht jenes blitzende Augenpaar gewesen. Nicht beweiskräftig. Haben Sie sonst noch etwas für mich? – Ich behalte ihn, mein Kind, bei mir ist er sicherer.«

»Sie schreibt die ganze Zeit in ihr Tagebuch, aber sie sperrt es ein und versteckt den Schlüssel.«

»Dann ist dieser Brief alles, was wir haben. Sehr gut, mein Kind. Sie haben recht gehandelt an Ihrem Herrn, wenn auch nicht an Ihrer Herrin. Ich glaube, das wäre alles für heute. Oh, Miß Nagle«, und er blickte sie scharf an, »falls Sie *doch* noch etwas finden sollten, lassen Sie es mich wissen. Schlüssel werden verlegt. Schubladen bleiben unverschlossen. Tagebücher liegen herum. Ich glaube, Sie verstehen, was ich meine. Aber wohlgemerkt!« warnte er sie, als sie nickte und knickste, »ich möchte kein Herumspionieren. Aber solange Sie mir helfen, mein Kind, helfe ich auch Ihnen. Man kann nie wissen, eines Tages könnten Sie vielleicht ganz froh sein um meine Hilfe.«

»Ja, Sir. Vielen Dank, Sir.«

Seine Augen wandten sich von der einschnappenden Tür wieder Titus' Brief zu. Als Postskriptum hatte der Liebende aus den reicheren Quellen des verstorbenen Robert Brow-

ning geschöpft. Seine Schrift zog sich quer über das Papier:
Leidenschaft, die das Urteil trübt.

Sieh des Lauschers Schatten sich dort zeigen!
Laß uns Wang an Wange miteinander schweigen!

»Sehr hübsch ausgedrückt«, sagte Inspektor Lintott zu sich
selbst. »Ganz ungewöhnlich hübsch!«

Der Machtkampf hatte vor vierzehn Jahren begonnen. »Ich
möchte das Baby bei mir haben, Nanny«, sagte Laura, als Miß
Nagle den Kleinen nahm und wickelte.

Die neue Nurse, die Theodor engagiert hatte, war zwar nur
ein Jahr älter als ihre Herrin, bewies jedoch bereits die
Qualitäten, derentwegen sie eingestellt wurde. Fang so an, wie
du weitermachen willst, war ihre Devise. Sie hielt sich vom
ersten Tag daran.

»Er wird Sie nur stören, Ma'am, und der Doktor sagt, Sie
brauchen viel Ruhe. Außerdem wollen Sie ihn ja stillen ...«

Das Stillen war ein weiterer strittiger Punkt. Nanny wollte
das Baby für sich und als Flaschenkind.

»Aber Sie halten sich doch nebenan auf, Nanny, und können
ihn hören, wenn er schreit.«

Lauras Stimme klang gequält. Das Leinenkorsett reichte von
der Brust bis über die Schenkel, und die vier Leinenriemen
wurden täglich enger geschnallt, um ihre Figur wiederherzu-
stellen. Sie konnte sich kaum bewegen, war für jeden Handgriff
auf ihre Umgebung angewiesen, und das Gefühl, nur noch ein
hilfloser Körper zu sein, machte sie noch elender.

»Bitte, Ma'am, wenn Sie sich so aufregen, kriegen Sie uns
noch Temperatur. Und dann«, drohte Miß Nagle, »bleibt Ihnen
die Milch weg.«

»Ich will meinen Kleinen sehen können«, sagte Laura, und
als Nanny unerbittlich blieb, rief sie: »Ich *will ihn* haben! Ich
will! Ich will!«

Zwei Tränen rollten über ihre Wangen.

»Was hab' ich gesagt, Ma'am? Sie steigern sich in ein Fieber
rein, wenn Sie so weitermachen.«

Miß Nagle legte Edmund in Lauras Armbeuge und suchte
sich einen Verbündeten.

»Hysterisch?« sagte Theodor. »Und was würden Sie vorschlagen?«

Sie hatten einander als Tyrannen erkannt, ihn als den Ranghöchsten. Sie fand ihn vorbildlich.

»Mrs. Crozier mutet sich zuviel zu, Sir, anstatt mich meine Pflicht tun zu lassen. Und die arme Dame ist zu schwach, um zu wissen, was für sie und für Master Edmund gut ist. Aus einem verzogenen Kind«, sagte Miß Nagle diplomatisch, »ist noch nie ein rechter Mann geworden.«

Der Kleine wurde durch ein Hindernisrennen von Babynahrungsmitteln laviert, bis sich zu seinem und Lauras Glück ein Produkt fand, das ihm bekam.

Als seine Mutter sich endlich die Treppe hinunterschleppen und auf dem Sofa liegen konnte, war er unwiderruflich hinter den Mauern des Kinderzimmers verschwunden. Lindsey, der weniger robust war als sein Bruder, litt um so mehr, und Laura litt mit ihm. Nur bei Blanche ließ man ihr ein wenig Freiheit, denn an Blanche schien, da sie ein Mädchen war, sowohl Theodor wie Miß Nagle weniger gelegen zu sein. Einmal sprach Laura zu ihrem Gatten über die Herrschsucht der Nanny, die sie immer mehr störend fand.

»Ihre Zeugnisse waren ausgezeichnet«, erklärte er, »sonst hätte ich sie nicht engagiert. Ich bin froh, daß sie ihre Aufgabe so gut meistert. Meine Söhne brauchen eine feste Hand und Disziplin – und dir scheint es an beidem zu gebrechen. Außerdem hast du sie nach dem Tee eine Stunde lang ganz für dich. Sie fahren mit dir im Wagen aus. Sie zappeln und plappern beim Frühstück, und das ist ein weiterer Punkt, Laura, du mußt sie besser beaufsichtigen. Ich darf nicht gestört werden, ich will nicht gestört werden, wenn ich meine Zeitung lese.«

»Mit Verlaub gesagt, Sir, Sie sehen heute morgen gar nicht gut aus.«

»Es ist nichts, Nanny, ich habe eben zuviel Verantwortung und kann mich nicht schonen, wie ich vielleicht sollte.«

»Ich glaube, bei Ihnen ist eine schwere Erkältung im Anzug, Sir. Der sehr ehrenwerte Mr. Prout, wo ich Kindermädchen war, hat furchtbar unter Erkältungen gelitten. Könnten Sie nicht heute vormittag zu Hause bleiben, Sir?«

»Unmöglich!« rief er und erwartete ihren Widerspruch.

»Bitte, Sir, glauben Sie nicht, daß ich mir was herausnehmen will, aber ich glaube, Sie sollten zu Hause bleiben. Vorbeugen ist besser als heilen.«

Sein dunkles Gesicht brütete über geschäftlichen Verabredungen, die keinesfalls versäumt werden dürften.

»Zu allermindest, Sir, sollten Sie zeitig nach Haus kommen, und ich mache Ihnen ein Stärkungsmittel aus schwarzen Johannisbeeren.«

»Ich sollte heute abend mit Mrs. Crozier ins Theater gehen.«

»Aber, aber, Sir! Mrs. Crozier wäre die erste, die sagt, daß Ihre Gesundheit vorgeht. Wenn Sie sich mit dieser Erkältung noch der rauhen Nachtluft aussetzen . . .«

»Wo, dachten Sie, würde meinen Söhnen eine Erziehung zuteil werden, Madam? Zu Hause in Ihrem Boudoir?«

»Fräulein Walter ist sehr tüchtig. Ich finde, daß Edmund sich verändert hat, seit er im Internat ist, und Lindsey weint, sooft er daran denkt, Theodor.«

»Noch nie wurden Knaben von einer Gouvernante unterrichtet, es sei denn in den allerersten Jahren, Laura. Und du solltest Lindseys Tränen nicht dulden. Er weint wegen jeder Kleinigkeit. Er muß ein Mann werden. Ohne Miß Nagles gute Zucht wäre ich mit *drei* Töchtern gesegnet.«

Kinder, in einem Schrank eingesperrt. Auf einen hohen Tisch gestellt, der unter ihren kurzen Beinchen in eine tiefe Schlucht führte. Bilderbücher, Lieblingsspielzeug so verwahrt, daß sie nicht hinaufreichen konnten. Zur Strafe bei geschlossenen Läden im Bett liegen müssen, während draußen die Sonne schien. Schluchzend in der drakonischen Finsternis der Nacht bei Wasser und Brot sitzen, während man sich in der Küche an Hammelbraten und College Pudding gütlich tat.

Zwischen fünf und sechs Uhr fanden sie Einlaß in ein verbotenes Paradies: um so teurer wegen der Kürze der Zeit und immer seltener, als sie älter wurden.

»Schrei nicht so, Edmund, mein Herz. Nicht so laut sein. Zeig mir, was du gemalt hast.«

Blut und Gewehre, Soldaten, dutzendweise niedergemetzelt, Elend und Tod.

»Das ist die Schlacht bei Waterloo, Mama.«

Alle Gewalttätigkeit, die er nicht ausleben konnte.

»Willst du dich nicht zu mir setzen, Edmund?«

Hin und her gerissen zwischen dem Wunsch nach ihrer Nähe und dem männlichen Stolz, der sie verwehrte, hockte der Junge einen Fuß breit von ihr weg auf der Sofakante. Lindsey aber vergrub den Blondkopf an ihrer Schulter, und Blanche kletterte, noch immer, auf ihre Knie.

»Was soll ich euch vorlesen?« fragte Laura.

»Nicht *Struwwelpeter*, Mama«, bat Lindsey, dem in seinen Alpträumen mit der Schere die Daumen abgeschnitten wurden.

»Nein, du hast recht, ich bin auch nicht dafür.« Nanny Nagle las es vor und zitierte ständig daraus. Theodor befürwortete Bestrafung, schwere Züchtigung für kleine Vergehen.

»*Alice im Wunderland*, Mama, bitte«, flüsterte Blanche.

»Das ist ein Märchenbuch!« rief Edmund anklagend.

»Wir lesen *Alice* ein andermal, Herzchen. Was dann? Schnell, oder es ist sechs Uhr, und wir haben gar nichts gelesen.«

»*Gullivers Reisen*, Mama?« schlug Lindsey vor.

Edmund hatte nichts einzuwenden, Blanche gefielen die Liliputaner. Laura griff nach dem Buch.

»Ich möchte bloß wissen, warum sie ihn nicht foltern?« sagte Edmund neugierig. »Er war doch festgebunden.«

»Sie waren kein grausames Volk«, erwiderte Laura beunruhigt. »Sie waren nur neugierig, weil sie noch nie einen Riesen gesehen hatten. Sie müssen sich vor ihm gefürchtet haben.«

Die beiden blonden Köpfe, jeder auf einer Schulter, waren ganz still. Edmund, dunkel wie sein Vater, unergründlich, karg, ausgeschlossen aus ihrer Welt, dachte an Menschen, die bis zum Hals in Ameisenhaufen begraben waren, an lidlose Augen, die in der Sonne dörrten. Er liebte Lindsey, denn der Jüngere war von ihm abhängig, und daher mußte er ihn bestrafen. Lindsey lebte in Edmunds Alptraumwelt und klammerte sich an den Tyrannen, der ihn vor allen anderen beschützen könnte.

»Wie glücklich sind wir doch zusammen, hier, in diesem hübschen Zimmer«, sagte Laura und genoß den Augenblick des Glücks. Lindseys graue Augen blickten flehend in Edmunds unergründliche braune. Erweicht durch diesen Tribut an seine Macht, zwinkerte der Ältere beruhigend zurück. Was weiß sie schon vom Leben, dachten sie. Was weiß sie schon von einem Leben, vor dem sie keinen anderen Schild aufrichten kann als weiche Arme und ein zärtliches Herz.

Blanche schloß die Augen, und zwei Finger wanderten zu ihrem Mund.

»Nein, Herzchen«, sagte Laura. »Nanny wird dich schelten.«

13

Es ist bemerkenswert, daß wir, so wie es in der ältesten uns bekannten Familie einen Mörder und einen Vagabunden gab, unweigerlich in allen alten Familien den gleichen Charakterformen in zahllosen Varianten begegnen.
Charles Dickens, Martin Chuzzlewit

Mrs. Hill schrieb den anonymen Brief langsamer ab, nahm die Warnung vor bloßem Klatsch mit Erröten entgegen und versuchte Lintott von Anfang an versöhnlich zu stimmen. Ihre kleinen schwarzen Augen hefteten sich auf die Gardinen, sie sagte ihre Personalien auf.

»Beatrice Hill. Einundfünfzig Jahre kommenden März. Siebzig Pfund pro Jahr als Köchin und Haushälterin und freie Station. Seit fünfzehn Jahren im Haus und nie ein unrechtes Wort. Der Herr hat mir Weihnachten Stoff für ein Kleid gegeben – diesmal einen hübschen blauen. Ich habe den Herrn respektiert, er war gut zu mir. Ja, Mrs. Crozier ist eine freundliche Herrin.«

»Sie hegen also keinen Groll gegen sie?«

»Warum sollte ich?« sagte Mrs. Hill unumwunden. »Wir sind einander nie ins Gehege gekommen. Sie war ein ganz junges Mädchen, als sie hierher kam. Hat keinen Kessel von einer Pfanne unterscheiden können. Nicht daß mir das nicht recht gewesen wäre«, fügte die Köchin aufrichtig hinzu. »Ich bin allein zurechtgekommen – aber ich war immer respektvoll gegen sie. Und nachdem sie gelernt hat, einen Haushalt zu führen, hat sie sich nicht aufs hohe Roß gesetzt. Nein, das muß ich ihr lassen. Immer ein Dankeschön, wenn man etwas außer der Reihe getan hat, und ein Lob. Sehr umgänglich und korrekt.«

»Und Mr. Titus? Ist er im großen und ganzen beliebt?«

Ihr Mund wurde schmal. Sie schwankte zwischen Diskretion und dem ausdruckslosen Blick des Inspektors und entschloß sich zu sprechen.

»Nicht bei mir, jetzt nicht und früher nicht, Sir. Ich bin eine gute Menschenkennerin. Ich darf sagen, daß ich dafür bekannt bin.«

»Das trifft sich gut«, sagte Lintott. »Ich kann Menschen auch ziemlich gut beurteilen. Soll ich Ihnen sagen, was ich von ihm halte, und dann sagen Sie mir Ihre Ansicht? Mr. Titus ist ein liebenswürdiger Herr mit einer Schwäche für die Damen. Freigebig mit Geld, seinem eigenen oder dem der anderen. Höflich, solange er nicht gereizt wird. Ein gewandter Plauderer, versteht mundgerecht zu machen, was er sagt. Die Frauen verwöhnen ihn, und was er bei der einen nicht kriegen kann, kriegt er bei der anderen. Eine blendende Erscheinung, bis man seine Hilfe braucht, dann verwandelt er sich in einen leeren Anzug. Fällt um, wenn jemand sich anlehnen will. Stimmt's, Mrs. Hill?«

Sie nickte mit verkniffenen Lippen.

»Welche Art Mann war Ihr verstorbener Herr?«

»Also, Sir, ich darf wohl sagen, daß ich ihn besser gekannt hab' als die übrigen Dienstboten – obwohl Miß Nagle den Boden angebetet hat, auf dem er ging. Er war ein christlicher Gentleman. Er kann sich jetzt nicht mehr selbst wehren, Gott hab' ihn selig, und ich weiß, daß sie's so hinstellen, als wär' er hartherzig gewesen, aber ich hab' ihn anders kennengelernt.«

Lintott horchte auf, spielte aber weiter mit seinem Bleistift und fragte:

»Wie denn, Mrs. Hill?«

Sie schwieg eine Weile verlegen und antwortete dann: »Ich war krank gewesen, Sir, eine ganze Zeit lang, bevor ich bei ihm angefangen hab'. Ich hab' keine Arbeit gekriegt, und meine letzte Herrin hat mir kein Zeugnis gegeben.«

»Warum denn das? Sie waren damals – wie alt? – vierunddreißig oder fünfunddreißig? Wie lang waren Sie bei *ihr* im Dienst gewesen?«

»Fünf Jahre, Sir. Aber ich hab' plötzlich weggehen müssen, wegen meiner Beschwerden, und das hat sie mir verübelt.«

»Welcher Art waren Ihre Beschwerden, Mrs. Hill?«

Die Köchin sagte diskret: »Ein Frauenleiden, Sir.«

»Sie haben sich Mr. Crozier anvertraut?«

»Ja, Sir. Ich habe seine Annonce gelesen und bin hingegangen. Ich war schon ganz verzweifelt, Sir, und ich hab' ihm offen alles gesagt und ihn gebeten, er soll mir eine Chance geben. Es ist eine ernste Sache, Sir, wenn man kein Zeugnis bekommt. Sie hätten mich gradsogut verhungern lassen können. Und ich hab' schon so genug auszustehen gehabt.«

»Gewiß, Mrs. Hill. Und Ihr verstorbener Herr hat Sie auf Vertrauensbasis eingestellt?«

»Hat er, Sir. Er hat gesagt, wir alle sind auf der Welt, um einander zu helfen, und er gibt mir ein halbes Jahr Probezeit. Wir haben sozusagen gemeinsam angefangen, und ich hab' gedacht, wir würden auch gemeinsam bis ans End gehen – aber es hat nicht sein sollen.«

»Waren Ihr Herr und Ihre Herrin glücklich zusammen, meine Liebe?«

Sie zögerte und sagte dann: »Nein, Sir, waren sie nicht. Vor andern waren sie ganz manierlich, nur – wenn man unterm gleichen Dach lebt, bekommt man mit, was wirklich los ist, ob man will oder nicht.«

»Wollen Sie sagen, daß er sie schlecht behandelt hat?«

»Nun, Sir, ja und nein, sozusagen. Mr. Crozier und ich, wir haben gewußt, wie jeder mit dem andern dran ist. Er sagte zum Beispiel: ›Dies oder jenes paßt mir nicht, Mrs. Hill!‹ Gradheraus. ›Sehr wohl, Sir‹, sage ich, ›es soll nicht wieder vorkommen.‹ Oder, wenn's was war, was er übersehen hat, dann hab' ich sagen können: ›Verzeihung, Sir, aber haben Sie dies oder jenes nicht bemerkt?‹ Und dann sagte er: ›Nein, Mrs. Hill, aber jetzt, wo Sie es sagen, ist die Sache erledigt.‹ Immer offen, Sir. Aber die Herrin – ich mach ihr keinen Vorwurf daraus, sie ist halt so erzogen –, die ist nie mit was direkt rausgerückt. Hat ihn immer eingeseift oder ihm was verschwiegen, und das konnt' er nicht ausstehen.«

»Ah!« sagte Lintott. »Ein Ehrenmann. Wie erklären Sie sich dann, daß er eine Mätresse gehabt hat? Das war nicht sehr christlich, oder?«

»Na ja, Sir, wenn man zu Haus nichts kriegt als die kalte Schulter, dann sucht man sich woanders was. Aber vielleicht war's gar nicht er, vielleicht war's Mr. Titus. Er hat schon in mancher Klemme gesteckt, mit Frauen oder mit Geldgeschichten, und Mr. Crozier hat ihm immer rausgeholfen. Nämlich, ich hab' eine Nichte, die für Mr. Titus arbeitet. Sie geht jeden Tag hin und putzt seine Zimmer. Aber ich hab' sie gewarnt, und sie hält sich ehrbar. Er stellt ihr übrigens auch nicht nach. Sie ist ein braves Mädel, aber sie hat ein Feuermal auf einer ganzen Hälfte im Gesicht. Aber was sie mir über ihn erzählt hat, da würden Ihnen die Haare zu Berg stehen!«

»Glauben Sie, er und Ihre Herrin wären einander allzu nahegekommen?«

»Ehrlich gesagt, nicht. Oh, wir sitzen schon mal abends um den Küchentisch und schwatzen und lachen und so. Aber das, nein. Ich war von Anfang an im Haus, und sie waren immer vergnügt zusammen wie eine Schwester und ihr Lieblingsbruder. Mehr ist bestimmt nicht dahinter, und sie braucht einfach immer wen, der sie bewundert.«

»So was von Kindern wie die zwei hab' ich im ganzen Leben nicht gesehn!« sagte Mrs. Hill in ihren Suppentopf, aber die Bemerkung war nicht unfreundlich.

Dieser neue Haushalt, erst vierzehn Tage alt, lief unter ihrer Führung bereits wie am Schnürchen. Ein neues und ungeschicktes Hausmädchen versprach, eines Tages tüchtig zu sein, mußte aber scharf gedrillt werden. Glücklicherweise war May so still und hübsch, daß sie auch als Hausjungfer agieren konnte. Und wenn Mrs. Hill an May nichts auszusetzen hatte, so war immer noch das neue Küchenmädchen da, dessen Herkunft und Können nahezu alles zu wünschen übrigließen. Und die Herrin des Hauses, achtzehn und schon unpäßlich durch ihre erste Schwangerschaft, war dankbar für alles, was ihr abgenommen wurde.

»Ich trag nur den Speiseplan hinauf, May«, sagte die Köchin, »und frag Mrs. Crozier, ob's ihr so recht ist.«

»Sie sind an einem Zusammensetzspiel, Tantchen.«

»Was war das mit dem Zusammensetzspiel?«

»Mr. Titus hat ein großes altes Zusammensetzspiel in einer von seinen Kisten auf dem Dachboden gefunden, und er hat es über den ganzen Boden im Salon verstreut, und Mrs. Crozier sagt, wie die Stücke zusammengehören.«

»Das muß ich sehen«, sagte Mrs. Hill und ging nach oben. »Sie sollten's besser wegräumen, bevor der Herr heimkommt!«

Laura war wieder in ihrem Element: gehätschelt wegen ihres Zustands und sogar mit einem Spielgefährten bedacht, der ihr die Zeit vertreiben half.

»Ich habe seit Jahren kein Puzzle mehr gemacht«, sagte Titus und suchte nach rechtwinkeligen Stücken.

»Und das hier ist verflixt schwierig, Laura, es hat soviel Himmel.«

»Ist es eine ländliche Szene? Hier ist das Oberteil eines Hirtenstabs.«

»Ungemein ländlich, mit einer Moral in Form des lauernden Wolfs.«

»Ich mag den Wolf nicht, Titus.«

»Wir lassen ihn weg, wenn Sie es befehlen, Madam.«

»Aber dann hat das Puzzle ein Loch.«

»Besser ein unfertiges Bild als eins, das dir nicht gefällt. Ich habe Anweisung, dich zu unterhalten, und alles Unerfreuliche muß von dir ferngehalten werden, Laura.«

Sie dachten beide an das Kind, das sie erwartete, etwas, worüber man keinesfalls sprach.

Sie betrachtete seinen kastanienbraunen Kopf und sein Gesicht, das völlig in das Spiel versunken war, die Eleganz seiner Haltung: ein Dandy, graziös zu ihren Füßen hin gelagert, der ihr Komplimente machte.

»Du bist Theodor in allen Dingen so unähnlich«, bemerkte sie. »Bist du vielleicht nach dem einen Elternteil geraten und er nach dem anderen?«

»Ich bin ein untergeschobenes Kind«, sagte Titus strahlend. »Unsere ganze Familie war und ist rechtschaffen, aufrecht und nüchtern. Ich bin nichts von alledem, Laura. Meine selige Mutter ließ mich Titus Alexander taufen und erwartete unfraglich von mir, daß ich neue Welten erobern würde. Ich schwöre dir, daß ich keine solchen Eroberungen plane. Die alte Welt ist gut genug für mich.«

»Möchtest du in ihr nicht zu Ansehen gelangen, Titus?«

»Nicht besonders. Genau gesagt, überhaupt nicht. Aber

Theodor wird wohl dafür sorgen, daß ich auf irgendeinem Gebiet etwas leiste. Das ist das Mindeste, was ich ihm schulde.«

»Ich glaube, er hat dich lieber als irgend jemanden sonst.«

Du scheinst der einzige Mensch zu sein, den er wirklich gern hat.

»Er hat sein Herz anderweitig verschenkt, und ich tadle ihn nicht darob.«

Ich hätte nicht gedacht, daß er einen so vorzüglichen Geschmack hat.

»Ich fürchte, es ist sehr langweilig für dich, während deiner Ferien zu Hause zu bleiben und mich zu unterhalten. Du solltest nicht meinetwegen auf lustigere Gesellschaft verzichten.«

Verlaß mich nicht, denn du bist das einzige Begreifliche in diesem fremden neuen Leben.

»Ich könnte mir keine reizendere Dame wünschen und keine schönere Beschäftigung, als ihr ein Schäferbild auf dem Boden ihres Boudoirs zu bauen.«

Bei der heutigen Abendgesellschaft werde ich auf jeden Fall weniger amüsante Unterhaltung finden.

»Wenn es mir bessergeht, müssen wir einen musikalischen Abend veranstalten, Titus. Und ich werde mich als gute Schwägerin bemühen, dich mit einem Kreis hübscher junger Damen zu umgeben, die noch frei sind. Ich muß Ehen stiften, nun, da ich verheiratet bin!«

Ich bin nicht eifersüchtig.

»Ich werde tausend wunderschöne Damen ablehnen, denn es wird nicht eine unter ihnen sein, die sich mit dir vergleichen könnte, Laura.«

Ich habe nicht vor, mich an eine zu binden, wenn es ihrer so viele gibt.

»Du bist ein Spötter, Titus. Bitte laß mich bei deinem Puzzle helfen, bitte.«

»Du mußt schön auf deinem Sofa sitzen bleiben, meine liebe Schwägerin, und ich komme ganz vorzüglich allein zurecht.«

»Das stimmt leider nicht. Dieses Stück gehört nicht hierhin, sondern anderswo. Außerdem möchte ich unbedingt die Blumen einsetzen.«

Titus versetzte dem störenden Element einen geschickten Schlag mit der Hand, und es sprang in Lauras Schoß.

»Siehst du?« rief sie entzückt. »Du bist einer so kniffligen Aufgabe nicht gewachsen. Ich verlange, zugezogen zu werden. Bitte hilf mir.«

Behutsam ließ er sie neben sich auf den Boden nieder und beobachtete das Ballett ihrer Finger. Ohne hinzusehen, wußte sie, daß er sie bewunderte, und sie lächelte.

»Ist es nicht nett, daß wir uns so gut verstehen? Unter Verwandten ist das nicht immer der Fall.«

»Du kennst mich noch nicht, Laura. Ich stelle gräßliche Sachen an und ärgere Theodor häufig – trotzdem hilft er mir am Ende immer aus der Klemme. In ein paar Jahren wirst du eine ehrsame Matrone sein und mir dein Haus verbieten!«

Sie lachte und rief: »Ich werde dir niemals böse sein, Titus!«

»Schwöre es mir, Laura. Hier«, und er nestelte eine kleine Goldmünze von seiner Uhrkette, »hier ist dein Pfand. Der Himmel weiß, was dir blüht, wenn du dein Wort brichst! Ich wage es nicht auszudenken!«

»Ich verwahre es in meinem Schmuckkästchen«, sagte Laura beseligt.

»Aber du darfst Theodor nichts davon sagen«, sagte Titus kläglich. »Er wird mich für einen kompletten Narren halten, und das bin ich auch.«

»Wir wollen gemeinsam närrisch sein. Es soll unser Geheimnis sein.«

»Wir sind eine große Familie und halten zusammen«, sagte Mrs. Hill lächelnd. »Ich weiß, wie es ist, wenn man jemand allzugern hat, ohne daß was Verbotenes dabei ist. Mein Neffe George, Sir, wird Trommler. Der Tag, wo ich ihn im Rock der Königin seh, wird der schönste in meinem Leben sein.«

Ihr Gesicht strahlte. Inspektor Lintott betrachtete sie eingehend, aber ohne die scharfe Berechnung, die er bei Miß Nagle an den Tag gelegt hatte.

»Sie machen mir einen Strich durch die Rechnung, meine Liebe«, sagte er scherzend. »Jetzt verstehe ich überhaupt nicht mehr, wer Ihren seligen Herrn um die Ecke gebracht haben könnte oder warum! Sie stellen die ganze Sache so unschuldig und einleuchtend dar. Geben Sie doch zu, daß diese behaglichen Abende am Küchentisch Ihr Urteil getrübt haben! Sie halten eine Menge von Ihrem verstorbenen Herrn und wollen nicht sagen, daß er einer Schlampe ins Garn gegangen ist – und sich das Leben genommen hat, aus Reue zum Beispiel?«

Ihr Ausdruck veränderte sich.

»Mr. Crozier ist nicht von eigener Hand gestorben, Sir. Was *möchten* Sie von mir hören?«

»Ich möchte, daß Sie mir gegenüber so aufrichtig sind wie zu Ihrem Herrn. Sie müssen annehmen, daß irgend *jemand* ihn ermordet hat. Also: wer und warum und wie?«

»Mr. Titus, Sir. Meine Nichte hat mir erzählt, um ein Haar wären ihm die Büttel ins Haus gekommen. Sie warten jetzt ab, ob er Geld aus der Firma nehmen kann. Mr. Titus hat auf Doktor gelernt, wie ich hier angefangen habe, aber sie haben ihn im zweiten Jahr rausgeworfen. Ich weiß nicht, warum, aber ich kann es mir denken, Sir. Er weiß also alles übers Vergiften.«

Sie hatte sich alles zurechtgelegt: Während sie ihren dünnen Pastetenteig auswalkte, ihre opulenten Kuchen rührte, war es ihr im Kopf umgegangen.

»Schließlich hat er die Portweinkaraffe hinaufgetragen und Mr. Crozier ein paar Gläser voll gegeben. Er hat die Pillen in den Portwein getan.«

»Ach, da wären wir also glücklich wieder bei dieser Kleisterkaraffe, wie?« sagte Lintott amüsiert und launig. »Und Sie bezeichnen sich als Menschenkennerin, meine Liebe. Ich wundere mich über Sie! Haben Sie schon mal einen Giftmörder gesehen? Nein, vermutlich nicht. Aber ich. Die arbeiten im dunkeln, sozusagen. Eiskalte Burschen. Verschlagen, berechnend, schlau und imstande, einem seelenruhig ins Gesicht zu lügen. Ist das vielleicht Ihr Mr. Titus?«

»Ja«, rief sie leidenschaftlich, »das ist er, wie er leibt und lebt, Sir!«

»May?« rief Mrs. Hill und murmelte dann: »Zum Kuckuck mit dem Mädel! Nie da, wenn man sie braucht! May!« – und sie ging hinaus in die Spülküche.

Das Mädchen kauerte zusammengekrümmt, Arme um den Leib geschlungen, im kalten Zwielicht des Vorratsraums. Als die Köchin sich unsicher, besorgt näherte, winselte May: »Verzeih mir, Tante, ich kann nichts dafür!«

Bat um Verzeihung für das kleine bißchen Leben, das auf den Steinboden sickerte.

»Allmächtiger!« flüsterte Mrs. Hill. »Allmächtiger, May, warum hast du mir kein Wort gesagt, Mädel? Komm, ich bring dich hinauf in dein Bett.«

»Es ist ganz plötzlich gekommen. Sie hat gesagt, daß es so kommen würde. Sei nicht bös wegen dem Schmutz.«

»May, du bist doch hoffentlich nicht bei einem von diesen Weibern gewesen? Wie hast du überhaupt eine *gefunden?*«

»Mr. Titus hat mich hingeschickt. Er hat gezahlt. Er hat gesagt, ich darf's niemand sagen, und du sagst's auch niemand, bitte?«

Theodors erhabener Majestät ins Auge blicken und Titus' Verführungskünste anklagen? Um was zu hören zu bekommen? Daß May log? Daß das Wort eines Gentleman genügen sollte? Daß sie mitsamt ihrer Nichte für immer das Haus verlassen sollte?

»Ich kann nichts sagen, May, das weißt du. So, ich bringe dich jetzt hinauf. Wo ist Miß Nagle? Sie wird wissen, was zu tun ist. Hat er dir Gewalt angetan?«

»O nein«, flüsterte May und stützte sich schwer auf ihren Arm. »Ich war verliebt in ihn. Er war immer ein so netter Gentleman.«

»Du hast dich ihm hoffentlich nicht an den Hals geworfen?« Aber ihrer Frage fehlte der gewohnte Nachdruck.

Der schwere Kopf wandte sich langsam verneinend von einer Seite zur anderen. Sie stöhnte.

»Oh, Miß Nagle!« rief Mrs. Hill, als die Nanny empört unter der Tür erschien. »Die arme May. Ich weiß, sie hat was Böses getan, aber sie braucht Hilfe.«

Am Ende hatten sie doch Dr. Padgett holen müssen, der ihr nur noch den Weg aus dieser Welt in die andere erleichtern und ein Gebet sprechen konnte, daß Gott dieser Sünderin vergeben möge. May hatte Wort gehalten: Sie hatte sich geweigert, einen Namen zu nennen, und so den Croziers die Peinlichkeit eines Skandals und einer polizeilichen Untersuchung erspart.

Streng und würdig forderte Mrs. Hill, Titus unter vier

Augen zu sprechen. Er leugnete alles ab, wie sie es erwartet hatte. Er hielt den Kopf ein wenig arroganter als sonst, die nußbraunen Augen blickten knapp über sie hinweg, sein Verhalten war zwanglos, aber er war auf der Hut. Als er den Fall erledigt hatte, schickte er sie weg.

»Ich werde ihm nie verzeihen, Sir, nie«, sagte die Köchin. »So was wie den Zustand von der armen May haben Sie im ganzen Leben nicht gesehen. Noch jetzt wird mir ganz schlecht, wenn ich bloß dran denk.«

Lintott sagte schroff: »Ich hab' das alles schon gesehen, Mrs. Hill. Mein Revier war St. Giles.«

»Alles, was Mr. Titus haben will, das kriegt er auch. Mit rechten Mitteln oder mit schlechten. Und er redet sich aus allem raus. Wissen Sie, Sir, er bringt die Leute auf seine Seite. Wie Mrs. Crozier. Sie hat ihn immer gedeckt. Und der Herr hat nie ein Wort gegen ihn gehört, Zahlen und vertuschen, so ist das gegangen, Sir. Fünfzehn Jahre lang.«

»Sie sind eine stattliche Frau, Mrs. Hill«, sagte Lintott, zum Teil, um etwas Freundliches zu sagen. »Haben Sie nie geheiratet?«

Sie erwachte aus dem alten Kummer, glättete ihre Schürze und antwortete: »Ich hab' meinen Weg gehen müssen, Sir, ich war die Älteste. Sie haben meinen Lohn gebraucht.«

»Schade«, sagte Lintott. »Sie hätten eine gute Ehefrau abgegeben und eine gute Mutter.«

14

> *»Wenn er ihren Wert zu schätzen wüßte,*
> *würde er eher seinen Stolz und sein Vermögen*
> *Stück und Stück weggeben und in Lumpen an*
> *anderer Leute Türe betteln – ja, das sag ich*
> *frei und offen! –, als ihr zärtliches Herz in*
> *soviel Kummer stürzen, wie ich es in diesem*
> *Haus habe leiden sehen!«*
>
> Charles Dickens, Dombey and Son

»So, Kate«, sagte Inspektor Lintott, »setzen Sie sich. Für *Sie* interessiere ich mich ganz besonders. Würden Sie das hier wohl für mich abschreiben, mein liebes Kind? Abscheulich, nicht wahr?«

Ihre Stirn runzelte sich vor Ekel, während sie seinem Wunsch gehorchte.

»Sie haben mehr Bildung als die anderen, Kate. Ehrlich gesagt«, und er musterte sie in respektvoller Bewunderung, »Sie sind eine richtige Lady, Kate.«

»Ich hoffe jedenfalls, annähernd«, sagte sie besänftigt.

»Sie nehmen sich ein Beispiel an Ihrer Herrin, während Sie sie bedienen, wie? Eifern ihr nach? Eine sehr hübsche Frau, Mrs. Crozier, nur blasser, als ich's bei einer Dame gern mag. Diese Geschichte wird sie mächtig aufgeregt haben.«

»Nicht nur das, Sir«, vertraute Kate ihm an. Seine väterliche Art und die Freundlichkeit, mit der er über Laura sprach, hatten ihren Argwohn eingeschläfert. »Sie hat es nicht gut gehabt, Sir.«

»Ein harter Mann, Ihr verstorbener Herr. Hart, aber gerecht, soviel ich hörte.«

»Er hatte seine guten Seiten«, gab Kate zu. »Ich konnte mich nicht darüber beklagen, wie er *mich* behandelt hat.«

»Welchen Lohn hat er Ihnen gezahlt, Kate?«

»Fünfundzwanzig Pfund pro Jahr, Sir, und meinen Unterhalt. Sehr anständig. Und natürlich gibt Mrs. Crozier mir ihre Kleider, so daß ich mein Geld nicht für Putz verschwende wie Harriet.«

»Harriet wirft sich gern in Schale, wie?«

»Harriet versteht nichts – nichts von Kleidern, Sir. Sie sollten sie an ihrem freien Tag sehen! Aber alle haben sie gern.«

»Gewiß. Ein braves Ding. Wie alt mögen Sie wohl sein, Kate? Sie sehen nicht älter als zwanzig aus.«

»Ich bin sechsundzwanzig.« Und als er die Brauen hob, fügte sie stolz hinzu: »Und ich habe schon manchen Heiratsantrag bekommen, aber ich möchte mich jetzt noch nicht binden.«

»Wir möchten höher hinaus, wie, mein liebes Kind? Also nach meiner Erfahrung heiraten Kammerzofen meistens einen Butler. Und ich möchte wetten, daß ein solcher Gentleman's Gentleman Sie an manchem lieben Sonntagnachmittag im Park spazierenführt, stimmt's?«

Kate senkte den Kopf und errötete.

»Ihre Herrin wird Sie nicht gern verlieren wollen, Kate. Sie stehen ihr sehr nah, nicht wahr? Wie nah, Kate?«

Sein Ton war härter geworden und ihre Röte tiefer, aber sie hielt seinem Blick entschlossen stand.

»Verzeihung, Sir, mit Verlaub, aber ich habe nichts getan, wofür ich mich schämen müßte. Ich will Ihre Fragen wahrheitsgemäß beantworten, gewiß, aber einschüchtern laß ich mich nicht, Sir. Wenn Sie mir die Bemerkung verzeihen.«

Sein Lächeln kehrte mit seinem ganzen Wohlwollen zurück.

»Sie einschüchtern, Kate? Ich schüchtere nie jemanden ein.« Ein Grübchen erschien in ihrer Wange. »Wen schüchtere ich ein, sagen Sie, Kate?« fragte er heiter.

»Oh, Sie wissen recht gut, was ich meine, Sir. Sie war'n – waren alle zu Tode erschrocken in der Küche. Und das *wollten* Sie so.«

Lintott wies mit dem Finger auf ihr Lächeln.

»Ich sag's ja, Sie sind gewitzt, Kate. Also los, mein Kind, ich weiß, daß ich Ihnen keine Angst einjagen kann. Es ist Ihnen doch bekannt, was sie alle über Ihre Herrin sagen, nicht wahr? Aber wir glauben es nicht, und wir wollen ihr helfen, ja? Ihnen allen das Handwerk legen und dafür sorgen, daß sie ihren Frieden wiederfindet. Nun, mein liebes Kind?«

»Ich hab' sie sich Mr. Titus gegenüber nie anders benehmen shen, als es einer Dame ansteht. Es war er allein. Er hat zuviel für meine Herrin übrig, aber das ist nicht ihre Schuld. Sie wird von den Herren viel bewundert, in allen Ehren. Außer ihm,

Sir. Solche wie ihn hab' ich eine Menge gesehen. Ein Mädchen meines Standes kann mit einem Gentleman dieses Schlags in Schwierigkeiten kommen. Er hütet sich wohlweislich, *mich* in die Backe zu kneifen oder *mir* unters Kinn zu fassen!«

»Ah, dieser Butler ist ein Glückspilz! Sagen Sie, Kate, in welcher Art war Ihr Herr unfreundlich zu Ihrer Herrin? Er hat sie doch bestimmt nicht mißhandelt?«

»Er hätte ihr nie ein Haar gekrümmt, wenn Sie das meinen, Sir. Aber man kann auf mehr als nur eine Art grausam sein, und er kannte alle Arten. Ich habe sie oftmals weinen sehen, ich habe sie miteinander zanken hören – nicht verstanden, was sie sagten, nur die lauten Stimmen. Und in den letzten Monaten, seit dem Sommer, konnte sie nicht schlafen, außer wenn sie eine ihrer Kapseln genommen hat. Und sie war immer ein bißchen leidend gewesen.«

Lintott schwieg, tändelte mit seinem Bleistift, wartete.

»Sie braucht viel Freundlichkeit und Aufmerksamkeit«, sagte Kate, »und er hat sich nie etwas aus ihr gemacht. Nein, Sir, gar nichts. Sie bedeutete ihm nicht mehr als seine Porzellansammlung. Oh, er hatte es gern, wenn er die Leute sagen hörte, wie hübsch sie ist, aber er selbst machte sich nie was aus ihr. In der Nacht nach seinem Tod hat sie geschlafen wie ein Kind.«

»Sogar ohne Schlaftablette?« bemerkte Lintott. »Weil sie doch alle verschwunden waren und sie Angst gehabt hatte, es zu sagen. Und doch hat sie geschlafen wie ein Kind – nach all der Aufregung?«

Kate war erschrocken, aber er schien es nicht zu bemerken.

»Warum haben Sie dieses Päckchen Briefe Ihrer Herrin gebracht, Kate? Anstatt direkt Ihrem Herrn, wie Ihnen gesagt worden war? Sagen Sie mir nicht, daß er gerade ruhte. Das ist alles Humbug, mein Kind.«

»Ich wußte, was diese Frau war, Sir. Eine gewöhnliche Straßendirne, so wie sie aufgetakelt war. Es war nur recht und billig, daß meine Herrin erfuhr, was vorging.«

»Eine solche Antwort würde ich von Harriet erwarten, aber nicht von Ihnen. Harriet würde meinen, daß Mrs. Crozier wissen sollte, was vorging. Ich hätte eher gesagt, daß Sie alles tun würden, um Mrs. Crozier Kummer zu ersparen und die

Sache von ihr fernzuhalten. Was haben Sie sich davon versprochen?«

Kate wiederholte trotzig: »Sie hatte ein *Recht* darauf, Bescheid zu wissen, Sir. Warum sollte er immer und mit allem durchkommen?«

»Aber er kam damit durch – bis zu einem gewissen Punkt –, nicht wahr? Und würde es auch in Zukunft, solange Mrs. Crozier ein Dach über dem Kopf und etwas Hübsches zum Anziehen brauchte. Also, ganz gleich, was Sie oder Ihre Herrin von ihm hielten, er würde immer mit allem durchkommen. Oder?«

»Ja, Sir.« Sehr leise.

»Wissen Sie, was *ich* mich gefragt habe, Kate? Ich habe mich gefragt, ob Sie es ihr nicht aus irregeleitetem Taktgefühl beibrachten.«

»Ich verstehe nicht recht, Sir.«

»Glaubten Sie nicht, Ihre Herrin sei in Mr. Titus verliebt und habe sich vielleicht der Untreue gegen ihren Gatten schuldig gemacht? Vermuteten Sie nicht, daß Mrs. Crozier sich mit Gewissensbissen quälte? Fanden Sie nicht, was dem Gockel recht ist, sollte der Henne billig sein? Entschuldigen Sie das unpassende Bild, mein Kind, aber ich komme in meinem Beruf mit einer sehr niedrigen Menschenklasse in Berührung! Und glaubten Sie nicht, wenn Sie ihr diese sehr zutreffende Beschreibung einer Schlampe lieferten und dazu das Päckchen, das sich wie Briefe anfühlte, vielleicht Liebesbriefe, daß sie dann ein weniger schlechtes Gewissen haben würde?« Betroffen hielt Kate ihm Widerpart:

»Es war nichts zwischen ihnen als verwandtschaftliche Zuneigung. Und kein Polizist im ganzen Land wird mich dazu bringen, daß ich vorm Gericht was anderes aussage!«

Im Eifer des Gefechts hatte sie vorübergehend ihre Vornehmheit vergessen. Hilflos saß sie nun da und bemühte sich, die Reste ihrer Damenhaftigkeit zusammenzuraffen. »Ich weiß, daß Sie niemals so etwas *sagen* würden, Kate. Ich wollte nur feststellen, ob Sie es *dachten*. Und das habe ich festgestellt, Kate.«

Sie blieb stumm.

»Sie sind ein braves Mädchen, Kate, und ein kluges Mädchen«, sagte Lintott freundlich, »aber Sie müßten schon eine ganze Weile früher aufstehen, wenn Sie *mich* ausstechen wollten, mein Kind. Nachdem diese Frage nun erledigt ist, können wir uns weiteren und wichtigeren zuwenden. Ich glaube, Sie haben sich als einzige vom ganzen Personal damit zufriedengegeben, daß Mr. Crozier Selbstmord begangen haben sollte. Taten Sie es, weil Sie darin den besten Ausweg für Ihre Herrin sahen, oder hatten Sie einen *guten* Grund dafür? Die Wahrheit, wenn ich bitten darf!«

Sie hatte sich wieder gefaßt und begegnete der Herausforderung mit einigem Mut.

»Nein, Sir. Ich dachte zuerst, er hätte einen Schlaganfall gehabt, wie der Arzt sagte. Wie – als es sich dann herausgestellt hat, war ich auch nicht überrascht. Mr. Crozier war ein grüblerischer Gentleman. Sehr in sich gekehrt.«

»Sie glauben demnach nicht, daß Mr. Titus ihn vergiftet haben könnte?«

Sie sagte geringschätzig: »Dazu ist er nicht schlau genug, Sir.«

»Na, na. Auch nicht mit einer Karaffe voll Portwein, in die er die Tabletten geschüttet haben könnte?«

»Ach, das, Sir! Dummes Geschwätz, was die von sich geben! Mr. Titus wollte ihn nur ein bißchen zur Ruhe bringen, weil es Krach gegeben hatte. Wie sollte jemand eine solche Menge Tabletten zerbröckeln, ohne daß man es merkt? Schließlich waren es fast zwanzig.«

»Jemand meinte, man könnte sie als Medizin verabreicht haben.«

»Ein ganzes Fläschchen voll, Sir? Dieser jemand muß von Sinnen sein!«

»Ich will Ihnen sagen, was ich mir ausgedacht habe«, sagte Lintott beiläufig. »Irgend jemand könnte mit Hilfe dieses Fläschchens Ihre Herrin anschwärzen wollen. Nichts einfacher, als einen Mann drei Gran Morphium schlucken zu lassen, und den Inhalt eines Pillenfläschchens wegzuwerfen, damit es aussieht, als wären die *Pillen* die Todesursache gewesen!«

Sie war erschreckt und sah ihn fragend an.

»Nur eine Theorie, liebes Kind«, sagte Lintott gemütlich. »Ich habe eine ziemlich üble Fantasie entwickelt in den vielen Jahren, die ich mit dem unerfreulichen Teil der Menschheit umgehe.«

Er sah, daß er sie verwirrt, aber nicht erschüttert hatte. »Warum sollte er Selbstmord begangen haben, mein Kind?« fragte Lintott.

»Laura! Laura! Du hast hoffentlich diese Nummer der *Pall Mall Gazette* noch nicht gelesen?«

»Ich hatte noch keine Zeit, Theodor. Ich war zum Tee aus.«

»Dann nimm zur Kenntnis, daß ich mit diesem Blatt tue, was ihm zukommt!« Und er riß es mehrmals durch und warf es ins Kaminfeuer des Salons.

»Aber was hat Mr. Stead dir angetan?« fragte sie, denn die Zeitschrift war für sie zu einem Boten aus der Außenwelt geworden, und sie las sie gern.

»Er holt sich seine Informationen aus der Gosse, um dieses Schundblatt verkaufen zu können. Ich lasse mir mein Haus nicht beschmutzen, nicht schon durch den bloßen Anblick von dergleichen besudeln. Wenn ich in den Niederungen menschlicher Verkommenheit waten wollte, würde ich die Polizeiberichte lesen. Ich hielt Mr. Stead für einen einigermaßen anständigen Mann, obwohl ich seine Ansichten nicht immer teile. Schließlich muß man sich einen aufgeschlossenen Sinn bewahren. Jetzt erkenne ich ihn als einen Schurken, der sein Geburtsrecht für ein Linsengericht verkaufen würde.«

Kate, die ihr abendliches Tablett mit Wein und Likör richtete, hielt sich mäuschenstill im Hintergrund.

»Aber, Mr. Crozier«, sagte Laura ruhig und zollte mit dieser Anrede seinem majestätischen Gehabe den gebührenden Respekt, »wenn das, was Mr. Stead entdeckt hat, die Wahrheit ist, dann sollten wir ihm doch Gehör schenken?«

»Ich beobachtete seit langem an Ihnen eine Neigung zu Romantik und Laschheit, Madam. Es gibt Recht, und es gibt Unrecht. Man strebt nach dem einen und verwirft und verabscheut das andere.«

»Sind wir Menschen so vollkommen, Mr. Crozier? Sie selbst beteiligen sich an manchem wohltätigen Werk, geben Geld – was Ihnen zur Ehre gereicht – für diejenigen, die auf irgendeine Art vom rechten Weg abgekommen sind.«

»Aber ich mische mich nicht unter sie, Madam. Ich würde Sie lieber tot zu meinen Füßen sehen, als der Ehre beraubt.

Lieber sollten meine Söhne in der Blüte ihrer Jugend dahingerafft werden, als die Niederungen dieser schlechten Welt kennenlernen. Ich halte die Heiligkeit des häuslichen Herds aufrecht, der Frauenehre und der kindlichen Unschuld. Und ich sage Ihnen, Madam, wenn deine rechte Hand dir Schande macht, dann hau sie ab! Kate! Was machen Sie hier?«

»Ihr Glas Madeira, Sir«, und sie zog sich so geräuschlos zurück, wie sie gekommen war.

»Sie wollen sagen, Ihr Herr sei ein Heuchler gewesen, mein Kind?«

»O nein, Sir. Er hat jedes Wort ernst gemeint. Man wußte immer sofort, wenn Mr. Crozier sein Steckenpferd ritt. Er wurde ganz leidenschaftlich und vergaß sein Herzgeräusch. Wenn er nur über die Herrin ärgerlich war, schrie und tobte er, und dann griff er an sein Herz und mußte sich legen. Und wir alle mußten dann um ihn herumtanzen. Ich würde sagen, das hat er wirklich ernst gemeint. Aber wir sind alle nur Menschen. Er hat sich sehr kurz gehalten. Das ist die Sorte, die am tiefsten fällt und am meisten drunter leidet.«

»Sie sind eine gute Beobachterin«, sagte Lintott und musterte sie.

»Er blieb nachts lang weg, Sir, seit ich mich erinnern kann, und ich bin bei Mrs. Crozier, seit Miß Blanche zur Welt kam. Mrs. Crozier schien es nicht zu mißbilligen oder zu bemerken, bis neulich, und dann fing sie an, sich Kummer zu machen. Aber ich habe im letzten Jahr eine Veränderung an ihm bemerkt. Ein paarmal hat er seinen Schlüssel vergessen, und ich bin hinunter, um ihn einzulassen. Ich habe einen leichten Schlaf, Sir, außer wenn ich krank bin.«

Das dunkle brütende Gesicht auf der Schwelle, die Entschuldigung, die bloße Formsache und Manierlichkeit war. Der schwere Körper, der sich aus dem Havelock wand und hinaufging.

»Früher, wenn er lang aus war, ist er immer stracks in den Salon marschiert und hat sich ein Glas Schnaps eingegossen. Er wollte keine Bedienung – sagte nur immer: ›Ich brauche Sie nicht mehr, Kate!‹ –, aber am nächsten Morgen sah ich, wieviel er getrunken hatte. Man merkte es ihm nie an. Er

konnte trinken wie ein Gentleman, und er hat stramm ge-
soffen, als wollte er etwas in sich ersäufen.«

Wiederum ließ ihre Vornehmheit sie im Stich, als die
Erinnerung sie hinriß, und Lintott lächelte leicht und
lauschte aufmerksam.

»Und was ist letztes Jahr passiert, Kate, mein Kind?«

»Er hat sich verändert, Sir. Oh, er trug noch immer die
Sünden der ganzen Welt auf seinen Schultern, wie meine
arme Mutter gesagt hätte, aber er war anders geworden. Hat
in sich hineingegrinst. Es muß von dieser Frau gekommen
sein. Obwohl ich nie verstehen werde, was er an ihr gesehen hat! Aber es muß ihn gepackt haben, das war klar. So
was sieht man, Sir. Er schien zugleich bedrückt und in den
Wolken. Verstehn Sie, Sir«, rief Kate, die endlich eine Seele
gefunden hatte, der sie sich eröffnen konnte, »sie tuscheln
alle hinter vorgehaltener Hand und sagen, er hat ein lockeres Frauenzimmer gehabt, aber was tut das, was sie wirklich
war, wenn er sie anders gesehen hat?«

»Ich versteh Sie, Kate. Sie wollen sagen, er war in sie
verliebt?«

»Ja, Sir, und dazu die Influenza und die ständigen Beschwerden – ganz egal, was Dr. Padgett auch sagen mochte,
Mr. Crozier hielt sich für einen kranken Mann. Gentleman,
will ich sagen«, fügte sie hinzu, als habe sie sich an seinen
Status und an den ihren erinnert. »Also angenommen, er
hat sich wirklich was aus dieser – Frau – gemacht, und sie
hat von ihm alles gekriegt, was sie wollte, und dann geht sie
her und erpreßt ihn? Und dabei ist er ohnehin ein religiöser
Mensch, der weiß, daß er unrecht getan hat. Reicht das nicht
aus, Sir, um ihn zum Äußersten zu treiben? Außerdem...«

Aber sie war abgekämpft und bedauerte bereits, daß sie
soviel gesagt hatte.

»Was außerdem, Kate, mein Kind? Sie haben mir bereits
einen solchen Schatz von Informationen geliefert, daß es auf
ein paar Münzen mehr oder weniger nicht mehr ankommt.«

»Was Sie gesagt haben, daß jemand versucht, Mrs. Crozier anzuschwärzen. Daß jemand ihre Pillen weggeworfen
und ihm Morphium gegeben hat, damit es so aussieht, als
hätte sie es getan. Gott verzeih mir, daß ich so was über
einen Toten sage«, rief Kate, von einem Einfall überrascht,

»aber er hat Mrs. Crozier weidlich gehaßt. Er kann sich gedacht haben, daß für ihn doch alles aus ist, und hat dafür gesorgt, daß sie auch keine Freude mehr am Leben haben soll!«

15

Dilettanten auf allen Gebieten, Könner auf keinem.

Charles Dickens, Sketches by Boz

Lintott verschwendete kein Raffinement an Harriet, die nur darauf bedacht war, es ihm recht zu machen, ohne sich bloßzustellen. Zwanzig Jahre alt, bei den Croziers bedienstet, seit sie vierzehn war, Lohn zwanzig Pfund, kein Talent zum Kochen und zu ungeschickt, um ihrer Herrin aufzuwarten oder bei Tisch zu bedienen.

»Möchten Sie denn gern Köchin werden, Harriet?« fragte Lintott freundlich.

»Eigentlich nicht, Sir. Aber ich möchte gern das tun, was Kate Kipping tut.«

»Und was tut Kate Kipping? Ich verstehe überhaupt nichts von solchen Sachen, liebes Kind.«

»Nämlich, Sir«, Harriets sanfte braune Augen richteten sich auf einen fernen und zauberhaften Ausblick, »sie tut keine grobe Arbeit, wegen ihrer Hände. Die müssen zart bleiben zum Nähen und wenn sie Mrs. Crozier die Haare bürstet und so. Und sie hat eine schönere Schürze als ich, mit Rüschen dran, und ein Häubchen und das Kleid aus besserem Stoff. Und sie macht die Haustür auf und spricht ganz leise, und Mrs. Crozier unterhält sich mit ihr – und das möchte ich auch, Sir.«

»Natürlich möchten Sie das, liebes Kind. Sie würden es auch sehr gut machen, nach einiger Zeit.«

Sie wurde rosig vor Freude, und dann erblaßte sie bei der Erinnerung.

»Ich hab' mich furchtbar dumm angestellt an dem Abend, wo Kate die Influenza gehabt hat, und ich glaub, ich war schuld dran, daß der Herr einen solchen Koller gekriegt hat. Vielleicht«, sagte Harriet, und ihre Augen wurden kugelrund, »war ich überhaupt an allem schuld!«

Lintott machte ts, ts, ts und schüttelte lächelnd den Kopf.

»Die Köchin hat mich ordentlich runtergeputzt«, sagte Harriet bedrückt. »Ich hab' die Terrine auf den Teppich fallen lassen und seinen Pudding auf den Teller geklatscht.«

Lintott grunzte belustigt. Sie warf ihm einen schüchternen Blick zu und lächelte.

»Und jetzt müssen Sie mir helfen, Harriet«, sagte Lintott gemütlich. »Ich weiß, Sie sind ein fixes Mädchen und haben Augen im Kopf.« Harriet konzentrierte sich in ehrlichem Bemühen, alle Erwartungen zu erfüllen, die er in eine Zeugin setzte. »Sie haben also beim Servieren ein paar Schnitzer gemacht – das gehört nicht zur Sache und ist nicht schlimm –, aber können Sie mir schildern, wie jeder von ihnen reagierte? Ich möchte den Abend vor mir sehen wie ein Bild. Erzählen Sie einfach. Ich komm schon mit.«

Und er kam mit durch das Labyrinth eines ungeschulten Verstands, der die Kleinigkeiten herausstrich und die große Linie verwischte; hielt den Faden fest, während Harriet abschweifte und sich wiederholte und erste Eindrücke berichtigte. Er sah Theodor: grausam wie eine Katze, unvernünftig, tyrannisch. Er sah Laura: niedergeschlagen, verzweifelt und von unterdrücktem Zorn erfüllt. Er sah Titus: so sehr provoziert, daß er sich schließlich zu einer Art echter Ritterlichkeit aufschwang. Er trank die Portweinkaraffe bis zur bitteren Neige.

»Diese Karaffe ist mir richtig ans Herz gewachsen«, sagte Lintott milde. »Ein Prachtstück! Wenn nur jemand auf die Idee gekommen wäre, sie zu verwahren, dann wäre mir wohler. Warum ging Mrs. Crozier eigentlich nicht zu Bett, nachdem ihr Gatte eingeschlafen war? Und wie lang ist sie noch aufgeblieben, oder wissen Sie das nicht?«

Aufgeregt rief Harriet: »Bis Mitternacht, Sir, oder sogar darüber. Sie ist zum Dachboden raufgekommen und hat mich geweckt, ich sollte ihr...«

»Als Zofe dienen?« half Lintott ihr ritterlich, denn über Harriets Gesicht stand deutlich das Wort ›Korsett‹ geschrieben.

»Ja, Sir. Danke, Sir. Und ich hab' die Uhr zwölf schlagen hören, wie ich wieder in mein Bett bin.«

»Und was glauben Sie, mein Kind, warum Mrs. Crozier so lang aufgeblieben ist?«

»Sie wollte noch ein bißchen ihren Frieden haben, wie Mrs. Hill sagt. Sie war allein, und es hat einen so furchtbaren Umtrieb gegeben.«

»Ich muß sagen, mir wird von allen Seiten meine Arbeit abgenommen«, sagte Lintott vergnügt und wußte, daß er nichts weiter aus ihr herausbringen würde. »Und was ist Ihre Meinung über diese traurige Geschichte, Harriet? Helfen Sie mir ein bißchen drauf, ja?«

»Also, Sir, für mich hat's dieses Frauenzimmer getan. Mr. Titus und die Herrin sind zu sehr Lady und Gentleman für so was. Außerdem«, und sie beugte sich vor, »die zwei haben bloß Augen füreinander. Es ist eine große Leidenschaft, Sir, wie im Roman.«

»Ein ganz neuer Gedankengang«, schnurrte Lintott. »Wie meinen Sie, hat das Frauenzimmer es angestellt, Harriet? Um Mitternacht ins Haus geschlichen, eine Handvoll Pillen in den Portwein gekrümelt, falls es Mr. Crozier irgendwann nach einem Glas gelüsten sollte, und dann gewartet, was passiert?«

»Sie hat die *Briefe* vergiftet, Sir. In *Die Herzogin von Tramura*, Sir, hat die Herzogin sich von einem italienischen Giftmischer einen Brief vergiften lassen und an den Herzog geschrieben. Und er krümmt sich auf dem Boden, Sir, zerreißt sein Hemd und schreit: ›Mein Gott! Mein Gott! Ich bin dahin!‹«

Lintott tat sein Bestes, einen Zipfel dieses wilden Gespinsts zu entdecken, an dem er einhaken könnte, aber es gelang ihm nicht.

»Es hat keinen Zweck, wenn ich Sie frage, *warum* sie das getan hat, Harriet?«

»Weil ALLES AUS war, Sir, verstehn Sie das nicht?«

»Ich bin im Moment ein bißchen durcheinander, mein Kind, aber ich bemüh mich. Während ich mir's durch den Kopf gehen lasse, gehn Sie lieber wieder hinunter in die Küche, ja?«

»Ja, Sir. Vielen Dank.« Sie zögerte, offensichtlich in schweren Zweifeln und Bedenken. »Ich glaube, da ist noch etwas, was ich Ihnen sagen sollte, Sir – bloß, Mrs. Crozier könnte sich aufregen, wenn sie's erfährt. *Und* Mrs. Hill.«

»Sie können sich auf mich verlassen, Harriet, Ehrenwort! Pack aus, Mädchen!«

»An dem Abend, wo ich serviert hab'«, sagte die arme Harriet, »hab' ich den Hammelrücken auf die Küchentreppe fallen lassen.«

»Ja, und, Harriet?«

»Das ist alles, Sir. Ich hab' gedacht, wo Sie ein Inspektor sind, könnten Sie's rauskriegen und der Herrin sagen. Drum sag ich's Ihnen lieber gleich, damit Sie's nicht tun.« Lintotts Gesicht war eine Allegorie der Verblüffung. Schließlich erholte er sich so weit, daß er eine letzte Frage stellen konnte.

»Was haben Sie getan, nachdem Sie den Braten fallen ließen, Harriet?«

»An meiner Schürze abgewischt, Sir, und reingetragen. Aber bitte nichts sagen, Sir.«

Lintott blickte streng auf die Schreibtischplatte.

»War gut, daß Sie's mir gebeichtet haben, Harriet«, sagte er nach einer Weile. »Recht so. Wir reden nicht mehr darüber. Und jetzt ab mit Ihnen, mein Kind.«

Sie knickste erleichtert und entzückt. Lintott blieb noch eine volle Minute sitzen und starrte die Tür an, die sie hinter sich geschlossen hatte. Dann schüttelte er den Kopf und lachte lauthals.

»Die dümmste aus dem Haufen!« sagte er zu sich selbst und pfiff den Hund zurück, der einer falschen Fährte gefolgt war. »Die dümmste aus dem ganzen Haufen, John Joseph – und du hast ihr jedes Wort vom Mund abgelesen! Gott soll mich strafen, aber einen Moment hab' ich wirklich geglaubt, es steckt was dahinter!« Er lachte wieder, diesmal sogar noch herzlicher, und wischte sich die Augen mit einem farbigen Taschentuch, das er danach wieder in die Rocktasche schob. »Du hast schon so viele Ratten gerochen«, hielt er sich vor, »daß du sie auch riechst, wenn's nur eine Maus ist, die den Hammelbraten auf der Küchentreppe fallen läßt!«

»Und zu wem halten Sie, Mr. Hann?« fragte Lintott barsch.

»Ich versteh Sie nicht recht, Sir.«

»Zu Ihrem Herrn, vermutlich, weil er gut zu Ihnen war. Wir gehen jetzt nur rasch Ihre Personalien durch, danach können wir zur Sache kommen. Sie sind Henry Hann. Sechzig Jahre alt. Lohn zwanzig Shilling pro Woche und Verpflegung und eine Kammer über den Stallungen. Schauen gern ins Glas. Na, das tun wir alle, wie? Der verstorbene Mr. Crozier hat Sie aufgenommen, weil Sie keine Stellung bekommen konnten. Hat zur Bedingung gemacht, daß Sie nicht trinken, bevor Sie die Familie ausfahren, hat aber keine Notiz genommen, wenn Sie in Ihrer freien Zeit getrunken haben. Stimmt das?«

Der stämmige Kutscher nickte, sein Gesicht war scharlachrot, wobei die Röte mehr dem Alkohol als der Verwirrung zuzuschreiben war.

»Sie hielten viel von Ihrem verstorbenen Herrn, und das zu Recht, Mr. Hann. Was halten Sie von Ihrer Herrin?«

»Eine liebenswürdige Dame, Sir.«

»Sie hat ihre Feinde, sogar in ihrem eigenen Haushalt, Mr. Hann.«

»Nicht mich, Sir.«

»Und trotzdem erzählen Sie schmutzige Geschichten über sie ohne jede Begründung?«

»Hat Ihnen das Miß Nagle gesagt, Sir?«

»Niemand in diesem Haus hat es mir gesagt, Mr. Hann. So weit hat sich die Geschichte schon herumgesprochen. Ich könnte alles, was ich heute nachmittag gehört habe, verdoppeln und verdreifachen – allein mit dem, was ich von außerhalb weiß! Zungen – und Federn, jawohl! – sind in der ganzen Nachbarschaft fleißig am Werk!«

Der Kutscher rieb sich die Hände an den Knien.

»Es ist dieser Mr. Titus, Sir. Der ist ein richtig übler Kunde. Er erzählt Geschichten über mich, damit die Leute lachen. Das ist Verleumdung, Sir, oder?«

»Nicht, wenn die Geschichten wahr sind, Mr. Hann.«

Henry wühlte im wirren Inhalt seines Schädels und fand keine Antwort.

»Sie ruinieren also ohne weiteres den guten Ruf einer liebenswürdigen Herrin, bloß um einen Batzen Dreck nach Mr. Titus zu werfen?«

»Von der Seite hab' ich's noch nie angesehen, Sir.«

»Dann tun Sie's jetzt, Mr. Hann. Und in Zukunft, bitte. Würden Sie das hier für mich abschreiben?«

Der Kutscher saß verdutzt da und drehte das Blatt Papier um und um.

»Ich bin nicht in die Schule gegangen, Sir. Ich kann weder lesen noch schreiben.«

»Dann geben Sie's wieder her. Also, wie reimen Sie sich diese Sache zusammen? Lassen Sie mich mal raten! Mr. Titus hat seinen Bruder mit den Schlaftabletten seiner Schwägerin vergiftet. Er hat die Tabletten in die Karaffe mit Portwein gekrümelt, damit er seine Schulden zahlen kann. Die Tatsache, daß der verstorbene Mr. Crozier sich eine Mätresse hielt, die ihn mit seinen Liebesbriefen erpreßt hat, spielt keine Rolle. Stimmt's?«

»Sir«, sagte Henry langsam, aber nicht ohne Würde, »es war nicht die Flamme von unserem Herrn. Sie war die von Mr. Titus.«

»Jetzt schlägt's dreizehn«, sagte Lintott leise. »Sei nicht schlauer, als dir guttut, John Joseph. Wenn du noch schärfer denkst, schneidest du dich in den eigenen Verstand. Erzählen Sie mir, was Sie wissen, Mr. Hann, wenn ich bitten darf.«

»Also, das war so, Sir. Wie mein Herr nach der Influenza wieder hat aufstehen können, war er noch ein oder zwei Wochen danach recht klapprig, und anstatt daß er in die City geritten ist, hab' ich ihn im Wagen gefahren. Ich hab' nie was von dieser Frau mit den Briefen erfahren gehabt, Sir, weil Kate so dichthält und nie was sagt. Keiner von uns hat was davon gewußt bis zur Verhandlung. Wie also damals die Frau dem Wagen nachgelaufen ist, da hab' ich nicht gewußt, daß es die ist.«

»Wann war das, Mr. Hann?«

»Ein, zwei Tage nachdem er wieder zu arbeiten angefangen hat. Sie ist hingelaufen, und der Herr war ganz baff. Sie hat irgendwas gesagt, wie ›Ich hab' lang genug gewartet!‹ Und er hat mir zugerufen, ich soll anhalten, sehr scharf, und hat die Hand gehoben, daß sie 's Maul halten soll – entschuldigen Sie den Ausdruck, Sir. Dann haben sie miteinander geflüstert, und dann ist sie weggegangen, und er hat gesagt, ich soll weiterfahren.«

»Woher wissen Sie, daß die Frau eine von Mr. Titus' Flammen war?«

»Weil er zu mir gesagt hat, wie wir weitergefahren sind, hat Mr. Crozier gesagt: ›Eines Tages wird's mein Bruder zu bunt treiben!‹ Dann hat er das Kinn in die Hand gestützt, so, und kein Wort mehr gesprochen, bis wir bei der Firma waren.«

Lintott klopfte nachdenklich mit dem Bleistift auf den Schreibtisch.

»Wie erklären Sie sich, daß Mr. Titus sie für die Mätresse seines Bruders ausgab, Mr. Hann? Oder glauben Sie das nicht?«

»Es könnte gelogen sein, Sir. Mr. Titus kennt keinen Unterschied zwischen wahr und falsch. Er nimmt das, was ihm grad zupaß kommt. Aber es hätte sogar sein können, Sir, daß Mr. Crozier versucht hat, Mr. Titus vor was Schlimmem zu beschützen und ihm irgendwas anderes erzählt hat.«

»Weit hergeholt«, sagte Lintott, »weit hergeholt. Aber natürlich zu überlegen. Die Wahrheit ist eine komische Sache und kann ganz unerwartete Haken schlagen. Das wäre also alles gewesen?«

»Das ist alles, was ich weiß, Sir. Aber da ist noch was. Mrs. Hill hat viel Familiensinn. Harriet ist die Tochter von einer Base, und die Nichte von Mrs. Hill putzt bei Mr. Titus. Drum kriegen wir beide Seiten zu sehen, weil sie einander immer an ihrem freien Tag besuchen.«

»Ihr seid eine reizende Gesellschaft!« sagte Lintott bewundernd. »Und was weiß die Nichte von Mrs. Hill zu berichten?«

»Mr. Titus hat was gehabt mit einer jungen Person vom Theater, was sich genau anhört wie die betreffende Frau. Zählen Sie zwei und zwei zusammen, Sir, was kommt dann raus?«

Es war klar, daß bei Mr. Hann überhaupt nichts rauskommen würde, also half Lintott nach.

»Ich persönlich würde sagen, vier. Aber nachdem ich alle hier im Haus kennengelernt habe, könnte es geradesogut neunundneunzig sein. Vielen Dank, Mr. Hann. Ist in der Küche noch jemand, den ich nicht gesehen habe?«

»Nur Annie Cox, das Küchenmädchen, Sir. Sie kann Ihnen nichts erzählen.«

»Das lassen Sie nur meine Sorge sein. Jetzt gehen Sie und

schicken Sie mir Annie – und behalten Sie Ihre Überlegungen für sich, Mr. Hann.«

»Annie Cox, Sir. Ich glaube, daß ich dreizehn bin, aber genau weiß ich's nicht. Wir sind eine ganze Menge zu Haus, und meine Mam kann sich nicht erinnern. Lohn ist zehn Pfund im Jahr und Station.«

»Und was machst du mit so viel Geld, Annie?« fragte Lintott, ließ die Münzen in seiner Tasche klimpern und lächelte.

»Ich will's an meinem freien Tag heimbringen, Sir, und meiner Mam geben – weil sonst nimmt's mein Dad zum Trinken.«

»Ich stell mir nicht vor, Annie, daß du lesen oder schreiben kannst, wie?«

»Nein, Sir.«

»Macht nichts, Annie. Ist kein Beinbruch. Sind sie nett zu dir in der Küche?«

»Schon, Sir. Mrs. Hill, die schimpft mich oft aus. Aber dann gibt sie mir ein Stück Kuchen, Sir.«

»Ah! Für so einen Kuchen kann man sich schon mal auszanken lassen, was, Annie?«

»Mein schon, Sir. Ja.«

»Und Mrs. Crozier, ist sie nett zu dir?«

»Ich darf nicht hinein, Sir, wenn die Herrschaft daheim ist, außer zum Beten.«

»Aha. Also, Annie, sei folgsam und tu, was Mrs. Hill sagt, und bete schön jeden Abend und jeden Morgen. Dann würde ich mich nicht wundern, wenn du in ein paar Jahren Hausmädchen wirst. Das möchtest du doch gern, wie? Aber ja, natürlich. Da, Annie, hast du einen Nickel. Und, Moment noch, Annie. Kriegst noch was Süßes. Ab mit dir, und sei ein braves Mädel, ja?«

16

> *Lord Illingworth: »Das Buch des Lebens be-*
> *ginnt mit einem Mann und einer Frau in einem*
> *Garten.« Mrs. Allonby: »Und endet mit einer*
> *Offenbarung.«*
> Oscar Wilde, Eine Frau ohne Bedeutung

»Und jetzt woll'n wir sie uns nochmals ansehn«, sagte Lintott zu sich selbst und ging wieder hinunter in eine sehr stille Küche, wo ausschließlich die Vorbereitungen für das Abendessen im Gang waren.

»Ich möchte nur kurz noch mit Mrs. Crozier sprechen, ehe ich gehe. Wenn sie nichts dagegen hat.«

Sie schickten schleunigst hinauf zu Kate, die ihre abendlichen Pflichten erfüllte. Inzwischen installierten sie ihn an einer Tischecke und hüteten ängstlich ihre Zungen. Amüsiert und wachsam saß er da, bis er in den Salon gerufen wurde.

Laura hatte sich ihr Verhalten ihm gegenüber zurechtgelegt: höflich, distanziert, ohne einen Versuch, ihn zu bezirzen.

Besser so, dachte Lintott. Jetzt kommen wir vielleicht ein Stück weiter.

»Ich weiß, wie Klatsch entsteht, Ma'am«, sagte er heiter.

»Der Neid ist die Wurzel von allem. Hier ein Kompliment, dort ein Lächeln, und schon wird eine regelrechte Liebesgeschichte daraus gemacht – wenn Sie verzeihen, daß ich das erwähne.«

»Viel Gerede und kein Beweis, Ma'am. Sie können also in dieser Hinsicht beruhigt sein. Natürlich, da Mr. Titus Crozier ein Damenfreund ist und Sie ihm sehr nahestehen, schwatzen die Leute eben. Sie stehen dem Gentleman doch sehr nah, nicht wahr?«

Ein Erbeben des schwarzgefiederten Fächers verriet sie, aber ihre Stimme war beherrscht.

»Wir sind etwa gleichaltrig, Inspektor, und kennen uns seit vielen Jahren. Wäre ich mit einem gleichgesinnten Bruder aufgewachsen, dann hätten wir einander ebenso nahegestanden. Und dann hätte es keinen Klatsch gegeben«, fügte sie bitter hinzu.

»Jedenfalls sah Ihr verstorbener Gatte nichts Unrechtes in

Ihrer gegenseitigen Zuneigung, Ma'am.« Diese Feststellung beschwichtigte sie, und er sprach im Plauderton. »Waren Sie glücklich in Ihrer Ehe, Ma'am?«

Sie öffnete den Mund, zögerte und warf ihm einen raschen Blick zu. Ungerührt hob Lintott die Brauen, um sie zur Wahrheit zu ermutigen.

»Nicht besonders«, erwiderte sie, und da er weder überrascht noch schockiert schien, »nein, Inspektor.«

»Das ist keine Seltenheit, Ma'am. Leider. Ich persönlich bin glücklich verheiratet und danke Gott dafür. Diese unselige Bindung Ihres Gatten muß viel Zwietracht zwischen Ihnen gestiftet haben. Sehr schmerzlich und verletzend für jede Dame, wenn sie hinter einem solchen Frauenzimmer zurückstehen muß.«

Ihr gesenkter Nacken war so steif, daß Lintott erriet, wie sie mit den Tränen kämpfte.

»Aber ich glaube, Ihr Schwager hat sich in dieser Sache ins Mittel gelegt und Sie beide wieder versöhnt. Aus reiner Güte und Zuneigung. Er bewundert Sie natürlich«, fuhr Lintott sanft fort. »Ich würde sogar sagen, er war in Sie verliebt. Was meinen Sie?«

Sie hätte ihm ins Gesicht schreien mögen, daß er unverschämt sei, daß er lüge, daß er sofort das Haus verlassen solle. Aber er saß so unerschütterlich gut gelaunt und vernünftig vor ihr, daß sie sich diese Dummheit aus dem Kopf schlug.

»Bitte, Ma'am, wir wollen uns nichts vormachen. Das kann ich nicht leiden. Er war in Sie verliebt, nicht wahr? Das ist schließlich nicht Ihre Schuld. Er hat Ihnen bestimmt so lange in den Ohren gelegen, bis er Sie dort hatte, wo er wollte. Ich bitte Sie, ein Gentleman seiner Art kann einfach nicht anders, als einer Frau den Hof machen, nicht wahr?«

Sie schüttelte den Kopf, besänftigt und betroffen zugleich. »Aber Sie durchschauten ihn ohne weiteres, das weiß ich. Es muß eine Versuchung gewesen sein – keine echte Versuchung, das meine ich nicht. Ich denke mir, Sie brauchten eine kleine Tröstung, nachdem Ihr verstorbener Gatte Sie so vernachlässigte, und zwar um einer Person willen, an der Sie sich nicht einmal die Schuhe hätten abputzen mögen. Ich könnte mir denken, daß Sie nicht mehr aus noch ein wußten.« Sie zog ein Taschentuch aus dem Ärmel und betupfte sich im Schutz des Fächers damit die Augen.

»Ich sitze nicht zu Gericht«, sagte Lintott. »Ich bin selbst kein Heiliger – und ich habe in meinem Beruf auch noch keinen kennengelernt –, daß ich über die Gefühle eines Menschen zu Gericht sitzen könnte. Gefühle sind keine Taten, Ma'am. Wie lange waren Sie und der verstorbene Mr. Crozier einander schon entfremdet?«

»Ich habe ihn nie gekannt«, rief sie ungestüm. »Er war immer ein Fremder für mich. Er führte sein eigenes Leben und sagte mir nichts. Alles, was ich je erfuhr, mußte ich allein, insgeheim ausfindig machen und für mich behalten. Ich konnte seine Neigung nicht gewinnen. Ich habe es versucht, aber es ist mir nicht gelungen.«

Jetzt liefen ihr Tränen übers Gesicht, aber sie machte keinen Versuch, sie abzuwischen oder zu verbergen. Stolz starrte sie Lintott an, forderte ihn heraus, noch weiter zu bohren, wenn er es wagte.

»Möchten Sie, daß ich gehe, Ma'am? Dann gehe ich. Ich bin nur ein Polizist, der seine Pflicht tut, kein Mitglied der spanischen Inquisition. Ich kann an jedem beliebigen Tag wiederkommen.«

»Nein, nein. Lassen Sie mir ein wenig Zeit. Nur einen Augenblick. Würden Sie so freundlich sein, mir ein Glas Sherry einzugießen – und selbstverständlich Ihnen auch, wenn Sie möchten.«

Ruhiger, mit geröteten Augen, nippte sie. Die Wirkung des Gesprächs war die einer Beichte gewesen: kathartisch, reinigend, heilend.

Jetzt zur nächsten Bastion, dachte Lintott.

»Diese Dinge passieren natürlich, Ma'am. Die Männer sagen gern vor der Ehe eine Menge, die sie danach vergessen. Mrs. Lintott frischt mein Gedächtnis zur rechten Zeit auf – nicht daß ich es nötig hätte, ich kenne mein Glück. Gewiß hat Ihr verstorbener Gatte Ihnen Briefe geschrieben, die Sie noch heute verwahren, mit einem Band umschlungen. Meine Frau hat die meinen aufgehoben – sie waren armselige Geschreibsel, wenn auch aufrichtig gemeint. Nun, Sie wissen ja, glückliche Erinnerungen. Denken Sie an damals, Ma'am, und vergessen Sie das übrige. Männer sagen zu ihren Frauen Unfreundlichkeiten, die sie nicht ernst meinen. Das dürfen Sie mir glauben. Gott verzeih uns armen Sündern.«

Seine Stärke lag in seiner Aufrichtigkeit und darin, daß er sein Ziel niemals aus den Augen verlor.

»Sie sind außerordentlich liebenswürdig«, sagte Laura, dankbar für jede Freundlichkeit.

Sie hatte das Gefühl, daß sie ihm etwas schuldete, und beglich diese Schuld mit Ehrlichkeit.

»Mein verstorbener Mann schrieb mir nie Briefe, die persönlicher gewesen wären als die eines entfernten Bekannten. Ich besitze keine liebevollen Albernheiten, die ich mit einem Band umwinden könnte.«

Meine liebe Laura, ich werde am kommenden Wochenende in Bristol sein. Diese Zeilen, um Ihnen anzuzeigen, was keine Überraschung sein dürfte, da Sie meine Absicht kennen. Ich gedenke, bei Ihrem Vater ergebenst um Ihre Hand anzuhalten. Ich versichere Ihnen, daß ich alles tun werde, um Sie glücklich zu machen. Ihr Diener, Theodor Crozier.

Und sie hatte ein Märchen aus ›Ihr Diener‹ gesponnen, geglaubt, er meinte es ehrlich.

»Nicht alle Männer können ihre Gefühle geschickt in Worte kleiden«, sagte Lintott mitfühlend und wach. »Ich weiß, daß ich es nicht konnte, aber irgendwie machte ich mich verständlich.«

Liebstes Mäuschen, ich habe gestern abend bei Dir hineingesehen, als Du schliefst, und gedacht, ein Leopardenbaby sei in Dein Bett gekrochen. Aber weil es keine Leopardenbabys mit goldenen Haaren gibt, wußte ich, daß Du es warst, unter allen den Flecken. Armes Mädchen, ich will Dir eine Spieldose kaufen und sie damit alle wegzaubern. Wenn Du wieder gesund bist, mein Herz, fahren wir zusammen im Wagen aus, bis wir eine Konditorei finden, wo es Erdbeeren und Sahne gibt. Und ich bestelle zwei Tonnen Erdbeeren und zwanzig Fässer Sahne, und Du mußt alles aufessen. Kannst Du das, oder soll ich lieber nur ein Mäuschenmäulchen voll bestellen? Dein Dich liebender Papa.

Lintott weckte sie aus ihren bruchstückhaften Erinnerungen. »Sie haben die Briefe gefunden, die Ihr Gatte an seine Mätresse schrieb, nicht wahr, Mrs. Crozier?«

»Ja«, sagte Laura. »Ich mußte lange suchen, aber ich fand sie. Er hatte sie in seinem Schreibtisch in einer Geheimschublade versteckt, aber ich weiß, wo die Feder ist.«

»Haben Sie sie verbrannt? Sie sagten, Sie glaubten, daß Sie sie verbrannt hätten.«

Wie eine Schlafwandlerin antwortete sie: »Ich habe sie natürlich nicht damals verbrannt, denn er hätte ihr Verschwinden entdeckt. Es waren sechs. Ich habe nach seinem Tod angefangen, sie im Kamin des Schlafzimmers zu verbrennen. Schließlich verwahrte ich aber doch zwei davon. Es waren Briefe, wie ich sie mir vor langer Zeit von ihm gewünscht hatte.«

»Dürfte ich sie sehen, mein Kind?«

Keiner von beiden nahm Notiz von diesem Fauxpas. Gehorsam, gleichgültig klingelte sie nach Kate.

»Meine Schmuckkassette bitte, Kate – und den Schlüssel.«

Die Briefe lagen zuunterst, und sie wühlte achtlos in einem kleinen Vermögen an Juwelen, bis sie sie fand.

Du meine geliebte sündige Liebe, ich bin wiederum bettlägrig mit einer elenden Erkältung, der Arzt sagt, sie komme von der anhaltenden Kälte. Aber ich könnte ihm sagen, was mich am schnellsten heilen würde: wenn ich Dich bei mir haben könnte. Vielleicht wurde ich krank, weil ich Dich eine Woche lang nicht sah? Bestimmt sogar. Wir sprechen so leichtfertig von der Zeit, und wie schwer lastete sie auf mir während Deiner Abwesenheit. Er sagt, nur fünf Tage, dann bin ich wieder auf den Beinen. Wenn er sagte, fünf Jahre, könnte es mir nicht länger vorkommen. Ich sah heute morgen in den Spiegel, um einen Blick Deiner Augen zu erhaschen, aber sie waren nicht da. Ich muß Dich bald sehen, wenn ich nicht ernstlich krank werden soll. Ich lebe unserem Wiedersehen entgegen. Lächle Du für mich. Ich kann es nicht mehr. Theo.

»Welche Augenfarbe hatte Ihr Gatte, Mrs. Crozier?« fragte Lintott sanft.

»Dunkel. Oh, ich verstehe. Auch ihre Augen waren dunkel. Ich hatte gedacht, er zitiere aus John Donne. *Dein Antlitz scheint in meinem, meins in Deinem Aug.*«

»Ich dachte, mit diesen Briefen würde ich eine Goldmine finden«, sagte Lintott, »aber jetzt weiß ich wirklich nicht mehr, was ich darin finden soll! Es sei denn, er hat etwas gesehen, was es nie gab. Sehr wohl möglich. Wir suchen uns jemanden, der dem entspricht, was wir uns wünschen, und behängen ihn dann mit unserer Vorstellung wie mit Kleidern.«

Sie saß da, stumm und erschöpft, und suchte Hilfe in jeder beliebigen Form.

»Quälen Sie sich nicht«, sagte Lintott und tätschelte ihre Hand. »Essen Sie Ihr Dinner auf. Essen hilft über vieles hinweg.«

Iß Dein Dinner auf wie ein braves Kind, mein Mäuschen, sonst bleibt bald gar nichts mehr von Dir übrig. Und was soll ich dann tun ohne eine Maus, der ich Geschenke kaufen kann?

»Ich möchte Ihnen sehr danken, Inspektor Lintott. Sie waren sehr freundlich.«

Vielen Dank für die freundliche Aufnahme. Sie waren sehr gütig.

»Und schlafen Sie tüchtig, Ma'am, wenn ich mir diesen Rat erlauben darf. Dr. Padgett sollte dabei behilflich sein können.«

Gutnacht, schlaf schön, träum süß, Gott behüt Dich, morgen früh komme ich wieder.

»Ich muß diese Briefe mitnehmen, Ma'am«, sagte Lintott.

Nein, mein Herz, diese Papiere gehören Papa.

»Bitte, ich habe nichts dagegen«, sagte Laura. »Sie haben nie mir gehört.«

»Nein«, sagte Lintott.

Aber sie hätten ihr gehören sollen. Warum nur nicht? fragte er sich.

An der Haustür forschte Kate in seinem Gesicht und rief: »Mrs. Crozier muß sich schrecklich aufgeregt haben. Ich habe es Ihnen gesagt, Sir.«

»Kate, mein Kind, wie hat die Frau ausgesehen, die diese Briefe gebracht hat?«

»Mit allen Wassern gewaschen«, sagte Kate prompt.

»Das sind Sie auch, in der denkbar reizendsten Bedeutung des Wortes, Miß Kate!« sagte Lintott.

Laura saß vor ihrem Schmuckkästchen und hielt eine kleine Goldmünze umklammert: vor fünfzehn Jahren von Titus' Uhrkette losgemacht.

Wir suchen uns jemanden, der dem entspricht, was wir uns wünschen, und behängen ihn dann mit unserer Vorstellung wie mit Kleidern.

17

> *»Sondern umgekehrt«, fügte Tweedledee hinzu, »wenn's so wäre, könnt es sein; wenn's so sein könnte, wär' es; weil's aber nicht so ist, isses auch nicht. Das ist logisch!«*
> Lewis Carroll, Alice hinter den Spiegeln

Inspektor Lintott war sich selbst gegenüber stets aufrichtig, besonders da die Art seiner Berufung erforderte, daß er anderen gegenüber zuweilen unaufrichtig war.

Aber wer einen Dieb fangen will, schicke einen Dieb hinterher, dachte Lintott, und man fängt keinen Fisch ohne Köder oder Angelhaken.

Also mogelte er ein bißchen, als er Mrs. Hills Nichte erklärte, er und ihre Tante stünden auf besonders vertrautem und freundschaftlichem Fuß.

»Das trifft sich aber gut«, strahlte der Inspektor, »daß Sie gerade hier sind. Ich wollte Mr. Titus Crozier besuchen. Aber ich habe schon viel von Ihnen gehört, mein Kind, und aus berufenem Munde. Eins kann ich Ihnen sagen – wenn Sie nur halb oder ein Viertel so gut kochen können wie Ihre Tante, dann hat Ihr Zukünftiger das große Los gezogen!«

Lily Day war ein reizloses Mädchen, und bei seinem Kompliment wurde ihr ganzes Gesicht fast so rot wie das grausame Feuermal auf ihrer linken Wange. An das sie die Hand hob, wie um es zu verdecken.

»Ja, Lily – Ihr Name ist doch Lily, wie? Ein besonders hübscher Name! Ich bin Polizeiinspektor, mein Kind, aber Sie müssen nicht erschrecken. Mein Name ist Lintott. Ich sehe schon, daß Sie ein braves Mädchen sind, und so eins hat von mir natürlich nichts zu befürchten. Ist Ihr Herr zu Hause?«

»Bitte näher zu treten, Sir, wenn's beliebt. Mr. Crozier ist um diese Zeit immer im Geschäft.«

»Nein, wirklich?« rief Lintott und hieb sich mit der Hand auf den Schenkel. »Zu dumm. Ich hätte gedacht, er nimmt's nicht so genau.«

»Doch, Sir. Er geht immer schon vor neun und kommt meistens nicht vor sechs zurück.«

»Setzen wir uns doch, liebes Kind, ich werde Sie höchstens zehn Minuten aufhalten.«

Sie kroch in einen Stuhl und blickte ihn aufmerksam an.

»Ich nehme nicht an, daß Sie irgendwelche junge Damen gesehen haben, die Ihren Herrn besuchten, oder, mein Kind?« begann Lintott ohne Umschweife.

Sie schüttelte den Kopf.

»Ich mach ihm sein Frühstück, und dann geht er ins Geschäft, und um Mittag bin ich hier fertig. Aber ich hab' schon oft Haarnadeln gefunden«, sagte sie. Und um ihn nicht völlig zu enttäuschen, fügte sie hinzu: »Und ich weiß, wie seine ständige junge Dame heißt, weil sie einmal richtig geladen hierhergekommen ist, wie er nicht da war, und ich hab' ihm was ausrichten müssen.«

»Ich hab' gewußt«, sagte Lintott zu irgendeiner unsichtbaren Gottheit, »daß dieses Mädel da Augen und Ohren am rechten Fleck hat und ein Hirn im Kopf. Wie heißt die Dame, mein Kind?«

»Miß Eliza Tucker, Sir, und sie ist keine Dame – sie tanzt im Alhambra.«

»Ah! Das bedeutet einen Besuch am Abend, und Mrs. Lintott wird wieder einmal mein Essen warm stellen müssen! Ein Polizist hat kein leichtes Leben, Lily, was?« Er blickte sie wehmütig an. »Und wie hat die Dame – wir wollen sie der Form halber als Dame bezeichnen –, Lily, wie hat die Dame ausgesehen?«

»Aufgedonnert«, sagte Lily und verzog dabei den Mund.

»Mittelgroß, ein bißchen füllig, dunkel, redet geziert. Hat vielleicht einen Schleier getragen, einen dichten Schleier?«

»Woher wissen Sie das, Sir?«

Er legte einen Finger an die Nase und blinzelte.

»Nein, so was. Das ist sie, Sir. Ehrlich.«

»Und sonst haben Sie wohl keine Damen hier gesehen, während Mr. Titus nicht zu Hause war?«

»Ich hab' Mrs. Crozier gesehen, aber sie gehört zur Verwandtschaft. Nein, Sir. Ich bin immer schon längst weg, bevor die Lustbarkeiten anfangen.« Mrs. Hills Ermahnungen hatten gewirkt. Die Stimme des Mädchens war abweisend. »Aber die Haarnadeln haben lauter verschiedene Farben.«

»Sie haben sie vermutlich nicht aufgehoben, oder?«

»Also, jetzt, wo Sie's sagen – doch. Ich weiß eigentlich selbst nicht, warum«, fügte sie naiv hinzu.

Er wußte es, wenn er sich vorstellte, wie sie am Rand von Titus' Privatleben dahinvegetierte. Die Haarnadeln waren das einzige, was ihr je an Romantischem begegnen würde. Aber er lobte ihre Klugheit und Umsicht und sah das kleine Sammelsurium von Haarnadeln durch.

»Diese haben eine besonders zarte Farbe«, bemerkte er und suchte drei goldene heraus.

»Ja, Sir. Für eine Frau mit hellem Teint.«

»Eine Dame mit blondem Haar?«

»Ja, Sir. Und die da sind für braun und die für rot und für schwarz. Die muß diese Miß Eliza Tucker verloren haben. Wissen Sie, Sir, wie ich diese Stellung angenommen hab', hat meine Tante mir gesagt, auf was ich mich gefaßt machen muß, und ich bin heilfroh, daß sie's getan hat. Hem-pörend, Sir. Wahrhaftig.«

Er tätschelte ihren Arm und stülpte den harten Filzhut wieder auf.

»Mrs. Hill ist eine bemerkenswerte Frau, mein Kind, und ihre Nichte auch. Übrigens, Lily, nachdem wir uns einig sind, brauchen Sie Mr. Titus nichts von meinem Besuch zu sagen. Ich teile es ihm lieber selber mit. Und, Lily, falls Sie Ihre liebe Tante besuchen sollten und die Rede auf mich käme – ich bewundere sie aufrichtig, wissen Sie –, sagen Sie auch ihr nichts. Zu jedem anderen Menschen als zu ihr und zu Ihnen«, sagte er bedächtig und starrte sie an, »würde ich sagen, daß ich es immer herauskriege, wenn jemand den Mund nicht halten kann.« Sie verstand, und ihre Lippen bewegten sich, als wiederholte sie den Auftrag. »Aber zu Ihnen brauche ich das nicht zu sagen, wie?«

Sie schüttelte heftig den Kopf, hypnotisiert von den schieferfarbenen Augen.

»Also, Gott befohlen, Lily. Und vergessen Sie nicht, mich zu Ihrer Hochzeit einzuladen, ja?«

Als er draußen war, kicherte sie noch immer: eine Hand erhoben, um die mißfarbene Wange zu verdecken.

Miß Eliza Tucker war nicht ganz so jung, wie sie gern gewesen wäre, und hegte, nach ihrem Verhalten zu urteilen, keine tiefe Zuneigung zu den Ordnungskräften. Trotzdem, die Gewohnheit, das Männchen tanzen zu lassen, stirbt schwer, und sie gestattete dem Inspektor einen Blick auf mehr als die angemessene Strecke eines schwarzen Netzstrumpfs. Im übrigen tat sie, als nähme sie keine Notiz von ihm, und beugte sich vor, um ihr Make-up in dem gesprungenen Spiegel zu erneuern.

Sie teilte die Garderobe im Alhambra mit zahlreichen weiteren jungen Damen, und der Inspektor saß aufs angenehmste umzingelt da. An seinen praktischen Stiefeln, der alten Inverness-Pelerine, seiner Redeweise und dem harten, nüchternen Gesicht sahen sie, daß er nichts für sie war. Trotzdem fegten sie an ihm vorüber und riefen: »'tschuldigung, Süßer!« und lächelten und hinterließen einen billigen Duft, eine Erinnerung an Schnürleibchen und raschelnde Röcke, eine Spur Weiß auf seinem Ärmel. »Ich werde Scherereien mit meiner Frau kriegen«, sagte Lintott scherzend und rieb den haftenden Puder weg, nickte jeder Demoiselle lächelnd zu.

Er musterte Miß Tuckers kräftige Wadenmuskeln und nicht mehr allzu festes Fleisch und schätzte, daß sie ihre Blütezeit hinter sich hatte.

»Soviel ich weiß, kennen Sie einen gewissen Mr. Titus Crozier, meine Liebe«, begann er in seiner milden Art. Sie schminkte sich den Mund und starrte auf Lintotts verzerrtes Spiegelbild.

»Kann schon sein. Und? Soll ich mir vielleicht alle ihre Namen merken?«

»Ah! Sie haben gewiß eine Menge Verehrer, meine Liebe, nicht wahr? Und Sie haben vor, einen davon zu heiraten, stimmt's?«

»Kann sein, kann auch nicht sein. Deshalb sind Sie nicht hierhergekommen. Ich kenn die Bullen! Raus mit der Sprache, ich krieg meine sagenhafte Gage nicht dafür, daß ich mit *Ihnen* schwatze.«

Sie strammte das rote Satinleibchen noch verführerischer und inspizierte ihre Zähne.

Der Argot-Ausdruck für ›Polizist‹ war ihm nicht entgangen. Er wurde zuckersüß.

»Aber, meine Liebe, das ist aber nicht nett, was Sie da sagen. Sind Sie mit Mr. Crozier befreundet?«

»Befreundet? Mit diesem Dreckskerl? Da sind Sie auf dem Holzweg. Ich nicht.«

»Sie wissen ganz genau, was ich sagen will, meine Liebe«, sagte Lintott sanft. »Ich weiß, daß Sie ihn in seiner Wohnung aufsuchten, wenn ich schon deutlicher werden muß. Haben Sie auch seinen Bruder, Mr. Theodor, aufgesucht? Dort oder anderswo?«

»Sie sollten sich Ihr dreckiges Maul auswaschen, Sie!« schrie sie los. »Ich gehöre nicht zu dieser Sorte Mädchen.«

Lintott seufzte und hob den Blick zum verräucherten Plafond.

»Wir verschwenden Ihre Zeit und die meine, liebes Kind. Haben Sie, oder haben Sie nicht?«

»Nie gewußt, daß er überhaupt einen Bruder hat. Der ist einer von denen, die einen Haufen schwatzen und nichts sagen.«

»Ah! Er ist gerissen!«

»Scheißkerl«, sagte Miß Tucker mit Nachdruck.

»Sie haben also niemals seinen Bruder, Mr. Theodor Crozier, besucht oder seinen Wagen auf der Straße angehalten oder ein Päckchen an seiner Haustür abgegeben?«

»Ich hab's Ihnen doch gesagt. Wie soll ich, wo ich ihn überhaupt nicht kenne.«

Eine volle Minute lang blickte er ihr gerade in die Augen. Aber sie hielt seinem Blick stand: ihrer Sache sicher, zumindest in diesem Punkt.

»Na schön«, sagte Lintott enttäuscht. »Ich glaube Ihnen. Tausende würden's nicht glauben – aber ich bin eben ein gutgläubiger Mensch. Wie war Mr. Titus als Gönner? Freigebig?«

»Scheren Sie sich um Ihren eigenen – Laden.«

Lintott machte ts, ts, ts. »Aber, aber, meine Liebe, wenn Sie nicht höflich mit mir sprechen, rede ich ein Wörtchen mit Mr. Henderson vom Alhambra und mach Ihnen die Hölle heiß. Sie wollen doch Ihr Engagement behalten? Das heißt dieses Engagement?«

Sie versuchte seinem Blick zu trotzen, mußte aber aufgeben.

»Also, was wollen Sie wissen?« fragte sie mürrisch.

»Ich will wissen, wie er Sie bezahlte«, sagte Lintott unverblümt. »Miete? Geld? Schmuck? Diners? Soupers?«

»Meistens hat er mich zu Soupers eingeladen. Manchmal gibt er mir Geld. Aber mit dem verdammten Armband hat er mir einen dreckigen Streich gespielt.«

»Oh, er hat ein Armband springen lassen, wie? Und was war daran dreckig? Haben Sie's versetzen wollen und feststellen müssen, daß die Brillanten aus Glas waren?«

»Nein. Er hat's zurückverlangt. Sagt, er will den passenden Ring dazu kaufen. Ich hab' ihm ein bißchen Geld geliehen. Nicht viel, aber mehr hab' ich nicht gehabt.«

Lintott schüttelte langsam und ungläubig den Kopf.

»Sie sehen mir nicht aus wie die Unschuld vom Lande, meine Liebe. Was hat Sie angefochten, daß Sie sich auf so etwas eingelassen haben?«

Sie zuckte ihre Schultern, dann blickte sie mit einem schwachen Hoffnungsschimmer auf.

»Sie können wohl nichts für mich tun, oder?«

»Nein, meine Liebe. Es läuft so mancher frei herum, der rechtens ins Kittchen gehörte. Er ist einer von ihnen, aber *ich* kann ihn nicht schnappen. Nächstes Mal sind Sie gewitzt. Sie haben also herzlich wenig aus ihm herausgekriegt?«

Sie nickte.

»Sie sollten sich einen ordentlichen Burschen suchen und machen, daß Sie hier rauskommen«, sagte Lintott, »bevor Sie fliegen.«

»Eine von den Mädels hat in die Aristokratie geheiratet«, sagte sie hochmütig.

»Vergessen Sie's«, riet Lintott. »Nehmen Sie, was Sie kriegen können, und ab mit Schaden. Das ist ein guter Rat, glauben Sie mir. In ein, zwei Jahren wird hier kein Platz mehr für Sie sein, und dann heißt's auf die Straße oder verhungern.«

Er stand auf und nickte ihr zu.

»Ich bin erst fünfundzwanzig«, sagte sie und ließ es darauf ankommen, ob er widersprechen würde.

»Wir kriegen sie von Jahr zu Jahr jünger, und zwei für einen Penny. Und gewöhnen Sie sich diese Ausdrücke ab. Die Art Mann, die für Sie geschaffen ist, hat dafür nichts übrig.«

»Dreckschwein«, sagte sie vor sich hin, nachdem er gegangen war. »Scheißkerl!«

Und tanzte dann auf der Bühne mit den anderen Mädchen: lächelnd, flitternd, hungrig.

18

*Ein braves Kind die Wahrheit sagt und artig
spricht, wenn es gefragt, und ißt manierlich
und hält still, wenn es bei Tische sitzen will.*

Robert Louis Stevenson,
A Child's Garden of Verses

»Also das seh ich gern«, rief Inspektor Lintott herzlich. »Ein
hübsches, starkes Kind, das wacker seine guten Sachen
aufißt«, obwohl Blanche sich, trotz reichlicher Gaben von
Liebig's Extract, vergeblich mit ihrer Teemahlzeit abmühte.

»Acht Butterschnitten, bevor sie ein Stück Biskuitkuchen
kriegt«, sagte Nanny eisern. »Wollten Sie mich sprechen?«

»Ich kann warten«, erwiderte Lintott geduldig und setzte
sich auf den angebotenen Fichtenstuhl. »Ein hübsches Zimmer, Miß Nagle.«

Das Kinderzimmer ging auf den Garten hinter dem Haus,
und die Ausstattung verriet Lauras Hand. Der untere Teil der
Wände war mit Szenen aus den Weihnachtsbüchern von Mr.
Walter Crane und Miß Kate Greenaway bemalt und gefirnißt:
der obere Teil aus Gründen der Hygiene und Reinlichkeit
getüncht. Miß Nagle hatte den Teppich auf dem Linoleumbo-
den angefertigt. Das messinggefaßte Kamingitter glänzte und
warf den Feuerschein zurück. Fensterkästen versprachen
Frühlingsblumen.

»Und in diesem Schrank verwahrst du wohl deine Spielsachen, mein Kind?« fragte Inspektor Lintott das kleine Mädchen, denn er sah keine einzige Holländerpuppe, keinen
einzigen Wurstel.

Blanche, die bereits an ihren Brotschnitten würgte, legte
den Bissen weg und nickte.

»Sprich, wenn man dich was fragt, Miß Blanche!« sagte die
Nanny drohend.

»Ja, Sir, bitte schön«, sagte das kleine Mädchen folgsam. Sie
hatte den blassen Teint ihrer Mutter geerbt, jetzt allerdings
war sie feuerrot vor Angst.

»Du brauchst keine Angst vor mir zu haben, mein Kind«,
sagte Lintott und lächelte. »Ich bin nämlich kein Menschen-
fresser.«

»Dieser Herr ist ein berühmter Polizist«, drohte die Nanny, »und er ist gekommen, um zu sehen, ob du alles aufißt wie ein braves Mädchen!«

»Ganz und gar nicht«, sagte Lintott fröhlich. »Ich bin gekommen, um dafür zu sorgen, daß du deinen Biskuitkuchen bekommst. Magst du Biskuitkuchen gern, Missie?«

Gesenkten Kopfs, sprachlos, starrte Blanche auf ihren Teller. Nannys Mund öffnete sich, aber Lintott hinderte sie mit einer gebieterischen Handbewegung am Sprechen.

»Ich esse gern Kuchen«, sagte Lintott und setzte sich rittlings auf seinen Stuhl. »Miß Nagle, da wir doch Freunde sind, würden Sie mir vielleicht eine Tasse Tee anbieten?«

Nanny klingelte mit säuerlicher Miene.

»Auf meiner Uhr ist es jetzt halb fünf«, bemerkte Lintott nach einem Blick auf seinen schlichten Chronometer. »Wie wär's, wenn wir Nanny in Frieden drunten ihren Tee trinken ließen, und wir beide trinken unseren hier zusammen? Möchtest du das, Missie?« Das Kind, dem vor beiden bange war, blickte unsicher von einem zum anderen. »Aber ja, natürlich«, sagte Lintott.

Harriet Stutchbury erschien mit gekränktem Ausdruck an der Tür.

»Haben Sie nicht alles gekriegt, Miß Nagle?«

»Der Inspektor möchte eine Tasse Tee«, sagte die Nanny widerstrebend.

»Und meine besten Empfehlungen an Mrs. Hill, Harriet«, sagte Lintott. »Erwähnen Sie beiläufig, daß ich den ganzen Tag auf den Beinen war, ja, meine Liebe. Mrs. Hill wird wissen, was ich damit sagen will.«

»Also bring ein Tablett herauf, und beeil dich, Harriet!«

»Ja, Miß Nagle. Ja, Sir.«

Sie kehrte mit einem kleinen Festmahl zurück, das sie kaum schleppen konnte.

»Waffeln«, sagte Lintott und lüpfte eine Metallhaube. »Ofenheiß! Drei Sorten Kuchen! Kirschkonfitüre! Huntley und Palmer's Kekse! Ich muß einen Stein im Brett haben. Und jetzt, mein schönes Kind« – zu der widerstrebenden Nanny –, »ab mit Ihnen, und gönnen Sie sich ein Schwätzchen in der Küche. Ich kümmere mich um Ihre junge Dame hier. Um uns beide brauchen Sie sich wahrhaftig keine

Sorgen zu machen. Ich hab' selbst zwei Mädchen. *Ich* kenn mich aus mit Kindern.«

»Sehr wohl, Sir. Miß Blanche, daß du mir deine Butterschnitten aufißt!«

»Oh, das tut sie bestimmt«, sagte Lintott zuckersüß. »Dafür werd' ich sorgen.«

Ein einzelner Sonnenstrahl kroch über den Tisch, und Lintott goß sich in ungezwungenem Schweigen eine Tasse Tee ein. Das Kind saß da, rosenrot vor Entsetzen, die kleinen Hände im Schoß verkrampft, das Glas Milch unberührt.

»Nimm eine Waffel«, forderte Lintott sie auf und bot ihr den Teller an.

Sie schüttelte den Kopf und biß sich auf die Unterlippe.

»Warum denn nicht, mein Kind? Magst du sie nicht?«

Sie schluckte und sagte: »Nanny sagt, sie sind zu fett.«

»Ich finde nicht«, sagte Lintott. »Ich find sie großartig!« Er warf ein Stück in die Luft und fing es im Mund auf wie ein Hund. Ein Beben der Lippen sagte ihm, daß das Kunststück Anklang gefunden hatte, also wiederholte er die Vorstellung. Die Kleine warf ihm einen raschen Blick zu und lächelte.

»So ist's besser, mein Kind. Komm. Nanny sagen wir nichts davon.«

Ihre Finger huschten zum Teller und brachten die Delikatesse in Sicherheit. Aber sie aß nicht.

»Und was wird aus den Butterschnitten, Sir?«

Er starrte erstaunt die acht Dreiecke an.

»Kriegst du sie jemals alle runter, mein Kind?«

Sie schüttelte den Kopf und hielt ihre Waffel fest umklammert.

»Dann bekommst du auch nie ein Stück Kuchen?«

Wieder Kopfschütteln.

»Ich weiß, was wir machen«, sagte Lintott. »Ich esse sie für dich auf. Wie wär das? Da, deine Hand ist ganz mit Butter verschmiert. Ich putze sie dir an meinem Taschentuch ab.« Und das tat er auch sehr behutsam. »Und jetzt schnappst du dir, was du gern möchtest, und ich mach mich an den Butterbrotberg. Weißt du, was?« Er löffelte reichlich Kirschkonfitüre auf das Brot und schnitt es in Streifen. »Ich wette, daß du davon auch noch ein paar essen kannst. Ja, ganz bestimmt.«

Sie aßen in aller Freundschaft zusammen.

»Manchmal ißt mein Onkel Titus meine Brotschnitten auf«, vertraute Blanche ihm an.

»Wirklich? Er ist aber ein netter Onkel, wie?«

Sie nickte mehrmals. »Und lustig, wie Sie. Wir müssen immer lachen. Zu Weihnachten hat er für den Mann im Guckkasten geschnarcht.«

»Das freut mich, mein Kind. Bringt dich Nanny auch zum Lachen? Und Mama?«

»O nein. Nanny sagt, was man nicht tun darf. Mama liest mir vor. Aber Onkel Titus ist immer nur lustig.«

»Und deine beiden Brüder, Missie?«

Die grauen Augen waren verwundert.

»Edmund und Lindsey sind Knaben. Sie würden nicht mit einem Mädchen spielen. Außerdem sind sie nicht zu Hause, nur in den Ferien.«

»Mit wem spielst du dann? Mit anderen kleinen Mädchen?«

»Manchmal. Fräulein Walter ist meine Gouvernante, aber nicht meine eigene. Sie ist Lehrerin in drei Häusern und unterrichtet uns alle. In der einen Woche kommt sie zu uns ins Haus. In der nächsten Woche kommt sie zu Julia. Und dann in der nächsten Woche kommt sie zu Frances. Und dann wieder zu uns. Sie ist auch die Lehrerin von Julias Schwester und von Frances' Schwester.«

»Und was lernst du bei ihr, mein Kind?«

»Betragen und Französisch und Musik und Zeichnen und Rechnen und Geschichte und Allgemeinwissen. Und wenn ich älter bin, lerne ich auch noch Deutsch und Malen.«

»Da bist du aber ein gescheites Mädchen, wie?«

»Nicht sehr, weil ich immer an etwas anderes denke, anstatt aufzupassen. Aber Nanny sagt, besser brav als gescheit. Aber Fräulein Walter sagt, man muß aufpassen.« Der Zustand ihrer Finger war ihr peinlich.

»Putz sie nochmals an meinem Taschentuch, damit man nichts merkt, Missie. Der arme Papa ist bestimmt stolz auf dich gewesen. *Ich* wäre stolz auf dich.«

»Papa ist jetzt im Himmel, weil er ein guter Mensch war.«

»Das stimmt, mein Kind.«

»Er möchte, daß ich die Wahrheit sage, weil er zu uns herunterschaut.« Die Erinnerung verwirrte sie. »Papa hat mich nicht sehr liebhaben können, weil ich so viele Fehler gemacht habe, wissen Sie.«

»Das tun wir alle, Missie.«

»Aber ich mache mehr Fehler als alle anderen. Die ganze Zeit. Immer fallen die Pennies von meinem Handrücken beim Klavierspielen, und Nanny muß meine Näharbeit waschen, bevor ich sie herzeigen kann.«

»Aber deiner Mama machen die Fehler nichts aus, wie?«

»Mama merkt es nicht. Sie hat soviel Kopfschmerzen.«

»Und es gibt keinen im Haus, der sich was aus dir macht?«

»Nur Onkel Titus. Ich mag ihn am liebsten – außer natürlich Papa und Mama. Darf ich jetzt aufstehen, Sir? Ich bin satt.«

»Ja, mein Herz. Weißt du schon, daß Teppiche Geschichten erzählen? Komm, und sieh dir den hier an. Da ist ein blauer Streifen, der vielleicht einmal ein Kleid deiner Mama war. Und das bißchen Grau hier könnte von Papas Anzug sein. Siehst du?«

»Das Rote da ist das alte Jackett von Sergeant Malone. Wenn ich böse bin, sagt Nanny, der Sergeant holt mich und steckt mich ins Gefängnis.«

»Ein Soldat kann das gar nicht, Missie. Das kann nur *ich*. Siehst du den Schlüssel hier?« Er förderte das einfache Instrument zutage, das seinen Gartenschuppen in Richmond abschloß. »Das ist der Schlüssel zum Gefängnis«, sagte Lintott feierlich. »Also wie kann irgendwer anders die Tür öffnen, wenn ich den Schlüssel habe?«

Sie stand neben ihm, Hände auf dem Rücken verschränkt, weiß bestrumpfte Beine geschlossen, flache Spangenschuhe glänzend. Er betrachtete das blasse hübsche Gesicht, die blasse Haarlocke, den fügsamen Kopf und den sanften Mund.

»Hat Nanny mir dann – etwas vorgemacht, Sir?« wagte sie zu fragen und war entgeistert.

»Sie hat sich bloß geirrt. Sie hat geglaubt, es stimmte, aber es stimmt nicht. Wenn sie also das nächste Mal wieder davon spricht, daß der Sergeant dich holen wird, dann sag ihr, Inspektor Lintott hat gesagt, sie hat sich geirrt. Aber sag es sehr höflich. Und dann kannst du ihr auch gleich sagen, daß ich mit Sergeant Malone gesprochen habe, ja?«

»Ist etwas zu bestellen, Sir?«

»Sag Nanny bloß, daß ich mit ihm gesprochen habe.«

Der Klang von Nannys Schritten auf der Treppe raubte dem Körper des Kindes alle Gelöstheit und brachte die Angst zurück.

»Ich muß sagen«, sagte Lintott munter, »Miß Blanche macht Ihnen alle Ehre, Miß Nagle. Alle Butterbrote sind restlos aufgegessen!«

Miß Nagle kam nicht sofort aus dem Salon zurück, und als sie wieder ins Kinderzimmer trat, versteckte sie etwas in ihrer Schürze.

»Ich habe was für Sie, Sir«, flüsterte die Nanny, obwohl niemand sie hören konnte.

»Tatsächlich, Miß Nagle? Was denn?«

»Sie wissen schon, was Sie sagten, Sir, über Schlüssel, die in Schubladen steckenbleiben können und so.«

»Ich kann mich nicht an jedes einzelne Wort erinnern, das ich je gesagt habe, schönes Kind. Ich kann mir nur vorstellen, daß Sie mich vielleicht mißverstanden haben.«

»Ich habe ihr Tagebuch.«

»Aufgepaßt«, warnte er mit erhobenem Finger. »Achten Sie jetzt genau auf das, was Sie sagen, Miß Nagle.«

»Ich habe nichts gesagt.«

Sie brannte darauf, ihn zu beeindrucken und zu besänftigen, ihn wieder loszuwerden, denn er brachte es fertig, daß sie sich unbehaglich fühlte.

»Sehr wohl, Sir, Sie sagten also nichts. Ich hab' dieses Tagebuch zufällig rumliegen sehen und bringe es Ihnen, während Mrs. Crozier und Miß Blanche im Boudoir sind. Ich muß es nur so bald wie möglich wieder zurückbringen, Sir.«

»Herumliegen, he? Recht harmlos, würde ich sagen«, und er blätterte rasch in den Seiten und schnappte Einzelheiten auf.

Nanny stand groß und mager da, verschränkte die Hände unter der Schürze und versuchte, in seinem Gesicht zu lesen.

»Eine Dame schreibt ihre täglichen Sorgen und Freuden nieder, Miß Nagle. Unsere teure Queen, Gott segne sie, führt ein Tagebuch. Nichts, was nicht jeder lesen dürfte. Aber kostbar, Miß Nagle, sehr kostbar für die Schreiberin.« Er hielt inne, notierte sich etwas, sprach, las weiter. »Etwas, worauf man im Alter zurückblicken kann.« Er blätterte, rekapitulierte, rechnete. »Etwas zum Nachlesen und Nachdenken. ›Ah! Das war damals gewesen!‹ Was, Miß Nagle?«

»Ja, Sir. Gewiß.«

»Hier eine Ausfahrt. Dort ein Theaterbesuch. Ein Geschenk. Ein Brief. Was bedeutet das dem Außenstehenden? Armseliges Zeug, nichts weiter. Und doch, für den Schreiber, eine ganze Welt. Ja, genau wie ich dachte, nichts darin, Miß Nagle.« Er schloß das Buch, hielt es hoch und fragte scharf: »Wann fanden Sie den Schlüssel?«

»Am Dienstag, Sir.«

»Vor zwei Tagen also. Haben Sie es gelesen?«

»O nein, Sir. Nein, Sir.«

»Wo fanden Sie den Schlüssel, Miß Nagle?«

Schnüffelnd unter Seide und Samt und Serge und Linnen. Schränke und Laden durchstöbernd. Unter Kissen und Matratzen tastend. Immer mit einem Ohr auf nahende Schritte lauschend. Endlich die Finger darum schließend, auf dem Grund einer Schale mit *pot pourri*. Durchtriebene Katze! Da also versteckt sie ihn?

»Ich muß es zurücklegen, Sir. Tut mir leid, daß es Ihnen nicht nützt.«

»Aber schon kein bißchen«, sagte Lintott geringschätzig und examinierte seine Fingernägel. »Aber ich habe es gar nicht anders erwartet.«

»Hoffentlich hab' ich das Richtige getan, Sir«, sagte sie und hielt den grünen Lederband vor ihre gestärkte Brust.

Lintott blickte unter dichten Brauen gewichtig zu ihr auf. »Das hoffe ich auch, Miss Nagle. Privatbesitz ist Privatbesitz. Wenn Sie so stark in Versuchung gewesen sein sollten, daß Sie einen kleinen Einbruchsdiebstahl riskierten oder irgend etwas Derartiges, dann würde das eine ernste Sache sein.«

»O nein, Sir«, suchte sie sich zu verteidigen und fiel von einer Lüge in die andere, verwickelte sich in Widersprüche. »Der Schlüssel steckte im Schloß, und die Lade war halb offen.«

»Und falls Sie mit irgend jemandem darüber reden sollten – ich hoffe, Sie haben's nicht schon getan, mein Kind –, und wär's der schneidige Sergeant, der den Boden küßt, über den Ihr Fuß geschritten ist ... Tja, die Folgen wären nicht abzusehen. Dann käme zu dem Diebstahl noch üble Nachrede, nach meiner Ansicht. Aber Sie haben ja nichts Derartiges getan, nicht wahr, mein Kind?«

»Nein, Sir. Nichts.«

Er wurde wieder freundlich und tätschelte ihre Schulter. »Dann tragen Sie's wieder zurück, und Schwamm drüber, was?«

»O ja, Sir, gern.«

Er setzte den Hut auf, von dem nicht einmal Kate ihn hatte zu trennen vermögen, und nickte liebenswürdig.

Sie sah dem Inspektor nach, bis er langsam und würdevoll die Treppe hinuntergestiegen war, dann eilte sie in Lauras Schlafzimmer. Voll Angst, Kate könnte zur Verrichtung ihrer abendlichen Obliegenheiten hereinkommen, schob sie das Tagebuch wieder in die Lade, verschloß sie und begrub den Schlüssel unter den vertrockneten Blütenblättern des *pot pourri*. Dann glättete sie das Häufchen, damit niemand etwas merken sollte.

19

Im allgemeinen verlangt das gesittete Weib keine sexuelle Befriedigung für sich selbst. Sie fügt sich dem Gatten, nur um ihm gefällig zu sein...
Daher braucht kein nervöser oder schwächlicher Mann sich von der Ehe abschrecken lassen durch seine übertriebene Vorstellung von den Pflichten, die ihm abgefordert werden.

William Acton,
Mitglied des Königlichen Ärztekollegs

London bei Einbruch der Nacht bot ein so faszinierendes Bild, daß sogar Lintott aus seinem Gleichmut aufgerüttelt wurde. Das Abendlicht auf dem Fluß, die langen, köstlichen Schatten, die dunklen Gassen, die hohen Schornsteine am Horizont hatten es ihm angetan. Er schnalzte vor Behagen mit der Zunge und verhielt ein wenig den Schritt und sah sich um. Ein Laternenanzünder trottete seine nächtliche Runde und ließ eine Kette schimmernder Gaskugeln hinter sich. An der Straßenecke röstete ein alter Mann Edelkastanien auf einer Glutpfanne und schaufelte sie in Spitztüten. Eine Drehorgel leierte ihre klagende Weise, und das Äffchen riß sich das Soldatenkäppi vom Kopf. Lintott, der die Augen des Tiers bedrückend menschlich fand, ließ eine Kupfermünze in die Mütze fallen.

Die beschlagenen Fenster von Speiseläden leuchteten im Dunkeln, lockten mit Wärme und Düften Kunden herbei. Für einen Penny konnte man sich eine heiße Wurst kaufen oder zwei Buletten, eine Tüte Fisch und Chips. Ein gekochtes oder gebratenes Ei. Eine Portion Nelson-Cake (mit Zuckerguß), zwei große Orangen, zwei dicke Scheiben Butterbrot, ein paar geräucherte Heringe oder eine große Tasse Tee, Kaffee oder Kakao. Zwei Pence gewährten Einlaß ins Reich von Speck, Schinkensandwiches, Würstchen und frischen Sahnehörnchen. Für drei Pence konnte man sich zum Abendessen eine Portion ›Harry Champion‹ (gekochtes Rindfleisch und Karotten) leisten, ›Baby's Head‹ (Steak- und Nierenpudding) oder ›Side View‹ (ein halber gebackener Schafskopf). Fleischer, in blau-weiß gestreiften Schürzen und Strohstiefeln, boten frisches Rumpsteak für einen Shilling das Pfund an; oder die gleiche Menge Gesottenes um den gleichen Preis, mit einem Pint Grieben dazu; Rippenstück und Lende für acht Pence; kleine Koteletts und Ragout für vier bis sechs Pence. An Wänden der Lebensmittelläden stapelte sich Käse aller Art, und wer wollte, bekam ein Schnittchen als Kostprobe. Die Milchgeschäfte – blitzende Messingwaagen, weißgescheuerte Theken – verkauften Eier in Weidekörben, neun Pence das Dutzend, vollfette Milch, zwei Pence der halbe Liter. Alle Läden hatten am Morgen schon vor acht geöffnet und würden nicht vor zehn, elf Uhr nachts schließen.

Vor den Bücherkästen schmökerten Männer mit mehr Bildung als Barschaft endlos, um manchmal einen zerfledderten Band für einen Penny zu erstehen. In den großen Ateliers des West End stichelten Näherinnen und Modistinnen zwölf Stunden pro Tag und würden an einem besonderen Auftrag auch noch die Nacht durcharbeiten.

Eine Kavalkade von Pferdeomnibussen fuhr eine Armee von Büroangestellten nach Hause. Die Busse waren im Inneren durch Petroleumlampen erleuchtet, außen mit Reklamen bepflastert. *Holloway's Pillen & Balsam, Oakey's Wellington Messerputz, Paysanda-Zunge, Vinolia-Seife, Pink's Marmelade, Browick's Backpulver.* Obenauf thronten, in Schals und Pelerinen vermummt, darüber eine Ölhaut, und den alten Hut tief in die Stirn gezogen, die Könige der Fahrbahn: die Omnibuskutscher. Ihre Mägen waren vom häufigen Nachfüllen mit Disher's Barley Wine (einem starken, dunklen Bier) gut warm gehalten; ihre Gesichter scharlachrot von Wind und Wetter. Sie hielten ihre Peitschen wie Marschallstäbe. Ihre Pferde, ebenfalls durch innerliche Anwendung von Burton-Bier gestärkt, zogen ihre Last fünfzehn Stunden am Tag. Diese viktorianischen Ritter trugen die Bürde von Neid und Mutwillen mit unerschütterlichem Gleichmut. Die Neckereien von Buben, die das Fahrgeld nicht bezahlen konnten. »Rauschebart!« schrien sie und rannten nebenher. »Wer hat dich eingeschirrt? Deine Olle?« Um manchmal mit einem leichten Peitschenhieb verscheucht zu werden wie Fliegen. Und es gab auch ungeschriebene Gesetze unter den Passagieren. Damen und Kinder saßen drinnen, das junge Blut stand draußen; und von den jungen Männern ließ sich keiner dabei ertappen, daß er in der üblichen Art in einen Omnibus einstieg, sie sprangen entweder auf, wenn er sich schon in Fahrt gesetzt hatte, oder sprangen ab, ehe er anhielt. Außerdem beschwor der Tierschutzverein in Druckschrift: »Halten Sie den Bus so selten wie möglich an, da das Anziehen für die Pferde äußerst beschwerlich ist.« Aber die Kutscher hielten immer und überall, wenn ihnen jemand vom Gehsteig winkte.

Jetzt, als das Licht schwand und der Krapfenmann mit Glocke und Bauchladen nach Hause wanderte, erwachte das andere London zum Leben. Glückliche Kinder waren zu Hause oder im Bett. Die unglücklichen hasteten in Läden, um Käse oder Schinkenabfälle für die Familie zu kaufen; bettelten im Schutz der Dunkelheit; warteten vor Wirtshäusern oder kauerten sich am Themseufer in Hauseingängen und Torbogen aneinander, um sich warm zu halten; ohne Brot und Obdach.

Die Mehrzahl der Eßlokale und Kaffeehäuser schloß um elf Uhr, aber die Schenken und Souper-Restaurants und Nachtcafés erwarteten nun ihre große Stunde. Die Abendvorstellungen – vom glanzvollen Covent Garden bis zur schäbigen Groschenschau im Royal Victoria Theatre – gingen zu Ende. Während einsame Männer ihre Dinnerrechnungen beglichen oder ihren Schlußbeifall spendeten, wandte sich Londons dunkelstes Gesicht vom Spiegel ab und suchte die Straßen auf.

Im Westend boten die großen Kurtisanen einer exklusiven und wohlbetuchten Klientel verschwenderische Sinnenlust. In Brompton oder Chelsea, in St. John's Wood oder Fulham schenkten kluge junge Damen ihre Gunst nur einem einzigen Verehrer, der für ihren Unterhalt aufkam. An den nächtlichen Vergnügungsstätten entfalteten ihre zugänglicheren Schwestern für Geld ihre Reize vor den anwesenden Herren. Entlang der Ratcliff Highway und in jedem Dock schlenderten Matrosenhuren Arm in Arm dahin und boten mit heiseren Rufen jedem vorüberkommenden Seemann ihre Waren an: lüfteten bebänderte Röcke, um eine plumpe, rosa bestrumpfte Wade zu zeigen; stöckelten auf glänzenden Messingabsätzen, die tanzen oder steppen konnten. An den feuchten Wänden der Hintergassen blühte das Wechselgeschäft mit Liebe und Bargeld. Ein Mann konnte niedergeschlagen und ausgeraubt werden, wenn die Dame einen Komplizen hatte, aber im großen und ganzen gingen Kauf und Verkauf glatt vonstatten. Noch weiter unten wanderten die verbrauchten Hökerweiber der Wollust die Straßen auf und ab und sprachen die Passanten an. Mit Stimmen, die heiser waren vom Gin, verhießen sie das Paradies für ein paar Pence; doch das gedunsene Gesicht hinter dem Schleier und der verwüstete Körper unter dem billigen Fähnchen waren Visionen aus der Hölle. Und in ihrem tiefsten Kreis lag oder kauerte auf bloßen Brettern, von Krankheiten zerrüttet und von der Armut ausgemergelt, die Hefe des ältesten Gewerbes der Welt, um in Lumpen und Schmutz zu sterben.

Dreizehnjährige Jungfrauen, teuer, aber erhältlich, wurden angelockt, verschleppt und von besonders lasterhaften Kennern vergewaltigt – denn es wurde angenommen, man könne sich auf diese Weise von Geschlechtskrankheiten heilen. Eine kleine Hofhaltung aus unerläßlichen Komplizen trug das Ihre zu diesem Feinschmeckermarkt bei, von der Kupplerin bis zu der Frau, die zuerst die Unschuld des Mädchens feststellte und dann die Verheerungen wieder reparierte.

Die andere Hälfte des Lustgewerbes – weniger auffallend, da weniger leicht zu ermitteln – belieferte vorwiegend Militärs und Seeleute, die eine Vorliebe für den männlichen Körper entwickelt hatten. Offene Angebote waren selten, aber hinter den ehrbaren Röcken so mancher Madame saßen Knaben bis spät in die Nacht und ›warteten auf Jack‹, und ältere Strichjungen waren in allen Hafengegenden zu finden. Die Amendment Act von 1885 – der ›Erpresser-Freibrief‹, wie das Gesetz genannt wurde – erklärte jeden öffentlichen oder privaten Geschlechtsverkehr zwischen Männern zur strafbaren Handlung und rief daher bei den Mitgliedern der Unterwelt ein Interesse wach, das bisher nicht bestanden hatte. Drohungen, die Polizei zu informieren, lockten Gold aus den Taschen solcher Bürger, die es sich nicht leisten konnten, als Homosexuelle angeprangert zu werden. Dieser brodelnde Hexenwahn hatte 1895 ganz England erfaßt, zerstörte das glänzende Bildnis des Oscar Wilde und enthüllte ›Bosie‹ Douglas' Unfähigkeit, ein normaler Mann oder ein loyaler Freund zu sein. Die beiden hatten den Kardinalfehler begangen, sich ertappen zu lassen: eine Sünde, die in der viktorianischen Gesellschaft nicht zu verzeihen war. Von diesen verschiedenen Händlern mit Menschenfleisch machten die Bordellhalter, die Zuhälter und die Zutreiber den größten Schnitt. Sie nisteten sich in den Mietskasernen von Bluegate Fields ein und vermieteten Zimmer für ein paar Shilling pro Woche oder ein Shilling pro Nacht an jede armselige Hure, die zahlen konnte. Die eleganten Etablissements hingegen forderten von jedem Klienten mehrere Guineas. Im Bund mit den Gelegenheitshäusern standen die Schlepper, die Damen für jeden Geschmack beibrachten und mit potentiellen Kunden über deren Clubs oder Büros brieflich Kontakt aufnahmen.

Als letzte und beklagenswerteste Kategorie fand der unerwünschte Sprößling eines verzweifelten Mädchens seinen Abnehmer. Um den Betrag von fünf Pfund nahm ein sogenannter Baby-Farmer das Kind bei sich auf und versprach ein ordentliches Elternhaus und gute Pflege, wenn das Kind kränklich war. Diese Früchte des Lasters waren naturgemäß besonders anfällig. Die Sterblichkeitsziffer unter illegitimen Kindern war achtmal höher als unter den legitimen.

Das alles registrierte Lintott in seinem kühlen Kopf und

bedauerte es im Herzen. Soviel Elend, Raffgier und Entartung würden ihn gegen die ganze Menschheit verhärtet haben, wenn er nicht seine Freistatt in Richmond gehabt hätte. Dort konnte er in Pantoffeln und in einem alten Jackett klarere Stimmen hören und sich einer lichteren Welt erfreuen. Zwanzig Ehejahre hatten Mrs. Lintott mollig gepolstert, aus einem quecksilbrigen Mädchen eine temperamentvolle Frau gemacht und eine Neigung zum Kichern in gesunden Humor verwandelt. Sie hielt ihren Ehemann für den klügsten und besten Mann der Welt, und er verheimlichte nichts vor ihr außer den abstoßenden Details seines Berufs. Und so flickte und nähte und strickte sie und berichtete über das Neueste aus der Nachbarschaft, während er rauchte und nachdachte. Er hörte zu, weil er sie liebte und ihre Stimme ihm wohltat, aber der Polizist in ihm ruhte nie: er registrierte, sichtete und analysierte. Wie er häufig sagte, jede Information konnte sich als nützlich erweisen. Und auch Richmond behielt er in wachsamem Auge. Von seinen Kindern erfuhr er dies oder jenes und war stolz darauf, daß John später einmal in den Polizeidienst und Joseph in die Armee Ihrer Majestät eintreten wollte. Er neigte dazu – wie seine Frau ihm oft vorhielt –, seinen beiden Töchtern allzuviel Nachsicht entgegenzubringen, wenn er auch auf guten Leistungen in der Schule bestand, damit sie einmal Arbeitsplätze in Büros fänden. Von dieser Bedingung abgesehen, nutzten sie seine Zuneigung weidlich aus. Und da er wußte, wie schwer das Leben einer Frau war, bereitete er ihnen eine glückliche Mädchenzeit.

Diese verborgene Güte konnte zuweilen sein Urteil trüben, und er hatte sich an den Glauben geklammert, daß Laura vorbehaltlich erdrückender Beweise des Ehebruchs nicht schuldig sei. Während er nun durch seine lasterhafte Stadt trabte, blätterte er im Geist nochmals Lauras Tagebuch durch und suchte nach Entlastungsgründen. Sie hatte ihn tief in das Labyrinth weiblicher Wirrnisse geführt, und er bedurfte seines ganzen Orientierungssinns, um sich darin zurechtzufinden. Titus' Liebesbrief hätte lediglich Ausdruck der Gefühle sein können, die er Laura entgegenbrachte; eine Frau machte sich nicht schuldig, wenn sie Liebe weckte, sondern nur, wenn sie sich dieser verbotenen Liebe hingab. Sie hatte seinen Brief zerrissen, woraus man schließen könnte, daß sie seine Werbung ablehnte.

Glatter Wahnsinn, dachte Lintott. Sie hätte den Brief verbrennen sollen. Aber sie ist überhaupt leichtfertig mit Feder und Tinte. Das Tagebuch.

Das Wort FRAU war für ihn wie für jeden seines Geschlechts auch dann, wenn er es profanierte, gleichbedeutend mit TUGEND!

›Ein weiblich Herz, dem Wahn verfallen, erkennt zu spät der Männer Falsch.‹ Daran hätte sie denken sollen. Und sie hätte es nie, niemals schreiben dürfen. Jeder hätte es finden können. Sogar ihr Ehemann.

Einen Augenblick lang fragte er sich, ob Theodor das Tagebuch vielleicht wirklich aufgestöbert und, doppelt betrogen, einen gewaltsamen Ausweg gesucht habe. Dann wies er den Gedanken als romantischen Unsinn von sich.

»Papperlapapp!« sagte Lintott laut und scheuchte einen Bettler in einer Toreinfahrt auf.

Er hatte sich ein ziemlich genaues Bild von Theodor Crozier gemacht. Der Charakter dieses Mannes schloß eine derartige Möglichkeit völlig aus.

Nein, ein solcher Mann würde nie und nimmer seiner Pflicht ausweichen, dachte Lintott. Pflichterfüllung war sein oberstes Gebot. Er hätte Weib und Bruder zur Rede gestellt und eine Erklärung gefordert. Und dann? Vermutlich die Partnerschaft mit dem Bruder gelöst und seine Frau zu deren Onkel geschickt. Und er selbst würde fortan, mit Haushalt und Kindern beladen, sein Leben allein weiterführen. Allein, aber rechtschaffen. Nur das zählte für Theodor: die Rechtschaffenheit. Ein rechtschaffener Mensch, ein korrekter Mensch, ein Mensch, der auf der Einhaltung aller Regeln bestand und sie selbst streng einhielt.

Warum dann die Mätresse? Und, darüber hinaus, warum die Briefe? Die physische Bedürfnisse eines Mannes waren andere als die einer Frau, aber selbst dafür gab es einen Kodex, gab es Regeln. Es stand geschrieben – im Himmel, wo die Ehen geschlossen wurden –, daß man sein Eheweib liebte. Daraus folgte, daß man seine Mätresse nicht liebte, sondern bei ihr nur Entspannung und Vergnügen fand. Diese Mätresse war – laut Kate, deren Meinung er respektierte – nicht von der

Art gewesen, in die ein wählerischer Mann sich verlieben würde. Aber niemand sieht je auf den Grund des menschlichen Herzens, das ist erwiesen, sann Lintott vor sich hin. Alles hätte so sein können. Dieses Tagebuch!

Lauras Handschrift schrieb Wörter und Sätze in die Nacht, die ihn veranlaßten, mißbilligend mit der Zunge zu schnalzen.

Es wäre nur halb so schlimm, dachte er, wenn dieser Titus es wenigstens wert wäre. Aber das ist er nicht. Er hielt inmitten seiner Überlegungen inne, schüttelte den Kopf, als wolle er seine Gedanken klären. Nein, es würde immer schlimm sein, von welcher Seite man es auch ansah, rief er sich zur Ordnung. Was wollte eine solche Frau denn mehr als einen reichen Gatten, drei prächtige Kinder und ein schönes Heim? Theodor Crozier war nicht kleinlich gewesen. Ihre Kleider kosteten bestimmt einen schönen Batzen, ganz zu schweigen von den Juwelen. Sie hatte eigenes Geld, gewiß. Fünfhundert im Jahr waren kein Pappenstiel.

Soviel werd' ich niemals auch nur zu riechen kriegen, und auch das ist erwiesen, dachte er. Aber er hat diesen Aufwand auch nicht vom Vierfachen bestreiten können. Was mag diese Firma einbringen? Und Mrs. Crozier gehört zu den Frauen, denen das Geld durch die Finger rinnt, da möcht ich wetten. Leichtsinnig, obwohl man es nicht denken würde, wenn man sie sieht. Leichtsinnig mit Geld, wenn niemand ihr Einhalt tut. Ob dieser Bursche ihr seine Schuldsumme inzwischen schon abgeschmeichelt hat? Sie irgend etwas hat unterschreiben lassen? Leichtsinnig mit ihrem guten Ruf, den jede Frau über alles andere hochhalten sollte. Alles schwatzt, lästert, spekuliert. Und leichtsinnig mit ihren Gefühlen, mehr Herz als Urteilskraft. Leichtsinnig genug, um ... Ach ja, Weiber sind unberechenbar! Sogar die Guten können einen überraschen. Dann erst die Schlechten!

Wenn ich nur mein eigenes Zimmer haben dürfte, dann könnte ich ihn ein wenig leichter ertragen. Aber für ihn ist die Fassade alles, und obwohl ihm an meiner Gegenwart nicht mehr liegt als mir an der seinen, müssen wir erscheinen wie Mann und Frau. Ich danke Gott, daß alles vorbei ist. Wieviel Elend können die Männer uns antun! Und doch, wenn es der Mann ist, den man braucht, wiegt das Elend gering.

Dieses ›braucht‹ gefällt mir nicht, dachte Lintott und schritt schneller aus. ›Liebt‹ wäre taktvoller. Frauen ›brauchen‹ nicht. Oder doch? Jedenfalls nicht Frauen wie sie. Es gibt natürlich Damen der Gesellschaft, die – man hört so manches. Sie wirkt nicht angriffig, in keiner Weise angriffig. Meine Bessie, also ich würde sagen, sie ist – gemütlich, eine warmherzige Frau, eine frauliche Frau, ja, eine glückliche Frau. Aber kein ›braucht‹. Bestimmt kein ›braucht‹? Irgendwie stimmt das nicht.

Liebe ich Titus wirklich? Ich weiß es nicht. Ist es nicht seltsam, daß ich mir diese Frage stelle, da er mich doch so tief verwirrt? Mit achtzehn hätte ich ohne Zögern gesagt, daß ich ihn liebte, aus blinder Unwissenheit hätte ich es gesagt. Er hätte mich in dieser Hinsicht glücklich machen können, aber nur in dieser. Hätte ich seiner je müde werden können? Ich liebe ihn, wenn er liebenswert ist. Zuzeiten habe ich ihn gehaßt. Wenn wir seit fünfzehn Jahren verheiratet wären und er mich ständig durch seine Schwäche für Frauen und Glücksspiel verletzte, würde ich ihn dann auch noch lieben? Würde ich ihn und seine Liebe noch immer brauchen, oder würde das jetzt vorbei sein wie mit Theodor? Allerdings, mit Theodor hat es nie begonnen.

Nun, Ihr seliger Gatte hatte nicht mehr Freude an Ihnen, Ma'am, als Sie an ihm, schalt Lintott das Phantom im dunkeln. Er mußte die Liebe außerhalb des eigenen Heims entdecken und Schande auf sich laden. Ja, Ma'am, Liebe. Er muß sie ›gebraucht‹ haben, wie Sie so schamlos sagen, aber es war auch Liebe im Spiel – Liebe irgendeiner Art. Ich möchte die Frau kennenlernen, der zuliebe er sich bloßgestellt hat, und sehen, was ihm diesen Preis wert war. In ihr würde ich einen Schlüssel zu allem übrigen finden.

Mama hat mir gesagt, ich müsse mich auf etwas gefaßt machen, was mir als zartfühlender Frau unangenehm sein müsse. Aber sie versicherte mir, dies sei ein notwendiger Bestandteil der Ehe. Sie lehrte mich, daß eine Dame die Glut eines Mannes mit Nachsicht über sich ergehen lasse. Ich glaube, meine Mutter benutzte sogar das Wort ›christlichen Mut‹. Sie sagte, es müsse sein, wenn ich mein Leben und meine Pflicht erfülle und Kinder zur Welt bringen wolle. Ich hatte immer angenommen, daß meine Eltern eine liebevolle Ehe führten. Wenn ich jetzt an sie denke, dann frage ich mich, welch elende Jahre sie miteinander teilten. Denn mein Vater war ein leidenschaftlicher und zärtlicher Mann – ich weiß, was Leidenschaft und Zärtlichkeit sind! –, und sie war keine heißblütige Frau.

Und sehr anständig, dachte Lintott. Warum sollten sie keine liebevolle Ehe geführt haben? Höchstwahrscheinlich war das der Fall.

Theodor vergeudete keine Zeit mit Worten der Leidenschaft, der Beteuerung seiner Liebe, wie Mama vorausgesagt hatte. Er sprach von Pflicht und Gehorsam. Ich verstand ihn nicht. Ich suchte nach einem Zeichen von Aufmerksamkeit und Zuneigung. Nichts dergleichen. Kalt, kalt, kalt, und dann das Chaos.

Lintott marschierte festeren Schritts durch sein London und überlegte sich seinen nächsten Tag.

Mama sagte mir, daß mein Vater ihr aus dem ›Hohelied Salomons‹ zitiert habe und daß ihr das noch peinlicher gewesen sei als das, was folgte. Sie sagte, sie habe es nicht erwarten können, bis es vorüber wäre, aber dies sei eben das Los der Frau. Nachdem Titus und ich in seiner Wohnung beisammen waren, schloß ich mich zu Hause eine Stunde lang ein und weinte. Ich weinte nicht seinetwegen oder aus Scham – das kam später, als ich fürchtete, er habe mich leichtfertig genommen. Ich weinte damals um meinen Vater, und ich fühlte mich ihm nah. Ich wünschte mir, daß er noch lebte und daß ich zu ihm gehen könnte, bei ihm sitzen und schweigen. Wir konnten immer gut miteinander schweigen, er und ich. Wir hätten gemeinsam über einen Verlust schweigen können, von dem niemals gesprochen werden darf. Ob er wohl je an mich gedacht hat?

Ah, Sie sind eine sonderbare Person, mahnte Lintott sie. Schluß damit, Ma'am. Männer und Frauen sind so verschieden wie Kalk und Käse. Setzen Sie gefälligst nicht Ihre Haube dem Vater auf den Kopf. Sie würde nicht passen. Was soll ich nur mit Ihnen anfangen? Denn die Beweise von allen Seiten reichen aus – obwohl ich nicht gern von ihnen Gebrauch machen möchte –, daß dieser Coroner innerhalb von fünf Minuten umschwenkt. Verbrechen aus Leidenschaft würde er es nennen. Aber was hätten Sie damit gewinnen können? Die Witwe eines Mannes kann nicht dessen Bruder heiraten. Oder dachten Sie, daß Sie dann in Zukunft freie Hand für weitere Seitensprünge hätten? Gewiß nicht. Ich kenne Sie ziemlich gut, Ma'am. Vielleicht dachten Sie einfach, einen schwierigen Knoten haut man am besten mittendurch!

Ich trage mich täglich mit dem Gedanken, mich von meinem Gatten zu lösen. In einiger Zeit werde ich es auch tun. Vielleicht habe ich dann meinen Frieden und er das, was er sich am sehnlichsten wünscht – eine gehorsame Fremde. Unser Leben wird nicht schlechter sein als das anderer Leute, die ich kenne. Ich habe bei Freunden und Bekannten Augen und Ohren offengehalten, und viele von ihnen sind genauso tot wie wir. Wenn ich nur ganz Mutter wäre, wie die meisten Frauen, könnte ich zufrieden sein. Aber das bin ich nicht. Es lebt noch etwas anderes in mir, das sein Teil bekommen muß und wird. Wenn ich nur ganz weit fortgehen könnte. Wenn ich nur nie geboren wäre. Wenn ich nur sterben könnte.

Er verhielt den Schritt, und seine Züge erhellten sich. Ich habe die Bedeutung dieser paar Worte übersehen, dachte er. Wie, wenn sie – nie würde sie den Mut haben, es einzugestehen – versucht hätte, sich selbst das Leben zu nehmen? Sie kommt als Selbstmörderin in Frage, nicht unbedingt, aber möglicherweise. Vielleicht hat sie diese Kapseln in einem Glas Wasser oder Wein für sich selbst aufgelöst, und er hat es versehentlich genommen? Und dann hat sie, als halbe Wahrheit, die Geschichte von der einen Pille erzählt, die sie ihm gegeben hat. Vielleicht auch nicht. Vielleicht ist es dieser Titus. Ich weiß nicht, wie er es getan haben könnte, aber er ist hart genug, um Leute aus dem Weg zu räumen, wenn sie ihm hinderlich sind. Nicht Mord als selbstverständliche Lösung. Er ist kein gewöhnlicher Mörder. Aber wenn sich ihm, einmal im Leben, die Möglichkeit bietet, dann ist er schwach und stark genug, um sie zu ergreifen. Sehr viel wahrscheinlicher. Sehr viel wahrscheinlicher. Die einzige andere Person, die, soviel ich sehen kann, einen Groll gegen den Verstorbenen hegte, ist unsere hübsche Kate. Aber sie würde sich niemals selbst schuldig machen. Unsere Kate würde keinen Zoll von ihrem Weg abweichen, eher ginge die Welt unter. Sie möchte gern den Platz ihrer Herrin einnehmen, aber sie wird nie soweit kommen. Nicht in tausend Jahren. Kate weiß, was sie will, und sie ist vorsichtig. Die andere würde sich an Kates Stelle schon längst mit einem Lakaien kompromittiert haben! Ach, und sie hätte es lieben genannt oder brauchen oder was immer am besten zupaß gekommen wäre. Unbesonnen, so unbesonnen! Und doch – armes Geschöpf.

Aber ich muß sie alle wissen lassen, was ich herausgebracht habe, und dem ein Ende setzen. Du lieber Herr im Himmel, was könnte ihr sonst noch alles zustoßen? Sie wird mit diesem Burschen sowenig fertig wie ein neugeborenes Kind. Wir möchten zu diesem Skandal nicht noch einen weiteren erleben. Wenn sie sich in Schwulitäten bringt, dann kommen wir mit unserer Geschichte nie und nimmer durch! Und alle anderen werden gleichfalls hineingezogen, die Kinder und so weiter. Nein, nein, nein. Sie muß ihre Witwenzeit hinter sich bringen, so gut sie kann, ohne Mister Titus' liebevollen Beistand. Später kann sie vielleicht wieder heiraten – irgendeinen gesetzten Mann, der auf sie aufpaßt, sie ein bißchen umsorgt. Frauen brauchen bloß ein bißchen Führung. Ein freundliches Wort hier und da, einen Kuß, ehe man morgens aus dem Haus geht und wieder einen am Abend, einen Arm um ihre Schultern, wenn sie sich bedrückt fühlen, und von Zeit zu Zeit müssen sie zu hören kriegen, wieviel man von ihnen hält. Wie meine Bessie. Eine nette Frau, meine Bess, eine warmherzige Frau, eine Frau, die mich liebt. Aber dieses ganze Zeugs von wegen brauchen. Für mich ist das einfach unanständig!

Sie empfingen ihn ungern, aber sie hatten keine Wahl. Ein hübsches Paar, dachte Lintott, ein elegantes Paar, als er Kate seinen Hut anvertraute. Titus stand in seiner Lieblingspose am Feuer, einen Arm auf den Kaminsims gestützt, einen Fuß auf dem Messinggeländer. Laura prunkte in schwarzem Samt, die Amethyste sprühten an ihrem Hals und in den Ohrgehängen, an Armen und Busen und Fingern. Die Trauer kleidete sie, verlieh ihr zusätzliche Würde, die ihre blasse Schönheit noch rührender und zerbrechlicher wirken ließ.

Ihre Schneiderin arbeitet vortrefflich für sie, überlegte Lintott. Sie gibt sich, als wäre sie in eine andere Haut geschlüpft – wie meine Bessie mit einem neuen Hut. Und sein Schneider versteht sein Handwerk. Hoffentlich kommt er zu seinem Geld!

»Guten Abend, Mrs. Crozier, Mr. Crozier. Bitte um Verzeihung, daß ich um eine Unterredung mit Ihnen beiden ersucht habe, aber es handelt sich um eine Sache von Wichtigkeit. Ja, von größter Wichtigkeit sogar. Danke schön, ja, ich nehme gern Platz.« Und er setzte sich entschlossen auf das Möbel mit dem Polsterrücken, pflanzte die klobigen Stiefel zwischen die vergoldeten Beine. »Wieder kalt heute abend?«

Irgend etwas an seinem Benehmen alarmierte Laura, und sie blickte ihn schnell an. Er erwiderte den Blick, unnahbar und unerbittlich.

»Sehr kalt, Inspektor«, sagte Titus leutselig. »Nun, würden Sie vielleicht zur Sache kommen?«

»Gewiß, Sir. Auf dem kürzesten Wege. Ist mir das liebste – wenn es der Dame genehm ist?«

Wieder hob sie den Kopf, wie abwehrend. Dann nickte sie leicht ihre Zustimmung und fächelte sich.

»Mir sind Beweise zugekommen – ich werde nicht sagen, welche oder auf welchem Weg, wenn es nicht unbedingt sein muß, aber schlüssige Beweise, was einen Aspekt dieser Untersuchung betrifft.«

»Haben Sie etwas im Zusammenhang mit dem Tod meines verstorbenen Bruders entdeckt?«

»Nein, Sir. Im Zusammenhang mit Ihnen und dieser Dame.«

»Bestimmt noch mehr Klatsch«, sagte Titus ärgerlich und veränderte seine Stellung, als sei das Feuer zu heiß.

Laura wurde sehr still, der Fächer hing von ihrer Hand. »Ich sagte *Beweise*, Sir.« Und als Titus sich anschickte, ihm Trotz zu bieten, fügte er überredend hinzu: »Sie werden die Dame gewiß nicht noch mehr betrüben wollen, indem Sie mich zwingen, diese Beweise vorzulegen? Wenn Sie darauf bestehen, tue ich es. Ich bin dazu durchaus in der Lage.«

Sie haben mich hinters Licht geführt, Ma'am, mit Ihrer gespielten Hilflosigkeit. Aber ich hab' die Wahrheit gefunden. Nicht, was ich gedacht hatte. Ganz und gar nicht, was ich gedacht hatte.

Titus warf sich in Theodors Lehnsessel, kreuzte die Beine, legte die Handflächen aneinander und fixierte Lintott unverwandt.

»Ich nehme als verbürgt an, daß Sie Beweise haben, Inspektor. Bitte fahren Sie fort.«

»Es bleibt nicht mehr viel zu sagen, Sir – und Ma'am. Ich kann beweisen, daß eine gewisse Beziehung zwischen Ihnen bestand – ich sage nicht, daß sie noch besteht. Ich kann beweisen, daß es sich um eine starke Bindung handelte. Ich wage zu behaupten, stark auf *beiden* Seiten.«

Er hat dich ernst genommen. Vielleicht nicht zu Anfang, aber bestimmt am Ende.

Laura breitete langsam ihren Fächer aus und sah nicht den seidigen Flug summender Vögel, die darüber zogen. Ein wenig Wärme milderte die Eiseskälte der Bloßstellung. Er hatte gesagt, *auf beiden Seiten.*

»Nun, ehe wir weitergehen«, sagte Lintott behutsam, »und ich werde nicht weitergehen als nötig, das versichere ich Ihnen, eine Frage: Bestätigen Sie den genannten Beweis?«

Titus erwiderte kühl: »Wenn es sich um einen Beweis handelt, dürfte sich unsere Bestätigung erübrigen, nicht wahr?«

»Es geht nur darum, daß ich noch nie gern ins Blaue geredet habe«, sagte Lintott unverblümt.

Titus zögerte und überlegte, ob er den Inspektor nicht doch noch überlisten könne. Aber Laura sprach leise und entschlossen, bemühte sich, alles wieder zurechtzurücken.

»Die Bindung bestand und besteht jetzt nicht mehr, Inspektor Lintott.«

Wenn er nicht gut zu mir ist, dann komme ich wieder zu dir nach Hause.

»Danke, Ma'am. Sie haben offen und ehrlich gesprochen. Ich will es auch tun. Ein Mann, der zu schnellen Schlüssen neigte, würde sagen, damit könne er nun vor Gericht gehen.«

Mach keine dummen Geschichten, Laura, hörst du?

»Ihre Überlegung geht dahin«, sagte Titus ruhig, »daß meine Schwägerin und ich, da wir uns dieser einen Tat schuldig machten, auch die andere und schwerere Schuld auf uns geladen haben?«

»Es ist eine Möglichkeit, der nachzugehen wäre, Sir, aber es ist nicht unbedingt die Lösung.«

Laura wandte sich verletzt und verzagt wieder ihrem Fächer zu. Lintott blickte besorgt zu ihr hinüber.

»Falls mein Wort für Sie irgendeinen Wert haben sollte«, sagte Titus langsam. »Ich kann Ihnen versichern, daß keiner von uns im geringsten des Mordes schuldig ist.«

Lintott nickte kurz und brüsk, als wollte er sagen: *Ich nehme es zur Kenntnis. Aber mehr nicht.*

»Ich glaube, wir sind mit diesem Fall noch nicht einmal zur Hälfte durch, Sir. Ich muß die Dame aufspüren, die die Briefe gebracht hat, und von ihr werden wir weiteres erfahren. Ich sage nicht, alles erfahren. Ich weiß es nicht. Zuerst muß ich sie finden.«

Wieder blickte er Laura an, aber sie hatte bereits zuviel hinnehmen müssen.

»Vielleicht könnten Sie und ich irgendwo kurz miteinander sprechen, Sir? Mrs. Crozier muß heute abend nicht mehr weiter belästigt werden.«

Lauf zu jetzt, Laura.

»Bitte sich nicht stören zu lassen«, sagte sie rasch und mit viel Würde. »Ich habe häusliche Angelegenheiten zu regeln, würden Sie mich also entschuldigen.« Sie trat zu Lintott, ohne Trotz, ohne Hoffnung. »Gute Nacht, Inspektor. Bitte sprechen Sie jederzeit wieder vor, wenn es nötig sein sollte.«

Aber er hatte noch eine Pflicht zu erfüllen: Er mußte sie warnen.

Er verbeugte sich linkisch.

»Gute Nacht, Ma'am. Und, wenn ich das noch sagen darf, ich würde an Ihrer Stelle alle persönlichen Papiere im Haus genauso belassen, wie sie sind. Ich habe sowohl Zeugen wie Beweise. Wenn Sie zum Beispiel daran denken sollten, irgend etwas zu zerreißen oder zu verbrennen, so müßte ich das als Schuldgeständnis werten und entsprechend handeln.«

Besorgt blickte Titus von einem zum anderen und versuchte, den Ernst der Lage abzuschätzen.

Laura hielt sich tapfer, sie versuchte Lintotts ausdruckslosem Blick zu begegnen, und schwebte graziös aus dem Zimmer.

»Nun, Sir, können wir ein bißchen freier sprechen. Ich habe ein Wörtchen mit einer alten Freundin von Ihnen gesprochen, mit Miß Eliza Tucker vom Alhambra, da ich dachte, sie könne die Dame sein, mit der Ihr Bruder liiert war. Ich bin froh, daß sie es nicht war.«

Titus unterbrach ihn angewidert.

»Haben Sie sich eingebildet, mein Bruder und ich würden uns eine Mätresse teilen, Inspektor?«

»Ich hab' so was schon mal gehört«, erwiderte Lintott offen. »Warum sollte es fragwürdiger sein, wenn Sie Miß Tucker mit

Ihrem eigenen Bruder teilen anstatt mit einem halben Dutzend fremder Männer?«

Titus errötete.

»Wenn dem so gewesen wäre, hätte ich es gewußt, nicht wahr?«

»Oh, das kann ich wirklich nicht sagen«, sagte Lintott sehr ungezwungen. »Die Dame könnte Peter ausgenommen haben, um Paul zu zahlen. Das ist schon vorgekommen, Sir.«

»Ich finde Ihre Unterstellung sowohl schmutzig wie ehrenrührig.«

»Nun ja. Unsere Auffassungen von Ehre sind verschieden, Sir«, sagte Lintott ungerührt. »Das ist mir bereits aufgefallen.«

Titus schwieg und zündete sich eine Zigarette an.

»Ist Ihnen irgendeine Tatsache bekannt, Sir, die uns helfen könnte, die betreffende Dame zu finden?«

Titus schüttelte den Kopf und spuckte die Spitze der Zigarre aus.

»Auch gut, Sir. Dann muß ich's auf dem langen Weg versuchen.«

»Ist das alles, Inspektor?«

»Für heute ja, Sir. Oh, übrigens, keiner dieser anonymen Briefe wurde von einem von Mrs. Croziers Dienstboten geschrieben – auch nicht von Ihrem Dienstmädchen Lily Day. Vielleicht hätten Sie die Güte, Mrs. Crozier das mitzuteilen. Der Gedanke mußte ihr unbehaglich sein.«

»Ich werde es Mrs. Crozier selbstverständlich sagen«, sagte Titus kalt und klingelte nach Kate.

»Und Sir, ich hoffe, daß auf Mrs. Croziers Ruf kein weiterer Makel fallen wird. Es würde vor Gericht einen sehr schlechten Eindruck machen, Sir – und es mag sein, daß wir vor Gericht müssen –, wenn ich gezwungen wäre, auch darüber Beweise vorzulegen! Und ich werde es herausbringen, Sir, täuschen Sie sich nicht. Ich habe überall Augen und Ohren. Sie würden sich wundern. Ich weiß über Mrs. Crozier wahrscheinlich mehr, als selbst Sie vermuten.«

Ah! Du bist ein gutaussehender Halunke, dachte Lintott und betrachtete den wohlgeformten Kopf und die nußbraunen Augen.

»Bei Ihnen würde mich nichts überraschen, Inspektor«,

sagte Titus leichthin. »Finden Sie nicht, daß die Polizeiarbeit ein recht schmutziges Geschäft ist?«

»Doch, Sir«, erwiderte Lintott. »Aber wissen Sie, dreckig machen's die Leute, mit denen ich zu tun habe – nicht ich. Und das ist doch wohl ein sehr wesentlicher Unterschied. Habe die Ehre, gute Nacht zu wünschen, Sir.«

In der Diele kniff er Kate in die Wange: ein Übergriff, den sie mit einem Zurückwerfen des Kopfes abtat. Lintott drohte ihr mit dem Finger und blinzelte vergnügt.

»Sagen Sie, liebes Kind, Sie berichteten doch, die verschleierte Dame sei in einer Mietskutsche gekommen?«

»Ja, Sir. Die Kutsche hat auf sie gewartet.«

»Ich nehme nicht an, daß Sie darauf achteten, wie der Kutscher aussah, oder, liebes Kind?« fragte Lintott hinterhältig. »Sie sind ein kluges Mädchen, aber soviel Beobachtungsgabe würde ich kaum jemandem zutrauen.«

Sie überlegte sorgfältig, und er wartete.

»Er war ein stämmiger Mann mit rotem Gesicht und sprach mit heiserer Stimme, als er dem Pferd befahl stillzuhalten.«

»Sie sind alle stämmig und haben rote Gesichter und heisere Stimmen, mein Kind. Von innen wirkt das Bier und von außen das Wetter.«

Sie dachte erneut nach, und er sah, wie sie später einmal aussehen würde: schlau und ungemein tüchtig.

»Aber ich erinnere mich, daß ich dachte, er muß stämmig sein, obwohl er zwei Pelerinen umhatte, Sir.«

»Gleich zwei, so? Von besonderer Art oder Farbe?«

»Eine schmutzige grüne über einer schmutzigen grauen. Sehr altmodisch, Sir, der grüne Umhang mit doppeltem Cape. Oh, und er trug einen Hut, der früher einmal weiß war. Schmutziger weißer Baumwollsamt. Er muß einem Gentleman gehört haben, als er neu war.«

»Sehr gut, Kate. Ja, die beiden Umhänge und der Hut könnten ihn aufspüren – obwohl er nicht der einzige Mietkutscher ist, der altmodische, von einem Gentleman abgelegte Pelerinen trägt. Sie kriegen sie aus den Trödelläden.«

»Da is noch was gewesen, Sir«, sagte Kate, und wieder kam ihr durch das angestrengte Nachdenken ihre Vornehmheit abhanden. »Sein linker Arm war steif wie von einer Verwundung, die nicht richtig geheilt ist. Ich erinnere mich, wie er das

Pferd gezügelt hat – wie eine Katze über die Straße und direkt vor die Hufe gesaust ist –, weil es der Arm auf meiner Seite war.«

Sie schwieg, und ihre Augen glänzten. Lintott hatte etwas an sich, was bewirkte, daß die Leute ihm gefällig sein oder ihn sich geneigt machen wollten.

»Ein steifer Arm, so? Ein steifer linker Arm. Vielleicht im Krimkrieg gewesen. Also, Sie möcht ich bei mir in der Polizeitruppe haben, Kate, wenn sie dort Damen zuließen. Außer daß Sie meine Leute von der Arbeit ablenken würden! Kate, ich ziehe den Hut vor Ihnen«, und er lüpfte ihn bewundernd.

Sie wich nicht zurück, als er sie unters Kinn faßte und ihr zulächelte.

»Dieser Butler!« sagte Lintott ernsthaft. »Der kann von Glück sagen. Stimmt's, mein Herz?«

Laura schickte eine Entschuldigung in Form von Kopfschmerzen zu Titus hinunter und tastete in der Schale mit dem *pot pourri* nach ihrem Schlüssel. Auch das Tagebuch war noch immer an seinem Platz. Aber sie wußte, daß er es gelesen hatte, daß irgend jemand im Haus sie an ihn verraten hatte. Sie hatte den Eishauch unter seiner Höflichkeit gespürt, die Anklage in seinen Augen.

Du sollst nicht.

Ihre Finger packten eine Handvoll Seiten und zögerten. Sie blickte nachdenklich auf das Buch und dann in das Kaminfeuer. Zweierlei hielt sie zurück: Lintotts Warnung und die Kostbarkeit dieses Besitzes. Das Tagebuch war Atemluft in einem luftlosen Raum gewesen und alles, was ihr von Liebe blieb.

Minutenlang schwankte sie zwischen beiden Lösungen des Problems. Dann preßte sie das Buch an die Brust, senkte den Kopf und weinte.

III Ausgang

20

Die Prostituierte ist die beste Tugendwächte-rin. Ohne sie würde die unbestrittene Reinheit zahlloser glücklicher Ehen besudelt.

W. E. H. Lecky,
Europäische Sittengeschichte

»Mrs. Molly Flynn? Ich bin Inspektor Lintott von Scotland Yard. Ist es erlaubt, daß ich eintrete, meine Liebe, oder soll ich später wiederkommen?«

»Ich erwarte in ungefähr einer Stunde Besuch«, sagte Mrs. Flynn geziert, »aber kommen Sie bitte herein: Freut mich immer, wenn ich der Polizei helfen kann.«

Sie näselte die Vokale und verweilte bei den Konsonanten, als wären sie alte Freunde, aber Lintott entdeckte einen Cockney-Akzent, der ans Licht drängte. Und obwohl Mrs. Flynns dunkelrotes Kleid aus gutem Stoff war und gut paßte, fehlte ihm die letzte Eleganz. Mrs. Flynns Vorliebe für Kräuselfalten erstreckte sich vom Saum bis hinauf zum Mieder, und dieses Mieder hatte einen Ausschnitt, den eine Dame um diese Nachmittagszeit nicht getragen hätte. Die Taille war um den Preis äußerster Schnürung erzielt worden und war, zusammen mit einem lebhaften Temperament, die Ursache für eine leichte Atemnot. Sie schminkte sich ein wenig, puderte sich reichlich, gebrauchte Patschuli in verschwenderischen Mengen und war mit Schmuck behängt wie ein Weihnachtsbaum.

»Sie wären einen kleinen Raubüberfall wert, Mrs. Flynn«, sagte Lintott schelmisch und placierte seinen steifen Hut auf eines der zahlreichen Tischchen, die überall herumstanden. Es wackelte ein bißchen.

»Das sollte mal einer probieren«, rief seine Gastgeberin und vergaß ihre Pose. »Schauen Sie sich das an!«

Worauf sie einen vollen weißen Arm anwinkelte. Die Muskeln sprangen schwellend hervor.

»Also ich mag schneidige Frauen. Darf ich mich hierher setzen, meine Liebe? Sie machen sich's bequem, ja?«

Der Sessel war viel zu stark gepolstert, wie alle übrigen Möbel, und erinnerte auffallend an seine Besitzerin. Sie glaubte, über ihren Besucher Bescheid zu wissen. Sie lächelte offen und gut gelaunt, und er grinste zurück.

»Ich hab' nichts Unrechtes getan, mein Lieber«, sagte sie und ließ den gekünstelten Akzent fallen. »Und das wissen Sie auch. Das da ist ein Privathaus. Ich zahl meine Mieten und Steuern. Ich hab' keine Scherereien mit der Polizei oder den Nachbarn. Keiner hat sich je über mich beschwert.«

»Und wird es wohl auch nicht, was, Molly? Ich darf doch Molly zu Ihnen sagen, wie? Die sind schließlich von der gleichen Gilde wie Sie.«

»Kippen Sie doch einen«, lud sie ihn ein, als hätte sie seine Bemerkung nicht gehört.

»Nicht im Dienst, Molly. Aber lassen Sie sich nicht von Ihrem Tropfen abhalten, meine Liebe.«

Sie warf lachend den Kopf zurück und zeigte eine schöne kräftige Kehle. Wenn ihr das Glück noch weitere zwanzig Jahre treu bleiben würde, könnte sie sich in einer respektablen Gegend als achtbare Bürgerin niederlassen und würde dies vermutlich auch tun.

»Soll ich Ihre Gedanken lesen, Molly?« fragte Lintott. »Damit wir einander richtig verstehen? Ich bin nicht hier, um zu stänkern oder Sie hochgehen zu lassen.«

»Kapiert.«

»Ich weiß, daß Sie hier einen hübschen Betrieb unterhalten, und ich wette, Sie können mir jederzeit Ihre Heiratslisten vorweisen.«

Sie goß sich ein halbes Wasserglas Gin ein und nickte in Richtung auf den Nußbaum-Schreibtisch.

»Hab' ich mir gedacht, Molly. Sehr schön, meine Liebe. Ich gehe noch eine kleine Wette ein. Es gibt irgendwo im Haus sogar einen Mr. Flynn. Im allgemeinen kein Störenfried, aber ein kräftiger Bursche, der unangenehm werden kann, wenn jemand sich hier schlecht aufführt. Sagen Sie, Irin sind Sie nicht zufällig, Molly?«

»In Whitechapel geboren und aufgewachsen. Zigarre?«

»Im Moment nicht, meine Liebe, danke schön. Aber Sie stecken sich eine an, wenn Ihnen danach ist. Ich geb Ihnen Feuer«, und er strich das Zündholz für ihre Zigarre an, die sie mit sichtlichem Genuß schmauchte. »Ist Ihr Ehemann zu Hause, Molly?«

»Drunten in der Küche, liest seine Zeitung. Er kann raufkommen, wenn Sie ihn sehen wollen«, und sie deutete auf den Klingelzug neben ihrem Ellbogen.

»Ich möchte Sie lieber für mich allein haben, wenn er nichts dagegen hat, meine Liebe.«

Sie zuckte die prächtigen Schultern.

»Der nicht.«

»Nein, ich glaube auch nicht. Er hat eine kluge Frau, die beliebt ist bei ihren Freunden, immer genug Kies in der Tasche und nichts weiter zu tun als die Süffel rausschmeißen. Stimmt's?«

Sie grinste breit und nickte, trank ihren Gin, zog an der Zigarre, Augen halb geschlossen und unter Lidschatten glitzernd.

»Und Mr. Flynn hat soviel Familiensinn. Weil er keine eigenen Kinderchen hat, holt er seine Nichten aus Irland herüber, damit sie auch mal einen Spaß haben. Manchem von ihnen gefällt's so gut, daß sie Jahre bleiben. Hübsche Mädels, was? Ich wette, Sie sind besser als eine Mutter zu den Mädchen, nicht wahr, Molly?«

»Viel besser«, sagte sie, gerissen und liebenswürdig und hartköpfig wie er, »ihre eigenen Mütter könnten bloß zuschaun, wie sie verhungern, ja? Von der Tugend ist noch keine satt geworden. Sie kommen hier rüber, um einen Ehemann zu finden.«

»Darauf wollte ich grade kommen«, sagte Lintott, der sich mit dieser Partnerin seines eigenen Kalibers ungemein wohl fühlte. »Allerhand Bewerber gehen hier aus und ein, was, Molly? Aber sie finden einfach nicht den Richtigen, bis sie zu alt sind fürs Geschäft. Dann heißt's ab mit ihnen, nehm ich an?«

»Einige setzen sich ins warme Nest. Andere sind nicht so smart. Wenn ich irgend kann, bring ich sie unter.«

»Ah! Sie sind eine mildherzige Frau. Ich leg meine Hand ins Feuer, daß es in der Stadt noch ein paar Herren gibt, die dieser Ansicht sind. Natürlich nur ein paar. Die Sorte, die von allem nur das Beste möchte. Und Sie sind was Besonderes, nicht wahr, meine Liebe?«

Sie beobachtete ihn und trank und rauchte – so eiskalt wie er selbst.

»Sagt Ihnen der Name Theodor Crozier irgend etwas, Molly?«

»Ich habe nie einen Herrn dieses Namens im Haus gehabt.«

»Groß, dunkel, ein Elegant. Newgate-Favoris«, und er deutete auf einen unsichtbaren Backenbart. »Wird langsam grau. Breit gebaut, gut gekleidet. Sehr betucht«, und er rieb unsichtbare Geldstücke zwischen den Fingern. »Sie wissen schon, Molly.«

Sie schüttelte den Kopf, aber sie war sichtlich alarmiert, und das alarmierte auch ihn.

»Ich mag Sie, Molly. Obwohl Sie einen Stall von Nutten halten und einen Zuhälter, der euch beschützt. Und ich glaube, daß Sie mir helfen werden, drum bin ich nett zu Ihnen. Ich baue Ihnen goldene Brücken.«

Er hatte allmählich begriffen, wonach Theodor auf der Suche gewesen war, und obwohl er ihn für einen Narren hielt, konnte er ihn nicht völlig verdammen. Für einen reifen Mann mit Appetit auf saftiges Fleisch konnten Laura und das traute Heim sehr wohl als reizlose Kost gelten.

Es war nicht ihre Schuld, dachte Lintott mitleidig. Sie könnte keine Molly sein, und wenn sie sich ein Leben lang drum bemühte. Nicht daß sie sich bemühen würde. Sie hat eine ziemlich hohe Meinung von sich. Aber sie ist eben keine Molly.

Denn vor ihm saß ein Vollweib, nicht subtil, nicht kompliziert, nicht durch gute Manieren oder eine zarte Gesundheit oder eine tiefwurzelnde Rücksicht auf Anständigkeit gehemmt. Molly wußte, daß das Leben zum Gelebtwerden da war, und sie genoß es. Und sie konnte auch anderen helfen, es zu genießen. Ein arbeitsreicher Tag in der City, die Erwartung, daß die Gattin zu Hause hinter geschlossenen Jalousien an Migräne litt, konnte einen Mann sehr wohl zu einem Abstecher nach Pimlico und einem herzlichen Willkommen locken. Molly würde ihn dort mit einem Lachen empfangen, das wie ein Teller heißer Suppe an einem kalten Wintertag war. Keine zarten Handarbeiten, kein eisiges Schweigen. Eine Flasche erlesenen Weins, eine erstklassige Zigarre, ein saftiger Witz, den man im Club zum besten geben könnte. Keine blasse Schönheit, kein diskreter Charme. Kräftige Farben, robuste Gesundheit und ein lautes, fröhliches Temperament.

Mit Molly konnte ein Mann umgehen wie mit seinesgleichen und sich überdies weiblicher Reize erfreuen. Sie konnte mit ihm rauchen und trinken, mit ihm lachen. Sie hätschelte keine Illusionen, die zu Bruch gehen konnten. Sie hatte kein Herz, das brechen mochte. Sie holte sich ihren Spaß, bedenkenlos wie ein Mann, und gab zurück, was sie bekam. Solange man willens war, den geforderten Preis zu zahlen, würde Molly für jede Menge unnahbarer Gattinnen Ersatz bieten.

Mein Fall bist du nicht, überlegte Lintott, aber ich kann mir gut vorstellen, daß du der seine warst.

»Ich will Ihnen Mr. Theodor Crozier beschreiben, Molly, und die Art Leben, die er vermutlich geführt hat. Hören Sie gut zu, und wenn Sie sich an einen solchen Gentleman erinnern, lassen Sie mich's wissen. Es ist sehr wichtig, Molly, er ist nämlich vor kurzem verstorben.«

Ihre Miene veränderte sich. Sie hatte etwas gehört, was sie ungern hörte, was bedenklich werden mochte.

»Ich muß herausbekommen, wie er starb. Ob er sich selbst das Leben genommen hat oder ob ihn jemand aus seiner Verwandtschaft um die Ecke gebracht hat. Sind Sie auch ganz bei der Sache, meine Liebe?«

»Ja«, erwiderte sie fest, »bin ich. Ich hab' mir nichts vorzuwerfen. So blöd bin ich denn doch nicht. Also weiter!«

»Mr. Crozier kam aus einer guten Familie. Besuchte eine berühmte Schule. Hat nie irgend etwas entbehren müssen – nicht wie Sie in Ihrer Jugend, nehm ich an!« Sie hob die Brauen, widersprach jedoch nicht. »Mr. Crozier war erst zweiundzwanzig, als sein Vater starb und ihm die Verantwortung für das Familienunternehmen zufiel – die große Spielwarenfirma in der City – und für seine verwitwete Mutter und einen neunjährigen Bruder. Da er ein seriöser Charakter war, nahm er diese Verantwortungen sehr ernst. Anstatt sich die Hörner abzulaufen, sich in der Welt umzusehen, spannte er sich in die Seile. Und er blieb für die nächsten elf Jahre darin, bis er genügend Zeit und Geld hatte, um sich eine Frau zu nehmen und einen eigenen Hausstand zu gründen. Seine Mutter war gestorben. Der jüngere Bruder studierte Medizin. Mr. Crozier traf eine gute Wahl. Er fand Gehör bei einer jungen Dame, deren Schönheit und Tugend – und Mitgift, nicht zu vergessen! – über jeden Tadel erhaben waren.«

Molly schnitt eine Grimasse, lachte und paffte an ihrer Havanna.

»Eines Tages werd' ich Ihnen erzählen, was ich von tugendhaften Frauen halte«, sagte sie. »Sie würden sich wundern, was ich in diesem Zimmer alles zu hören kriege – oder in dem dort«, und sie nickte zum angrenzenden Schlafzimmer hinüber, das von einem schwellenden Himmelbett beherrscht wurde. »Tugendhafte Frauen sind einfach mies.«

»Nicht alle«, grollte Lintott in Gedanken an seine Bessie.

»Mies«, sagte Molly, »und protzig. Ich hab' mich nie wie eine protzige Frau aufgeführt. Ich arbeite für meinen Unterhalt – rümpfen Sie ruhig die Nase über mich, aber ich verdiene mir mein Geld selbst, lieber Mann! Und zahle für alles, und rundum ist jeder zufrieden. Fragen Sie irgendeinen der Herren aus meinem Bekanntenkreis, was er von Molly Flynn hält. Jeder wird's Ihnen sagen.«

»Das glaube ich«, erwiderte Lintott milde belustigt. »Also, Sie haben mitbekommen, was ich sage, ja?«

»Ja. Er hat die Nase voll gehabt von ihrem Kopfweh und sich nach ein bißchen Spaß umgesehen. Außerdem koste ich sie weniger«, fuhr Molly gekränkt fort. »Gute Frauen müssen ein elegantes Haus führen und ausgefallene Kleider haben. Sie bringen auch gute Kinder zur Welt, die in guten Schulen erzogen werden und eine gute Mitgift kriegen müssen. Erzählen Sie mir nichts! Und dann hat das Luder Kopfweh. Da laß ich mir ein ehrliches Weibsstück viel eher gefallen! Eine saubere, gutherzige Nutte! Von denen ist jede ein halbes Dutzend Damen wert!«

»Sie kommen richtig ins Predigen, Molly. So, so. Er hat sich also nach ein bißchen Spaß umgesehen, wie Sie zuletzt sagten. Und damals war er Ende Vierzig. Ein gefährliches Alter, Molly, für einen Mann, der nach einem Leben voll Ehrbarkeit einer Frohnatur wie Ihnen begegnet. Und er hat sich kopfüber reingestürzt, wie?«

Sie war verwirrt, nuckelte ihren Gin und stippte die Zigarre aus.

»Sie sind leider auf dem Holzweg, mein Lieber. Aber schon ganz und gar.«

»Moment, Molly. Hören Sie noch einen Moment zu. Er hat sich verliebt – das kommt vor. Erzählen Sie mir nicht, daß sich noch keiner in Sie verliebt hat. Ich würde es nicht glauben.«

»Jungens«, sagte Molly lachend. »Jungens, mein Lieber. Ein sehr junger Mann kann mich vielleicht ein bißchen zu ernst nehmen, wenn ich seine erste bin. Aber es ist noch nie einer daran gestorben!«

»Er hat Briefe geschrieben«, fuhr Lintott jetzt verbissen fort. »Und Sie haben sie erhalten. Sie wußten, daß er gut betucht war, und sie wollten noch ein bißchen mehr lockermachen. Also haben Sie ihn unter Druck gesetzt. Sie haben einmal seinen Wagen angehalten und mit ihm gesprochen. Der Kutscher kann Sie identifizieren. Aber Mr. Crozier wollte nicht mitspielen, wenn er es irgend vermeiden konnte. Schon schlimm genug für einen Mann, wenn er ständig auf glühenden Kohlen sitzt, auch ohne daß man ihn obendrein noch ausraubt! Sie sind also an seine Tür gekommen und haben ein paar Briefe abgegeben, um ihm einen Schreck einzujagen – und die Hausjungfer kann Sie ebenfalls identifizieren.«

Ihr Gesicht war röter als die Schminke, die Augen waren auf der Hut.

»Molly, ich wundere mich über Sie!« sagte Lintott noch immer mit der gleichen verbissenen Langmut, aber freundlich. »Ich hätte nicht gedacht, daß Sie sich zur Erpresserin erniedrigen!«

»Ich würde nie einen unter Druck setzen!« rief sie. »Nicht, weil's unter meiner Würde wäre – es gibt nicht viel, was unter meiner Würde ist –, sondern weil ich nicht die Bullen auf'm Hals haben möcht. Hier können Sie nichts Unrechtes finden. Mich werden Sie nie und nimmer ins Kittchen kriegen. Das ist die reine Wahrheit – und Sie *wissen* es!«

Lintotts Gesicht war ausdruckslos, seine Enttäuschung bitter.

»Molly, ich habe Tage gebraucht, um Sie aufzuspüren, mein Mädel. Ich hab' den Mietkutscher gefunden, der Sie nach Wimbledon fuhr. Ich habe alles nach Strich und Faden nachgeprüft. Sie sind das Wild, hinter dem ich her war – und *Sie* wissen es!«

»O ja, ich hab' ihm die Briefe gebracht«, gab Molly zu. »Ich habe nicht gewußt, was in dem Päckchen war, aber es hätten

Briefe sein können. Mir war's ohnehin egal. Wenn man gut bezahlt wird, bloß um auszufahren und etwas abzugeben und dann gemütlich wieder heimfahren kann, dann stellt man keine unfeinen Fragen.«

»Ah!« japste Lintott.

Er hätte auf der Stelle einschlafen können, aus Erleichterung, aus Müdigkeit.

»Kommen Sie« sagte Molly, »Sie sind völlig fertig, mein Lieber. Nehmen Sie 'n Schluck Brandy. Ich werd' Sie nicht beim Yard verpetzen!«

Und sie lachte von ganzem Herzen.

»Bloß noch eine Minute, meine Liebe. Ich muß meine Arbeit tun. Kannten Sie Mr. Theodor Crozier persönlich?«

»Nie gesehn. Er ist nie hier gewesen. Das wollten Sie doch wissen, ja? Er hat sich nie in mich verliebt. Und er hat mir nie Briefe geschrieben. Auch das ist die reine Wahrheit!«

»Ich glaube Ihnen. Wer hat Sie dann als Boten benutzt?«

»Es war ein Freundschaftsdienst für jemand, und ich werd' nicht sagen, für wen.«

»O doch, Sie werden's sagen, meine Liebe. Denn wenn nicht, dann laß ich Sie festnehmen und wegen Erpressung anklagen. Und dann gibt's ein paar Nachforschungen über dieses Haus da, und Mr. Flynn ist nicht halb so schlau wie seine Frau. Alles klar? Dann pack aus!«

Sie goß sich noch einen Gin ein, und ihre Hand zitterte nicht. Sie überlegte.

»Also gut«, sagte sie schließlich. »Ich bin keine Denunziantin, aber ich mach auch nicht den Sündenbock für andere. Sein Name ist Mr. Rice. Ich gebe Ihnen seine Adresse.«

»Noch ein Schnallentreiber?«

Sie lächelte plötzlich.

»Nein, er ist ein Wohltäter der Menschheit. Sehr beliebt. Sehr geachtet.«

»Einer Ihrer Kunden?«

»Nein, auch das nicht.«

»Geben Sie mir die Adresse, Molly. Dieser Fall ist der reinste Fuchsbau. Raus aus dem einen Loch und rein ins andere, und für mich sehn sie alle gleich aus!«

»Möchten Sie bestimmt kein Tröpfchen haben, zum Warmhalten?«

»Nein, danke schön, meine Liebe. Ich möchte mich verab-
schieden.«

Sie sagte: »Ich will keine Scherereien machen, verstehn Sie.
Und ich will auch keine haben.«

»Keine Sorge«, erwiderte Lintott spöttisch. »Nur die Narren
und die Pechvögel werden erwischt. Die Schlauen wie Sie
werden ihr Schäfchen im trockenen haben, wenn ich noch
immer durch die Straßen patschen muß.«

21

*Ich schäme mich nicht, anzunehmen, was Liebe
und Freundschaft mir schenken; ich bin stolz
darauf.*

Oscar Wilde, De Profundis

Mr. Rice schien in einer schmierigen Welt zu leben. Pomade
auf dem Haar, um das Grau zu verdecken und um eine
geleckte Locke auf jede Seite der Stirn zu zaubern; Wachs auf
den hochgezwirbelten Schnurrbartenden; und einen Fett-
glanz auf der Haut, den die Natur beigesteuert hatte. Seine
Hände rieben sich langsam und ruhelos aneinander, als wären
seine Handflächen ständig mit einem Ölfilm überzogen.
Stimme und Benehmen waren ungemein glatt, und er hatte
sogar eine Vorliebe für geschmeidige Stoffe – um sechs Uhr
abends glänzte er smaragdgrün und pompös in einem Samt-
jackett.

Lintott fand ihn schon auf den ersten Blick unsympathisch,
verbarg jedoch seine Gefühle wie immer hinter einer schlichten, gutmütigen Ausgeglichenheit und undurchsichtigen Augen. Der Salon war ebenso wattiert und ausschweifend wie Mr.
Rice, und Lintotts tragende Stimme wurde von Plüschportie-
ren und Wandbehängen erstickt. Die Wände zierten Porträts
von unschuldigen Mädchen in griechischen Gewändern, die
sich über Tauben und Blumen und Muscheln neigten. Und
Lintotts schwere Stiefel versanken in dicken Teppichen. Irgend
etwas allzu Weiches herrscht hier, dachte er. Irgend etwas
Unanständiges. Irgend etwas, was ich überhaupt nicht mag.

Lintott schüttelte die Atmosphäre von sich ab wie ein erstickendes Kissen und kam zur Sache.

»Soviel ich weiß, bezahlten Sie eine gewisse Mrs. Flynn dafür, daß sie dem verstorbenen Mr. Theodor Crozier ein Päckchen mit Briefen zustellte.«

Mr. Rice fummelte an seinen Ringen herum, sein Lächeln war starr, und seine Augen waren wachsam, und er antwortete nicht.

»Ich möchte Näheres wissen«, sagte Lintott. »Und ich werde es erfahren, darauf können Sie sich verlassen.«

»Schwierig, mein lieber Herr«, erwiderte Mr. Rice und beobachtete ihn scharf. »Eine ungemein delikate Angelegenheit.«

»Ich bin delikat«, sagte Lintott hartnäckig, »über die Maßen delikat. Ich verwahre Geheimnisse hier drinnen«, und er wies auf seine knollige Stirn, »die keine zehn Pferde herausziehen könnten. Ich mache niemandem Scherereien, wenn es nicht sein muß, aber wenn Sie unbedingt darauf erpicht sind, dann kann ich Sie bedienen, mein Freund.«

»Bitte nehmen Sie doch Platz«, murmelte Rice. »Nehmen Sie Platz, mein lieber Herr. Es wird einiger Erklärungen bedürfen und einige Zeit in Anspruch nehmen.«

»Ich habe jede Menge Zeit«, sagte Lintott und wählte einen hochlehnigen Stuhl, der weniger gepolstert war als die übrigen.

Mr. Rice stand mit der Wahrheit auf Kriegsfuß. Sie war ein harter Brocken, schwer zu schlucken und schwer wiederzugeben. Aber er arbeitete sich langsam voran, kroch in immer engeren Kreisen auf den Zweck von Lintotts Besuch zu.

»Ich habe das Glück, Sir, über einige private Mittel zu verfügen. Ich bin nicht reich«, fügte er rasch hinzu und breitete die Arme aus, um dem Inspektor zu zeigen, daß sie, wenngleich in prächtigen Samt gehüllt, leer waren. »Keineswegs reich, mein lieber Herr. Aber ich habe einige Mittel, und ich habe – wenn ich das in aller Bescheidenheit sagen darf – ich habe ein *Herz*.«

Lintotts Nüstern blähten sich. Vielleicht war es der Geruch des anderen, vielleicht war es sein eigener Instinkt. Vielleicht auch beides.

»Ich habe Augen im Kopf«, schnurrte Mr. Rice, »und sehe

die betrüblichen Verhältnisse in diesem ruhmreichen Zeitalter. Die Queen, mein lieber Herr...«

»Gott schütze sie«, sagte Lintott ehrerbietig.

»...sehr richtig. Ich bete allabendlich auf diesen meinen Knien, mein lieber Herr – ich bin ein religiöser Mensch –, daß sie uns noch viele, viele Jahre erhalten bleiben möge.«

»Ein trefflicher Charakter, religiös und warmherzig«, faßte Lintott knapp zusammen. »Kurz, ein Philanthrop. Sie wollen doch sagen, daß Sie ein Philanthrop sind?«

»Sie drücken es trefflich aus, Inspektor. Auf meine bescheidene Art, Sir, tue ich, was ich kann.«

»Zum Beispiel kleine Kinder aus der Gosse holen? Kleine Mädchen?«

Mr. Rice warf empört die Hände gen Himmel.

»Sie mißverstehen mich ganz offensichtlich. Verzeihen Sie, Inspektor, Sie haben nur mit der traurigsten und dunkelsten Seite der menschlichen Natur zu tun. Und, ach, wie traurig und dunkel unsere Natur sein kann! Nein, nein. Überlassen Sie es denjenigen, die solches beabsichtigen – und es gibt sie, Sie wissen es, und ich weiß es auch –, überlassen Sie es *ihnen*, die Reinheit eines Kindes zu mißbrauchen. Hier gibt es nichts dergleichen, Inspektor, nichts dergleichen. Ich schwöre es beim geheiligten Andenken meiner Mutter und bei diesem« – und er legte die Hand auf eine sehr große Bibel – »heiligen Buch. Gottes Fluch möge mich auf der Stelle niederstrecken, wenn ich lüge!«

»Schon gut, schon gut«, sagte Lintott, den er anekelte, »dann unterhalten wir uns einmal über das, was Sie *nicht* beschwören möchten. Daran bin ich interessiert.«

»Es gibt in meinem Leben nichts, dessen ich mich schämen müßte«, sagte Rice nach einer Pause. »Ich gehe hinaus auf die Straßen und Gassen, wie es unser Herr getan hat. Ich spaziere nächtens das Embankment entlang und blicke unter die Brückenbogen, und ich tröste und labe die Hefe der menschlichen Natur.«

»Und das alles umsonst?« fragte Lintott, der Bescheid wußte.

Mr. Rices Miene war so milde und freimütig wie die eines braven Pfarrers.

»Ich nehme mich verwahrloster Knaben an, mein lieber

Herr, und biete ihnen ein Heim. Nicht genauso wie hier«, sagte er und wies auf den überladenen Salon. »Das sind meine Privaträume. Aber die Knaben sind sehr gut untergebracht und verbringen manchen Abend hier bei mir...«

»Wenn Besuch kommt?«

»Nun ja, ich versuche natürlich, die jungen Menschen mit einflußreichen Leuten in Verbindung zu bringen, die ihnen auf ihrem späteren Lebensweg behilflich sein können. Wenn sie einmal über zwanzig sind, verlassen sie mein Haus wieder. Ich kann nur jeweils ein Dutzend unterbringen, und wenn ein junger Mensch erwachsen ist, will er natürlich seinen eigenen Weg gehen. Ich gebe jedem eine Bibel mit auf diesen Weg, Inspektor, und ein kleines Geldgeschenk.« Mr. Rice hatte sich so sehr in das von ihm skizzierte Bild eingelebt, daß er überschwenglich wurde. »Ich habe einen Jungen hier stehen sehen, dem die Tränen der Dankbarkeit über die Wangen liefen. Ja, ich gebe jedem eine Bibel mit«, sagte er beflissen, »ich habe einen Schrank voll, ich kann sie Ihnen zeigen.«

»Bemühen Sie sich nicht«, sagte Lintott. »Ich erkenne die Wahrheit, wenn ich sie höre. Ich habe eine so lange Praxis hinter mir, wissen Sie. Sie nehmen also diese verwahrlosten Burschen auf, weil niemand sich um sie kümmert...«

»Es kümmert sich wirklich niemand um sie«, unterbrach Rice ihn mit einem Glitzern in den schwarzen Augen. »Wenn ich sie nicht aufnehme, wer würde es dann tun?«

»Es gibt wohltätige Einrichtungen«, sagte Lintott hart, obwohl er wußte, daß sie bei weitem nicht ausreichten.

»Mein lieber Herr, ein Tropfen in einem Ozean der Not! Sterben sie etwa nicht – nicht nur die Knaben, sondern Männer und Frauen und auch Säuglinge – nur einen Steinwurf entfernt von Restaurants, wo ein Gentleman ohne weiteres mehrere Sovereigns für sein Dinner ausgibt? Sie sterben verlassen und zerlumpt mit leeren Mägen – meine Jungens aber nicht!«

»Sie brauchen mir auch Ihre Küche nicht zu zeigen«, sagte Lintott barsch. »Ich glaube Ihnen, daß Sie sie auch ernähren. Und bekleiden. Sie würden keinen Wohltäter für sich einnehmen, wenn sie schmutzig und zerlumpt wären, nicht wahr?«

Mr. Rice brütete eine Weile über dieser Bemerkung.

»Mr. Theodor Crozier war also ein Wohltäter, wie? Wo haben Sie ihn aufgestöbert?«

»Oh, er war ein guter Freund – ich glaube, ich darf den Gentleman als meinen Freund bezeichnen –, schon seit vielen Jahren.«

»Sagen Sie bloß nicht, Sie wären zusammen in Rugby gewesen. Das werde ich nicht schlucken.«

Eine seltsame Würde ergriff von dem kleinen Mann Besitz.

»Ich war ein Findelkind, mein lieber Herr«, sagte er. Dann verfiel er wieder in seinen früheren Ton. »Die einzige Schule, die ich je genoß, war die Schule des Lebens, und die Gnade des HERRN hat mich durch sie geleitet!«

Und er richtete die feuchten Augen zum stuckverzierten Plafond.

Lintott schnaubte angewidert.

»Sie betrachten sich also als einen Freund Mr. Croziers. Eine sonderbare Freundschaft, Mr. Rice, wenn man den Freund in einen Skandal treibt und dann droht, ihn zu ruinieren.«

»Skandal? Ich habe versucht, den Skandal zu *vermeiden*, mein Lieber. Ich habe den guten Ruf dieses mildtätigen Hauses zu wahren! Und ich bat Mrs. Flynn, mit aller Diskretion zu Werke zu gehen.«

»Sie tat ihr Bestes, aber ich war ihr auf den Fersen. Und Sie müssen über die Gerichtsverhandlung gelesen haben, und Sie sind niemals mit Ihrem Wissen herausgerückt, obwohl einige Briefe, wenn ich mich nicht täusche, noch immer in Ihrem Besitz sind. Worauf hofften Sie? Wollten Sie warten, bis der Skandal sich totgelaufen hätte, und dann zum Beispiel Mr. Croziers Gattin oder seinem Bruder die Daumenschrauben anlegen? Schweigegeld?«

Mr. Rice schürzte die Lippen und zuckte vielsagend die Achseln.

»Schlafende Hunde soll man nicht wecken, mein lieber Herr. Nie und nimmer wecken, glauben Sie mir.«

Lintott betrachtete ihn nachdenklich.

»Schön, Mr. Rice. Ich glaube, wir verstehen einander. Sie sind also ein Philanthrop, und der verstorbene Mr. Crozier war auch einer. Er suchte Sie oder Ihr Etablissement Jahre hindurch auf – vermutlich durch Vermittlung weiterer Philanthropen?«

Mr. Rice nickte und hauchte auf seine rosigen Fingernägel. »Eine Anzahl sehr hochgestellter Gentlemen in der City und in einflußreichen Stellungen nimmt sich meiner Jungens an und sucht ihr unglückliches Los zu erleichtern. Ich nenne keine Namen. Die Liebe treibt nicht Mutwillen, sie blähet sich nicht. Sie wollen Gutes tun und ungenannt bleiben.«

»Ganz bestimmt. Und wann hat Mr. Crozier sich von den üblichen Formen der Wohltätigkeit abgewandt, sozusagen?«

»Also, das war so – ich versuche, mich entsprechend taktvoll auszudrücken, und hoffe, daß Sie die Bedeutung meiner Worte nicht mißverstehen...«

»Weiter!«

Mr. Rice zog mit der Spitze seines marokkanischen Pantoffels ein Muster auf den Teppich.

»Mr. Crozier hat sich von jeher *ganz allgemein* für meine Jungens interessiert, bis ich Billie Mott fand. An ihm gewann er, gewissermaßen, *besonderes* Interesse. ›Billie, hör auf mich‹, sagte ich oft zu ihm, ›Mr. Crozier meint es gut mit dir!‹ Billie ist wirklich ein sehr intelligenter Junge, mehrere Grade über dem Üblichen. Spricht sehr hübsch und ist belesen. Mr. Crozier hatte vor, ihn in einem Büro unterzubringen, und Billie hatte ihn sehr gern. Aber dann war mehr oder weniger indirekt die Rede davon, ihn meinem Schutz zu entziehen und ihm eine eigene Wohnung einzurichten. Und dann fand ich die Briefe, die Mr. Crozier an Billie schrieb, und mir wurde klar, daß HIER NICHT ALLES STIMMTE.« Er unterbrach sich. »Möchten Sie mit Billie sprechen, nachdem Sie schon mal hier sind? Es schadet nichts, wenn er gerade beim Abendessen ist. Meine Jungens essen früh. Mott macht es nichts aus, Gott behüte.«

»Holen Sie ihn rauf.«

Ein unsicheres Lächeln spielte um Mr. Rices Mund, während er Lintotts Tonfall interpretierte. Der Inspektor saß ungerührt und ausdruckslos auf seinem Stuhl; die Füße fest auf Mr. Rices Teppich gepflanzt, den Hut schwerfällig auf den Knien, die Hände schwerfällig über dem Hut gefaltet. Viel war schon gesagt worden, aber das meiste lag noch unausgesprochen zwischen ihnen.

»Mein lieber Billie«, rief der Wohltäter, als die Tür aufging, »dieser Herr ist Inspektor bei Scotland Yard. Er möchte mit dir sprechen. Es geht in Ordnung«, sagte er, als der Junge zögerte. »Alles streng vertraulich, mein Lieber.« Dann versuchte er, sich gleichzeitig bei Lintott und dem Jungen einzuschmeicheln. »Sie sind nicht alle so hübsch wie Mott, aber alle genausogut ernährt und gut gekleidet. Diese achtekkige Krawatte habe *ich* ihm gekauft – sie ist der letzte Schrei. Ja, ja, er macht meinem Haus Ehre. Setz dich, mein lieber Billie, und sprich artig mit dem Inspektor. Er möchte etwas über deinen verstorbenen Freund, Mr. Crozier, hören. Oh, Billie war *gebrochen*, als Mr. Crozier starb, nicht wahr, Billie? Nun ja, er hat einen Freund und einen Gönner mit ihm verloren ...«

»Setz dich, mein Junge«, sagte Lintott munter. »Ich weiß nicht, ob du auch so redefreudig bist wie dein Herr hier, aber anders wär's mir lieber. Ich selbst hab's mehr mit kurz und bündig.«

Der Junge konnte nicht älter sein als sechzehn und befand sich in einer zwitterhaften Phase der männlichen Schönheit. Denn er war schön, nicht nur hübsch, wie Mr. Rice gesagt hatte. Später würde er hübsch werden und dadurch seinen jetzigen Reiz einbüßen. Jetzt wirkte er zart wie ein Mädchen, und sogar seine Unsicherheit erhöhte noch seinen Charme.

»In welcher Hinsicht bist *du* denn verwahrlost gewesen?« fragte Lintott, überrascht von der sichtlich vornehmen Abkunft.

Mott blickte seinen Wohltäter weisungsheischend an.

»Er hat seine Mutter verloren, Inspektor. Ein sehr trauriger Fall. Ich versuchte, ihr zu helfen, aber ihre Krankheit war bereits zu weit fortgeschritten.« Er tippte sich auf die Brust und flüsterte: »Schwindsucht, wissen Sie. Schon seit Jahren verwitwet. Aus guter Familie, soviel ich weiß. Aber unter ihrem Stand verheiratet. Sie bat mich, auf unseren Billie aufzupassen. Er ist ihr sehr ähnlich, nicht wahr, mein Kind? Zeig dem Inspektor das Bild deiner lieben Mama.«

Der Junge griff gehorsam in die elegante Brusttasche und überreichte Lintott ein keineswegs wertloses, kleines goldenes Medaillon. In Zeit und Emaille festgehalten, lächelte Motts weibliches Gegenbild den Inspektor an: silbriggoldenes Haar, dunkle sanfte Augen und der gleiche Ausdruck zerbrechlicher Hoffnung.

»Wer war dein Vater, Junge?« fragte Lintott und gab das Medaillon zurück.

»Sag's dem Inspektor, mein Kind«, ermunterte ihn Rice nach einem weiteren fragenden Blick des Jungen.

»Er war Musiklehrer, Sir. Meine Mama ließ sich gegen den Willen ihrer Familie von ihm entführen. Er erkältete sich und starb, als ich noch klein war. Meine Mama hatte ein kleines bißchen eigenes Geld, das sie für meine Erziehung beiseite legte. Sie ernährte uns beide durch Näharbeiten und Aquarellmalen.«

»Schwach auf der Brust«, erläuterte Rice und schüttelte bedauernd den Kopf. »Beide Eltern. Schlimm, schlimm!«

Lintott sah den durchscheinend zarten Teint des Jungen und schüttelte ebenfalls den Kopf.

»Hättest du deiner Mama nicht ein bißchen unter die Arme greifen können?« fragte er und dachte an Bessie in einer solchen Lage: tapfer auf verlorenem Posten kämpfend.

»Sie wollte, daß er ein Gentleman würde«, mischte Rice sich ein. »Sie bestand darauf, daß er eine Schule besuchte. Nach ihrem Tod wollte die Familie nichts mit ihm zu schaffen haben, und ihr kleiner Notpfennig wurde durch die letzte Krankheit aufgezehrt. Ich war beiden ein Freund. Ich war dem Jungen ein Vater. Ich war ein Bruder in Christo für diese liebe, teure Dame. Nicht wahr, Billie?«

»Sie waren sehr gut zu uns beiden, Sir«, sagte Mott freimütig.

Rice wandte sich dem Inspektor zu und spreizte die Hände, wie um zu sagen: »Da hören Sie's!«

Aber Lintott erwiderte: »Du hättest dich lieber um eine ehrliche Arbeit umsehen sollen, mein Junge. Ja, lieber hättest du dieses Medaillon verkaufen sollen – sosehr du an ihm hängst –, als diese Art Hilfe anzunehmen. Ja, tausendmal lieber. Aber das geht mich schließlich nichts an. Wie lange bist du schon hier?«

»Fast ein Jahr, Sir.«

»An deinen Vater kannst du dich wahrscheinlich gar nicht erinnern, wie? Immer allein mit der Mutter gewesen, was? Und du hast sie natürlich geliebt, und sie hat dich geliebt und mit seinem Andenken gelebt? Ja, ja! So geht es oft. Mr. Crozier muß dir als ein sehr imponierender Mann erschienen sein, nicht wahr? Schau nicht immer zu Mr. Rice hinüber, ehe du antwortest, Junge! Mich interessiert im Moment nicht, was hier im Haus vorgeht. Wenn ich Tag und Nacht mit einem Fall beschäftigt bin, dann suche ich nicht nebenbei noch nach mehr Arbeit. Allerdings erinnere ich mich an alles, was zupaß kommen könnte, wenn die Leute mir nicht die Wahrheit sagen. Hast du Mr. Crozier gleich nach deinem Einzug hier kennengelernt?«

»Ja, Sir.«

Lintott betrachtete seinen Hut, als könnte der Knopf auf der Krone ihm Erleuchtung bringen.

»Ich will mich in dieser Sache sehr behutsam ausdrücken«, sagte er nach einigem Überlegen, »um niemandem weh zu tun. Aber ich verlange anständige Antworten und wahrheitsgetreue Antworten. Soviel ich hörte, hat Mr. Crozier dich sehr liebgewonnen. Mehr als die anderen Jungens?«

Mott überlegte und sagte: »Wir waren einander ähnlicher, Sir. Die anderen« – mit abbittendem Blick zu Mr. Rice, der sich in seine eigene sorgenvolle Welt zurückgezogen hatte – »sind ziemlich rauhe Burschen, Sir. Keine...« er blickte rasch auf den Inspektor, der auch zu diesen ›keinen‹ gehörte, und hielt inne.

»Keine Gentlemen«, sagte Lintott unumwunden. »Ich versteh schon. Also seid ihr, du und er, hier einsam gewesen. Hier und anderswo, vermutlich.«

Der Junge errötete und preßte die Lippen aufeinander.

»Es war also mehr daran als die übliche Beziehung?« forschte Lintott weiter.

Der Junge nickte und schluckte. Dann steckte er die Hände in die Hosentaschen, lehnte sich in seinem Stuhl zurück und streckte in gespielter Lässigkeit die Beine aus.

»Kurz, es war eine *echte* Freundschaft?« fuhr Lintott fort. Jede seiner Feststellungen war wie ein gutgezielter Schlag auf einen Nagel. »Du hast ihn vielleicht so gern gehabt wie früher deine Mama?«

Mott richtete ein hochintelligentes Augenpaar auf den Inspektor und riskierte die Wahrheit.

»Ich habe ihn geliebt«, sagte Mott schlicht.

In die Stille hinein rief Mr. Rice: »Wie einen Vater, Inspektor, wie einen Vater, versteht sich.«

Weder der Knabe noch der Polizist achteten auf ihn.

»Genau das wollte ich hören«, sagte Lintott zufrieden. »Jetzt gib mir ein Bild von ihm – dein Bild von ihm. Sag mir, wie Mr. Crozier war.«

»Sehr einsam. Sehr traurig. Sehr empfindsam.«

»Er war verheiratet, wie du weißt, mit einer charaktervollen und sehr schönen Dame. Er hatte drei prächtige Kinder. Was war an dir so Besonderes?«

Der Junge forschte in seiner Unwissenheit nach dem Schlüssel zu dem Geheimnis. Er blickte seinen Fragesteller jetzt nicht mehr an und versuchte auch nicht mehr, Mr. Rices Absichten zu erraten. Er sprach das aus, worüber er wohl Nacht für Nacht nachgedacht hatte und was ihm fremd und kostbar gewesen war.

»Als ich Mr. Crozier zum erstenmal sah, war er für mich der Vater, den ich verloren hatte. Ich wußte, was er von mir wollte. Ich wußte, was in diesem Haus vorging. Aber welche Wahl hatte ich, wenn ich nicht verhungern wollte?«

»Vielleicht mit deinen Händen anpacken?« schlug Lintott hartnäckig vor.

Motts dunkle Augen unter den silbriggoldenen Locken füllten sich mit frühreifer Ironie.

»Ich bin schwächlich, Sir, an Seele und Leib, und nicht besonders geeignet für schwere Arbeit.« Er nahm die beiden schmalen Hände aus den Taschen und hielt sie dem Inspektor hin. »Das soll keine Entschuldigung sein, Sir, nur eine Erklärung.«

»Schon gut. Weiter, Junge.«

»Es war, als wären wir einander nie fremd gewesen, als hätten wir uns längst gekannt und gefunden, Sir.«

Der glänzende Kopf war ein wenig schräg geneigt, der leuchtende Mund fragend verzogen. Das dunkle Gesicht strahlte plötzlich auf.

»Wir brauchten einander, Sir. Ich brauchte seine Charakterstärke, das Gefühl der Geborgenheit, das er mir bot. Er brauchte« – der Junge zuckte die Achseln, er konnte sich nicht selbst beschreiben – »alles, was ich bin, alles, was ich ihm geben konnte.«

»Er wollte dir eine Stellung im Leben verschaffen, nicht wahr? Eine Anstellung in seiner Firma?«

»Irgend etwas ziemlich Leichtes, Sir.«

»Und dir eine Wohnung einrichten, damit er dich besuchen könnte? Damit niemand sonst dich besuchen könnte?«

Lintott sah in den Augen des Jungen einen Traum aufflakkern und ersterben.

»Wie lange hätte eine solche Freundschaft dauern können?« fragte Lintott düster.

»Solange wir beide lebten«, sagte Mott felsenfest überzeugt.

»Wirklich reizend, ihn von mir wegzulocken«, rief Mister Rice. »Wer würde mich dafür entschädigen, daß ich ihn ernährt und gekleidet und seine Seele gerettet habe? Und kippe dich nicht so im Stuhl zurück, Billie!« fügte er quengelig hinzu.

»Entschuldigung, Sir, ich habe nicht darauf geachtet.«

»Ruhe!« herrschte Lintott Mr. Rice an und ließ den Jungen keinen Moment aus den Augen, denn er suchte noch weitere Offenbarungen. »Hast du gewußt, daß dein hochherziger Herr und Meister hier Mr. Crozier erpreßte?«

»Ja, Sir, aber ich konnte nichts dagegen tun. Ich bin völlig von Mr. Rice abhängig.«

»Wie ist er an deine Briefe gekommen? Hat er sie abgefangen? Gestohlen?«

»Inspektor! Billie!« flehte Rice vergeblich.

»In diesem Haus gibt es kein Privatleben, Sir. Sie wurden nicht gestohlen, sondern konfisziert.«

»Warum hat Mr. Crozier dir überhaupt geschrieben, wenn er dich jederzeit sehen konnte?«

Wieder antwortete der Junge schlicht: »Er hat mich geliebt.«

»Es war eine Riesendummheit«, polterte Lintott in professioneller Entrüstung.

Der Junge sagte nichts. Die Linie seines Mundes drückte unendliches Mitgefühl aus.

»Rice!« brüllte Lintott und grinste ein bißchen, als der Mann aufschrak. »Welche Bedingungen haben Sie Mister Crozier gestellt? Raus mit der Sprache, und machen Sie's kurz!«

»Ich schlug vor, daß er, da der gute Ruf des Knaben befleckt war, eine Entschädigung zahlen sollte. Fünfhundert

Pfund«, sagte Mr. Rice in Beantwortung von Lintotts mimischer Frage.

»Wieviel kostete ihn jeder Besuch?«

»Eine Guinea für jeden anderen Jungen. Zwei Guineas für Billie.«

»Das Laster kommt heutzutage teuer«, bemerkte Lintott. »Und haben Sie die Besuche unterbunden?«

»O ja, Inspektor. Natürlich. Vollständig unterbunden.«

»Bis er bezahlt hätte?«

Keine Antwort.

»Und Sie waren überzeugt, daß er zahlen werde, vor allem, weil er keinen anderen Jungen wollte. Sie hätten ihn ruinieren können, privat in den Augen seiner Familie und öffentlich in den Augen der Gesellschaft, seine Firma zugrunde richten. Aber der eigentliche Köder war dieser Junge hier, wie? Mr. Crozier würde zahlen. Zahlen und wiederkommen. Vermutlich Sie auszahlen, damit Sie den Jungen gehen ließen. Und warum hat er es nicht getan? Warum hat er nicht gezahlt und dann nie wieder eine Zeile geschrieben? Sich nie wieder die Finger an der gleichen Sache verbrannt?«

Er starrte seine beiden Zuhörer an, und Mott beugte sich vor, preßte die Hände zwischen die Knie.

»Theo war ein guter Mensch, und ich bin keiner«, sagte der Junge. »Er hat sich nie mit sich selbst abfinden können. Ich schon. Hol mich der Teufel!« sagte Mott lässig, traurig. »Ich kenne mich recht gut, Sir. Ich stand ihm näher als irgend jemand sonst, aber zuzeiten war auch ich ihm kein Trost. Zuzeiten haßte er sich selbst, und dann hielt ich mich am besten fern, denn ich erinnerte ihn daran, was für ein Mensch er wirklich war. Wäre er krank gewesen und hätte sich mit seinem Problem herumschlagen müssen, ohne einen Ausweg zu finden, dann wäre ihm seine Einsamkeit womöglich zur unerträglichen Last geworden.«

Rice ordnete pedantisch die Schonerdeckchen.

»Kann ich Ihnen sonst noch eine Auskunft geben, Sir?« fragte Mott.

»Nicht über Mr. Crozier, aber über dich selbst. Einen Augenblick, Mr. Rice!« Und wieder rief die Hast, mit der Rice in Habachtstellung sprang, ein böses Grinsen hervor. »Wo sind die übrigen Briefe? In Ihrem Bibelschrank? Nein? Los, dann schaffen Sie sie mir her. Und zwar alle, wohlgemerkt! Also, Billie«, nachdem Rice hinausgeschusselt war, »kannst du dich nicht zusammenreißen und etwas Besseres mit dir anfangen, mein Junge?«

Motts Schönheit erhellte den stickigen Raum, aber seine Augen erinnerten Lintott an die Augen des Äffchens auf der Drehorgel: erwachsen und traurig. Dennoch versuchte es der Inspektor mit wohlmeinender Überredung. »Irgend etwas mußt du doch können, Junge.«

Mott lächelte.

»Sie sind sehr freundlich, Sir, aber ich kann wirklich nichts. Ich habe nichts gelernt, außer mich beliebt zu machen. Ich besitze nichts außer diesem Medaillon, und ungeachtet Ihres Rates würde ich mich nicht von ihm trennen, und wenn ich verhungern müßte. Die einzigen beiden Menschen, die ich geliebt habe, sind tot. Machen Sie sich meinetwegen keine Gedanken, Sir, ich werde irgendwie weiterleben, bis ich sterbe wie alle anderen Leute auch.«

Lintott betrachtete die goldgerahmten Gemälde bis zur Rückkehr Mr. Rices, an dem er seinen zurückgehaltenen Unmut ausließ.

»Ich hoffe nur, daß ich am Tag des Jüngsten Gerichts Sie und andere Ihres Schlags in die Hölle fahren sehe. Ah! Sie widerlicher Heuchler! Ich vergesse Sie nicht. Darauf können Sie Gift nehmen. Aber im Moment müssen wir ein Abkommen treffen. Sind das jetzt alle Briefe? Gut. Ich möchte nicht, daß irgend jemand von Mr. Croziers Angehörigen damit zur Ader gelassen wird. Also Schnauze, oder ich lasse meine Leute auf dieses Etablissement los, ehe Sie wissen, wie's zuging.«

Die einzigen verständlichen Worte in Mr. Rices zusammenhanglosem Gnadengesuch waren »rein karitative Zwecke«.

»Und soweit es Ihnen möglich ist«, sagte Lintott, »sorgen Sie für diesen Jungen hier.«

Er schwieg, seine Machtlosigkeit dem Leben gegenüber war ihm allzu deutlich bewußt.

»Das wär's«, sagte er.

Aber Mott folgte ihm bis zur Tür und legte ihm die Hand auf den Ärmel.

»Die Briefe, Sir, waren an mich geschrieben. Könnte ich nicht wenigstens einen einzigen behalten?«

»Du weißt genausogut wie ich«, erwiderte Lintott standhaft und blickte an ihm vorbei, »daß er ihn dir wieder abjagen würde. Nein, mein Junge.«

Der Junge blieb stehen und sah ihm nach: die Hände in den Taschen, den schimmernden Kopf ein wenig schräg geneigt.

22

Manches bog er ein bißchen zurecht, aber im allgemeinen sagte er die Wahrheit.

Mark Twain,
Die Abenteuer Huckleberry Finns

Titus blieb lange mit den Briefen in der Hand sitzen, dann entsann er sich seiner Hausherrnpflichten und stand auf.

»Sie sind müde, Inspektor. Bitte trinken Sie ein Glas Brandy mit mir. Es wird uns beiden guttun.«

»In der Regel tu' ich's nicht, aber keine Regel ohne Ausnahme, Sir. Und wir müssen uns über Wichtigeres die Köpfe zerbrechen als über ein Gläschen Brandy. Danke schön, gern.«

Die Geschicklichkeit von Titus' unbezahltem Schneider trat sogar noch im Besatz der Rauchjacke zutage. Lintott sah zu, wie Titus die Briefe behutsam weglegte und nach der Karaffe griff. Von seiner ungewöhnlichen Blässe abgesehen, nahm Titus die Verruchtheit seines Bruders mit bewundernswerter Fassung auf.

Dann überfiel ihn plötzlich eine Aufwallung, die stärker war als alle guten Manieren, und er rief: »Ich habe ihn nie gekannt. Ist es nicht seltsam, daß wir einander so eng verbunden waren und doch so fremd? Er war mein Bruder und doch so fremd. Er war mein Bruder, und wir standen einander näher, als dies gemeinhin unter Menschen üblich ist – das jedenfalls glaubte ich –, und ich habe ihn nicht gekannt.«

»Aber Sie haben trotz aller Verbundenheit und Zuneigung nicht gezögert, seine Frau zu verführen?«

Titus umfaßte sein Glas und brütete.

»Er machte sich nichts aus ihr«, sagte er schließlich. »Auch ich habe meinen Moralkodex. Wenn er sich etwas aus ihr gemacht hätte, wäre ich Laura niemals nahegetreten. Außerdem habe ich sie gern, und sie war immer gut zu mir.«

»Es gibt Recht und Unrecht«, belehrte ihn Lintott.

»Manchmal sind sie schwer zu unterscheiden. Ich bringe sie häufig durcheinander.«

»Ich kann sie unterscheiden«, sagte Lintott.

»Dann sind Sie weiser als ich. Ganz bestimmt sogar. Und klüger. Also sagen Sie mir, was wir tun sollen, denn ich weiß keinen Rat. Müssen wir dies hier vorlegen?« Und er griff nach den Briefen.

»Lassen Sie mich kurz überlegen«, sagte Lintott. »Ich muß mir das sehr genau überlegen.«

Sie hatten die üblichen kleinen Höflichkeiten beiseite gelassen: Ausnahmsweise zogen sie am gleichen Strang.

»Es geht nicht nur um die gesellschaftliche Ächtung«, fuhr Titus fort. »Wir werden alle gebrandmarkt sein – am meisten Edmund und Lindsey. Laura wird London verlassen müssen und ihren Namen und den Namen ihrer Kinder ändern. Bis zu ihrem Tode werden sie alle unter dem furchtbaren Schatten dieses Falles leben. Ich bin unverheiratet und werde es vermutlich bleiben. Diese Enthüllung des Privatlebens meines Bruders verursacht mir großen Kummer – und weckt auch ein wenig Mitleid, wie ich zugeben muß –, aber ich kann damit leben. Laura und die Kinder können es nicht und sollten es nicht.«

»Lassen Sie mich nachdenken«, sagte Lintott. »Ich muß nachdenken.«

Sie saßen da, wärmten ihre Ballongläser und nippten ihren Brandy.

»Außerdem«, gab Titus zu bedenken, »ist es gewiß furchtbar für eine Ehefrau, so etwas zu erfahren. Laura hat keine Ahnung von dieser unseligen Form der Liebe und muß doppelt entsetzt und gebrochen sein. Sie wird sich beschmutzt fühlen, sich und folglich ihre Kinder. Sie mit Ihrer unbeugsamen Unterscheidung von Recht und Unrecht sehen in ihr vielleicht nur eine Sünderin, aber in meinen Augen ist Laura unschuldig. Ich bitte Sie, bei Ihrem Urteil Gnade walten zu lassen.«

Lintott sagte aufrichtig: »Ich bin nicht unbeugsam. Ich

entschuldige das Verhalten der Dame nicht, aber die Last fällt einzig auf Sie. Und, nun ja, Mrs. Crozier ist unschuldig – obwohl das als Widerspruch erscheint, nicht wahr?« Irgendwann im Laufe der Geschehnisse hatte er seinen Frieden mit ihr gemacht: ein Gesetz gebeugt, eine Ausnahme zugelassen.

»Sie zweifeln nicht mehr daran, daß mein verstorbener Bruder Selbstmord beging?«

Lintott rückte auf seinem Sitz und runzelte die Stirn.

»Ich möchte es als die wahrscheinlichste Erklärung betrachten. Ein Mann von strengster Moralauffassung, uneins mit sich selbst, zutiefst deprimiert, mit Erpressung bedroht – ja, und mit immer weiteren Erpressungen im Hintergrund. Von der Zukunft nichts mehr zu erwarten als ständiges Sichversteckenmüssen, und dazu noch die Obsorge für den jungen Mott. Er hätte sich um ihn kümmern wollen. Ihr verstorbener Bruder nahm alle seine Verantwortungen immer sehr ernst.«

»Er ging, wie er einmal sagte, eine dunkle Straße.«

»Ah, stockdunkel, und ohne Ziel. Also hat er die Kerze ausgeblasen, was?«

»Er war ein religiöser Mensch. Ein gottesfürchtiger Mensch. Sich das Leben nehmend ist wider das Gebot«, bemerkte Titus. »Aber sogar dieses Hindernis könnte am Ende weniger stark sein, als man denkt.«

»Durchaus«, sagte Lintott. »Mein Gott, wir fischen sie schließlich dutzendweise aus dem Fluß. Zumeist Mädchen in anderen Umständen. Irgendwann haben auch sie ihren Katechismus gelernt. Er war vergessen, als sie hinuntersprangen. Und er muß sich auf jeden Fall ausgestoßen gefühlt haben, nicht wahr? Verfemt. Er war verfemt.«

»Wenn es irgend möglich ist«, drängte Titus und wies auf die Briefe, die unter der Lampe auf dem Tisch lagen.

»Wenn ich nur wüßte, wie ich's anstellen könnte«, sagte Lintott aufrichtig. »Ich dachte, ich hätte die Lösung in Gestalt von Molly Flynn gefunden. Ach ja, Molly. Ich habe mir vorstellen können, daß er sich ihretwegen zum Narren machte. Wenn er's nur getan hätte.«

»Wenn mein Bruder ihr so verfallen gewesen wäre wie diesem Jungen, dann wäre er doch bei dem Gedanken, sie zu verlieren, genauso verzweifelt gewesen, nicht wahr?«

»Vielleicht, aber erst die Erpressung hat dem ganzen die Krone aufgesetzt. Das hätte sie nie getan.«

»Und es läßt sich auch nicht vertuschen, daß diese Briefe an einen Knaben gerichtet waren?«

»Nein, dieser Schuft Rice hat die besten bis zum Schluß aufgehoben. Aber ich habe zwei, die auch an eine Frau geschrieben sein könnten«, sagte Lintott und freute sich insgeheim. Und, als Titus ihn anstarrte: »Mrs. Crozier hat die Briefe, die Molly brachte, gefunden und gelesen. Sie verbrannte vier davon, aber die übrigen hob sie auf. Es kommen keine speziellen Namen oder Personenbeschreibungen vor. *Du meine sündige Liebe* – in dieser Tonart.«

»Laura hat *mir* das nie anvertraut.«

»Ah! Mrs. Crozier hat gern ihre kleinen Geheimnisse. Sie hat es übrigens auch *mir* nicht anvertraut. Ich mußte es aus ihr herausfragen. Wo waren wir stehengeblieben? Ach ja, es muß so dargestellt werden, daß es nicht nach einer abgekarteten Sache klingt. Ich bin allergisch gegen abgekartete Sachen.«

Titus' Humor war angesprochen, und er sagte: »Dann wollen wir es so darstellen: Wenn mein verstorbener Bruder sich in Mrs. Flynn verliebt hat und Sie der Jury als Beweis zwei seiner Briefe vorlegen, die sich lesen, als wären sie an eine Frau gerichtet – so wäre das eine glücklichere Lösung als die, welche Sie entdeckt haben.«

Lintott schob die Lippen vor und nickte.

»Es würde nichts ändern«, fuhr Titus fort. »Es würde nichts an der Tatsache ändern, daß mein Bruder von eigener Hand starb. Aber es würde besser aussehen, und in den Augen der Welt geht der Schein über alles.«

Der Schein kann höchst irreführend sein, hörte Lintott sich zu Dr. Padgett sagen. *Das ist der Unterschied zwischen Ihrem Beruf und dem meinen. Mir bedeutet der Schein nichts, Sir. Ich schenke ihm keine Beachtung.*

»Der Schein«, sagte Lintott, »kann höchst irreführend sein. Wir haben keinen *Beweis* dafür, daß Mr. Crozier erpreßt wurde. Es würde *naheliegen*, daß irgendein furchtbarer Druck auf ihn ausgeübt wurde, aber wir können es nicht beweisen, nur mutmaßen, nur raten. Ich persönlich halte es für nicht sehr wahrscheinlich, daß ein Mann einzig aus Liebe stirbt. Und die Jury sicher auch nicht. Aber eine Erpressung wird Molly Flynn nicht eingestehen, und wir können sie nicht dazu zwingen, doch jeder wird sie verdächtigen. Ich werde versichern, persönlich ein Auge auf Molly zu haben, falls sie es nochmals versuchen sollte! Bis dahin kann man sie bestenfalls der Erpressung verdächtigen. Und ich muß sie erst dazu überreden, die Mätresse zu spielen. Ich *könnte* sie dazu überreden.«

»Sie hat einen Ehemann, sagten Sie? Ein Ehemann nimmt sich die Untreue seiner Frau sehr zu Herzen. Er kann sie unter Druck gesetzt, ihr gedroht haben.«

»Aha! Ihr hinter die Schliche gekommen sein. Gesagt, er nimmt sie wieder in Gnaden auf, wenn sie die Briefe zurückgibt. Molly verliert den Kopf. Versucht, Mr. Crozier zu sprechen und mit ihm Schluß zu machen. Er ist verrückt nach ihr und will nicht hören. Es klingt«, sagte Lintott, »wie ein Groschenroman. Vielleicht hören sie so was grade gern?«

»Vorausgesetzt, sie haben das Gefühl, daß sie mehr wissen, als sich beweisen läßt, und daß ihr Verdacht zutrifft.«

»Mrs. Crozier wird allerdings nicht besonders erfreut sein, wenn Molly Flynn als die einzige große Leidenschaft Ihres Bruders auftritt. Sie ist eine stolze Dame, und sie ist nicht dumm. Wir können es privatim ein bißchen für sie herunterspielen. Aber in der Öffentlichkeit wird sie einiges an Demütigungen einstecken müssen, und das wird sie nicht gern tun! Na ja, man kann auf dieser Welt nicht alles haben.«

»Besser den Stolz verletzt als das ganze Leben ruiniert. Können Molly und Mr. Flynn im Kreuzverhör standhalten?«

»Es handelt sich nur um eine Leichenschau«, erinnerte Lintott ihn. »Der Fall wird nicht vor dem Queen's Counsel verhandelt.«

»Und Sie glauben, die Untersuchung könnte eingestellt werden, wenn Molly Flynn aussagt, wenn ein unbewiesener Verdacht auf Erpressung naheliegt und auf Selbstmord in vorübergehender geistiger Unzurechnungsfähigkeit erkannt wird? Eine Art *crime passionel* an sich selbst?«

»Ja. Molly ist der Schlußpunkt. Rice wird nicht wagen, den Mund aufzutun. Wenn er Zicken macht, krieg ich ihn nach Strich und Faden dran. Erpressung, Homosexualität, ein verrufenes Haus für Strichjungen, Unterschlagungen von Beweismaterial. Ich mache mich anheischig, noch einiges mehr gegen ihn vorzubringen, wenn ich mich ein bißchen umsehe.«

Titus lächelte und ließ die letzten Tropfen Brandy im Glas rollen.

»Bringt das für Sie nicht ein gewisses Risiko mit sich?« fragte er ironisch.

»Keine Spur«, sagte Lintott fest, setzte sein leeres Glas ab und wickelte sich in seine Pelerine. »Ich arbeite allein. Niemand weiß, was ich tue – außer denen, die nicht wagen zu sprechen.«

»Ich meinte«, sagte Titus mit einer Spur liebenswürdiger Bosheit, »ein gewisses Risiko, daß Sie Recht und Unrecht nicht unterscheiden könnten?«

Lintott antwortete amüsiert: »Keine Angst, ich kann's unterscheiden. Wie Sie bereits bemerkten, Sir, bin ich weiser und klüger als Sie. Also will ich Ihnen etwas sagen. Den Menschen liegt immer daran, daß *andere* es mit der Wahrheit genau nehmen. Und sie ist eine gute Magd, aber eine harte Herrin. In diesem Sinn sprechen wir die Wahrheit, denn Ihr Bruder hat sich sozusagen wegen einer Liebesgeschichte das Leben genommen. Wir halten lediglich etwas zurück, das nur unschuldigen Dritten schaden und niemandem nützen würde.«

»Und was ist damit?« fragte Titus und legte die wohlgeformte Hand auf die Briefe.

»Da es sich um Eigentum Ihres verstorbenen Bruders handelt, das Ihnen zusammen mit seinen übrigen Effekten rechtens zusteht, überlaß ich sie Ihnen zur freien Verfügung. Sie können diese Briefe als reine Privatpapiere betrachten. Verbrennen Sie sie nicht, ehe ich aus der Tür bin!« warnte er, indem er sich nochmals umdrehte. »Ich würde nämlich in meiner beruflichen Eigenschaft gezwungen sein, Sie daran zu hindern, da es sich um Beweismaterial handeln könnte. Aber wenn Sie sich entschließen sollten, sie zu verbrennen, nachdem ich fort bin, *kann* ich Sie nicht daran hindern.«

»Ich habe Sie bisher nie leiden mögen, wie ich gestehen muß«, sagte Titus aufrichtig, »aber ich habe Sie immer geachtet. Ich achte Sie jetzt nur noch mehr, und ich danke Ihnen aus tiefstem Herzen.«

»Ich begnüge mich mit der Achtung, Sir«, erwiderte Lintott mit gleicher Offenheit. »Beliebt machen kann sich jeder Narr!«

23

Der Mann denkt – aber die Frau lenkt.
Oliver Wendell-Holmes,
The Autocrat of the Breakfast-Table

»Ich muß Ihnen zu meinem Bedauern eine schmerzliche Eröffnung machen, Ma'am«, sagte Lintott, der sich in Lauras dunkelblauem Salon höchst unbehaglich fühlte. »Aber Mr. Titus Crozier und ich haben die Lage besprochen; wenn eine Menge weiterer Unerfreulichkeiten vermieden werden soll, so gibt es keinen anderen Ausweg. Ich werde bemüht sein, mich verständlich zu machen.«

Er äugte hinauf zu dem Stuckfries an den Wänden, wo eine Prozession halbgriechischer Damen mit Vasen und Pfauen rundum zogen. Wenn er wenigstens seinen Hut hätte, um etwas in Händen zu halten, dachte er, denn er war schon immer ein linkischer Mensch gewesen.

Als er hereingeführt wurde, hatte Laura auf dem Flügel gespielt und saß nun, ihm halb zugewandt, auf dem vergoldeten Hocker. Der Sitz war in leuchtenden Wollfäden von ihr selbst gearbeitet, und Lintott fand weitere Beweise ihres Fleißes in der Fülle von Schemeln und gestickten Kissen.

»Sie haben die betreffende Dame entdeckt, Inspektor, und wissen nun, wie mein Mann den Tod fand?«

»Ja, Ma'am. Ich bin der Meinung, daß Mr. Crozier sich selbst das Leben nahm, unter dem Druck der Gemütsbewegung und der äußeren Umstände.« Er verschränkte fest die Hände und nahm mannhaft die erste Hürde. »Mrs. Crozier, ich muß offen zu Ihnen sprechen, aber nicht völlig offen, und beides zu Ihrem Besten – und zum Besten Ihrer Kinder. Die Frau, die diese Briefe brachte, war nicht die Mätresse Ihres Gatten. Sie gab nur den Boten ab für jemand anderen – für wen, tut nichts zur Sache –, und Ihr Gatte wurde tatsächlich erpreßt. Und würde vermutlich, ja mit Sicherheit, immer weiter erpreßt worden sein, bis zum Weißbluten. Das sind rauhe Worte, Ma'am, aber ich weiß nicht, wie ich es schonender darstellen soll.«

Laura – blaß und aufmerksam – bedeutete ihm, weiterzusprechen.

»Ich bin auf einen Aspekt von Mr. Croziers Leben gestoßen, der indiskutabel ist. Ich würde nicht mit meiner eigenen Frau darüber sprechen und auch mit keiner anderen Dame. Also lassen wir's dabei bewenden. Eine Mätresse ist ein kleiner Fisch – verzeihen Sie den Ausdruck – im Vergleich zu dem, was wirklich passiert ist. Sie hatten ihn in der Zange, Ma'am, und er wußte es.«

»Die Liebesbriefe? Was ist mit den Liebesbriefen? Die hat er doch selbst geschrieben.«

»Ja, er war wirklich verliebt. Und das hat ihm schließlich den Rest gegeben, denn diese Bindung konnte nicht im guten enden. Aber Mr. Titus und ich sind bemüht, Ihnen, Ma'am, Schande und Leid zu ersparen – ohne indes die Unwahrheit zu sagen oder der Gerechtigkeit in den Arm zu fallen. Und ich versichere Ihnen, wenn alles ans Licht käme, würde Ihr eigenes Leben und das Ihrer Kinder davon überschattet sein bis zu Ihrer aller Tod. Sind Sie mir gefolgt, Ma'am?«

Sie nickte.

»Wir beabsichtigen also, die Wahrheit zu sagen und nichts als die Wahrheit – bis zu einem gewissen Punkt. Mrs. Flynn – die Frau, die die Briefe zustellte – ist bereit zu bezeugen, daß diese Briefe an *sie* gerichtet waren. Die Erpressung wird zur Sprache kommen, und Mrs. Flynn wird sie natürlich ableugnen. Es gibt dafür auch keinen Beweis. Wir haben nur Mr. Titus' Aussage über das Gespräch mit seinem Bruder und keine Unterlagen über eine Zahlung. Die Verhandlungen darüber waren wohl noch nicht abgeschlossen. Ihr verstorbener Gatte war ein charakterfester Gentleman. Er wäre nicht kampflos untergegangen, auch wenn er auf verlorenem Posten kämpfte.«

»Warum sollte *sie* frei ausgehen?« rief Laura.

»Verstehen Sie doch, Ma'am, Molly – Mrs. Flynn – tut uns einen Gefallen. Wir *wollen*, daß sie frei ausgeht. Andernfalls würde sie die Täuschung auffliegen lassen, und dann säßen wir alle in der Tinte. Es könnte in London einiges aufgedeckt werden, das besser im dunkeln bleibt. Wenn Sie aber nicht willens sind mitzuspielen, dann sagen Sie es. Ich werde dann vor Gericht alles ausbreiten, Namen und Tatsachen. Die Entscheidung liegt bei Ihnen, Ma'am, bei niemandem sonst. Ich möchte Ihnen nur eins sagen: Überzeugen Sie sich zuerst, ob Sie gute Freunde auf dem Land haben, die Sie für ein paar Monate aufnehmen würden. Stellen Sie dieses Haus hier zum Verkauf. Nehmen Sie Ihre Söhne aus Rugby weg, ehe man Sie *auffordert*, sie wegzunehmen. Und beten Sie für Mr. Titus, denn er wird es ausbaden müssen und zusehen, wie er die Firma vor dem Ruin bewahrt. Haben Sie mich verstanden, Ma'am? Für Sie gibt es nur zwei schlechte Wege, und Sie müssen versuchen, den weniger schlechten zu gehen.«

Sie machte eine Handbewegung, die Resignation oder Eingeständnis andeutete, und senkte den Kopf.

»Sie werden eine oder einige schlimme Stunden im Gerichtssaal durchstehen müssen. Diese Briefe werden laut vorgelesen. Molly Flynn wird sich aufspielen wie Lady Hamilton. Und Sie werden es dulden müssen, Ma'am. Niemand hat etwas dagegen, wenn Sie ein bißchen weinen oder in Ohnmacht fallen oder etwas in dieser Art. Aber wenn Sie mittendrin aufstehen und sagen sollten, daß alles gelogen ist, dann kann ich ebensogut gleich jetzt um meine Entlassung einreichen!«

»Ich werde mein Wort nicht brechen«, sagte Laura mit Würde. »Und ich gebe Ihnen dieses Wort von ganzem Herzen, Inspektor.«

Er fragte sich, welche wilden Vorstellungen ihr durch den ergeben gesenkten Kopf gehen mochten, und versuchte, einige davon auszuschalten.

»Es handelt sich nicht um Wechselfälschung, Ma'am, oder etwas Ähnliches. In diesem Falle könnte ich nichts verschweigen. Mr. Crozier war sozusagen vor allem sein eigener Feind.«

Er bemühte sich, der Demütigung im Gerichtssaal schon jetzt die Spitze abzubrechen, Laura auf das Unvermeidliche vorzubereiten. Vor allem wollte er zu große Unsicherheit und einen Nervenzusammenbruch vermeiden.

»Ich werde alles tun, was Sie vorschlagen, Inspektor«, sagte sie ruhig. »Schließlich muß ich Mrs. Flynn nicht ansehen, und ich bin tief verschleiert. Die Trauerkleidung hat ihre Vorteile.«

Sie konnte es zu Recht sagen, denn das Schwarze stand ihr. An diesem Tag trug sie bereits das dritte Ensemble, das

Lintott bewundern durfte, und er fragte sich, wie lange das Geld reichen würde.

»Ich wollte gerade Kaffee trinken«, sagte sie in verändertem Ton. »Ich würde mich aufrichtig freuen, wenn Sie mir Gesellschaft leisteten, Inspektor. Vielleicht hat Mrs. Hill Biskuits gebacken. Soviel ich weiß, bewundern Sie ihr Können, und mit gutem Grund.«

Er erhaschte ein schüchternes und flüchtiges Lächeln auf ihren Zügen und war froh, daß sie seine Mitteilungen so gelassen aufnahm.

»Das ist wirklich zu freundlich von Ihnen, Ma'am. Ich hätte nichts dagegen.«

Kate schien die heitere Gelassenheit ihrer Herrin übernommen zu haben, und obwohl sie Lintotts verstohlenes Blinzeln nicht erwiderte, warf sie den Kopf zurück, als sie an ihm vorbeiging und das silberne Tablett mit Theodors bestem Porzellan abstellte.

»Ich habe mich schon immer gern in alles eingemischt«, sagte Lintott liebenswürdig, »Sie werden mir also verzeihen, wenn ich – nicht aus Neugier, nur interessehalber – frage, ob Mr. Titus schon einen Geschäftsführer gefunden hat?«

Sie warf ihm einen raschen Blick zu, und es wurde ihm schlagartig bewußt, daß sie intelligent war. Es war ihm noch nie zuvor aufgefallen.

»Ich bin nur froh, über eine solche Sache mit einem verständigen Menschen sprechen zu können«, erwiderte Laura schlicht. »Denn mein Schwager ist das Oberhaupt der Familie, und in dieser Eigenschaft hat er das letzte Wort. Völlig zu Recht. Aber ich wäre unendlich dankbar, wenn Sie mir einen kleinen Gefallen tun könnten. Das heißt, wenn Sie meine Absicht gutheißen.«

Lintott saß strahlend vor seinem heißen Kaffee, ein Biskuit in der plumpen Hand.

»Alles, was ich kann, Ma'am, innerhalb vernünftiger Grenzen natürlich.«

»Ich fürchte, Sie halten nicht so viel von mir, wie ich es mir wünschte, Inspektor. Und ich fürchte, Sie haben Grund dazu. Dennoch möchte ich, daß Sie mich nicht völlig verdammen.«

»Sagen wir«, erkühnte sich Lintott, »man bedauert die Sünde, ohne darum den Sünder zu hassen. Das ist zwar nicht konsequent, aber durchaus menschlich.«

Er war sehr zufrieden mit dem Erfolg dieser Sentenz, die sie aufstrahlen und aufatmen ließ.

»Ich möchte gern einen Neubeginn setzen«, fuhr Laura fort. »Sie sprachen soeben von der Notwendigkeit, einen Geschäftsführer zu finden. Mein Schwager hat großes Talent für die künstlerischen Aspekte der Firma Crozier – ja man kann sagen, ein einmaliges Talent. Aber er hat nicht die Erfahrung in praktischen und finanziellen Dingen, wie mein verstorbener Mann sie besaß. Leider bin ich selbst nicht sehr praktisch veranlagt, wie Ihnen zweifellos nicht entgangen ist. Ich weiß, daß Ihnen wenig entgeht, Inspektor Lintott.«

Er beobachtete sie scharf, konnte indes nicht erraten, worauf sie hinauswollte. Sie lächelte ihm zu und nippte an ihrem Kaffee. Er fragte sich, wieviel ihre Robe gekostet haben mochte: die kleinen, mit schwarzem Samt bezogenen Knöpfe, die vier Reihen Falbeln aus dem gleichen Material, der Kragen und das Mieder, beides exquisit betreßt und geknöpft, die vielen Yards feinsten Wollstoffs, die von der schmalen Taille abwärts wogten. Es war Trauer im tiefsten Sinn: eine Nocturne aus Eleganz und Pathos. Kate hatte die kleinen Härchen im Nacken und auf der Stirn gekräuselt und die lange Mähne in einen glatten Knoten gerafft.

»Sie haben mich sehr eingeschüchtert, Inspektor, als ich Ihnen zum erstenmal begegnete. Und als Kate mir berichtete – denn sie vertraut mir alles an –, wie umfassend und mit wieviel Gründlichkeit im Detail Sie unsere traurige Lage zu beurteilen wußten, fürchtete ich mich noch mehr. Aber ich habe viel über Sie und von Ihnen gelernt, Inspektor Lintott, ich habe größtes Vertrauen zu Ihnen. Ich bin, wie Sie wissen, ganz allein und habe keine männlichen Verwandten, die für mich eintreten könnten – mein Onkel ist fast vierundachtzig und nahezu blind. Könnten Sie meinem Schwager nicht auf irgendeine Weise nahelegen, daß wir einen tüchtigen Geschäftsmann mit Aktien an der Firma beteiligen sollten? Oder spreche ich«, und sie zögerte, blaß und reizend, »dummes Zeug?«

Lintott setzte mißtrauisch und überrascht seine Tasse ab.

»Weit entfernt, Ma'am. Weit entfernt.« Er blickte sie eindringlich an. »Haben Sie bereits jemanden im Sinn, der Ihren Vorstellungen entsprechen könnte?«

»*Ich* habe niemanden im Sinn. Wie sollte ich? Ich verstehe nichts von der Firma. Aber ein Bekannter meines verstorbenen Mannes suchte mich gestern auf, um mir sein Beileid auszusprechen. Ich glaube«, sagte Laura, unsicher, wieviel sie verraten sollte, »daß er daran interessiert sein könnte. Er stellte mir eine Menge Fragen, die ich zu meinem Bedauern gewiß nicht so umfassend beantworten konnte, wie er es gewünscht hätte, aber ich gewann dennoch den Eindruck, daß er bereit wäre, die Arbeit meines verstorbenen Mannes gegen eine Teilhaberschaft an der Firma zu übernehmen.«

»Ich bin erstaunt«, sagte Lintott ernst, »daß er eine Dame mit solchen Dingen belästigt, anstatt sich direkt an Ihren Schwager zu wenden.«

Sie suchte Hilfe bei den vielen hübschen Dingen, die im Zimmer verstreut waren, und fand keine. Lintott beobachtete jeden einzelnen Gedanken, der über ihre Züge huschte, und lächelte im stillen.

»Sehen Sie, ich weiß nicht, was Titus davon hielte, wenn der Familie soviel Einfluß entzogen würde. Die Firma würde natürlich weiterhin auf den Namen Crozier lauten. Der betreffende Herr hat nämlich ein beträchtliches eigenes Geschäft. Er möchte die Firma Crozier nicht verändern, nur einen Teil seines Vermögens darin anlegen; wie er sagte, auf lange Sicht.«

»Er hat also ernste Absichten«, sagte Lintott und erfaßte mit einemmal die Situation. »Aber warum sprach er mit Ihnen?«

»Er dachte, ich könnte bei Titus meinen Einfluß geltend machen. Wissen Sie, Inspektor, mein eigenes Geld ist in der Firma festgelegt. Es war der Wille meines verstorbenen Mannes, und ich habe keinen Grund, daran etwas zu ändern, selbst wenn ich es könnte. Aber ich habe keinen Einfluß, außer daß, falls dieser Herr und Titus Geschäftspartner werden sollten, meine Anteile der entscheidende Faktor bei jeder Verhandlung sein würden. Ich meine«, beeilte sie sich zu erklären, »falls die beiden in irgendeiner Frage uneins wären, zum Beispiel in finanzieller Hinsicht, könnten meine

Anteile nach der einen oder anderen Seite den Ausschlag geben.«

Lintott grinste. Er konnte es sich nicht verkneifen.

»Ich möchte nicht den Zankapfel bilden«, rief Laura aus, rosig vor Ratlosigkeit und vielleicht einem Hauch von Erregung. »Aber Sie sehen wohl, daß die Situation delikat sein könnte? Dieser Herr ist willensstärker als Titus – ich sage das nicht als Kritik. Sie verstehen mein Problem? Aber andererseits, wenn Titus einen Geschäftsführer engagierte, der überhaupt keinen Einfluß haben würde, so fürchte ich, könnten wir alles wieder verlieren, was Theodor in so vielen Jahren so geduldig aufgebaut hat.«

Lintott rieb sich belustigt den Kopf.

»Soweit ich es beurteilen kann, klingt der Vorschlag vernünftig, aber ich würde nicht raten, daß *Sie* ihn zur Sprache bringen, Ma'am.«

Sie goß ihm erleichtert frischen Kaffee ein und nickte.

»Kennen Sie diesen Herrn persönlich gut genug, um gesellschaftlichen Umgang mit ihm zu pflegen, oder war er nur ein freundlicher Fremder, der Ihren verstorbenen Gatten kannte?«

»Oh, er hat uns mehrmals hier besucht.«

»Es würde demnach nicht weiter auffallen, wenn Sie einen ruhigen Abend mit Freunden veranstalteten und den Herrn zusammen mit Mr. Titus einlüden?«

»Überhaupt nicht.«

»Dann würde ich Ihnen dazu raten, Ma'am. Es hätte gar keinen Sinn«, sagte Lintott freundlich, »wenn *ich* versuchen sollte, mit Ihrem Schwager zu sprechen. Er würde nicht auf mich hören, nicht die Spur, warum sollte er auch? Ich bin kein Geschäftsmann, ich bin Polizist.«

»Man ist so hilflos«, murmelte Laura. »Bitte verzeihen Sie, wenn ich Ihnen zu nahe getreten bin.«

»Nein, nein, nein. Keineswegs. Wenn dieser Herr so klug ist, wie er zu sein scheint, so müßte er Mr. Titus zu einer Partnerschaft überreden können – auch wenn Ihre Anteile das Zünglein an der Waage darstellen. Aber sagen Sie ja nicht, liebes Kind« – er hatte sich so weit vergessen, daß er zu ihr so sprach wie zu Kate –, »sagen Sie ja nicht, daß Sie es für eine ausgezeichnete Idee halten. Ganz im Gegenteil. An Ihrer Stelle würde ich es eher ein bißchen herunterspielen. Sagen Sie, Sie wüßten nicht recht, und bitten Sie Mr. Crozier, es sich reiflich zu überlegen. Sonst könnte er den Braten riechen, auch wenn nichts gebraten wird – falls nicht gebraten wird. Und ich bin überzeugt«, sagte Lintott und trank seine zweite Tasse Kaffee aus, »ich bin überzeugt, daß es die beste Lösung wäre. Ja, geradezu ideal. Ideal!« Und er grinste die Krümel auf dem Biskuitteller an. »Ich muß mich wieder auf den Weg machen, aber ich überlege doch, ob ich nicht noch ein letztes Wörtchen mit den Dienstboten sprechen dürfte, Mrs. Crozier?«

Ein Schatten zog über ihr Gesicht, und wieder sah er die Intelligenz unter der Schönheit.

»Sie werden mir sagen, es sei eine reine Formsache, und dann ein weiteres und noch gräßlicheres Skelett zutage fördern, nicht wahr, Inspektor?«

»Nein, Ma'am. Nicht ich. Aber wie Sie sagten, wir wollen einen Neubeginn setzen nach dieser tragischen Geschichte. Sie werden genügend zu ertragen haben, die Wiederaufnahme der Verhandlung und Molly Flynns unverschämtes Auftreten und den Makel des Selbstmords. Ich möchte gern dafür sorgen, daß nichts mehr dazukommt. Kurzum«, sagte Lintott offen, »ich möchte ein paar Klatschmäuler stopfen. Darf ich das für Sie tun?«

Sie lachte und klatschte in die Hände, dankte ihm. Er wünschte ihr im stillen alles Gute und übersetzte dies Gefühl in schlichte Worte.

»Glück auf, Ma'am«, sagte Inspektor Lintott.

Noch lange, nachdem er den Salon verlassen hatte, saß sie lächelnd da, dann schwebte sie graziös zum Spiegel und berührte die Löckchen an Nacken und Stirn. Sie dachte jetzt nicht mehr an den Inspektor, und der Stachel der Gerichtsverhandlung hatte beträchtlich an Schärfe verloren.

24

Das Gesetz ist die Verkörperung dessen, wo-
nach wir alles im Leben messen. Es ist ohne
Fehler, gereicht uns zur Zier, und seine Verkör-
perung sehn Sie in mir.

Sir William Schwenk Gilbert,
The Gondoliers

»Da bin ich wieder«, sagte Lintott munter. »Würde mich nicht wundern, wenn Sie froh wären, mich zum letztenmal gesehen zu haben. Und das wird auch der Fall sein, nach unserem kleinen Schwatz.«

Bei seinem Eintritt erstarrten sie mitten in der Bewegung. Mrs. Hills Holzlöffel ließ Biskuitteig in die große blaue Schüssel tropfen. Henry Hanns Hand mit dem Bierkrug blieb vor dem geöffneten Mund in der Schwebe. Harriet stand stocksteif mit einem Stapel Teller da. Annie Cox' Scheuerbürste stellte ihr geschäftiges Wischen und Kratzen ein. Nur Kate wartete lächelnd.

»Wo steckt denn die Liebste unseres Sergeants?« fragte Lintott forsch. »Droben bei Miß Blanche? Wollen Sie mich nicht auffordern, Platz zu nehmen, Mrs. Hill? Ich dachte, Sie wären mir gewogen?«

»Biete dem Inspektor einen Stuhl an, Harriet, und reiß dich zusammen, Mädel!«

»So ist's recht«, sagte Lintott. »Gemütlich, was? Ich habe gute Nachricht für Sie alle. Nein, nicht gut, aber besser, als wir hoffen durften. Sie haben alle unrecht gehabt, außer unserem klugen Kätchen hier. Was ich jetzt sage, muß unter uns bleiben, wohlgemerkt«, drohte er lächelnd. »Ihr verstorbener Herr hat sich tatsächlich selbst das Leben genommen, das ist die schlechte Nachricht, und folglich wurde er nicht ermordet, das ist die gute. Was sagen Sie nun? Wer hätte das für möglich gehalten?«

Sie waren, mit Ausnahme von Kate, bitter enttäuscht, bezeigten jedoch überschwengliche Freude und Überraschung.

»Das ist noch nicht alles«, fuhr Lintott fort und genoß seine Rolle in vollen Zügen. »Ihre Herrin und Mr. Titus wurden aufs übelste verleumdet. Aufs übelste verleumdet. Was kurz gesagt bedeutet, daß gewisse Leute mündlich und schriftlich Lügen über sie verbreitet haben.«

Die Köchin sagte, es sei eine Heidenschande, und sie wisse nicht mehr, was aus der Welt noch werden solle, und sie für ihre Person habe nie ein Wort davon geglaubt.

»Das ist ein Fall für die Polizei«, sagte Lintott sehr ernst. »Wir überlegen nur, wie wir es in Zukunft vermeiden können. Es gibt natürlich eine Möglichkeit, nämlich, daß wir alles, was in diesem Haushalt und über ihn gesprochen wird, überwachen und notieren. Denn wir können das nicht dulden, wissen Sie, wir können es einfach nicht dulden. Allein mit dieser Sache«, sagte Lintott, »wurde schon genug Geld und Zeit verschwendet. Jemand kann eines Tages dafür in die Mühle wandern – das ist das Arbeitshaus. Oder Werg zupfen. Gräßlich, wie das die Fingerspitzen zurichtet!« Und er lächelte gefühlvoll in die Runde.

»Ich hab' doch nichts gesagt!« schrie Annie in schrecklicher Todesangst.

Im Handumdrehen war er ganz väterliche Milde und suchte in seiner Tasche nach einem Bonbon.

»Da! Steck's in den Mund und mach ihn zu. Du warst nicht gemeint, Kind.«

Er blickte Henry Hann an.

»Ich an Ihrer Stelle würde mein Bier austrinken«, bemerkte er. »Es muß doch um halb elf Uhr morgens etwas anderes für Sie zu tun geben als in der Küche rumzusitzen. Sie werden keine Stellung mehr kriegen wie diese hier. Sie werden sogar überhaupt keine Stellung mehr kriegen. Also sehen Sie zu, daß Sie sie behalten, und behalten Sie in Zukunft auch Ihre Gedanken für sich! Und denken Sie an das, was Ihr verstorbener Herr gesagt hat von wegen die Dame und die Kinder ausfahren, wenn Sie einen sitzen haben. Kapiert?«

»Ja, Sir. Vielen Dank, Sir«, sagte Henry, nahm noch einen tiefen Zug und war auf den Beinen. »Vielen Dank, Mrs. Hill«, als er sich den Mund wischte.

»Und jetzt zu Ihnen, Mädchen! Harriet, Sie hören auf alles, was Mrs. Hill Ihnen sagt, denn sie sagt nur, was recht und billig ist. Und bringen Sie's auch nicht durcheinander mit der *Herzogin von Tramura!* Hat sie denn am hellen Morgen nichts anderes zu tun, Ma'am, als in der Küche rumzustehen?«

»Ja, natürlich, Harriet, höchste Zeit, daß die Dachkammern wieder mal saubergemacht werden. Ihr schlaft wie Schweine da droben – *ich* weiß es!«

»Aber Mrs. Hill, im April werden ohnehin die Decken getüncht. Dann muß ich alles nochmals machen«, protestierte Harriet nicht ganz zu Unrecht.

»Hab' ich gesagt, daß du die Wände tünchen sollst, Mädel? Geh und dreh die Kapokmatratzen um und wisch die Stühle mit Wasser und Seife ab – vergiß die Stuhlbeine nicht und schrubb die Waschtische. Da, nimm Annie mit, dann seid ihr fertig, bis ich euch für den Lunch brauche. Worauf wartet ihr noch?«

Sie blickte besorgt zu Lintott hinüber, ob sie seine Absicht erraten habe, und er nickte und lächelte.

»Ich werde Sie nicht den ganzen Vormittag aufhalten, Gott bewahre, Mrs. Hill. Ich weiß, daß Sie viel zu tun haben. Wir werden uns nur ein wenig miteinander unterhalten.«

»Mrs. Crozier sagte, ich solle ihre Kleider aussortieren, weil sie doch Tieftrauer hat, und sie für ein Jahr wegpacken, Mrs. Hill«, sagte Kate aus freien Stücken.

»Sie wissen selbst am besten, was Sie zu tun haben«, sagte die Köchin. »Also tun Sie das, Kate. Wir haben noch eine gute Stunde vor uns, bis Sie den Tisch decken müssen und so.«

»Ich bleibe nicht lang«, beruhigte Lintott sie.

Die Frau war verstört, aber die Köchin in ihr fuhr fort, den Kuchen zu rühren, Formen auszubuttern, die Masse gleichmäßig darin zu verteilen und alles ins Rohr zu schieben. Lintott verfolgte ihr Tun mit Wohlgefallen.

»Diesen Cake möchte ich schrecklich gern probieren, Mrs. Hill«, sagte er freundlich, »aber inzwischen bin ich längst wieder draußen, und dann heißt's Abschied nehmen von unserer höchst angenehmen Bekanntschaft.«

»Ganz meinerseits, Sir – und ich bin froh, daß Sie alles zu Ihrer Zufriedenheit geklärt haben.«

»Es ist noch nicht völlig geschafft«, sagte Lintott, »aber

ich will meinen Hut aufessen, wenn ich's nicht schaffe, und zwar ein für allemal.«

Er blickte amüsiert auf dieses Zukunftsbild und wurde dann wieder ernst.

»Mrs. Hill, wenn Sie feststellen würden, daß Harriet hinter Ihrem Rücken klatscht und beleidigende Dinge über Sie verbreitet – Dinge, die Sie in den Augen der Welt herabsetzten, Dinge, die unwahr sind: Was würden Sie dann tun?«

»Sie entlassen, Sir.«

»Ich würde das gleiche tun, wenn es sich um einen meiner Konstabler handelte. In diesem Haus sind Feindseligkeiten gegen Mrs. Crozier im Gange, sie müssen ein Ende finden. Ihr Herr war gut und freundlich zu Ihnen, aber er ist tot. Nur die Lebenden zählen, und Mrs. Crozier hat immer nur Gutes über Sie gesprochen. Kein einziges schlechtes Wort, haben Sie mich verstanden?«

Mrs. Hill rieb den Fichtentisch mit einem feuchten Lappen ein und wischte nach.

»Ich klatsche manchmal ein bißchen«, gab sie zu, »aber ich hab' unsere Lady nie gehaßt.«

»Wir beide wissen, wer sie haßte und noch immer haßt, nicht wahr?«

Sie schüttete eine angemessene Prise Salz in einen Topf mit geschälten Kartoffeln und nickte langsam.

»Und auch darüber darf niemals geklatscht werden, was immer geschehen mag. Eine gute Köchin und Haushälterin ist schwer zu finden, und wer einmal an die fünfzehn Jahre in einer Familie war, der möchte bleiben. Schließlich gibt's bei jedem von uns irgend etwas, das wir nicht gern unter die Leute kommen lassen. Etwas, was uns teuer zu stehen kam und viel Kummer gemacht hat, bis wir uns damit zurechtfanden.«

Er beobachtete sie scharf. Ihre Hände zitterten, als sie die Schürze glättete und sich dann der Suppe zuwandte, die sie behutsam abschäumte.

Lintott wechselte das Thema: »Wie geht's denn Ihrem jungen Neffen, der Trommler werden will?« fragte er freundlich.

»Sehr gut, Sir, vielen Dank.«

»Wie alt, sagen Sie, ist er jetzt? Fünfzehn, was? Bestimmt ein ordentlicher Bursche, und Sie haben alles Menschenmögliche für ihn getan. Ich kenne mich aus mit Frauen Ihrer Art und Güte. Er muß ungefähr um die Zeit zur Welt gekommen sein, als Sie damals krank waren, wie?«

»Ungefähr dann, Sir« – kaum hörbar.

»Ihre Familie hätte sich viel Kummer gemacht. Kummer Ihret- und seinetwegen. Nun ja, so was kann passieren, aber wenn die Menschen zusammenhalten und einander ein bißchen Liebe und Zuneigung erweisen, dann wird am Ende doch alles gut, nicht wahr?«

»Sir!« rief sie, und dann konnte sie nicht mehr. Mit einer Hand rührte sie die Suppe, mit der anderen fuhr sie sich über die Augen.

»Sie verstehen, was ich meine, meine Liebe? Am besten, man redet nicht mehr darüber, wie? Hat keinen Sinn, sich ein Leben lang zu quälen. Das ist alles, was ich Ihnen sagen wollte, und alles, was jemals darüber gesagt werden soll. Sie bleiben bei Ihrer Herrin, und was Sie in diesem Haushalt hier sagen, gilt. Deshalb habe ich Harriet vorhin ermahnt. Sie blickt zu Ihnen auf. Wenn Sie ihr sagen, daß bei Nacht Tag ist, glaubt sie's auch.«

Mrs. Hill antwortete nicht, sie wischte sich mit der Hand noch energischer die Augen, schnupfte zweimal und begann in der Suppe zu rühren, als ginge es um ihr Leben.

»Leben Sie wohl, meine Liebe«, sagte Lintott sanft. Er stand auf, trat zu ihr und tätschelte freundschaftlich ihre Schulter. Sie versuchte zu lächeln und zu nicken.

»Wollte er Sie denn nicht heiraten, meine Liebe?« fragte Lintott.

Sie schüttelte wortlos den Kopf.

»Na, dann war er schön dumm«, sagte Lintott lächelnd. »Überläßt Sie anderen als Zierde und Beispiel, anstatt Sie für sich allein zu behalten. *Ich* hätte das nicht getan!« sagte Lintott und zwinkerte.

Sie brach in Lachen aus, wurde feuerrot vor Verwirrung und Freude. Sie glühte noch immer, als er hinausging und leise die Tür hinter sich schloß.

Blanche stand in einer Ecke mit einem schweren Buch auf dem Kopf, die Hände auf dem Rücken gefaltet, als Lintott an die

Tür des Kinderzimmers klopfte und ohne Aufforderung eintrat.

»Sie war ungezogen«, rechtfertigte sich Miß Nagle, »und ich dulde keine Ungezogenheiten. Schließlich bin ich für die Erziehung des Kindes verantwortlich.«

»Nehmen Sie ihr das Buch vom Kopf«, sagte Lintott ruhig, »und bitten Sie ihre Mama, daß sie das Kind für eine halbe Stunde übernimmt. Sagen Sie, ich lasse sehr darum bitten. Und zerren Sie sie gefälligst nicht so am Arm. Sie ist nicht vom gleichen Kaliber wie Sergeant Malone, und er würde Ihnen eine langen, wenn Sie's bei ihm versuchten, und zu Recht.«

Schneeweiß führte Miß Nagle das Kind hinaus. Lintott setzte sich auf einen der harten Stühle und wartete ohne Nachsicht auf ihre Rückkehr.

»Sie fehlen mir in meiner Mannschaft«, bemerkte er barsch, »Sie könnten's den ungezogenen Burschen besorgen – oder trauen Sie sich nur, wenn der andere sich nicht wehren kann? Setzen Sie sich. Dorthin, wo ich Sie sehen kann. Sie sind eine ganz Feine, was?«

»Ich tu' meine Arbeit, Sir, und die besteht darin, daß ich Kinder aufziehe.«

»Immer noch das letzte Wort behalten wollen, wie ich sehe. Das will ich abstellen, darin besteht nämlich *meine* Arbeit. Also beginnen wir mit Sergeant Malone, dem Mann, hinter dem ich her bin und hinter dem Sie auch her sind, wenn ich nicht irre. Sie sollten's dann und wann mit einem Löffel Zucker probieren, anstatt immer bloß mit Essig! Und kommandieren Sie ihn auch nicht herum. Ein Sergeant läßt sich nicht gern kommandieren, besonders nicht, wenn er was Ungesetzliches tun soll. Ah! So gefällt's mir schon besser, jetzt sehen Sie fast wie ein weibliches Wesen aus und weniger wie eine Beißzange – ich an Ihrer Stelle würde das üben, Sie können's vielleicht einmal gebrauchen.«

»Ich hab' nichts Unrechtes getan«, winselte Miß Nagle. »Ich wollte Ihnen nur helfen, Sir, und das hab' ich die ganze Zeit getan.«

»Oh, ich spreche von dem, was nach meinem Eintreffen gewesen ist. Ich spreche von dem, was nach dem Begräbnis Ihres verstorbenen Herrn passiert ist.«

Sie schluchzte zerknirscht in ihre Schürze.

»Und jetzt möchte ich, daß Sie zwei Tatsachen in Ihrem betriebsamen Kopf behalten«, sagte Lintott. »Ihr verstorbener Herr hat sich selbst das Leben genommen – das ist bewiesen. Und alles, was über Mrs. Crozier und Mr. Titus in Umlauf kam, war eine üble, verleumderische Lüge. Glauben Sie mir?«

Sie nickte frenetisch in ihre Schürze.

»Sehr gut, denn wenn Sie mir nicht glauben und aufs neue zu klatschen anfangen würden, könnte Ihrem famosen Sergeant das Gefängnis blühen – anstatt eines gemütlichen Heims und einer liebevollen Ehefrau. Ich hoffe, daß Sie eine liebevolle Ehefrau sein werden, meine Liebe, denn andernfalls dürfte er ziemlich rauhe Saiten aufziehen. Ich kenne diesen Typ«, sagte Lintott sinnend, stützte den Kopf in die Hand und beobachtete sie. »Ein einfacher Mensch, gutmütig und lenkbar. Setzen Sie ihn nicht völlig aufs trockene, er könnte unangenehm werden. O ja, er ist genau der Richtige für Sie«, setzte er behaglich hinzu, »Sie hätten sich keinen Besseren aussuchen können.«

»Aber er will sich nicht binden«, weinte Miß Nagle.

»Sie kriegen ihn schon herum. Sagen Sie, wieviel Geld Sie schon beisammen haben, und hören Sie auf, an ihm herumzunörgeln. Bringen Sie ihn soweit«, mahnte Lintott, »denn hier können Sie nicht bleiben und weiteren Unfrieden stiften. Dafür sorge ich.«

Er fand sie nun genügend zahm und wechselte die Tonart.

»Ein gutaussehendes hübsches Ding wie Sie«, sagte Lintott launig, »mit einer Taille, um die jeder brave Soldat unserer Queen gern die Arme legt –«, sie hatte eine hübsche Taille, schlank und fest unter dem breiten gestärkten Schürzengurt, »und sollte einen Mann nicht dazu kriegen können, daß er mit der entscheidenden Frage herausrückt? Unsinn. Das glaub ich nicht. Sie wollen ihn bloß zappeln lassen. Ich kenne euch Frauen! Sie können alles mit ihm anstellen, was Sie wollen. Wenn ich nicht wüßte, was für ein anständiger Kerl er ist, könnte ich glauben, er sei dazu beschwatzt worden, diese anonymen Briefe zu schreiben! Aber solange Sie Ihre Zunge im Zaum halten, halte ich auch den Mund.«

Sie nickte und versuchte sich zu fassen.

»Also, Sie lassen ihn antreten, kündigen Ihrer Herrin und behandeln Miß Blanche wie ein rohes Ei, bis Sie weggehen.

So lautet *mein* Kommando. In der Küche ist Schluß mit dem Klatsch. Dafür wird Mrs. Hill sorgen, und Sie werden das Ihre dazu tun. Sind wir uns einig, Miß Nagle? Ist Ihnen alles verständlich?«

»Ja, Sir.«

»Wollen Sie mich nicht zur Hochzeit einladen?« fragte Lintott scherzend.

»Sie sollen uns willkommen sein, Sir.«

»So ist's recht, meine Liebe. Ich möcht bloß rasch in die Kirche reinspitzen und euch Glück wünschen. Alles, was Ihnen fehlt«, fügte er hinzu, »ist ein rechter Ehemann. Sie hätten längst heiraten sollen. Ich wette, Ihre eigenen Kinder werden Sie nicht so rumschikanieren wie die Kinder anderer Leute!«

»Ich komme mit Ihnen, Sir, wenn Sie jetzt runtergehen, und hole Miß Blanche. Und« – als sie seine erhobenen Brauen bemerkte – »vielen Dank, Sir«, setzte sie widerwillig hinzu.

Sie stiegen gemeinsam die Treppe hinab: er nett und freundlich, sie kleinlaut. Aber im ersten Stock hielt er inne, da er Kates adrette Gestalt eifrig an einem Haufen Seide und Samt am Werk sah.

»Ich spreche noch ein letztes Wort mit Kate«, murmelte er und klopfte vernehmlich an die halboffene Tür.

»Sie dürfen nicht reinkommen, Sir«, sagte Kate entschieden. »Ich sortiere Mrs. Croziers Garderobe aus, das gehört sich nicht für einen Gentleman.«

»Dann kommen Sie doch bitte raus, Kate, ja?« flötete Lintott lächelnd.

Sie erschien, schloß die Tür energisch hinter sich und blickte ihn fest an.

»Kriege ich heute kein Lächeln, nachdem ich gesagt habe, Sie seien die einzige gewesen, die den Tod Ihres Herrn richtig gesehen hat? Das ist grausam, Kate.«

»Sie wollen kein Lächeln von mir, Sir«, erwiderte sie, lächelte aber trotzdem. »Sie wollen irgend etwas wissen. Ich kenne Sie.«

Sie blickten einander wohlgefällig in die Augen: Freunde und Gegner.

»Und ich habe mich um Ihre Herrin gekümmert, wie Sie selbst es nicht besser hätten tun können«, klagte Lintott und lehnte sich ans Treppengeländer. »Ihr eine Last von der Seele genommen, ihren guten Ruf beschützt und ihr soeben noch einen sehr guten Rat erteilt. Hat sie in letzter Zeit Besuch gehabt, Kate?«

»Mr. Titus war nicht hier, Sir, wenn's das ist, was Sie wissen wollten.«

»Sie sind ein Schatz, Kate«, sagte Lintott. »Sie lassen mich hart arbeiten für mein Geld, was, mein Kind?«

Sie antwortete nicht, sie lächelte nur.

»Auch keine Geschäftsfreunde? Keine alten Bekannten, die dachten, der Lady vielleicht in bezug auf ihre Firma behilflich sein zu können? Denn Sie haben Ihren verstorbenen Herrn vielleicht nicht gemocht, Kate, aber er war derjenige, der das Geld beischaffte. Das betrifft jedes Mitglied dieses Haushalts. Kein Geld, kein Haushalt. Mr. Titus kann mit Geld nicht umgehen, er kann es nur ausgeben, und Ihre Herrin war während ihrer Witwenschaft schon mehrmals bei der Schneiderin. Ein bezauberndes Kleid, das sie heute so früh am Tag schon anhat, wie? Und Sie haben ihr Haar reizend frisiert. Ich bin kein solcher Stockfisch, daß ich kleine Feinheiten dieser Art nicht bemerken würde, Kate.«

Sie betrachtete ihn immer noch lächelnd und hatte die Hände auf der niedlichen Schürze gefaltet. Lintott rieb sich den Schädel und grinste, entzückt und erbittert.

»Na los, Mädchen, irgendwer hat ein Auge auf die Firma geworfen und auf die Lady dazu, oder? Sonst hätte sie mir das nicht erzählt und anvertraut und mich um Rat gefragt. Sie hat nicht vor, sich die Gelegenheit entgehen zu lassen, wie, Kate?«

»Ich weiß nicht, was Sie meinen, Sir. Mrs. Crozier muß ein volles Trauerjahr einhalten. Es würde sich nicht schicken für einen Gentleman, sich schon jetzt um sie zu bemühen.«

»Dieser Butler ist ein tapferer Mann«, bemerkte Lintott. »Hoffentlich sehr tapfer, denn er wird's brauchen können! Kate, wenn Sie's mir nicht sagen wollen, dann sag ich's Ihnen. Ich finde, es wäre in jeder Hinsicht das beste, wenn die Zügel wieder in eine feste Hand kämen. Sonst werdet ihr allesamt in Teufels Küche landen, so wie sie und er mit dem Geld um sich werfen.«

»Wenn Sie ohnehin schon alles wissen«, sagte Kate schnippisch, »dann brauchen Sie mich nicht mehr, und ich kann wieder an meine Arbeit gehen, Sir.«

»Moment noch! Ist er ein älterer Herr?«

»Wenn Sie von Mr. Edgeley sprechen, Sir, er ist etwa – in Ihrem Alter, würde ich sagen.«

»In meinem Alter?« sagte Lintott. »Woher kennen Sie mein Alter, Miß?«

»Ich kenne es nicht. Aber ich kenne seines ja auch nicht!«

»Wirklich reizend, Kate«, sagte Lintott grinsend. »Wenn all meine Nachforschungen so reizend wären, da käm ich weit. Mr. Edgeley, also?«

»Ja, Sir. Er kennt meinen verstorbenen Herrn und meine Herrin schon seit Jahren. Er und seine Frau sind eine Zeitlang sehr oft hierher zu Besuch gekommen.«

Lintotts Miene umwölkte sich.

»Bis sie starb, vor genau einem Jahr«, fuhr Kate sittsam fort und spielte mit den Rüschen an ihrer Schürze. »Er hat es sehr schwer genommen. Seine Kinder sind erwachsen, wissen Sie. Die Tochter, Miß Florence, ist verheiratet und lebt in Bath. Der Sohn, Mr. Hubert, dient in der Armee.«

»Ich könnte Sie schütteln, Kate. Sie haben mich einen Moment glauben lassen, ich hätte mich geirrt. Was für eine Art Gentleman ist er? Denn eine Dame ihrer Art kann Fehler machen, nicht wahr? Sie hat schon ein paar ganz schlimme hinter sich!«

»Ich könnte sie Mr. Edgeley überlassen, Sir, ohne mir die geringsten Sorgen zu machen.«

Lintott nahm sich die Freiheit, sie in die Wange zu kneifen.

»Und wann gehen Sie weg, Kate, hm?«

»Nicht, ehe meine Herrin sich ihr Leben eingerichtet hat. Wir waren sieben Jahre beisammen, Sir, und das ist eine lange Zeit.«

»Sie wollen ihn also noch ein Weilchen warten lassen, wie, Kate?«

»Er wird auf mich warten, Sir. Der schon.«

»Ah!« sagte Lintott mit aufrichtiger Bewunderung. »Wenn Ihre Herrin eine so kühle Nummer wäre wie Sie, hätte sie sich manchen Kummer erspart. Leben Sie wohl, mein Kind. Es war ein Vergnügen, Sie kennengelernt zu haben.«

»Erlauben Sie, daß ich Sie hinausbringe, Sir.«

Sie schritt ihm graziös voran, aber am Fuß der Treppe drehte sie sich um und bat zum erstenmal um Hilfe.

»Wird alles gutgehen, Sir, bei der Verhandlung und wegen Mr. Titus?«

»Sie brauchen sich keine Sorgen zu machen, Kate.«

Aber sie wollte in jeder Hinsicht sichergehen.

»Und es wird auch alles gutgehen mit Mr. Edgeley, Sir, wenn es so sein sollte, wie wir vermuten?«

»Solange Mr. Titus den Braten nicht riecht! Aber wenn sie schlau ist, wird er nichts riechen. Und ich muß wohl nicht fragen, wie verschwiegen und schlau *Sie* sein werden, nicht wahr?«

Sie schüttelte den Kopf. Ein kleines selbstgefälliges Lächeln spielte um ihren Mund.

»Mr. Titus ist ein eitler Mann, Sir, wenn Sie mir diese Bemerkung verzeihen. Ein eitler Mann sieht weniger genau, was um ihn vorgeht, glauben Sie nicht?«

Lintott lachte laut und schüttelte den Kopf, dann knallte er sich den Bollinger auf den Schädel und ging, noch immer lachend, davon.

Die Vordertür schloß sich lautlos hinter ihm und schützte aufs neue Haus und Bewohner. Drinnen war alles, wie es sein sollte. Die Dienstboten beschäftigten sich emsig mit den Vorbereitungen zum Lunch. Im Kinderzimmer erlaubte Nanny Nagle ihrem Zögling, sich eine Perlenkette aufzufädeln. Die Perlen stammten aus einer Schachtel von »Croziers FF assortiertem echtem Glas, Importiert unter großem Kostenaufwand aus Kolonien Ihrer Majestät«. Im Boudoir saß Laura in ihrer Trauerpracht, die einer blonden Frau so sehr schmeichelt, und übte ihren Chopin, denn Mr. Edgeley war ein großer Musikfreund.

25

*Die Frauen werden vermutlich das letzte sein,
was der Mann zu zivilisieren vermag.*

George Meredith,
The Ordeal of Richard Feverel

An einem schönen Nachmittag Ende März versteckte Laura
hastig ein Exemplar der *Mall Gazette* unter einem Kissen, als
sie an die Tür klopfen hörte. Wie dumm, dachte sie, dieses
ewige Sichverstellen, aber die Gewohnheit des Verheimli-
chens starb schwer. Theodor hatte das Blatt seinerzeit wegen
Mr. Steads Artikel über die Kinderprostitution aus dem Haus
verbannt.

»Kommen Sie herein, Kate.«

Und obwohl ich es mir jetzt selbst kaufen und in aller
Offenheit lesen kann, verstecke ich es noch immer.

»Ihr Nachmittagstee, Ma'am. Mrs. Hill hat glasierten Biskuit
und einen Kirschkuchen gebacken.«

»Sorgen Sie bitte dafür, daß Miß Blanche von jedem eine
dünne Schnitte bekommt, ja, Kate?«

»Ja, Ma'am. Ist alles nach Wunsch?«

Die hauchdünnen dunklen Buttersandwiches. Der Earl-
Grey-Tee mit Zitronenscheiben und Zuckerstückchen. Die
verschiedenen Sorten Plätzchen, die Laura nie anrührte, die
jedoch pünktlich aufgetragen wurden. Die Kuchen, an denen
Blanche mehr Freude haben würde, in einen Silberkorb
geschlichtet.

»Vielen Dank, Kate. Sagen Sie Mrs. Hill, es sieht köstlich
aus.«

»Mrs. Hill fragt, ob zufällig jemand zum Dinner hierbleiben
wird, Ma'am?«

»Nein, Kate. Ich erwarte Mr. Edgeley und seine Schwester
heute abend auf eine Stunde. Aber ich glaube, Wein und
Rosinenkuchen werden genügen.«

Ihre Augen trafen sich: gelassen, gescheit.

»Sehr wohl, Ma'am. Ist das alles für den Augenblick?«

»Ja, vielen Dank, Kate.«

Ich mußte die Artikel, die Titus mir verschaffte, heimlich
lesen, und jetzt hat Mr. Stead die *Gazette* verlassen und eine

neue Zeitschrift gegründet, die *Review of Reviews*. Ich muß mir ein Exemplar kaufen. So viele Ideen, soviel Dynamik, soviel unsinniges Zeug in alle Winde verweht, soviel Leben. Ob ich es wohl wage – nein, ich könnte nicht danach fragen! – diese sozialistische Zeitung *The Link*. Ob es wohl möglich wäre, einer Versammlung der *Fabians* beizuwohnen? Höchstens, wenn jemand, den ich gut kenne, eine respektable Persönlichkeit... Nun ja, alles hat seine Zeit. Und ich habe soviel mehr Zeit, als ich je im Leben genießen durfte.

Sie hob die silberne Kanne und goß sich Tee ein. Im Park schien die Sonne, bleich und zart und kalt und golden. Ein Frühlingsnachmittag, bunt wimmelnd von Kindern, von fröhlichen Rufen bekränzt.

Ich brauche ein Jahr, dachte Laura, um mich an diese Freiheit zu gewöhnen. Dann werde ich eine neue Freiheit kennenlernen: Freiheit endlich auch von Titus, Freiheit von der Sorge, er möge uns ruinieren, Freiheit von Erinnerungen. Ich muß es fertigbringen, das, was ich bin, und das, was ich sein möchte, in Einklang zu bringen. Ich muß mich mit dem Guten und mit dem Schlechten in mir abfinden. Ich muß das Alte hinter mir lassen, um aufs neue zu beginnen.

Molly Flynn hatte nicht widerstehen können, scharlachrote Strümpfe mit aufgestickten Schwalben zu tragen. Elegantere, schwärzere Schwalben umschwebten Lauras breiten, schwarzen Hutrand und zeigten gerade nur winzige Fleckchen Weiß. Unter dem schwarzen Schleier, der bis zu den Füßen fiel, wirkte sie wie die Verkörperung zurückhaltender Vornehmheit. Die beiden Frauen teilten sich das Interesse der Zuschauer: Molly in lauter Prachtentfaltung, Laura fesselte die Blicke, indem sie sich ihnen entzog.

Lintott machte seine Aussage sachlich, präzis und unbeteiligt. Er gab lediglich an, daß zwei Briefe entdeckt worden seien, die übrigen vermutlich verbrannt wurden; daß er Mrs. Flynn aufgespürt habe, eine verheiratete Dame, die ungenannt habe bleiben wollen, jetzt aber bereit sei, über die Beziehung zwischen Mr. Crozier und ihr auszusagen.

Die Briefe brachten ein wenig Leben in den kalten Saal: eine Wärme, die bewirkte, daß die Damen entrüstet die Lippen zusammenkniffen und die Herren sich Bart und Schnurrbart strichen und verstohlen Molly anblickten. Neben ihr saß Flynn in seinem Sonntagsstaat und verkörperte Schutz und Drohung.

»Also, Mrs. Flynn«, sagte der Coroner energisch und wechselte mühelos von Leidenschaft zu harten Fakten über, »wir wollen gelten lassen, daß ein hochachtbarer Gentleman vom Stand des verstorbenen Mr. Crozier sich in Sie verliebte.« Sein Ton ließ diesen Umstand als erstaunlich und lächerlich erscheinen. »Dennoch scheint es logisch, daß noch weiterer Druck ausgeübt wurde. Wie Mr. Titus berichtet, hat sein verstorbener Bruder ihm gesagt, diese Briefe würden benutzt, um ihm Geld zu entlocken. Kurz, er wurde erpreßt.«

»Erpreßt?« rief Molly. »Zeigen Sie mir doch das Geld, das zwischen uns jemals den Besitzer gewechselt hat. Fragen Sie den Inspektor da. Er hat alles durchgeschnüffelt. Die Konten des verstorbenen Gentlemans, die Abrechnungen meines Mannes. Er hat nichts gefunden, der Herr Inspektor.«

»Warum sind Sie in aller Offenheit zum Haus dieses Gentlemans gekommen, Mrs. Flynn? Etwa nicht, um die Drohung eines Aufsehens, eines Skandals zu verdeutlichen?«

»Was hätte ich anderes tun können, Euer Ehren, als die Briefe selbst hinbringen?« fragte Molly gekränkt. »Ich trug einen Schleier. Ich wollt sie der Post nicht anvertrauen, und in sein Büro hab' ich sie nicht gut schicken können, für den Fall, daß sie aufgemacht würden. Ich hab' sie der hier anwesenden Hausjungfer gegeben und ihr ausdrücklich gesagt, niemand anderer darf sie kriegen – und das alberne Ding geht hin und verklatscht alles bei ihrer Herrin . . .«

»Ja, ja, Mrs. Flynn. Bleiben wir bei der Sache. Warum sollte Mr. Crozier sagen, daß er erpreßt werde, wenn es nicht der Fall war?«

»Weil er wirklich ganz schön unter Druck war, Sir«, sagte Molly vertraulich. »Es ist für einen Mann kein Kunststück, eine Frau in Verruf zu bringen, aber andersrum hat er's gar nicht gern. Flynn hat's rausgekriegt, Euer Ehren, und gedroht, er wird uns beide erschießen. Ich bin hinter Mr. Croziers Wagen hergerannt und hab' ihn angefleht, mich in Ruh zu lassen, aber er hat nicht hören wollen.«

Sie griff nach einem überreich bestickten Taschentuch, wedelte einen Schwall Moschusduft zum Coroner hinüber und weinte herzhaft.

»Ich hab's immer wieder versucht, ihn abzuwimmeln«, rief sie, »aber die Sache war die« – mit einem Schuß Bosheit – »der arme Herr hat's woanders nicht gekriegt.«

Laura preßte die Lippen zu einem schmalen Strich zusammen.

»Ich muß Sie bitten, Mrs. Flynn, sich in geziemender Weise auszudrücken. Ich wünsche nicht, daß der Witwe des Verstorbenen noch mehr Kummer zugefügt wird, als sie ohnehin schon erleiden mußte.«

Und er verneigte sich ehrerbietig vor dem Schmerz, den Lauras Erscheinung in den Saal ausstrahlte.

»Sie haben also Mr. Crozier nicht erpreßt?«

»Bestimmt nicht, Sir, ich hab' ihm bloß seine Briefe zurückgegeben.«

Der Coroner blickte Lintott an, der die Achseln zuckte. »Ich bin gezwungen, Ihnen zu glauben, Mrs. Flynn. Und ich hoffe, daß die zuständigen Stellen im Licht dieser tragischen Vorfälle in Zukunft ein Auge auf derlei werfen werden.«

Wiederum blickte er Lintott an, und Lintott erwiderte mit deutlichem Nicken.

»Außerdem haben wir uns mit der Frage der anonymen Briefe zu befassen«, sagte der Coroner erbittert. »Bisher wurde der Schreiber nicht identifiziert. Sie könnten das belanglose Produkt einer kranken Fantasie sein, die sich gegen eine angesehene Familie richtete, ohne Rücksicht auf Wahrheit oder mögliche Folgen, und in diesem Fall würden wir dem Schreiber nie auf die Spur kommen. Inspektor Lintott wird die Akte zur Wiedervorlage offenhalten.«

Er räusperte sich und blickte Laura an.

»Aber wir dürfen überzeugt sein, daß diese Briefe mit der Sache, die wir heute hier verhandeln, nichts zu tun haben. Sie brachten lediglich eine unglückliche Situation ans Licht, die andernfalls in diskretes Schweigen gehüllt bliebe. Der Verstorbene hinterließ keinen Abschiedsbrief, da er wohl seiner Familie weiteren Kummer ersparen wollte. Seine Gesundheit war, wie der Hausarzt Dr. Padgett bestätigt, sehr angegriffen. Unter diesen Umständen kann man Dr. Padgett keinen Vorwurf daraus machen, daß er den Tod seines Patienten auf eine Gehirnblutung zurückführte.

Ich würde daher befinden, daß der verstorbene Mr. Theodor Crozier unter der Einwirkung großer emotioneller Spannung – und möglicherweise unter weiterem, nicht bewiesenem Druck – sich selbst das Leben nahm. Ich spreche Mrs. Crozier mein Beileid zu diesem Verlust aus und bedaure die unverdienten Prüfungen, die ihr im Zuge dieser Verhandlungen aufgebürdet wurden.«

Flynn bot seiner Ehehälfte die Stütze eines starken Arms. Augenwischend stolzierte Molly aus dem Saal. Die Damen in ihrer Nähe rafften die Röcke, als wollten sie eine Ansteckung vermeiden, und stießen ihre Begleiter mit dem Ellbogen an, um sie zum Wegsehen zu ermahnen. Laura gegenüber waren sie mitfühlend, entrüstet. Aber unter ihrem Tätscheln und Wispern lag ein schwacher Hauch von Verachtung. Sie hatte sich nie einer von ihnen anvertraut, war nie zugänglich gewesen. Sie hatte scheinbar alles besessen, und in Wahrheit nichts von wirklichem Wert ihr eigen genannt. Ihre Schönheit war jetzt keine Herausforderung mehr, ihre Garderobe erregte keinen Neid, ihre Würde keinen Unmut. Sie wußten nur, daß sie unfähig gewesen war, sich die Treue ihres Mannes zu erhalten und sich nicht einmal einer großen Leidenschaft zu seinem Bruder schuldig gemacht hatte.

Gebrochen wartete sie draußen in ihrem Wagen, während Titus Mrs. Claytons achtzehnjähriger Nichte den Hof machte. Der Gipfel der Demütigungen. Dann marschierte aus der Flut der Zuschauer Lintott heran, den Hut in der Hand, unbeachtet, wie es seiner Stellung im Leben zukam. Er nickte ihr zu, einmal, zweimal, und sprach nur für sie vernehmlich:

»Hart, Ma'am. Sehr hart. Aber zufriedenstellend. Und jetzt, Ma'am, machen Sie's gut, und lassen Sie sich nicht vom Weg abbringen. Nicht rechts und nicht links schauen, auf Kurs bleiben. Haben Sie mich verstanden?«

Sie neigte den Kopf und versuchte zu lächeln.

»Dann ist ja alles in Ordnung«, sagte Lintott, nickte nochmals und schritt von dannen, weiteren schreckensvollen Dschungeln entgegen.

Arthur Edgeley trat zu ihr und hob ihre behandschuhte Rechte an die Lippen.

»Ich möchte mit meiner eigenen Trauer die Ihre lindern können, Laura. Dies war die schockierendste Farce von Wahrheit und Gerechtigkeit, die ich jemals erlebt habe.«

»Sie sind zu gütig«, antwortete sie automatisch, und sogar ihr Stolz hatte sie verlassen. »Glauben Sie mir, ich empfinde nichts mehr. Seien Sie unbesorgt.«

»Wenn es Ihnen ein Trost sein kann, dann möchte ich Ihnen sagen, daß diese Gerechtigkeit Ihnen bitteres Unrecht getan und diese Wahrheit eine infame Lüge war. Ich glaubte, Theodor recht gut zu kennen. Jetzt weiß ich, daß ich ihn nicht kannte.«

»Ich leider ebensowenig«, sagte Laura, die tödlich gekränkte Frau.

Ihre Augen hefteten sich auf Molly Flynns rotseidenen Knöchel, der in einer Mietkutsche verschwand. Viele Augen hefteten sich darauf: sämtliche Männeraugen, verstohlen, gierig nach unbekannten Freuden. Hochrot und gemessen wandte Arthur Edgeley Mrs. Flynn den Rücken.

»Die Stadt ist voll von solchen Frauen«, bemerkte er, da er Lauras Wunde ahnte. »Theodor wäre besser beraten gewesen, das Zarte zu verehren, anstatt das Marktschreierische aufzusuchen. Ich bin erstaunt über ihn.«

Unter seinem ritterlichen Beistand blühte sie ein wenig auf.

»Ah! Da kommt Titus endlich!« sagte Arthur Edgeley. »Es hat keinen Sinn, daß Mrs. Claytons Nichte ihm schöne Augen macht. Titus liebt niemanden außer sich selbst.«

Sie blickte ihn unsicher an, und er lächelte freundlich, verstand, wie einsam sie war.

»Dieser Frühling wird glücklicher für mich sein als der letzte, Laura, und damals habe ich es nicht für möglich gehalten. Im nächsten Frühling werden Sie sich gelassen an das erinnern, was heute unerträglich scheint. Titus! Mein lieber Freund, überlassen Sie Laura nicht all den klaffenden Mündern und gaffenden Augen. Sie hat für heute wahrhaftig genug ertragen müssen, sollte ich meinen.«

»Was hat Arthur Edgeley hier zu schaffen gehabt?« fragte Titus, der nicht alle Frauen gleichzeitig glücklich machen konnte.

»Mich vor Neugier beschützen, oder was glaubst du?«

Er war nicht bereit zu einer Auseinandersetzung über diesen Punkt. Seine Gedanken waren auf eine neue Eroberung gerichtet.

»Ich werde heute abend nun doch nicht mehr vorbeikommen können«, sagte Titus. »Aber wir können einander jederzeit sehen, wenn du willst, Laura. Und nach diesem Aufruhr müssen wir vorsichtig sein!«

»Es dürfte das beste sein«, begann Laura behutsam, »wenn wir einander möglichst selten und immer nur in Gesellschaft sehen würden. Zum Beispiel eine kleine musikalische Soiree, vielleicht während Mrs. Claytons Nichte hier ist?«

Er blickte sie scharf an, aber sie war ganz neutral und unkritisch.

»Ich dachte nur, wie einsam du sein würdest, so ganz allein, Laura.«

»Ich bin nun schon daran gewöhnt. Ich werde dich sehr vermissen, Titus, aber es wäre vernünftiger, keinen weiteren Anlaß zu Geschwätz zu geben. Meinst du nicht auch?«

Wie sollte er nicht? Denn seine lange Jagd war vorüber, und er war des Dramas und Skandals müde geworden.

»Nach Hause, Henry!« gebot Laura und setzte sich zurück.

»Ich zerbreche mir den Kopf wegen eines Geschäftsführers«, sagte Titus erleichtert. »Du hast eine geringe Meinung von meinen geschäftlichen Fähigkeiten, das weiß ich. Also sehe ich mich um. Ich muß einfach. Ich kann nicht zwei Aufgaben gleichzeitig erfüllen, und seit Theodors Tod bin ich fast Tag und Nacht in der Firma gewesen.«

»Du mußt natürlich tun, was du für das beste hältst.«

»Einen arbeitsamen Menschen, der etwas tut für sein Gehalt. Dein eigener Haushalt, Laura, verschlingt einen schönen Batzen. Und Theodor hat viel Geld für die Erziehung der Knaben beiseite gelegt und einiges für Blanche, wenn sie einmal heiratet. Meine liebe Laura, deine Schneiderrechnungen übersteigen jedes Maß!«

»Du klingst wie Theodor«, erwiderte sie leichthin. »Hast du deinen Schneider schon bezahlt, Titus?«

Er zuckte die Achseln und lachte. Sie hatte ihn besiegt.

»Wir sind einander so ähnlich, du und ich, Laura. Wir hätten gut zueinander gepaßt, nicht wahr?«

»In einer Hinsicht.«

Er warf ihr einen raschen und ein wenig forschenden Blick zu.

»Und ist das Feuer erloschen?«

»Ich glaube, diese Geschichte hat es ein für allemal gelöscht.«

»In bezug auf mich, meinst du?« Seine Eitelkeit war getroffen.

»In jeder Hinsicht«, erwiderte sie gesetzt. »So liebt man nur einmal im Leben. Gott sei Dank.«

»Du hältst also nicht mehr Ausschau nach dem Charisma der Liebe, Laura? Nach der Krone der Liebe?«

»›Mit heiligender Süße?‹ Nein. Ich habe jetzt meine Freiheit. Ich sehne mich nicht nach neuer Bindung. Es gibt soviel anderes im Leben, und ich fange an, es zu entdecken. Du bist also wieder mein guter Freund und lieber Bruder, und ich liebe dich, wie ich dich früher geliebt habe.«

Er schwieg: erleichtert, aber auch enttäuscht. Sie legte die Hand auf den tadellosen Ärmel und lächelte in reiner Zuneigung.

»Aber ich danke dir für alle diese Jahre, Titus.«

Er hob ihre Hand und küßte sie, gerührt und erfreut.

»Dieser Arthur Edgeley ist ein alter Langweiler!« bemerkte er. Ohne es zu wissen, befand er sich auf ihrer Wellenlänge und interpretierte sie falsch. »Als Geschäftsmann muß ich ihm Anerkennung zollen, aber als Mann...«

»Er und seine Frau waren glücklich miteinander«, sagte sie milde und lenkte seine unausgesprochene Geringschätzung ab.

»Das ist für mich unvorstellbar. Wie kann man ein und dieselbe Frau zwanzig Jahre lang lieben? Es geht über meinen Verstand.«

»Sie waren immer so manierlich zueinander«, sagte sie und erinnerte sich an das Paar. »Man spürte das liebevolle Wohlwollen, und außerdem hatten sie sehr viele gemeinsame Interessen. Vielleicht ist das die Antwort.«

»Nicht für mich, Laura. Ich suche das lodernde Feuer.«

Seine Augen glitzerten, als blickte er in die Flammen.

Feuer kann man neu anzünden, dachte Laura. Aber sie sprach es nicht aus.

»Soll ich abräumen, Ma'am?« fragte Kate. »Und Miß Nagle läßt fragen, ob sie Miß Blanche jetzt herunterbringen soll?«

»Ja, Kate, auf beide Fragen.«

Laura stand auf, das Nachdenken hatte sie ruhelos gemacht. Aber das Lächeln, das sie ihrer Zofe schenkte, enthielt Zufriedenheit und Verheißung.

»Sie sind seit vielen Jahren meine Freundin, Kate, und ich werde immer die Ihre sein. Verlassen Sie mich jetzt noch nicht, ich bitte Sie darum, und wenn es soweit ist, werde ich Ihnen das Brautkleid kaufen. Denken Sie also daran, Kate, denn wir müssen etwas Hübsches aussuchen.«

»Wenn mein Zukünftiger nur bei Mr. Edgeley Butler wäre«, rief Kate überwältigt, »aber das ist er nicht, Ma'am.«

26

Morgen will ich's wagen,
nicht heut nacht.
Ich muß das Leid verjagen
aus meiner Acht.
Robert Browning,
A Woman's Last Word

Ein paar Minuten später lief Blanche ihrer Mutter entgegen und ließ *Die Abenteuer des Herrn Baby* von Mrs. Molesworth fallen.

»So ein unachtsames kleines Fräulein«, rief Laura. »Komm, laß mich die Seite wieder glätten, die Ecke ist umgeknickt.«

Sie zog das Kind an sich, und dann saßen sie Seite an Seite auf dem Sofa des Salons, die beiden blonden Köpfe einander zugeneigt.

»Und daß du mir deine arme Mutter nicht quälst, Miß Blanche«, warnte Nanny, aber ohne die übliche Schärfe. »Sie hat soviel durchgemacht und ist bestimmt müde.«

»Du bist doch jetzt nicht müde, nicht wahr, Mama?« flüsterte Blanche hinter vorgehaltener Hand, nachdem Miß Nagle sich zurückgezogen hatte.

»Keine Spur. Ich habe auf dich gewartet und mich auf dich gefreut. Also wo waren wir stehengeblieben, und was hat Herr Baby seit gestern alles erlebt? Hier.«

Sie las klar und anmutig, und Blanche getraute sich näher zu rücken und die herzförmige Brosche an ihrer Brust zu berühren.

»Das hat Papa dir geschenkt«, bemerkte sie, als die Lektüre zu Ende war. »Und mir hat er mein Puppenhaus geschenkt. Er war sehr gut zu uns, nicht wahr? Nur, ich war böse, und das hat er nicht gemocht, weil er ein guter Mensch war.«

In ihren grauen Augen stand eine Frage.

»Ja, Papa hat dich sehr liebgehabt«, sagte Laura fest, »aber er konnte es nicht so recht sagen. Gentlemen zeigen ihre Gefühle nicht so offen, wie Damen das tun. Er mag manchmal ein bißchen streng gewirkt haben, aber er hat dich von Herzen liebgehabt und war sehr stolz auf dich.«

»Warum denn? Meine Federwischer mußten erst gewaschen werden, Mama.«

»Er war stolz auf dich, weil du so hübsch bist, und er hat gewußt, daß du dich bemühst, brav zu sein. Als Vater wußte er deine guten Seiten sehr zu schätzen.«

»Es wäre nett gewesen«, sagte Blanche sehnsüchtig, »wenn er es mir selbst gesagt hätte. Es ist schade, daß Gentlemen nicht sagen, was sie fühlen.«

Laura hatte die Briefe in der Geheimschublade seines Schreibtisches gefunden, während er schlief. Behutsam und geschickt zog sie sie heraus, hielt den Atem an, als er sich umdrehte und etwas murmelte, dann, als er wieder eingeschlafen war, begann sie zu lesen.

Von Zeit zu Zeit legte sie die Seiten nieder und blickte zu dem dunklen verschlossenen Gesicht auf dem Kissen, das sich ihr fünfzehn Jahre lang entzogen hatte. So also konnte er sein? Zärtlich und leidenschaftlich, und traurig vor Zärtlichkeit und Leidenschaft, und uneingedenk allen Stolzes und aller Rechtschaffenheit.

Warum bist du nicht zu mir gekommen? fragte sich Laura. Ich hätte dir das alles geben können. Warum hast du dich ihr geschenkt?

Dann erschienen ihr die Unstimmigkeiten wie Gespenster, und sie saß sinnend da, die Briefe auf dem Schoß. Denn dies war keine dralle Dirne, mit dunklem Haar und in reifen Jahren, die in ihrem besten Putz stracks an die Haustür eines

Gentlemans kam. Das war ein junges Mädchen von großer Sensibilität. Man hätte sagen können, eine Dame.

Sie überdachte jedes Wort, das Kate gesagt hatte, und kam zu dem Schluß, daß die Frau nur ein Bote gewesen war. Erpressung vielleicht? Sie las jeden einzelnen Brief nochmals genau durch, und eine erschreckende Möglichkeit tauchte vor ihr auf: Konnte Theodor einer jener Männer sein, die sich Jungfrauen beschaffen ließen, wie Mr. Stead in der *Gazette* ausführte?

Wieder las sie nach, fand hier einen Hinweis, dort noch einen und setzte alles mit furchtbarer Einbildungskraft zusammen. Das Mädchen war Jungfrau gewesen, ein schutzloses Geschöpf, jedoch aus guter Familie, das in einem solchen Haus gehalten wurde.

Die Frau war die Bordellmutter, dachte Laura und erschauerte bei dem Gedanken, daß diese besudelten Hände das Päckchen berührt hatten.

Und dieses Mädchen war nicht die einzige gewesen. Theodor sprach von anderen, die er im Laufe der Jahre genommen und vergessen hatte. Allein dieses hatte Wurzeln geschlagen.

Und ich denke mit Schrecken daran, daß wir einmal getrennt werden könnten. Was für dunkle Straßen werden wir dann wandern müssen? Du, einzig mit der Gabe, dich einem Mann angenehm zu machen, und ich auf der ständigen und erniedrigenden Suche nach anderen, die mir niemals sein werden, was du mir bist und sein könntest. Er will mich nicht zu dir lassen, und ich bin wieder daran erkrankt. Er weiß genau, wieviel wir einander bedeuten, und läßt meine Börse entsprechend zur Ader. Aber ich sollte dir das nicht sagen, denn Geld ist wertlos. Das Geld zählt nicht. Das einzige, das für mich noch zählt, bist du.

Wenn er mir auch nur im geringsten nahe kommt, muß ich mich übergeben, dachte Laura empört. Sie war in tiefste Finsternis verloren, sah nur das betäubte Kind im Bett liegen und zu einem Alptraum erwachen.

Sie bündelte die Briefe wieder sorgfältig und barg sie in ihrem Versteck. Theodor schnarchte rasselnd weiter.

»Mama! Du bekommst doch nicht wieder deine Kopfschmerzen, nicht wahr?«

»Nein, mein Herz. Ich habe überhaupt keine Kopfschmerzen.«

»Vielleicht«, sagte Blanche, altklug und kindlich, »hast du wegen des lieben Papas Kopfschmerzen. Mama, ich weiß, daß meine Handarbeiten nichts wert sind, aber ich möchte so gern ein Mustertuch für Papa sticken, ein großes Mustertuch.«

»Das müßte zu machen sein, mein Herz. Wie hast du es dir gedacht?«

»Oh, ein ganz ganz großes, mit Vögeln in den Ecken und einem langen Gedicht und dem Friedhof, wo er liegt. In Seide, Mama, nicht in Wolle.«

Laura streichelte das blasse Haar des Kindes und schmiegte ihre Wange an das Gesichtchen.

»Daran müßtest du lange arbeiten und sehr aufpassen bei jedem Stich. Wenn du es mit Seide sticken willst, müßten wir feines Leinen benutzen, und diese dünnen Fäden lassen sich nicht wieder herausziehen, ohne daß es ein Loch gibt, falls du einen Fehler machen solltest.«

Die Kleine überlegte und baumelte mit den Beinen, dann warf sie beide Arme um Lauras Hals und flüsterte: »Bitte, Mama!«

»Wenn du es dir so sehr wünschst, dann wirst du schon irgendwie damit fertig werden. Aber ich habe ein solches Mustertuch gestickt, als ich ein wenig älter war als du, und ich habe zwei Jahre gebraucht, bis es fertig war. Könntest du so lange Zeit sorgfältig und geduldig arbeiten?«

Blanche nickte energisch und zog die Unterlippe zwischen die Zähne.

»Hast du auch schon an das Gedicht gedacht, mein Herz?«

»Ja, Mama. Soll ich es dir aufsagen?«

»Bitte tu das, mein Herz. Ich möchte es gern hören.«

Das Kind stellte sich so gerade hin, als hätte man ihr die Schiefertafel auf den Rücken gebunden, wie es unter Nanny Nagles Herrschaft so oft geschehen war. Ihre Hände waren im Rücken verschränkt, die grauen Augen blickten auf ein Bild im Himmel, die Spangenschuhe glänzten, sie öffnete den Mund, und dann fiel ihr etwas anderes ein.

»Ich meine, es ist einfach *richtig*, daß ich ein Mustertuch für Papa sticke, Mama. Weißt du, wie das ist, wenn etwas so genau richtig ist, daß man es einfach tun muß?«

»Sehr gut sogar«, erwiderte Laura ernst.

Der Streit beim Abendessen hatte ihren Entschluß bestimmt. Während Hausmädchen und Küchenmädchen Durcheinander stifteten und Theodor von schlechter Laune zu offener Tyrannei überging, verhärtete sich Lauras Herz. Sein Befehl, daß sie wieder in das gemeinsame Schlafzimmer zurück müsse, gab den Ausschlag. Sie konnte in Zukunft weder die zufällige Berührung seines Körpers ertragen noch den Gedanken an die Greuel, deren er sich schuldig gemacht hatte. Sie folgte ihm die Treppe hinauf ins Zimmer und nahm zwei Kapseln aus ihrem frischen Fläschchen mit Schlaftabletten.

»Theodor«, sagte sie unterwürfig, »ich weiß, du bist sehr böse auf mich, aber glaube mir, ich möchte um alles nicht, daß du auch noch krank wirst.«

»Mein Kopf, mein Herz, mein Husten.«

»Dr. Padgett hat mir gesagt, du dürftest dich nicht so aufregen, weil du noch immer angegriffen bist von der Influenza. Er sagte, wenn du dich zu sehr aufregst, könntest du einen schweren, sogar einen tödlichen Anfall erleiden.«

Wie versteinert starrte er sie an.

»Ich bitte dich, geh zu Bett, und ich will dir das Mittel zurechtmachen, das er verordnet hat. Es ist eine ganz neue Art Medizin«, sagte Laura beherrscht, »und so dosiert, daß sie Nerven und Konstitution langsam und allmählich beruhigt. Dr. Padgett hat sie bisher noch nicht ausprobiert, aber sie scheint in Wien wahre Wunder gewirkt zu haben.«

»Wirklich? In Wien? Ah, die verstehen dort einiges, was ein Stümper wie Padgett nie und nimmer zustande brächte. Was ist es?«

»Eine ganz besondere Pille. Mehrere Pillen. Man muß jeweils zwei auf ein Glas Wasser nehmen, alle zwanzig Minuten.«

»Das klingt ganz neu, höchst ungewöhnlich. Du mußt mich unbedingt jedesmal erinnern, wenn es Zeit ist. Wie viele Pillen sind es insgesamt?«

»Achtzehn. Und ich werde sie dir selbst geben.«

»Wo ist das Fläschchen? Ich möchte es sehen.«

Sie legte ihm die Hand auf die Stirn und machte ein bedenkliches Gesicht.

»Theodor, ich möchte dich nicht beunruhigen, mein Lieber, aber du kannst dich wirklich nicht so alterieren ohne die ernstesten Folgen. Ich verspreche dir, daß ich zuverlässig alle zwanzig Minuten heraufkommen und dir selbst die Pillen geben werde. Du mußt ganz still liegen und versuchen, einzuschlafen. Wenn du schläfst, werde ich dich gerade so weit wecken, daß ich dir die Medizin geben kann, verlaß dich auf mich.« Sie blickte ihn nun ohne Ekel oder Widerwillen an. »Glaubst du mir?«

»Ja, Laura. Ja«, erwiderte er, und seine Ängste wichen für eine Weile.

Wie ein Kind schlüpfte er unter die Decke und legte sich in das große Himmelbett. Wie ein Kind ließ er sich die Morphiumkapseln verabreichen, je zwei und zwei, und wurde mit jedem Mal ein wenig schläfriger und schwerer und durstiger. Und Laura schritt alle zwanzig Minuten die Treppe hinauf, bis er um Mitternacht die letzte geschluckt hatte.

»Geht es dir gut, Theodor?«

Er glotzte blöde auf die Mähne blassen Haars, das blasse stille Gesicht und faßte täppisch nach ihrer Hand. Sie zuckte zurück und raffte den Schlafrock über der Brust zusammen.

»Mein – Kopf. Mein – Kopf«, sagte er lallend.

Gehorsam legte sie ihm eine Hand auf die Stirn.

»Du hast keine Temperatur. Schmerzt dein Kopf?«

»Benommen – ganz benommen. Durstig.«

Sie gab ihm Wasser.

»Du schläfst schon fast, das ist alles. Hast du irgendwelche Schmerzen, Theodor?«

»Arme – schwer – Beine – wie – Blei.«

»Nichts, was ein guter Schlaf nicht in Ordnung brächte«, sagte sie und fügte ihm zuliebe scheinbar untröstlich hinzu: »Du hättest dich nicht so aufregen sollen.«

»Blutdruck – Padgett – hat mich – gewarnt. Padgett – holen.«

»Nimm eine von meinen Schlaftabletten, Theodor. Wenn du dann noch nicht schlafen kannst, lassen wir den Arzt holen.«

Sie hatte gezittert, daß er vielleicht doch nicht stürbe, obwohl aus Padgetts Warnung mit Sicherheit folgte, daß eine ganze Flasche Pillen tödlich sein mußte.

Sie sank in den Stuhl neben seinem Bett, schlug die Hände vor den Mund und starrte auf die Todesmaske. Als der Arzt eintraf, saß sie noch immer dort, weiß und erstarrt.

»Ich gehe nicht weg. Ich kann nicht. Nicht, ehe Sie mir alles gesagt haben«, flüsterte Laura. »Er ist schwer krank, nicht wahr?«

»Ich fürchte, es besteht keine Hoffnung mehr.«

Lieber Gott, ich danke dir, ich danke dir, ich danke dir, ich danke dir.

Blanche räusperte sich und begann:

> *Weinet nicht um mich, Ihr Lieben,*
> *Hoffnung still' der Träne Lauf.*
> *Bin ich auch nicht bei Euch geblieben,*
> *Fuhr nur voran zum Himmel auf.*
> *In Gott vertrau ich immerdar,*
> *Mein Grab bewacht der Engel Schar.*

Als sie in einiger Entfernung bei ihm gesessen hatte, lallte er: »Dunkle Straße ... Dunkle ... Straße ... Dunkle.«

»Ich habe dich nie gekannt«, flüsterte sie in die darauf folgende Stille. »Ich habe dich nie gekannt. Möge Gott dir gnädig sein und dir vergeben. *Er* wird es können. Ich kann es nicht.«

»Geliebt ...«

Er hatte sein letztes Wort hervorgebracht, es wie eine Leuchte an die letzte, die dunkelste Straße gesetzt.

»Und dann, ganz unten, zwischen dem Gedicht und dem Friedhof, wo der liebe Papa schläft, möchte ich sticken: *Zum Andenken an Theodor Augustus Sydney Crozier von seiner lieben-den Tochter Blanche.*«

Laura seufzte, lächelte dann, kniete vor dem Kind nieder und zog es an sich.

»Das wird wunderschön, mein Herz, und ich weiß, daß du es gut machen wirst. Du wirst keinen einzigen Fehler machen, und später werden deine Kinder sehen, wie klug *ihre* Mama gewesen ist, schon als sie erst acht Jahre alt war.«

»Weinst du wegen Papa?«

»Ich glaube, ich weine wegen uns allen«, sagte Laura.

Die Uhr unter ihrem Glasgehäuse mit den Goldsäulchen schlug sechsmal, leise und eindringlich. Beim letzten Schlag mußten sie sich trennen, hörten sie Miß Nagles sanfteres Klopfen an der Tür.

»Vor Papas Tod hab' ich nicht gewußt, wie nett du bist, Mama«, flüsterte Blanche und küßte sie; dann streckte sie Nanny die Hand entgegen, um sich sicher hinausgeleiten zu lassen.

Ah, ihr Männer, dachte Laura und blickte durchs Fenster in den Märzabend, wie ihr allzeit zusammenhaltet. Ihr habt diese Mrs. Flynn zu Theodors Mätresse erklärt, und sie hat für euch gelogen. Ihr habt mich im Gerichtssaal sitzen und tiefste Demütigungen erleiden lassen, damit *er* nicht bloßgestellt werde. Aber ich kannte die Wahrheit, ich kannte sie – und schwieg, um der Kinder willen. Und schließlich habt ihr mit ihm auch mich beschützt. Wenn sie mich allerdings angeklagt hätten, dann hätte ich ihnen gesagt, was ich entdeckt und was ich getan habe, und unser aller Schande offenbart.

Für euch sind wir Spielzeug. Dinge, die man besitzt und wegwirft, sobald man ihrer überdrüssig ist. Wann werdet ihr begreifen, daß wir den gleichen Verstand und Moralbegriff, die gleichen Leidenschaften haben wie ihr? Wann werden wir für euch nicht einfach das sein, was ihr haben möchtet, sondern das, was wir wirklich sind. Ihr laßt uns nur einen einzigen Ausweg aus dem Gefängnis der Kindheit, und das ist das Gefängnis der Ehe. Wir ziehen dieses Los freudig und arglos. Wir dürfen über unser eigenes Geld nicht verfügen, es oft nicht einmal zurückfordern, wenn die Ehe scheitert. Wir haben nichts zu eigen als unser Gesicht und unseren Körper, und wir werden gelehrt, sie ins beste Licht zu setzen, damit man uns kauft.

Der Park wurde ein weiter goldener Raum unter dem Abendhimmel, und sie zögerte, die Gardinen vor dieser Pracht zu schließen.

Ich bin dankbar, daß ich ein Jahr der Abgeschlossenheit vor mir habe, um zu mir zu finden, dachte Laura, und dann werde ich meinen Entschluß fassen.

Es ist einzig deine Entscheidung, Liebes. Eifersüchtig, ängstlich, völlig unbeteiligt, als sie ihn verlassen wollte. Heute bin ich nicht verlassener, als ich damals war, überlegte sie. Und ich werde aufgrund meiner Erfahrung wählen, was ich damals in meiner Blindheit wählte. Ich werde mich nicht vom Schein täuschen noch von Geschenken blenden lassen oder durch Komplimente überreden. Ich habe mit den Kindereien Schluß gemacht. Ich habe in einen tiefen Spiegel geblickt. Ich habe mich selbst von Angesicht zu Angesicht gesehen.

Kraft unter der Lieblichkeit, Willensstärke unter dem Gehorsam, Gerechtigkeit, ohne Gnade geübt. Ehebruch und Mord als Sieger über Liebe und Leid.

Was auf ewig zwischen mir und Gott bleiben muß – und das soll meine Sühne sein. Man legt die Bürde anderer ab und lädt sich die eigene und schwerere Bürde auf. Man kann nichts fordern, nichts erwarten, nur auf Erlösung hoffen und seine Pflicht tun. Theodor. Ich werde sein Andenken beschönigen um der Kinder willen, ihnen schenken, was er besaß – zumindest für die andere – und ihnen nicht geben konnte. Sie sollen mit Stolz und Achtung an ihn denken, das brauchen sie, und darauf haben sie ein Anrecht. Blanche wird sein Bild in ihrer Stickarbeit veredeln. Edmund wird weicher werden und Lindsey stark. Titus? Titus wird sich nie ändern, aber auf seine Art hat er uns alle sehr gern.

Und Arthur Edgeley? Grauhaarig, ein wenig beleibt, ein Mann, der Unglück erfahren hat und die Welt kennt.

Er wirbt um eine Frau, die besser und schlechter ist, als er ahnt, dachte Laura. Gebe Gott mir die Ruhe zur Erinnerung und den Mut zum Vergessen, damit ich keinen von uns enttäusche. Ich darf ihn nicht betrügen.

Nicht rechts und nicht links schauen, immer auf Kurs bleiben. Haben Sie mich verstanden?

Auf jede Wanderung folgt die Heimkehr, dachte Laura. Und ich bin weit gewandert und zu dunklen Orten. Vielleicht wird mir Gnade gewährt.

»Bitte entschuldigen Sie, Ma'am«, sagte Kate mit sanfter Entschlossenheit, »aber ich glaube wirklich, Sie sollten hinaufkommen und sich vor dem Dinner umkleiden lassen. Die Lady und der Gentleman werden unmittelbar danach eintreffen, und Ihr neues Schwarzseidenes ist von der Schneiderin gekommen – per Expreß!«

»Ach Kate, wie praktisch Sie sind. Für Sie gibt es nur die Gegenwart, und sie ist schließlich das wichtigste. Ja, wir wollen uns das neue Kleid ansehen!«

ROMANTIC THRILLER

HEYNE BÜCHER

Romane voll Liebe und Geheimnis, von internationalen Autoren.

Jean Raynes
Das Geheimnis im Schloßpark
Roman
Romantic Thriller

03/2121 - DM 5,80

Marcella Thum
Die Plantage auf der Insel
Roman
Romantic Thriller

03/2122 - DM 5,80

Marguerite Kloepfer
Schatten in der Wüste
Roman
Romantic Thriller

03/2123 - DM 6,80

Dorothy Eden
Unter keinem guten Stern
Roman
Romantic Thriller

03/2124 - DM 5,80

Lee Karr
Die geheimnisvolle Hochzeit
Roman

03/2125 - DM 5,80

Edna Lee
Rosen im Sumpf
Roman
Romantic Thriller

03/2126 - DM 5,80

Barbara Wood
Das Geheimnis der Pyramiden
Roman
Romantic Thriller

03/2127 - DM 5,80

Anya Seton
Schloß Drachenfels
Roman
Romantic Thriller

03/2128 - DM 5,80

DER GROSSE
LIEBESROMAN

Romane voll Abenteuer und Leidenschaft,
aus Historie und Gegenwart.

Delphine Marlowe
Der Liebeszauber der
schwarzen Sklavin
28/39 - DM 6,80

Thérèse Martini
Auf der Suche
nach der Liebe
28/23 - DM 5,80

Patricia Matthews
Die Glut der
Leidenschaft
28/9 - DM 5,80

Die große Liebe
meines Lebens
28/17 - DM 5,80

Die Geliebte des Lords
28/20 - DM 5,80

Erregend klingt das
Lied des Blutes
28/36 - DM 5,80

Leidenschaft im
Goldrausch
28/41 - DM 5,80

Des Herzens
schrankenlose
Sehnsucht
28/46 - DM 5,80

Glücksritter der Liebe
28/52 - DM 6,80

Flammen im Blut
28/58 - DM 6,80

Der Liebe
verschlungene Pfade
28/65 - DM 6,80

Zwischen Liebe
und Leidenschaft
28/71 - DM 6,80

Jaqueline Monsigny
Bittere Leidenschaft
28/68 - DM 6,80

Olivia O'Neill
Das Leben, die Liebe
und die Macht
28/54 - DM 6,80

Oliver Patton
Gefangene der Liebe
28/10 - DM 5,80

Natasha Peters
Verführung und
Leidenschaft
28/66 - DM 6,80

Patricia Philips
Flammen im Herzen
28/49 - DM 5,80

Anne Powers
Flammen der Liebe
28/7 - DM 5,80

Judith Regénce
Verratene Liebe
28/31 - DM 5,80

Aufruhr der
Leidenschaft
28/37 - DM 5,80

Janet Louise Roberts
Im Feuer der
Leidenschaft
28/38 - DM 5,80

Marcia Rose
In den Fesseln
der Liebe
28/56 - DM 7,80

Der Liebesreigen
28/73 - DM 6,80

Clarissa Ross
Träume vom Glück
28/24 - DM 5,80

Valerie Sherwood
Liebesqualen
28/6 - DM 5,80

True Summers
Bittersüße Leidenschaft
28/33 - DM 5,80

Eric Weber
Die Melodie von Liebe
und Lust
28/43 - DM 6,80

Jennifer Wilde
Die Tänzerin und die
Liebe
28/19 - DM 5,80

Jeanne Williams
Wie die Liebe will
28/25 - DM 5,80

Preisänderungen
vorbehalten.

**Wilhelm Heyne Verlag
München**

ROMANTIC THRILLER

Romane voll Liebe und Geheimnis, von internationalen Autoren

Jean De Weese
Die Nacht des Skorpions
Roman

03/2155 – DM 6,80

Florence Hurd
Die Moorhexe
Roman

03/2156 – DM 5,80

Rachel Cosgrove Payes
Der schwarze Schwan

03/2157 – DM 5,80

Anthea Fraser
Die Pfeifergasse
Roman

03/2158 – DM 5,80

Vivian Connolly
Die geheimnisvolle Küste
Roman

03/2159 – DM 5,80

Velda Johnston
Das Kabinett des Todes
Roman

03/2160 – DM 4,80

Ruth Willock
Die gefährliche Reise
Roman

03/2161 – DM 5,80

Jutta von Sonnenberg
Paris ist eine Sünde wert
Roman

03/2162 – DM 5,80

ROMANTIC THRILLER

Romantik und Grusel-Spannung für anspruchsvolle Leser

03/2163 - DM 6,80

03/2164 - DM 4,80

03/2165 - DM 6,80

03/2166 - DM 5,80

03/2167 - DM 5,80

03/2168 - DM 6,80

03/2169 - DM 5,80

03/2170 - DM 5,80